HEYNE
BÜCHER

Fantasy

Herausgegeben von Friedel Wahren

Von **Tom Holt** erschienen in der Reihe
HEYNE SCIENCE FICTION & FANTASY:

Wer hat Angst vor Beowulf? · 06/5059
Der Fliegende Holländer · 06/5079
Wir haben Sie irgendwie größer erwartet · 06/5107
Der Ziegenchor · 06/5191
Der Garten hinter der Mauer · 06/5192
Liebling der Götter · 06/5193
Wenn die Zeit aber nun ein Loch hat ... · 06/5326
Im Himmel ist die Hölle los · 06/5359
Faust und Konsorten · 06/5426
Snottys Gral · 06/5499 (in Vorb.)

Weitere Romane in Vorbereitung

TOM HOLT

Faust und Konsorten

Roman

Aus dem Englischen übersetzt
von
KALLA WEFEL

Deutsche Erstausgabe

WILHELM HEYNE VERLAG
MÜNCHEN

HEYNE SCIENCE FICTION & FANTASY
Band 06/5426

Titel der Originalausgabe
FAUST AMONG EQUALS
Deutsche Übersetzung von
Kalla Wefel
Das Umschlagbild malte Andreas Reiner

Umwelthinweis:
Dieses Buch wurde auf
chlor- und säurefreiem Papier gedruckt.

Redaktion: Friedel Wahren

Die Erstausgabe erschien bei Orbit Books, a Division of
Little, Brown and Company (UK) Limited

Printed in Germany 1996
Umschlaggestaltung: Atelier Ingrid Schütz, München
Technische Betreuung: M. Spinola
Satz: Schaber Satz- und Datentechnik, Wels
Druck und Bindung: Elsnerdruck, Berlin

ISBN 3-453-09487-5

1. KAPITEL

Der *Lachende Dorsch* im Zentrum von Hlidarend gilt als eins der führenden Restaurants im Nordosten von Island – oder als eins der Restaurants überhaupt (was praktisch auf dasselbe hinausläuft).

An den dreihundertvierundsechzig Tagen im Jahr, an denen der *Lachende Dorsch* kein Restaurant ist, kann man das Lokal dennoch betreten und eine Tasse Kaffee bestellen; und genau das tat gerade der meistgesuchte Mann der Geschichte.

Sechs der sieben Stammkunden drehten sich zu ihm um und stierten ihn an; lediglich der siebte, Glasauge Björn, fuhr damit fort, sich über die Fangquote von Heringen zu beschweren.

Torsten Christiansen, der außerordentlich beliebte Besitzer des *Lachenden Dorschs,* schenkte den Kaffee ein und wartete, bis dieser in der Tasse zur Ruhe gekommen war. Dann lehnte er sich mit dem Rücken gegen die Kasse und ließ den Nervenkitzel einer neuen Erfahrung auf sich einwirken.

»Sie sind nur auf der Durchreise, wie?« fragte er nach einer Weile.

Der Neuankömmling blickte zu ihm auf und antwortete mit einem kaum wahrnehmbaren fremden Akzent: »Das kann man so sagen. Könnten Sie mir vielleicht ein getoastetes Sandwich zubereiten, wenn Sie schon mal dabei sind?«

»Sicher. Kommt sofort.« Torsten zog sich in die Küche zurück und fragte sich, worauf zum Teufel er sich da eingelassen hatte. Theoretisch war es durchaus möglich, im *Dorsch* ein getoastetes Sandwich zu bekommen, doch eigentlich benötigte man die Referenzen von zwei Ärzten und einem Friedensrichter, wenn man mit seiner Bestellung zumindest in die engere Auswahl kommen wollte.

Nachdem der Fremde das Sandwich gegessen, den Kaffee getrunken und etwa eine Minute damit verbracht hatte, sich das an der gegenüberliegenden Wand hängende Foto von Einar Sigfussens rekordverdächtigem Lachs anzusehen, stand er auf und verlangte die Rechnung.

»Die was?«

»Die Rechnung bitte«, wiederholte der Fremde.

»Ach so, ja klar. Kommt sofort. Hat hier jemand mal einen Kugelschreiber oder so was?«

Erstauntes Schweigen breitete sich im Raum aus, das sich erst auflöste, als der Fremde einen Schreiber aus der Brusttasche zog und ihn auf den Tresen legte.

Torsten nahm den Kugelschreiber in die Hand, als wäre er glühendheiß, und drückte zaghaft obendrauf.

»Wie buchstabiert man Kaffee?« erkundigte er sich.

Der Fremde erzählte es ihm; dann nahm er Torsten den Zettel aus der Hand, warf einen Blick darauf und holte aus der Hemdtasche eine Banknote hervor. Einen Zehntausendkronenschein.

»He, haben Sie keinen kleineren Schein?« fragte Torsten, als er Gottes wunderbare Gabe der Sprache wiedererlangt hatte.

Der Fremde blickte ihn nur an, nahm den Geldschein zurück und legte ihn auf den Tresen. Dann lächelte er die Banknote an.

Der Schein begann zu schrumpfen.

Man konnte nicht sagen, wie das geschah; der Geldschein nahm einfach nach und nach weniger Platz ein, bis er schließlich etwa die Größe einer Briefmarke erreicht hatte. Der Fremde nahm ihn wieder in die Hand, pustete kurz dagegen und gab ihn Torsten.

»Besser so?« erkundigte er sich.

Auf der anderen Seite des Todes gibt es einen Tunnel, der zu einem überwölbten Torweg führt. Dann gabelt sich die Straße, und an dieser Stelle stellen Sie fest, ob die moralischen Prinzipien, nach denen Sie sich die ganzen Jahre über gerichtet haben, letztendlich die richtigen gewesen sind.

Wenn Sie die Betamax-Version unterstützt haben, stoßen Sie schließlich auf einen höchst beeindruckenden Torbogen aus schwarzem Stein. Es gibt zwar keinen Straßennamen, doch haben Sie möglicherweise sowieso schon geahnt, wo Sie sich aufhalten. Als deutlicher Hinweis ist in den Torbogen die berühmte Inschrift

IHR, DIE IHR EINTRETET,
LASST ALLE HOFFNUNG FAHREN

eingraviert – jedenfalls glauben Sie das, weil es so in Ihrem Michelin-Reiseführer behauptet wird. Höchstwahrscheinlich gibt es diese Inschrift immer noch, doch können Sie diese nicht mehr sehen, da der Querbalken des Torbogens mittlerweile von einem großen Transparent völlig verdeckt wird, auf das mit einem Pinsel

UNTER NEUER LEITUNG

gemalt wurde. Und wenn Sie ganz nahe herantreten, sehen Sie, daß dort in Wirklichkeit

UNTER *völlig* NEUER LEITUNG

steht, um diesem Umstand mehr Nachdruck zu verleihen. Zu diesem Zeitpunkt treffen Sie mit Ihrem Reiseleiter zusammen, der Sie zum Kartenhäuschen bringt (wo man auch diverse Reiseführer, Souvenirs und hausgemachtes Kokoseis erwerben kann). Im Michelin-Reiseführer wird zwar nichts davon erwähnt, aber woher sollten die Herausgeber das auch wissen?

Sobald Sie am Kartenhäuschen vorbei sind, wird Sie Ihr Rundgang zu sämtlichen mit Recht gelobten architektonischen Meisterstücken führen, von denen der Innenhof umgeben ist, mit Ausnahme des Ratssitzungssaals, der der Öffentlichkeit noch nicht zugänglich ist. Das ist bedauerlich, da sich dort neben dem von Michelangelo entworfenen Fußboden (vergessen Sie nicht, wo wir uns gerade aufhalten) drei Spätwerke von Paolo Veronese befinden sowie einige sehr schöne Kupferstiche von Dürer und natürlich die schönste Sammlung im gesamten Universum der Arbeiten von Hieronymus Bosch. Selbstverständlich handelt es sich dabei ausschließlich um Porträtmalereien, wie man sie möglicherweise nur noch in der Vorstandsetage irgendeines alteingesessenen Großunternehmens findet.

An dem uns interessierenden Tag hielt der Rat eine Sitzung ab, und das bereits seit sechzehn Stunden. Jedes einzelne Ratsmitglied (oder Aufsichtsratsmitglied, wie wir sie heute nennen müssen) saß unter seinem oder ihrem jeweiligen Porträt, und jeder/ jede/ jedes von ihnen sah noch genauso wie vor sechshundert Jahren aus, als er/sie/es von Ronnie Bosch gemalt worden war; wenn man davon absieht, daß sie alle mit einem gewissen Selbstbewußtsein die gleichen roten T-Shirts trugen, auf denen in großen weißen Buchstaben die Aufschrift

WIR WÜNSCHEN EINEN VERDAMMT
ANGENEHMEN AUFENTHALT

gedruckt war.

»Ich habe immer noch das Gefühl, daß wir diese Angelegenheit nicht richtig durchdacht haben«, beharrte der Produktionsleiter störrisch. Von Anfang an hatte er sich dem Vorschlag eines Unternehmensaufkaufs durch die Aufsichtsratsmitglieder widersetzt und war damit beim Rest des Konsortiums zusehends unter erheblichen Druck geraten.

»Hör mal, Harry, wir wissen alle, was du davon hältst«, ergriff der Verkaufsdirektor das Wort, wobei er wütend mit dem Schwanz schlug. »Also kümmre du dich lieber darum, daß die Schornsteine weiterhin rauchen, dann kommen wir auch in Zukunft ganz prächtig miteinander aus. Die Seite des Managements überlaß aber gefälligst den Erwachsenen, klar?« Der Ordnung halber sei an dieser Stelle erwähnt, daß es in erster Linie der Verkaufsdirektor gewesen war, der den erheblichen Druck auf den Produktionsleiter ausgeübt hatte, und zwar mittels einer Mistgabel, die er ihm ins Kreuz drückte.

»Eigentlich hat Harry in einem Punkt nicht so ganz unrecht«, mischte sich der Verwaltungsdirektor vorsichtig ein. »Ich meine, diese verfluchte Lizenz erhalten zu haben, ist nur eine Sache, das Scheißding zu behalten, dagegen eine ganz andere.«

Der Verkaufsdirektor machte ein böses Gesicht und bot dabei eine beeindruckende Auswahl seiner unglaublich anmutenden Gesichtsingredienzen dar. »Ihr bereitet einem wirklich nichts als Probleme. Was anderes könnt ihr wohl nicht, wie?« beklagte er sich. »Leute, wir haben dafür zu sorgen, daß der Laden läuft, und deshalb schlage ich vor, daß wir uns jetzt wieder alle an unsere eigentliche Aufgabe erinnern. Einverstanden?«

»Sicher.« Der Finanzdirektor nickte mit dem, was wir der Einfachheit halber als seinen Kopf bezeichnen wollen. »Das hast du uns oft genug gesagt, Steve, und uns ist allen klar, worum es geht. Trotzdem möchte ich zu bedenken geben, daß uns diese beschissenen Aufsichtsbeamten hier achtkantig rausschmeißen, wenn sie uns beim geringsten Verstoß gegen die Lizenzbedingungen ertappen. Willst du das etwa?«

Der Verkaufsdirektor stöhnte theatralisch auf und kratzte sich an der Nase (und zwar an dem gewaltigen Zinken, der ihm aus dem Bauchnabel wuchs, und nicht etwa an dem Rüssel, der ihm zwischen den Augenbrauen hervorragte). »Hör mal, Norman, es gibt etliche Methoden, diese Vorschriften zu umgehen, und das weißt du genausogut wie ich. Wir müssen lediglich …«

Der Finanzdirektor schüttelte erneut das, womit er kurz zuvor genickt hatte. »Und dann gibt es noch die Möglichkeit, sich selbst für zu schlau zu halten, Steve. Gerade dir stände es gut an, dir das hinter die Ohren zu schreiben.« Mit einer Klaue rieb er sich nachdenklich über den Rücken des Rüssels und fuhr fort: »Wenn die meinen, daß wir den Teil der Abmachung, der den öffentlichen Dienst betrifft, nicht zufriedenstellend erledigen, dann …«

»Aber das tun wir doch.«

»Da bin ich mir nicht ganz sicher.«

»Ich auch nicht«, mischte sich der Produktionsleiter ein. »Nehmen wir zum Beispiel die Meineidabteilung. Damit könnten wir böse in die Bredouille geraten.«

»Von dieser Meineidgeschichte habe ich noch nie was gehört«, murmelte der Finanzdirektor, wobei er ungeduldig mit dem verkümmerten linken Vorderflügel auf die Tischkante klopfte. »Klingt interessant.«

Der Produktionsleiter grinste – selbst für seine Verhältnisse – unheilvoll. »Das kannst du laut sagen. Paß auf, in der Lizenzvereinbarung heißt es laut Klausel neun, Absatz drei: ›Alle Meineidigen sind aufs Rad zu flechten.‹ Richtig?«

»Richtig«, stimmte ihm der Finanzdirektor zu. »Jedenfalls ist das die Standardprozedur, die wir jahrelang angewandt haben. Und?«

»Und dieser gemeingefährliche Witzbold hier hat die

gesamte Abteilung räumen lassen und fünfzig Roulettetische reingestellt. Wenn ich nicht zufällig drei Tage vor der letzten unangekündigten Kontrolle dahintergekommen wäre, dann ...«

»Ich verstehe immer noch nicht, worüber du dich eigentlich so aufregst«, grummelte der Verkaufsdirektor. »Ein Rad ist ein Rad, stimmt's? Und ich kann euch garantieren, daß sämtliche Meineidige mit der Zeit unter die Räder gekommen sind und ...«

Unter dem funkelnden Blick der sechs feuerroten Augen des Finanzdirektors verloren sich seine Worte, und er entwickelte urplötzlich ein ungeahntes Interesse für den Kugelschreiber, der vor ihm auf dem Tisch lag.

»Das geht nun wirklich zu weit!« fauchte der Finanzdirektor und fügte in schneidendem Ton hinzu: »Genauso wie diese Idee, diesen Ort hier in Unterwelt-Erlebnispark umzubenennen. Wie zur Hölle soll ich das deiner Meinung nach eigentlich den Aufsichtsbeamten erklären, Steve? Als eine schmutzige Pressekampagne?«

Der Verkaufsdirektor schnaufte – in Anbetracht der Umstände eine recht beachtenswerte Leistung. »Komm schon, selbst ein so vermaledeiter Haufen von Betonköpfen wie diese Staatsbeamten wird kapieren, wie wichtig in solch einer Branche Imagepflege ist. Oder glaubst du allen Ernstes, daß alle die Zocker und Glücksspieler eine Beziehung zu dem Image aufbauen können, das wir im Augenblick haben? Ich meine, würdest du dein gutes Geld verpulvern, wenn du das Gefühl haben müßtest, daß dir als Dank dafür mit einem stumpfen Fleischerhaken die Lunge rausgerissen wird?«

»Aber in genau dieser Branche sind wir doch tätig, Steve.«

Der Verkaufsdirektor winkte ungeduldig mit der linken Kralle ab. »Darum geht's doch nicht, Harry, denn in dieser Branche sind unglaublich viele Leute tätig. Der Punkt ist doch der, daß man Spieler foltern, am Spieß braten, in engen Räumen zusammenpferchen und bei lebendigem Leib häuten kann und sie sich dennoch förmlich dabei überschlagen, dir ihr sauer verdientes Geld in den Rachen zu schmeißen, solange man sie davon überzeugt, daß doch alles nur Spaß ist. In der ganzen Tourismusbranche geht's um nichts anderes. Wenn man ein gutes Image hat, kann man tun und lassen, was man…«

»Ich denke, wir sollten auf jeden Fall festhalten, daß wir uns vorläufig alle einig darin sind, uns nicht einig zu sein«, merkte der Finanzdirektor elegant an. »Ich meine, offensichtlich haben beide Seiten gute Argumente vorzubringen. Sicher, was die Aufsichtsbeamten angeht, müssen wir höllisch aufpassen und uns den Rücken freihalten. Andererseits haben wir, was alles andere betrifft, unsere Aufgaben mehr als ordentlich erfüllt. Beispielsweise die Verkürzung der Warteliste, die Halbierung der Verpflegungskosten oder die Verbesserung der Wartungspläne. Der Wachdienst funktioniert einwandfrei wie immer und…«

Zu seiner Linken räusperte sich jemand gezwungen. Wäre dem Sicherheitschef ein Kopf vergönnt gewesen, hätte er ihn jetzt geschüttelt.

»Klar, jedenfalls bis zu einem gewissen Grad«, murmelte er verlegen.

Der Finanzdirektor schnellte zu ihm herum, und seine Hörner zuckten dabei nervös; ein eindeutiges Zeichen für kurz bevorstehenden Ärger.

»Was willst du damit sagen: ›bis zu einem gewissen Grad‹?« verlangte er zu wissen. »Hör mal, entweder ist noch nie jemand entkommen oder…«

»Darauf wollte ich ja gerade zu sprechen kommen.«

Während das Echo des Knalls noch verhallte, löste eine schwache Brise die verbliebenen Rauchschwaden auf und offenbarte so, daß der Vampirkönig (entgegen allen Erwartungen) noch immer auf den Beinen stand.

»Hmm, ich bin mir nicht sicher, wie viele Punkte du dafür bekommst«, krächzte er.

Auf der anderen Seite des Tals blinzelte Kurt ›Geier‹ Lundqvist nervös mit den Augen, fluchte leise vor sich hin und langte in die Brusttasche nach einer weiteren versilberten Patrone. Nichts. Nur ein Kompaß, ein perlmuttbesetztes Klappmesser und eine Rolle Pfefferminz.

»Oh-*kay!*« rief er. »Wenn du's lieber auf die harte Tour willst, hab ich nichts dagegen.«

Einige Minuten später standen sie sich gegenüber – besser: lagen sie sich im Staub gegenüber, Mann gegen Mann. Lundqvist sah, daß der Vampirkönig jetzt schwitzte, daß sein Gesicht noch verhärmter wirkte als sonst und die Eckzähne verräterisch ein klitzekleines bißchen weiter vorstanden als üblich. Alles, was der König erkennen konnte, waren die blendende Mittagssonne und Lundqvists Spiegelglasbrille.

»Das kennt man von dir gar nicht, daß du auf vierhundert Meter das Ziel verfehlst, Kurt«, murmelte der König. Eigentlich wollte er seinen Widersacher damit verhöhnen, aber Lundqvist verstand dies als eine Feststellung von Tatsachen; was natürlich auch stimmte.

»Das liegt an diesem beschissenen Gewehr«, verteidigte er sich. »Das kommt wahrscheinlich davon, wenn man zwei Jobs gleichzeitig erledigen muß. Bist du bereit?«

Der König stieß sich ein Stück von ihm ab. »Wie meinst du das mit den zwei Jobs genau?«

»Ich hab den Leuten vom *Terminator Magazin* versprochen, eine Kritik über das neue McMillan-Gewehr zu schreiben. Es gibt nichts Besseres, als so ein Scheißding im praktischen Einsatz zu testen, sage ich immer. Bist du jetzt bereit?«

Der Vampirkönig blickte sich um. Er war sechshundert Jahre alt und völlig unverwundbar. Nichts konnte ihm etwas anhaben, es sei denn versilberte Patronen oder ein feuergehärteter Eibenholzkeil, in dessen scheußlich spitz zulaufendem Körper die unzähmbare Kraft von neun bösartigen Elefantenbullen steckte. Zudem hatte er furchtbar Schiß.

»Wir müssen das doch gar nicht auf diese Weise regeln«, murmelte er. »Wir können doch auch ungeschoren davonkommen und ...«

Lundqvist schüttelte den Kopf; eine zwar nur winzige, aber um so eindrucksvollere Bewegung. Der Schirm seines Käppis war jetzt auf derselben Höhe wie die dritte Brustwarze des Königs. In der rechten Hand prüfte er das Gewicht des Holzhammers.

»Tut mit leid, Wladi. Auftrag ist Auftrag. Wirklich, persönlich hab ich nichts gegen dich«, versicherte er ihm.

Vielleicht war der Fehler des Königs, ihn zusehr bedrängt zu haben, möglicherweise hatte er aber auch gar keinen Fehler begangen – wenn man seinen Meister gefunden hat, kann man eben nichts machen; das ist nichts Schändliches oder Unehrenhaftes, so ist nun mal der Lauf der Dinge. Jedenfalls gab es eine blitzschnelle Aktion, gefolgt von einem dumpfen Knall, das hohl klingende Geräusch eines Holzhammers, der auf einen Holzpflock trifft. Und das war's; manchmal kommt man mit der Holzhammermethode eben doch weiter.

Während der König von sechs blutrünstigen Jahrhunderten eingeholt wurde, erhob er ein letztes Mal den Kopf und versuchte, Lundqvist mit Blicken zu töten, doch alles, was geschah, war die Tatsache, daß sein Blick mit Interesse erwidert wurde.

»Kurt, verrat mir nur noch eins«, keuchte er mit letzter Anstrengung. »Warum zum Teufel machst du so was?«

»Geld, Wladi. Mach's gut.«

Als schließlich alles vorbei war, stand Lundqvist auf, wischte den Holzpflock an einer Grassode ab und steckte ihn in den Gürtel zurück. Auch wenn er es sich nur ungern eingestand, so machte ihm dieser Job hin und wieder doch arg zu schaffen. Natürlich störten ihn dabei nicht die Gefahr oder der ständige Konflikt mit den scheußlichen und widernatürlichen Monstern oder das wahnwitzige Grauen, dem er sich jeden Tag seines Lebens ausgesetzt sah. Und ganz gewiß nicht das Töten. Wenn ein Mann des Tötens überdrüssig ist, ist er des Lebens überdrüssig.

Nein, sagte sich Lundqvist, während er sich den abgetrennten Kopf des Vampirkönigs unter den Arm klemmte, das Gewehr schulterte und den langen Rückweg zum Jeep antrat, *ich glaube, was mir wirklich dabei auf die Nerven geht, ist das fehlende Prickeln.*

Da der meistgesuchte Mann der Geschichte von Island nach Holland wollte und über kein eigenes Transportmittel verfügte, war er per Anhalter gefahren. Daran wäre sicherlich nichts Ungewöhnliches, wenn er dazu nicht ein Flugzeug angehalten hätte.

Da man praktisch nirgendwo in Island eine Boeing 747 landen lassen kann, ohne Teile von ihr abzubrechen, hatte sie der Entflohene etwa einen Meter über einer rosafarbenen Wolkendecke schweben lassen. Mit leicht angestrengtem Schnaufen sprang er nach oben, bekam den Griff an der Tür auf der Pilotenseite zu fassen, riß sie auf und schwang sich ins Cockpit.

»Tag auch. Danke, daß Sie angehalten haben«, sagte er gutgelaunt.

Der Pilot starrte ihn entgeistert an, wobei ihm die Augen vor ungläubigem Entsetzen fast aus den Höhlen traten. Was er eigentlich sagen wollte, war: ›Wer sind Sie überhaupt? Was geht hier vor? Haben Sie eigentlich eine Ahnung, was mit mir passiert, wenn die

Jungs von der Luftfahrtbehörde rauskriegen, daß ich mein Flugzeug mitten in eine vulkanische Wüste habe fallenlassen, nur weil irgend so ein Typ den Daumen rausgestreckt hat?‹ Was tatsächlich daraus wurde, war: »Bis Schiphol kann ich Sie mitnehmen, wenn Ihnen das was nützt.«

»Schiphol ist in Ordnung«, antwortete der Entflohene. Dann warf er den Rucksack auf den Boden und ließ sich in den Sitz des Funkers plumpsen. »Vielen Dank auch.«

Ohne daß der Pilot etwas tun mußte, heulten die Triebwerke auf, die idiotischen Kontrolleuchten flakkerten bedrohlich und verwirrend auf, und die rosafarbene Wolke schwebte langsam bis auf etwa dreitausend Meter Höhe. Der normale Fahrbetrieb wird so schnell wie möglich wiederaufgenommen.

Der Funker und der Kopilot saßen noch beim zweiten Frühstück.

»Haben Sie's denn weit?« erkundigte sich der Pilot, als der Jumbo-Jet den Flug fortsetzte. Er hatte zwar eine schwache Ahnung, daß – wie eine schlafende Katze auf den Knien eines ungeduldigen Gastes – auf großen Teilen seines Verstands eine schwere, drükkende Last ruhte, die insbesondere jene Abschnitte seines Gehirns lahmlegte, die möglicherweise den Wunsch verspürt hätten, eine solche Frage wie ›Was geht hier eigentlich vor?‹ zur Sprache zu bringen. Es war, wie gesagt, nur eine schwache Ahnung, und mit Worten allein ist eben nicht geholfen.

»Eigentlich will ich mich nur mal überall ein bißchen umsehen und ansonsten rumgammeln, ehrlich«, antwortete der Entflohene. »Und soweit ich weiß, eignet sich Amsterdam dazu genausogut wie irgendeine andere Stadt.«

Ein weiterer Gedanke, der vergeblich an die verschlossene Tür zum Bewußtsein des Piloten anklopfte, lautete: ›Moment mal! Warum bringe ich diesen Idioten denn nach Amsterdam, wenn der Flug eigentlich nach Genf gehen soll?‹ Der Gedanke klopfte und klopfte, hämmerte mit beiden Fäusten gegen die Tür, aber niemand öffnete ihm.

»Soviel ich weiß, kann man in Amsterdam eine Menge Spaß haben«, gab ihm die Stimme des Piloten recht. »Allerdings bin ich dort auch schon seit… ich schätze mal, seit fünfzehn Jahren nicht mehr gewesen; jedenfalls ohne längeren Aufenthalt. Sind Sie schon lange unterwegs?«

Flug AR sechs sieben fünf, Flug AR sechs sieben fünf, bitte melden, bitte dringend melden, plärrte es aus dem Funk. Diverse Gefangene im Kohlenkeller des Pilotenverstandes versuchten, einen riesigen Brocken Selbsterhaltungstrieb als Rammbock zu benutzen, aber sie erreichten damit nur, daß sie sich die Schultern verrenkten.

»Ach, wissen Sie, ich bin mal hier, mal dort«, erzählte der Entflohene, wobei er aus dem Fenster auf die Nordsee blickte. »Ich bin das, was man einen rastlosen Geist nennt.«

Flug AR sechs sieben fünf, Flug AR sechs sieben fünf, was um Himmels willen machen Sie eigentlich da oben? Sind Ihre Instrumente im Arsch, oder was soll der Scheiß?

Der Pilot drehte sich nach hinten zu seinem Passagier um. »Was meinen Sie, soll ich darauf was antworten? Die scheinen sich da unten über irgendwas furchtbar aufzuregen.«

»Ich würde mich einfach nicht drum kümmern«, antwortete der Entflohene. »Wenn's wirklich wichtig ist, melden die sich später bestimmt noch mal.«

»Das denke ich auch.« Der Pilot beugte sich vor und spielte auf einer in die Konsole eingelassenen Tastatur herum. Die Stimme der Flugsicherung Oslo wurde jäh von Radio Osebergs ›Musik durch die Nacht‹ ersetzt. Aufgrund einer Art gespenstischer Luftblase im unendlichen Strom der Wahrscheinlichkeiten wurde gerade ›Riders In The Sky‹ gespielt.

»Irgendwie hab ich das Gefühl, daß wir demnächst den schwedischen Luftraum verletzen, wenn wir diesen Kurs beibehalten«, meinte der Pilot nach längerer Pause. »Meinen Sie nicht, daß denen das was ausmacht?«

»Das glaube ich nicht«, antwortete der Entflohene entschieden. »Das sind nette Leute, diese Schweden.«

– Genau zu diesem Zeitpunkt flogen zwei mit schwerer Munition beladene Saab Viggens von Birka aus einen Soforteinsatz und kreischten wie rostfreie Todesfeen in Richtung Nordosten auf direktem Abfangjägerkurs –

»Obwohl Schweden ein sehr teures Land ist«, gab der Pilot zu bedenken. »Ich mußte mir dort mal ein Paar Schuhe kaufen, und wissen Sie, was die gekostet haben? Ganz gewöhnliche schwarze Schnürschuhe, nichts Extravagantes ...«

»Was Sie nicht sagen ...«

»Und Kaffee ist fast unerschwinglich. Ich meine, in den kleinen Cafés in den Seitenstraßen schmeckt er gar nicht mal so übel, aber in den Hotels ...«

Unidöntifisiertös Fluchobjökt, unidöntifisiertös Fluchobjökt, hier spricht die swödisö Luftwoffö. Dröhön Sie sofort ob, odör wir sießön Sie ob. Ich wiedörholö: Dröhön Sie sofort ob, odör wir ...

»Möchten Sie, daß ich mit denen rede?« schlug der Entflohene vor.

»Klar, wenn es Ihnen nichts ausmacht. Das ist wirklich furchtbar nett von Ihnen.«

»Kein Problem.«

Der Pilot von Gamma Delta Alpha Fünf Drei Neun schob wütend die Kinnlade vor, wiederholte auf gut Glück ein letztes Mal die Warnung und aktivierte das Bordwaffensystem. Als erstes eine fünffache Ladung aus dem Zwillingslauf der Zwanzig-Millimeter-Bordkanone, dann zwei hitzesuchende Raketen und danach nichts wie nach Hause, um sich noch vor der Pressekonferenz schnell ein Glas Bier genehmigen zu können.

Ich rufe Gamma Delta Alpha Fünf Drei Neun, melden Sie sich bitte.

Eigentlich war der Pilot ein recht humaner Mensch, doch schon die leiseste Enttäuschung konnte in den Tiefen des Schattenreichs seiner Seele schwere Erschütterungen hervorrufen. *Vörstondön, unidöntifisiertös Fluchobjökt. Dröhön Sie sofort ob, oder wir …*

Im Funk knisterte es. *Alles klar,* sagte eine Stimme. *Wissen Sie eigentlich, daß Ihr Einsatzbefehl aufgehoben wurde?*

Das war der Beweis, falls es eines solchen bedurfte, daß die Technologie über die Fähigkeit des Menschen, diese zu beherrschen, längst hinausgewachsen ist. Selbst ein solch erstklassiges Produkt der Spitzentechnologie muß letzten Endes von einem Menschen gesteuert werden, der wiederum zwangsläufig einem urmenschlichen, von Instinkten geprägten Verhalten unterworfen ist, wie zum Beispiel schnell nach unten zu blicken, um den Sitz des Reißverschlusses zu überprüfen. Aber in der Drittelsekunde, die man dafür benötigt, kann einem ein hochmoderner Abfangjäger böse außer Kontrolle geraten …

»Du meine Güte!« rief der Pilot der 747. »Der eine Jäger wäre eben beinahe mit dem anderen zusammengestoßen. Die haben sie doch nicht mehr alle!«

»Schussel«, stimmte ihm der Entflohene zu.

»Ich hoffe nur, denen ist nichts passiert.«

»Bestimmt nicht. Diese Schleudersitze heutzutage sind schon klasse.«

»Ohne so ein Ding würde ich niemals in solch eine Kiste steigen.«

Der Entflohene reckte leicht den Hals, um besser auf

das Meer sehen zu können. »Ganz schön teure Dinger, diese modernen Kriegsflugzeuge, nehme ich mal an.«

»Und ob.«

»Wasserdicht?«

»Ich denke, schon.«

»Dann ist ja alles in bester Ordnung.«

Mit großen Schritten betrat Lundqvist das winzige Büro des Sheriffs von Las Monedas und hämmerte auf die Schreibtischglocke, bis sie zerbrach. Dann brüllte er laut.

Der diensthabende Hilfssheriff bekleidete gleichzeitig das Amt des Post- sowie Eichamtsvorstehers, fungierte als Direktor des Beerdigungsinstituts, war einer der beiden konzessionierten Buchprüfer der Stadt und übernahm hin und wieder die Vertretung des Hufschmieds. Deshalb dauerte es einige Minuten, bis er antworten konnte.

»Die Belohnung für diese beiden«, zischte Lundqvist, »und zwar in bar. Außerdem will ich eine Quittung.«

Der Hilfssheriff blickte auf die beiden abgetrennten Köpfe und ging in Gedanken seine diversen Zuständigkeitsbereiche durch, um festzustellen, unter welchen Bereich abgehackte Schädel fielen; es war sehr leicht, die Auswahl auf zwei Möglichkeiten einzugrenzen; zudem neigten Verwandte, die ihre geliebten Verblichenen ins Beerdigungsinstitut von Las Monedas brachten, im allgemeinen dazu, weit mehr Leichenteile bei sich zu haben.

»Momentchen bitte«, sagte er und holte unter dem Tisch einen Quittungsblock und eine blaue Schirmmütze mit rotem Rand hervor, auf der BESTATTUNGEN stand. Dabei handelte es sich natürlich um die völlig falsche Uniform, aber das hier war tiefste Provinz, und man mußte mit dem auskommen, was man in die Hände bekam.

»Vampire«, sagte Lundqvist in (zumindest nach seinen Maßstäben) geduldigem Ton. »Das hier ist Wladimir der degenerierte Blutegel, und das hier« – er unterbrach sich und blickte auf das am linken Ohr hängende Etikett –, »das hier ist Graf von Brutallinsky. Irgendwo hab ich auch die genaueren ISBN*-Angaben, falls Ihnen das behilflich ist.«

»Moment mal«, antwortete der Hilfssheriff und durchblätterte einen Ordner mit losen Seiten. »Wladimir, Wladimir – es gibt eine ganze Menge Wladimirs, stimmt's? Aha, da haben wir ihn ja schon. Wladimir der degenerierte Blutegel. Hey, Kategorie drei! Nicht schlecht. Was haben Sie noch mal gesagt, wie der andere hieß?«

»Graf von Brutallinsky. Mit Doppel-L.«

»Tut mir leid, der ist hier nirgends aufgeführt.«

»Dann sehen Sie mal unter den Neueinträgen nach.«

»Gute Idee. Momentchen … nein, da gibt's auch keinen.«

»Gut, dann versuchen Sie's mal unter Zombies.«

»Genau – aha, da haben wir ihn ja auch schon. Kategorie vier a.« Der Hilfssheriff runzelte die Stirn. »Da muß ich Sie aber leider enttäuschen, denn soviel Bargeld bewahren wir nicht im Büro auf.«

»Die Bank ist ja noch geöffnet.«

»Offen gesagt, in dieser ganzen Gegend hat nichts mehr auf. Sie sollten es mal mit Amerika versuchen, die Straße immer geradeaus und dann links abbiegen; dort könnte man Ihnen möglicherweise behilflich sein.«

Lundqvist seufzte. »Scheiß drauf, dann geben Sie mir einfach einen Scheck.«

»Dann brauche ich Ihre Konzession und irgendein Papier, mit dem Sie sich ausweisen können.«

Lundqvists Blick verhieß nichts Gutes. »Hier ist die Konzession«, zischte er.

---

* Internationale Spukgestalten- und Beelzebubennummer

»Danke, damit scheint alles in Ordnung zu sein. Was ist mit einem Ausweispapier?«

Ohne erkennbaren Kraftaufwand packte Lundqvist den Hilfssheriff mit einer Hand am Kragen, zog ihn bis auf etwa fünf Zentimeter an seine Nasenspitze heran und unterzog ihn eine Weile einem ganz besonderen Sehtest. »Reicht das?« erkundigte er sich.

»Das reicht völlig, Herr Lundqvist.«

In der kurzen Zeitspanne, in der der Hilfssheriff einen Scheck ausstellte, vergnügte sich Lundqvist damit, den Aktenordner mit den Fahndungsaufrufen durchzustöbern, der auf dem Schreibtisch lag. Da man in Las Monedas ein wenig der Zeit hinterherhinkte, las sich der Ordner eher wie Lundqvists Lebenslauf … Entschuldigung … Todeslauf.

Theodore ›Reißzahn‹ Lupo – März 1992, Guatemala. Wie sich Lundqvist erinnerte, hatte er wegen der Zollbestimmungen über die Einfuhr von Nebenprodukten bedrohter Tierarten reichlich Probleme gehabt, dessen Fell über die Grenze zu kriegen. Dies entbehrte nicht einer gewissen Ironie, da es in erster Linie seinen Bemühungen zu verdanken war, daß Werwölfe zu den am meisten bedrohten Arten gehörten.

Ramses IV. – Juli 1992, Kairo. Einer der wenigen Aufträge, in dem er noch ein gewisses Maß an beruflicher Erfüllung gefunden hatte. Erstaunlich, was dieser High Tech-Tapetenkleister mit dreitausend Jahre alten Papyrusverbänden anstellen konnte.

Aldazor, Obermarschall und Herr der teuflischen Heerscharen – August 1992, Akron, Ohio. Ein furchtbarer Job war das, und noch immer erhielt er von der Rechtsabteilung des Vatikans wegen Verstoßes gegen das Urheberrecht Briefe. *Urheberrecht! So ein Schwachsinn! Zeigt mir erst mal einen Priester, der eine Glocke, ein Buch und ein rückstoßfreies 20-Millimeter-Gewehr benutzt, und dann verklagt mich meinetwegen!*

Mit einem Seufzen überflog er den Rest des Aktenordners. Nichts als alltägliches, schnödes und stumpfes Einerlei. Für einen Mann, der diese berufliche Laufbahn allein aus dem Grund eingeschlagen hatte, um das aufregende Prickeln eines Lebens haarscharf am Rande des Abgrunds zu erfahren, verbrachte er viel zuviel Zeit damit, mitten im Epizentrum herumzutrödeln.

Und dann…

Er zögerte.

Er blätterte zurück.

Wahnsinn!

»He! Seit wann ist dieser Fahndungsaufruf raus? Kann mich nicht erinnern, ihn schon mal gesehen zu haben.«

Der Hilfssheriff blickte über den Brillenrand hinweg auf den Ordner. Die Brille hatte bereits seinem Urgroßvater gehört, und es erhob sich die Frage, ob die in seiner Familie grassierende Kurzsichtigkeit Ursache oder Folge davon war.

»Ach, der da«, antwortete er. »Der ist neu. Wurde extra von einem Mann vorbeigebracht.«

»Wann?«

Der Hilfssheriff dachte kurz nach. »Vor drei oder vier Tagen. Das war an dem Tag, als der Maulesel vom kleinen Pepe ein Hufeisen verloren hat und Miguel ein Telegramm nach San Felipe geschickt hat.«

»Danke.« Mit einer flinken Bewegung öffnete Lundquist den Schnappmechanismus, nahm den Fahndungsaufruf heraus und klappte den Ordner wieder zu. »Ich denke, ich leihe mir das Ding mal für eine Weile aus. Sie haben doch sicher nichts dagegen, nicht wahr?«

Bevor der Hilfssheriff etwas antworten konnte, hatte Lundqvist das Flugblatt zusammengefaltet, sich den Scheck geschnappt und das Büro verlassen.

Bei dreifach scharf gewürztem Chili con carne und

einem Krug einfachem Rotwein sah sich Lundqvist das Flugblatt genauer an.

GESUCHT

dann folgte ein Zwischenraum und in großen, altmodischen Buchstaben:

FRÜHER ODER HEUTE

(dieser Schrifttyp wird eigens für Fahndungsplakate beibehalten) und dann ein verschwommenes Foto; aber das Gesicht war ihm bereits vertraut. Mehr noch: Es war seit mehr Jahren, als er sich zu erinnern traute, wie der unverrückbare Kern einer Weintraube hinter der Zahnprothese seines beruflichen Stolzes haftengeblieben. Und dann der Name und die Decknamen. Der meistgesuchte Mann der Geschichte.

Und schließlich die Belohnung. Da standen so viele Nullen, daß es wie die unzähligen Luftbläschen aussah, die ein schwimmender Otter hinter sich herzieht.

Lundqvist nickte mit ernster Miene, aß das Chili auf und zündete sich eine Zigarre an. Ja, da war endlich die Herausforderung, auf die er so lange gewartet hatte. Ja, da war dieses nervöse Prickeln, dieser Adrenalinstoß. Ja, da war die langersehnte Chance, eine uralte Rechnung zu begleichen.

Und ja – ja, in der Tat –, da war auch das Geld.

2. KAPITEL

»Na prima«, sagte der Entflohene. »Hier können Sie mich rauslassen.«

Der Pilot blickte ihn fragend an.

»Danke fürs Mitnehmen. Wir sehen uns bestimmt wieder«, fügte der Entflohene vielsagend hinzu. »Auf Wiedersehen.«

Freundlicherweise hielt das Flugzeug tatsächlich an. Um die Flügelspitzen herum heulte der Wind. Darunter griff die See mit ihren schnell vergänglichen Gischtkrallen nach dem Bauch des Flugzeugs. Zwei Möwen flogen direkt gegen die Kielflosse und setzten sich auf diese Weise selbst außer Gefecht.

»Es war mir ein Vergnügen«, antwortete der Pilot. »Bis bald.«

Die Kabinentür öffnete sich – was sie eigentlich nicht gedurft hätte; sie wurde nämlich unter Überdruck gehalten, und normalerweise wäre beim Öffnen der Tür der gesamte Kabineninhalt angesaugt und ausgespuckt worden –, der Entflohene nahm seinen Rucksack, winkte artig zum Abschied und stieg in der dünnen Luft eine imaginäre Treppe hinunter.

Er sah dem Flugzeug hinterher, bis es nur noch ein kleiner Punkt am Horizont war, dann spazierte er über die Wellenkämme zu einem Fischkutter hinüber, da er es für die beste Möglichkeit hielt, mit dessen Hilfe unauffällig nach Holland einzureisen.

»Hallo«, begrüßte er zwei Fischer, die in Windeseile mit wurfbereiten Rettungsringen an die Reling herangetreten waren. »Wenn wir einen Zahn zulegen, können wir noch vor Einbruch der Dunkelheit zu Hause sein.«

Man kann sich ganz schön dämlich vorkommen, wenn man – mit einem Rettungsring in den Händen, den man einem vermeintlich Ertrinkenden zuwerfen will, der eine völlig trockene khakifarbene Baumwollhose, ein ärmelloses Hemd und einen Strohhut trägt – zur Salzsäule erstarrt. Die Fischer zögerten noch, da sie zunächst einmal ihr wenn auch nur spärliches, so doch zweckmäßiges Vokabular nach einer passenden Antwort abklopfen mußten.

»Wir haben noch nicht zu Ende gefischt.«

Der Entflohene lächelte. »Da wäre ich mir nicht so sicher«, antwortete er. Dann schnippte er mit den Fingern, und die Motoren der mechanischen Netzwinden begannen zu surren. Als die Netze aus dem Wasser gehoben wurden, knatschten Taue und Hanfseile bedenklich, und unter der enormen Last zerbarsten etliche Nieten des Auslegers.

»Für einen Tag sollte das an Ausbeute wohl reichen«, fuhr der Entflohene fort, wobei er auf die furchterregend überladenen Netze zeigte. »Also los! Hopphopp, an die Arbeit!«

Der ältere Fischer, der in seinem Leben schon einige verrückte Dinge erlebt, gesehen und noch häufiger erzählt bekommen hatte, nahm seine Mütze ab, drehte sie einmal herum und setzte sie wieder auf. Es war das erstemal, daß er sie in zweiunddreißig Jahren abgenommen hatte, sämtliche Beerdigungen inbegriffen.

»Wie haben Sie das gemacht?« fragte er.

»Entropie.«

Die scharfsinnigen alten Augen des alten Fischers trafen sich mit denen des Entflohenen, und kurz flackerte darin ein Hauch von Anerkennung auf; nicht für den Menschen, sondern für das wundersame Ereignis. Nach vierzig Jahren auf hoher See weiß man, wann man jemandem Glauben schenken darf und wann nicht.

»Na gut, vielen Dank jedenfalls«, grummelte er verlegen. »Wohin wollen Sie überhaupt?«

»Nach Amsterdam.«

»Bis Ijmuiden kann ich Sie mitnehmen, und von dort aus können Sie mit dem Bus weiterfahren«, schlug der Fischer vor.

»In Ordnung.«

Der Entflohene verdrückte sich nach achtern, legte sich auf einen Haufen aufgewickelter Taue, kippte sich den Strohhut über die Augen und schlief ein.

Der jüngere Fischer blickte sich fragend zu seinem Kollegen um.

»Papa, was ...?« begann er.

»Ja, ich weiß«, unterbrach ihn sein Vater. »Mach dir deswegen keine Sorgen.«

»Aber du weißt doch gar nicht, was ich dich fragen ...«

»Ich kann's mir denken, mein Sohn.« Der ältere Fischer stieß mit der Stiefelspitze gegen eins der Schleppnetze. Er war zwar alt, selbst für einen Fischer, aber nicht so alt, daß er sich daran erinnern konnte, wann das letztemal ein bis zum Bug beladener Trawler der Familie Vollendam mit einem Rekordfang längst ausgestorben geglaubter Fischarten nach Hause gekommen war.

Lebende Fossilien. Ausgestorbene Meerestiere frisch auf den Tisch. Man könnte jeden Preis dafür verlangen. Und wenn man die gewaltige Menge Fisch betrachtete, die sich da auf dem Deck schlängelte und sich offensichtlich fragte, wo das ganze Wasser auf einmal geblieben war, könnte man sich auch den Zwischenhändler sparen und eine internationale Schnellrestaurantkette namens ›Vollendams gebratene Fossilien‹ eröffnen.

Laut der letzten Ausgabe des *Roten Höllenführers* sollte es Ihnen während Ihres dortigen Aufenthalts keinerlei Probleme bereiten, eine vernünftige Unterkunft zu finden.

Für Geschäftsreisende und solche Touristen, die es sich leisten können, sind die Fünf-Sterne-Hotels *Hölliday Inn, Infernoconti* sowie das *Höllton* zu empfehlen, die sich alle drei in zentraler Lage befinden. Touristen, die über etwas bescheidenere Mittel verfügen, sind im *Mephisto, Casa Hades* oder *Elysium Palace* herzlich willkommen, wo viel Wert auf Sauberkeit und perfekten Service gelegt wird. Studenten und andere Reisende, die ihre Urlaubskasse nicht überstrapazieren wollen, ist zu empfehlen, es bei einer der vielen freundlichen Privatpensionen und Herbergen außerhalb der Altstadt von Los Diabolos zu versuchen, insbesondere in den Vorstädten Beverly Hölls und Höllywood.

Eins haben alle diese attraktiven Einrichtungen jedoch gemeinsam – um es so nett wie möglich auszudrücken: Nirgendwo erhält man einen Schlüssel für die Nacht. Und da wir schon mal dabei sind: auch keinen für den Tag.

Der Hölle zu entfliehen, ist ungefähr dasselbe wie erfolgreich Steuern zu hinterziehen; zwar werden Ihnen viele Leute erzählen, sie würden da jemanden kennen, dem die Flucht gelungen sei, aber irgendwie falle ihnen der Name nicht mehr ein. In der Praxis ist das jedenfalls noch nie jemandem gelungen.

Bis auf …

»Das ist ja unglaublich!« staunte der Finanzdirektor.

»Das kann man wohl laut sagen«, gab ihm der Sicherheitschef recht. »Ein verdammt gerissener Bursche ist das«, fügte er hinzu.

Die beiden standen im Türeingang eines Zimmers in der dritten Etage des Hotels *Dante*. Mit Ausnahme eines unbezogenen Betts, einer Metallsäge und des Gästebuchs war das Zimmer leer.

»Ich habe wirklich keine Ahnung, woher er die Metallsäge hat«, seufzte der Sicherheitschef.

Er nahm das fragliche Werkzeug in die Hand, das ihn prompt ankicherte und verschwand. Gleichzeitig zog sich das aus Bettlaken zusammengeknüpfte Seil, das noch am Stumpf der durchgesägten Metallstange im Fensterrahmen hing, von selbst ins Zimmer zurück, schüttelte die Knoten ab und flog aufs Bett zurück.

Der Finanzdirektor nahm die Bettwäsche genauer in Augenschein. »Sogar gebügelt«, stellte er mit aufrichtiger Bewunderung fest. »Also, ich finde, das hat Klasse, oder was meinst du?«

Der Sicherheitschef kratzte sich am Hinterkopf. »Ich kann das immer noch nicht ganz begreifen«, grübelte er laut nach. »Ich meine, Metallsägen tauchen nicht so einfach aus dem Nichts auf, und Bettlaken knoten sich auch nicht ohne weiteres von selbst zusammen. Als ich noch zur Schule ging, nannte man so etwas, glaube ich, Physik.«

Der Finanzdirektor seufzte schwer. »Wenn du mal einen Blick in seine Akte wirfst, wirst du sehen, daß er hier war wegen Zauberei, Geisterbeschwörung und zeitweiligen Praktizierens der Schwarzen Magie.«

»Ach, wirklich? Da kann man mal sehen … Also, ich …«

»Und in einem solchen Fall«, fuhr der Finanzdirektor unbarmherzig fort, »ist es vielleicht nicht gerade die intelligenteste Entscheidung in der Geschichte des Kosmos gewesen, ihn in der Maschinenhalle arbeiten zu lassen.«

»Aber …«

»Bedenkt man, daß er in der Maschinenhalle Zugriff auf Pentagramme, Tetragramme und Mandalas mit Feineinstellung hatte …«

»Es gibt die strikte Anweisung, alle diese Dinge unter Verschluß zu halten …«

»… und auf Sabbate mit exzentrischem Antrieb, regulierbare Hausgeister, Hexenzirkel, also auf die ganze Palette an Teufelswerkzeug und somit auf alles, was er sich überhaupt nur wünschen konnte. Seien wir ehrlich, wir haben einfach Mist gebaut.« Er schloß die Augen, seufzte erneut und dachte eine Weile nach. Zwei der Hauptmerkmale eines Topmanagers sind seine Fähigkeit zur Schadensbegrenzung und sein Hang zum positiven Denken.

»Wir müssen ihn einfach hierher zurückbringen«, fuhr er schließlich fort. »Was nicht allzu schwierig sein dürfte. Ich habe bereits Fahndungsaufrufe verschickt, und die auf ihn ausgesetzte Belohnung können wir aus dem Reparatur- und Wartungsbudget bezahlen. Das Ganze ist also eher eine Frage der Zeit.«

Kurz darauf verließen sie das *Dante* und spazierten gemütlich zum Eingang zurück, wobei sie den kleinem Umweg über das sehr anheimelnde und noch unverdorbene Wuchererviertel nahmen, um sich an einer der vielen malerischen Buden eine der einheimischen Spezialitäten zu kaufen, nämlich Zuckerwatte. Es gibt sie in drei Geschmacksrichtungen: Schwefel, Höllenstein und Erdbeere.

»Weshalb?« fragte der Sicherheitschef.

»Weil er eine Anschaffung war und wir nächsten Monat die Buchprüfer im Haus haben«, antwortete der Finanzdirektor mit dem Mund voll klebrigen gelben Schaums.

»Wie bitte?«

Der Finanzdirektor wischte sich den Mund am Ärmel ab, der daraufhin qualmte. »Eine Anschaffung«, wiederholte er. »Er hat seine Seele an die… an die frühere Verwaltung verkauft. Das ist damals oft passiert. So was wie Subventionen. Meiner Meinung nach ist das eine verdammt scheußliche Art, den Laden am Laufen zu halten, aber hol's der… der Dingsbums, da es sich lediglich um öffentliche Gelder handelte, kratzte das sowieso niemanden. Jedenfalls haben wir jetzt unter den Folgen zu leiden. Aus buchhalterischer Sicht handelt es sich dabei um einen absoluten Alptraum.«

Er blieb stehen, während sich der Sicherheitschef, der törichterweise Erdbeergeschmack gewählt hatte, heftig übergab.

»Weißt du, das ist alles eine Frage der Buchführung«, fuhr er fort, als das Würgen aufgehört hatte. »Angekaufte Seelen werden in der Geschäftsbilanz unter festen Anlagen aufgeführt. Sie unterliegen der linearen Abschreibung und können entsprechend als Freibeträge geltend gemacht werden, doch letztendlich muß man eben Rechenschaft über sie ablegen. Wenn sie nicht mehr auftauchen, kriegt man echte Probleme, glaub mir. Da unser Freund erst seit ... Moment mal, ah ja, seit fünfhundert Jahren hier ist, beträgt sein Buchwert noch immer etwa fünfundachtzig Prozent seines Neuanschaffungswerts. Das ist ein enormer Fehlbetrag.«

Der Sicherheitschef runzelte die Stirn. Bücher, ob nun Geschäftsbücher oder normale Bücher, taugten nach seiner Erfahrung grundsätzlich nichts, nicht einmal dazu, um damit nach notorischen Straftätern zu werfen. Er kramte in der tiefsten Schublade seines Gedächtnisses herum.

»Kann man ihn nicht einfach gänzlich abschreiben?« schlug er vor.

Die Miene des Finanzdirektors verfinsterte sich. »Gegen was? Sichere Schulden? Nein, wir müssen den Mistkerl bloß wieder hierherkriegen. So einfach ist das.«

»Alles klar. Also erwartest du jetzt von mir, daß ich ein Kommando zusammenstelle und ...«

»Nein.« Der Finanzdirektor schüttelte heftig den Kopf und schlug während dieses Vorgangs dem Sicherheitschef beinahe die Schädeldecke ab. »Wie ich dir zu meiner großen Freude mitteilen kann, liegt das nicht mehr in unseren Händen.«

»Und was hast du nun unternommen?«

Zum erstenmal an diesem Tag schwang in der Stimme des Finanzdirektors ein Hauch von Freude mit, und sein drittes Auge funkelte verheißungsvoll. »Ich habe einen Kopfgeldjäger angeheuert, den besten.«

Er lächelte, entzündete den Rest der Zuckerwatte und eilte die Treppe zu seinem Büro hinauf.

Es gibt drei unveränderliche Gesetze im Universum. Nur drei.

Zwei davon beziehen sich auf Tod und Steuern und sind bei passender Gelegenheit außer Kraft gesetzt worden. Doch nicht das dritte, das da heißt:

NIEMAND DARF ZU
HERRN VAN APPIN,
OHNE ZUVOR EINEN TERMIN
VEREINBART ZU HABEN.

Nachdem er seinerzeit mit den anderen beiden bereits doppeltes Spiel getrieben hatte, wollte es der Entflohene (der mittlerweile einen leichten grauen Anzug, elegante hellbraune Halbschuhe und eine taubengraue Krawatte trug) mit dem dritten Gesetz auf einen Versuch ankommen lassen.

»Entschuldigung, aber haben Sie einen Termin abgemacht?« erkundigte sich die Empfangsdame.

Der Entflohene drehte sich langsam zu ihr um und blickte sie an. »Das hängt ganz davon ab.«

»Das bezweifle ich, mein Herr«, antwortete die Empfangsdame. Hätte man ihren Tonfall nachtsüber draußen im Regen gelassen, wäre er am nächsten Morgen von Rost überzogen gewesen. »Haben Sie nun einen Termin oder nicht?«

»Das hängt ganz davon ab, wie herum Sie Ihre Zeit am liebsten haben. Ich persönlich mag sie am liebsten verkehrt herum, auf diese Weise kann ich alle meine Termine rückwirkend abmachen. Kommen Sie vor etwa fünf Minuten zurück, und ich werde für Sie alles in Ordnung gebracht haben.«

»Tut mir leid«, beharrte die Empfangsdame. »Niemand darf zu Herrn van Appin, ohne zuvor einen Termin vereinbart...«

»Er will mich bestimmt sehen.«

»Bei allem Respekt, mein Herr, aber...«

Der Entflohene lächelte und verschwand.

Fast gleichzeitig rematerialisierte er im Büro von Herrn van Appin, nahm in dem großen Ledersessel Platz und begann Büroklammern ineinanderzustecken.

»Guten Morgen, George«, begrüßte ihn Herr van Appin, ohne aufzublicken. »Eine Sekunde noch, dann habe ich Zeit für dich.«

Obwohl sein Gesicht nichts davon verriet, war der Entflohene tief beeindruckt. Nicht viele sind so abgebrüht, daß sie die Materialisation eines entflohenen Quälgeists völlig beiläufig zur Kenntnis nehmen.

»Das geht schon in Ordnung«, antwortete er. »Ich hab's nicht eilig.«

Herr van Appin hörte damit auf, das Dokument, das er die ganze Zeit über durchgesehen hatte, mit Anmerkungen zu versehen, legte es in die herausgezogene Schublade, preßte die Fingerspitzen gegeneinander und machte es sich im Sessel bequem.

»Wir haben uns ja eine Ewigkeit nicht mehr gesehen, George, wenn du den Ausdruck entschuldigst«, sagte er schließlich.

»Nett von dir, daß du mich trotz meiner kurzfristigen Ankündigung eingeschoben hast«, antwortete der Entflohene. »Hör mal, ich stecke ein wenig in der Klemme und habe mich gefragt, ob du mir da raushelfen könntest.«

Die Zigarrenkiste auf Herrn van Appins Schreibtisch schwebte durch den Raum und öffnete sich von selbst unter der Nase des Entflohenen, der daraufhin leicht den Kopf schüttelte.

»Ich werde mein Bestes geben«, versicherte ihm van Appin. »Erzähl mir aber erst einmal, worum es geht.«

Der Entflohene grinste. »Wo soll ich denn anfangen, Peter?«

Van Appin dachte kurz darüber nach und antwortete dann: »Nun, ich denke, dieses ganze Am-Anfang-war-das-Wort-Zeugs können wir als selbstverständlich voraussetzen und die Geschichte dort wiederaufnehmen, wo du deine Seele an diese sehr böse Person verkauft hast und sie sie in Empfang genommen hat. Um ehrlich zu sein, George, ich habe das damals für einen günstigen Zeitpunkt gehalten, den Fall als erledigt zu betrachten und dir meine Rechnung zu schicken.« Herr van Appin runzelte die Stirn. »Hast du die eigentlich jemals bezahlt?«

»Umgehend sogar«, versicherte ihm Lucky George. »Oder besser, meine Testamentsvollstrecker haben das erledigt. Glaub mir, ich habe mich damals schon im voraus um alles gekümmert. Ich mag zwar der ewigen Verdammnis ins Auge geblickt haben, aber ich wollte mir keine *echten* Probleme aufhalsen.«

»Ah ja, jetzt erinnere ich mich.« Herrn van Appins Stirn glättete sich. »Aber um wieder darauf zurückzukommen, worüber wir gerade sprachen: Ich habe damals gedacht, das war's dann wohl, was dich angeht. Natürlich bin ich furchtbar traurig gewesen, dich als Klienten verloren zu haben, aber solche Dinge passieren nun einmal. In Verbindung mit deinem Fall ist mir sogar etliche Male der Spruch ›auf frischer Tat ertappt‹ durch den Kopf geschossen. Du bist doch hoffentlich von niemandem verfolgt worden, oder?«

»Das ist ziemlich unwahrscheinlich«, antwortete Lucky George. »Soweit ich es beurteilen kann, haben die nicht die leiseste Ahnung, in welcher Zeit ich mich aufhalte, geschweige denn, an welchem Ort. Hör mal,

Peter, dieses Mal will ich mich mit allen mir zur Verfügung stehenden Mitteln wehren.«

Herr van Appin zog skeptisch eine Augenbraue hoch. »Dich mit allen Mitteln wehren, George?«

»Genau!« Der Entflohene nickte entschlossen. »Nenn es von mir aus eine Prinzipienfrage.«

Erneut runzelte Herr van Appin die Stirn. »Das klingt aber sehr kostspielig, George.«

»Das Geld dazu habe ich.«

»Das bezweifle ich nicht«, antwortete Herr van Appin achselzuckend. »Aber selbst dann sehe ich keine große Aussicht auf Erfolg. Diese Seelenkaufverträge gehören zu den wenigen juristischen Angelegenheiten, die man wortwörtlich als absolut wasserdicht bezeichnen kann.«

Der Entflohene blickte erstaunt drein. »Wirklich?«

»Leider ja, George. Ich habe sie selbst entworfen.« Mit einem Hauch Nostalgie fügte er hinzu: »Und ich bin damals gut gewesen. Als Anfänger war ich scharf darauf, mir einen Namen zu machen. Um mir einen Klienten von solchem Kaliber an Land zu ziehen, wollte ich natürlich einen guten Eindruck machen.«

»Also hältst du es nicht für möglich, etwas dagegen zu unternehmen?«

»Ich fürchte, das wird sehr, sehr schwierig«, entgegnete Herr van Appin. »Denk dran, ich habe es hier mit dem schlimmstmöglichen Szenario zu tun, das man sich vorstellen kann.«

»In dem du sogar die Rolle des Advocatus Diaboli spielst.«

Herr van Appin lächelte mißmutig. »Das konnte man früher mal so sagen, doch mittlerweile arbeite ich nicht mehr für die da unten. Heutzutage wird bei denen alles firmenintern geregelt.«

»Wirklich?«

Herr van Appin nickte. »Das ist durchaus sinnvoll, denn früher oder später kriegen die da unten die

Crème de la crème unseres gesamten Berufsstands zusammen.«

»Mit Ausnahme von dir, Peter.«

Ein schwacher rosaroter Farbton versuchte, sich auf Herrn van Appins Wangen zu legen. »Solche Schmeicheleien bringen dich auch nicht weiter. Ich habe nicht behauptet, daß es unmöglich ist, George. Nichts ist unmöglich. Ich weiß bloß nicht, wie, das ist alles. Vielleicht werde ich auch nur alt oder so was.« Er hielt inne, klopfte sich mit einem Kugelschreiber gegen die Zähne und dachte eine Weile nach. »Ich habe da allerdings eine Idee«, sagte er schließlich. »Vor hundert Jahren hätte ich einen solchen Auftrag auf der Stelle angenommen. Warum versuchst du's nicht einfach mal zu jener Zeit?«

(Wegen des einzigartigen Charakters seiner Praxis hielt es Herr van Appin für angebracht, in jedem Jahrhundert eine Hauptfiliale zu betreiben, mit Zweigstellen in dreißigjährigen Abständen, die bei seiner jeweiligen Pensionierung die Praxis übernahmen. Aufgrund seiner gleichermaßen einzigartigen Fähigkeiten war es ihm nie gelungen, einen ebenbürtigen Kompagnon oder Partner zu finden, was letztendlich dazu geführt hatte, daß er heute sämtliche Büros gleichzeitig leitete – wodurch der Begriff ›Arbeitsüberlastung‹ bei ihm völlig ungeahnte Dimensionen annahm.)

Der Entflohene schüttelte den Kopf. »Nee, das bringt nichts, Peter. Ich muß in diesem Jahrzehnt noch etliche Dinge erledigen und könnte nicht genügend Zeit dafür erübrigen.«

Beide schwiegen eine Weile.

»Denk dran, das kostet dich einen Haufen Geld«, gab Herr van Appin schließlich zu bedenken.

»Wie ich bereits sagte, ist das kein Problem«, entgegnete der Entflohene.

Herr van Appin grinste. »In dem Fall benötige ich eine Kopie des Originalvertrags, eine unterschriebene eidesstattliche Erklärung vom Heiligen Geist und fünfzig Milliarden Gulden Vorschuß.«

»Ich habe mir gedacht, daß du das sagen würdest«, reagierte der Entflohene gelassen. Dann schob er seinem Gegenüber den Diplomatenkoffer hinüber, den er vorsorglich mitgenommen hatte.

Herr van Appin klappte den Deckel auf und nickte. »Wie und wo kann ich dich erreichen?« fragte er. »Ich nehme an, du dürftest für eine ganze Weile nur schwer zu finden sein.«

»Ich werde mich bei dir melden«, antwortete der Entflohene. »So rum halte ich's für besser.«

Als der Klient das Büro verlassen hatte, drehte sich Herr van Appin einige Male im Sessel herum, kaute am Kugelschreiber und summte vor sich hin. Dann nahm er das Diktiergerät in die Hand.

»Bitte legen Sie eine neue Akte an, Frau Duisberg. Klientenprofil befriedigend. Klientenname Faust. F-A-U-S-T, wie die Faust im Nacken, Vorname George Michael. In Sachen ...« Er hielt inne, spulte das Band zurück und dann wieder ein Stück vor. »In Sachen Unstimmigkeiten mit der Höllen-Holdinggesellschaft.«

Faust war natürlich nicht sein richtiger Name.

Faust war lediglich die deutsche Abkürzung für Faustus. Diesen Spitznamen hatte er als Student in Wittenberg erhalten, und Faustus bedeutet eigentlich ›Glückspilz‹.

Was mal wieder beweist, wie sehr man sich irren kann, nicht wahr?

Mit Ausnahme eines besonders unglücklich verlaufenen Jahres (zu seinen damaligen Kommilitonen gehörten Martin Luther, Matthias Corvinus und Hamlet, Prinz von Dänemark) war Lucky George tatsächlich jener Glückspilz gewesen, für den er von allen gehalten worden war, als er ein böses Ende gefunden hatte, wie man es sich aufsehenerregender nicht vorstellen kann. Damals war der nachfolgende Skandal derart verheerend, daß die Universitätsverwaltung Schwarze Magie umgehend vom Lehrplan strich und das Fach nahtlos durch Volkswirtschaftslehre ersetzte. Europa wurde von einer Welle der Hysterie erfaßt, und die nächsten beiden Jahrhunderte blieben Hexerei und Zauberei eine (sozusagen) brennende Frage auf der Tagesordnung der bekannten Welt. Selbst die Mutter von Lucky George sprach nicht mehr von ihrem Sohn, dem Doktor, und schaffte das Gemälde, auf dem er in seiner Universitätstracht dargestellt war, vom Kaminsims in den Kohlenschuppen.

Dennoch trug Lucky George seinen Beinamen nicht ganz zu Unrecht. Niemand konnte abstreiten, daß er mehr Glück hatte als hundert andere Menschen zusammen. Es ist nur so, daß einem Glück auf zwei Spielarten widerfährt. Nennen Sie es ruhig Geschmacksrichtungen, wenn es die Sache vereinfacht.

Das Aroma der anderen Kugel in Lucky Georges Eistüte glich – zumindest seiner Meinung nach – den leichten Tiefschlag, den er durch den Seelenpakt erlitten hatte, mehr als genug aus. Letztendlich war alles nur Mittel zum Zweck gewesen, und zudem hatte es einem sehr angenehmen Zweck gedient. Damit wir uns nicht falsch verstehen: Lucky George hatte wirklich etwas für sein Geld bekommen.

Ronnie Bosch saß in seinem Atelier, starrte eine ganze Weile angestrengt auf das Reißbrett und stöhnte schließlich laut auf.

Wie man ihm erzählt hatte, sei alles Teil eines Gesamtkonzepts, das nach Auffassung der Höllen-Holdinggesellschaft die Zukunft darstellen werde.

Aus Gründen, die er zwar nicht ganz begriff, aber dennoch als recht schmeichelhaft empfand, sollte das Projekt Euro-Bosch genannt werden.

›Besuchen Sie ein Land voller Wunder und Zauber‹,

hatte es in der Vorankündigung geheißen. ›Lernen Sie Ihre Lieblingsgestalten aus dem unerschöpflichen Repertoire von Europas phantasievollstem Künstler kennen, blicken Sie jemandem direkt ins Auge, den Sie am liebsten nur … Fahren Sie durch eine der aufsehenerregendsten Landschaften, und besichtigen Sie Sehenswürdigkeiten, die Sie nirgendwo anders sehen können.‹

In der Theorie hörte sich das ja alles ganz gut an; aber Ronnie, der sich mit der Aufgabe gegenüber sah, siebenhunderttausend verschiedenartige und speziell zu diesem Zweck geeignete Latexmasken rechtzeitig zur großen Eröffnungszeremonie fertigzustellen, fragte sich zum wiederholten Mal, ob diese ganze Angelegenheit auch schon vor der Bereitstellung der notwendigen Mittel wirklich richtig durchdacht worden war.

Zum Beispiel werden Masken allein niemals ausreichen, murmelte er in sich hinein, während er mit finsterem Blick einen widerspenstigen Entwurf betrachtete und ihn auf den Kopf stellte (so herum gefiel ihm die Fratze schon sehr viel besser), *jedenfalls nicht für besonders extravagante Entwürfe. Und damit meine ich Kostüme und wahrscheinlich auch entsprechende Körper, die darin stecken.* Er fluchte laut; etwa vierzig Prozent seiner besten Arbeiten waren anatomisch unmöglich zu verwirklichen, und das hieß: noch mal alles ganz von vorn.

Igitt.

Die verirrte Kugel eines unverhofften Geistesblitzes traf voll ins Schwarze, und er nahm einen Bleistift in die Hand.

Eine Maus, dachte er, *eine zwei Meter große grinsende Maus in menschlicher Gestalt, mit frechen kleinen Vorderzähnen und großen Händen, die …*

Er schüttelte den Kopf, als wollte er auf diese Weise die Idee aus seinen Gedanken vertreiben. Selbstverständlich ging er mit seinen künstlerischen Eingebungen sehr freizügig um, doch alles hatte seine Grenzen, und der bloße Gedanke an ein solches Ungeheuer ließ ihn erschaudern.

Sein wirklich größter Wunsch ist natürlich schon immer gewesen, einmal Hubschrauber zu entwerfen. Und Fallschirme und Teleskope und wunderschöne Schiffe mit einem Paddelantrieb, der durch von Ochsen gezogene Tretmühlen übertragen wird. Und Belagerungsgeräte und Waschmaschinen und Kühlschränke und einen kombinierten Dosenöffner/Kartoffelschäler und platzsparende Aufbewahrungssysteme für CDs und Bügelbretter, die sich raffiniert zu Couchtischen zusammenklappen lassen. Auch solche Aufgaben hätte er mit Leichtigkeit gemeistert; immerhin war von ihm das Schweizer Armeemesser bereits erfunden worden, als die Schweizer noch gar keine Armee besessen hatten.

Unglücklicherweise war er als kommerzieller Künstler und Maler zu erfolgreich gewesen, da die Leute zu jener Zeit ein großes Verlangen nach drastisch verstümmelten Dämonen und scheußlich gefüllten Überraschungseiern verspürten. Es war ein wenig so, als wäre man ein voll im Trend liegender Gestalter von Buchumschlägen, nur nicht ganz so gut bezahlt.

Und von da an war ihm alles viel zu leicht von der Hand gegangen. Selbst wenn er die Augen schloß. Sogar besonders dann, wenn er die Augen schloß. Jetzt zum Beispiel.

Wie wäre es mit einer enorm großen Entenmutation? Mit riesigen ovalen Augen, einem Schnabel mit den Ausmaßen eines Tennisschlägers und einem scheußlich hungrig-lüsternen Blick, der einen glauben macht, das Ungetüm will einen jeden Augenblick …

Ronnie öffnete rasch die Augen, rieb sie sich mit den Knöcheln der geballten Fäuste und schluckte eine ganze Handvoll Beruhigungspillen.

Schließlich machte er sich daran, eine Kuh zu zeichnen.

Mit abgespanntem Gesicht, reisemüde und geistig leicht ermattet, drückte Lundqvist die Tür zum amerikanischen Buchladen in Paris auf, stützte sich mit beiden Ellbogen auf dem Verkaufstresen ab und sagte: »Goethe.«

»Wie bitte?«

»Sind Sie taub, oder was? Ich sagte: Goethe.«

Die junge Verkäuferin hinter dem Ladentisch rückte sich die Brille zurecht. »Sie wollen ein Buch von Goethe?« traute sie sich zu fragen.

»Sie haben's erraten.«

Das Mädchen dachte eine Weile nach. »Ich glaube, irgendwo haben wir eins von ihm. Jedenfalls sollte normalerweise immer eins vorrätig sein. Ich arbeite hier noch nicht so lange.«

»Dann holen Sie's.«

Die Verkäuferin machte sich auf die Suche und kam kurz darauf zurück.

»Sind Sie sicher, daß Sie ein Buch von Goethe wollten?«

»Ja.«

»Dann hätten wir das hier für Sie.« Sie reichte Lundqvist ein angestaubtes Taschenbuch und zog dabei eine Miene, als könne selbst ihr noch hin und wieder die ein oder andere Überraschung widerfahren, obwohl sie sich an die zeitweilig ziemlich absurden Wünsche der Kundschaft längst gewöhnt hatte. »Ist es das Buch, das Sie …?«

Lundqvist blickte auf den Buchrücken. *Faust.* Teil eins und zwei. Vollständig und ungekürzt. Aus der Klassikerreihe des Mentor-Verlags. »Ja«, grummelte Lundqvist. »Marlowe.«

Die junge Verkäuferin musterte den abgetragenen Trenchcoat des Kunden und entdeckte die ausgebeulte Stelle unterhalb der linken Achselhöhle. »Marlowe? Ach, so heißen Sie, stimmt's?«

»Christopher Marlowe«, zischte Lundqvist und gab

so zu verstehen, daß seine Geduld bald am Ende war. »Englischer Dramatiker aus dem sechzehnten Jahrhundert. Ich will seine gesammelten Werke. Also bewegen Sie sich endlich.«

Das Mädchen machte sich erneut auf die Suche und kam kurz darauf auch wieder zurück.

»Wir haben nur Teil eins in der NEL-Ausgabe. Ich könnte natürlich eine Bestellung ...«

Lundqvist riß ihr das Buch aus der Hand, schlug die Seite mit der Inhaltsangabe auf und nickte. »Das geht schon in Ordnung. Kein Problem«, grummelte er und gab der Verkäuferin einen Geldschein. »Das Wechselgeld können Sie behalten.«

Auf einer Bank am Ufer der Seine mußte Lundqvist zunächst einmal die Verpackung aufreißen, da die Verkäuferin darauf bestanden hatte, die Bücher in Papier einzuschlagen. Er entschied sich für die gesammelten Werke von Christopher Marlowe und begann zu lesen.

Es fiel ihm schwer voranzukommen. Sein gewöhnlicher Lesestoff tendierte zu einer knapperen und weniger blumigen Sprache (›Schritt drei: Verbinden Sie das Kabel der Zeitschaltuhr mit der Sprengkapsel‹), außerdem wußte er ganz genau, daß weite Passagen von Marlowes Version stark überzogen, abstrus oder einfach nur falsch waren.

Er fragte sich, warum. Sicherlich hatte dieser komische Kauz, den er all die Jahre gekannt hatte, weiß Gott seine Fehler, aber selbst Faust zog nicht überall herum und sprach die ganze Zeit wie ein Geisteskranker in Versen.

Schließlich fand Lundqvist jedoch die Stelle, die er gesucht hatte. Nachdem er sie mit einem gelben Textmarkierer unterstrichen und sich die Seitenzahl notiert hatte, schlug er die Goethe-Version auf. Nach unentwegtem und hartnäckigem Durchblättern fand er schließlich den Abschnitt, der genau das bekräftigte, was er schon zuvor in Marlowes ›Doctor Faustus‹ entdeckt hatte. Sehr schön.

Er steckte die Bücher in die Manteltasche und machte sich auf den Weg, um sich ein rückstoßfreies 55-mm-Gewehr zu kaufen.

Mit der Hand auf der Sprechmuschel blickte der Firmensekretär nach oben und zischte: »*Er* ist dran. Was soll ich sagen?«

Der Finanzdirektor runzelte die Stirn. »Ich nehme den Anruf an. Informier du den Sicherheitsdienst. Die sollen feststellen, ob sie die Leitung zurückverfolgen können«, flüsterte er ihm zu. Dann nahm er den Hörer in die Hand, holte tief Luft und sagte: »Ja?«

»Hallo.«

Der Finanzdirektor überlegte kurz. »Die Verbindung ist furchtbar schlecht. Sie müssen schon lauter sprechen.«

»Hören Sie, ich gebe Ihnen eine faire Warnung«, antwortete die Stimme am anderen Ende. »Sie haben bestimmt Leute auf mich angesetzt. Rufen Sie die sofort zurück, sonst werden Sie es noch bereuen. Haben Sie das verstanden?«

Der Finanzdirektor grinste. »Ich denke, ja. Sie wollen damit andeuten, daß uns etwas Schlimmes zustoßen wird, wenn wir Sie nicht in Ruhe lassen.« Aus Effekthascherei hielt er eine Weile inne und fuhr dann fort: »Ist Ihnen eigentlich noch gar nie der Gedanke gekommen, daß uns bereits alles vorstellbare Schlimme dieser Welt zugestoßen ist? Bedenken Sie, daß …«

Die Verbindung wurde plötzlich unterbrochen.

»Pech gehabt«, meldete sich der Sicherheitsdienst. »Die Zeit war zu knapp. Irgendwo in Europa, wahrscheinlich Ende zwanzigstes, Anfang einundzwanzigstes Jahrhundert. Im übrigen …«

»Macht nichts«, winkte der Finanzdirektor seufzend ab. »Die Chance, daß er irgendwelche Dummheiten anstellt und sich selbst verrät, ist sowieso nur minimal. Wenigstens stehen wir jetzt schon mal mit ihm in Verbindung, gewissermaßen jedenfalls. Keine Sorge, wir kriegen ihn schon.«

Der Firmensekretär fuhr sich übers Kinn und löste dadurch einen sprühenden Funkenschwall aus. »Entschuldigung, falls ich mich auf dem Holzweg befinde«, sagte er, »aber hat er nicht gerade eine Drohung ausgesprochen? War da nicht so was in der Richtung wie ›Sonst werden Sie es noch bereuen‹?«

»Der spuckt nur große Töne«, antwortete der Finanzdirektor achselzuckend.

»Ach so. Eben dachte ich noch, es habe sich um eine Drohung gehandelt.«

»Das ist ungefähr dasselbe. Große Töne spuckt man nämlich immer nur dann, wenn man mit dem Rücken zur Wand steht, sich in den Händen überwältigender höherer Mächte befindet und dem sicheren Tod entgegensieht.«

»Aha, also so was wie das letzte Gefecht eines Großmauls?«

Der Finanzdirektor blickte den Firmensekretär nachdenklich an, dann grinste er leicht verlegen. Die beiden wußten, aus welchem Grund der Sekretär einst hier heruntergeschickt worden war; und dabei hatte es sich bestimmt nicht um das Stehlen von Schafen oder den Handel mit geistlichen Ämtern gedreht. Man konnte davon ausgehen, daß er seine Lektion mittlerweile gelernt hatte.

»Jedenfalls brauchen wir uns keine Sorgen zu machen«, bekräftigte der Finanzdirektor. »Der kann niemandem drohen. Glaub mir, bellende Hunde beißen nicht… und wenn doch, muß man ihnen eben das Maul stopfen.«

3. KAPITEL

Nicht viel später begann Lucky George mit seiner Schreckensherrschaft.

Das ist allerdings eine etwas übertriebene Darstellung, da es sich eher um einen heftigen Erguß extremer Ärgernisse handelte, der auf die Menschheit niederging.

Historiker haben nach ausgiebigen Untersuchungen haargenau bestimmt, was man als das Sarajevo oder die Fährkatastrophe von Lucky Georges Krieg gegen die Menschheit bezeichnen könnte. Es passierte an einem Freitagabend um halb sechs; der Ort des Geschehens: das Zentrum von Amiens. Das Opfer: ein junger Versicherungsvertreter, dessen Name nicht überliefert ist; deshalb findet für ihn die jährliche Kranzniederlegung am Grabmal des Unbekannten Soldaten statt, obwohl der Ausdruck ›Soldat‹ wahrscheinlich ein wenig hochgegriffen ist.

Das Opfer beeilt sich, um noch den Bus zu kriegen. Dennoch bleibt der Mann vor einer Zweigstelle der Credit Lyonnais stehen, sucht in der Brieftasche verzweifelt nach seiner Eurocheque-Karte, steckt sie in den Geldautomaten und wartet.

Nach etwa fünf Sekunden (was einem ganz schön lange vorkommen kann, wenn man auf der Straße steht und sich der Launenhaftigkeit bewußt ist, mit der in der französischen Provinz Busse ihre Fahrpläne einhalten) gibt der Geldautomat ein Geräusch von sich. Sicher, das ist ganz normal; aber dieses Geräusch gehört nicht zum üblichen Repertoire.

Der Automat rülpst.

Das Opfer runzelt die Stirn, drückt auf den Knopf mit der Aufschrift *Vorgang abbrechen* und wartet erneut.

Die Lichter flackern auf, und auf dem Bildschirm erscheint eine Nachricht.

IHRE KARTE WURDE EINGEZOGEN

steht dort. Dann flackern erneut sämtliche Lampen.

ODER, BESSER GESAGT, AUFGEGESSEN

Das Opfer zieht verdutzt eine Augenbraue hoch. Ein letzter Funke Selbsterhaltungstrieb in seinem Hinterkopf veranlaßt ihn, einen Schritt zurückzutreten. Die Lichter tanzen.

NACH MEINEM GESCHMACK ZU SALZIG

Dieses Mal kann das Opfer die Gefahr regelrecht riechen, aber es ist zu spät. Der Automat blickt ihm nun direkt in die Augen und lächelt sogar.

UND SIE KÖNNEN DIE KARTE
AUCH NICHT MEHR ZURÜCKKRIEGEN,
DAS KOMMT DAVON

In allen von uns steckt das grundsätzliche und recht gefährliche Verlangen, uns am zerklüfteten Rand der Normalität festzukrallen, auch wenn völlig klar ist, daß man, je länger man sich daranklammert, um so tiefer der Fall wird, wenn man schließlich den Halt verliert. Das Opfer drückt erneut *Vorgang abbrechen*. Das war unklug.

HÖR MAL, BRILLENSCHLANGE!

Der Versicherungsvertreter versucht, nach hinten auszuweichen, aber der Automat beweist die Geschmeidigkeit einer Katze und scheint eine direkte Verbindung zu den Füßen des Opfers zu haben.

NIEMAND KOMMT UNGESTRAFT DAVON,
WENN ER VERSUCHT,
BEI MIR EINFACH
EINEN VORGANG ABZUBRECHEN.
IST DAS KLAR?

Der erste Gedanke des Opfers ist, sich zu entschuldigen, doch die ordnende Hand der Normalität hat den Vertreter bereits wieder fest im Griff. *Man kann mit solchen Automaten nicht reden,* sagt er sich, *das sind nur Computer, die ...*

Eine ganze Flut von Banknoten, die so zusammenkleben, daß sie eine Art Zunge bilden, schnellt aus dem Ausgabeschlitz und schlägt wild um sich, bis sie die Krawatte des Opfers zu fassen bekommt und sich zurückzieht.

ZU DIESEM SPIEL GEHÖREN IMMER ZWEI,
FREUNDCHEN

Gerade als die Nase des Opfers gegen den Plexiglasschirm gepreßt und sein Kinn über die Bedienungsanleitung geschleift wird, geben die arg strapazierten synthetischen Fasern der Krawatte nach, lassen die Zunge mit einem etwa zehn Zentimeter langen aufgewickelten Stück Terylene und den Versicherungsvertreter, mit dem Rücken flach am Boden liegend, im Rinnstein zurück.

Er kommt wieder auf die Beine. Er rennt davon. In seiner überstürzten Hast übersieht er einen Streifenpolizisten und prallt heftig mit ihm zusammen. Es gibt ein kurzes Zwischenspiel, an dessen Ende der Gendarm den Versicherungsvertreter vom Kragen abschüttelt.

»Pardon, Monsieur, ich …«

Der Blick des Gendarmen befiehlt die sofortige Einnahme der Habtachtstellung und verrät seinem Gegenüber, daß er nach einer Erklärung verlangt. Wenn sich ein Franzose offenkundig mehr vor etwas fürchtet, das er erst kurz zuvor gesehen hat, als vor einem Gendarmen, den er gerade umgerannt hat, dann muß es dafür einen wirklich triftigen Grund geben.

»Monsieur, die Bank hat gerade versucht, mich umzubringen! Erst hat der Automat meine Scheckkarte runtergeschluckt und danach meine Krawatte aufgegessen.«

Der Gendarm hat das Opfer bereits als geistig verstört eingestuft und will gerade psychiatrische Erste Hilfe leisten, als er einen Blick von der Geldscheinzunge erhascht, die noch immer wild um sich schlägt und versucht, sich ein zehn Zentimeter langes Krawattenstück durch den Ausgabeschlitz hindurch einzuverleiben. Er starrt den Geldautomaten an.

Der Automat starrt zurück. Dann – anders läßt es sich leider nicht ausdrücken – streckt er dem Polizisten die Zunge heraus.

Der Gendarm erstarrt. Es gibt gewisse Dinge, die tut man einfach nicht, egal, wie viele Zweigstellen und hundertprozentige Tochtergesellschaften man sein eigen nennt.

Er benötigt nur den Bruchteil einer Sekunde, um die obligatorische Warnung zu bellen. Die Zunge wird länger und wackelt hin und her. Sie schnappt sich sogar das Käppi des Gendarmen, wirbelt sie einige Mal in der Luft herum und stopft sie in den Schlitz hinein. Erneut ertönt ein Rülpsen. Ein Knopf landet auf dem Bürgersteig und rollt wie betrunken davon.

Der Rest des Geschehens verläuft alles andere als leise. Die 9-Millimeter-Pistole des Gendarmen kommt ins Spiel. Drei Knalle, als bräche sich ein Riese mehrmals das Bein, doch der Automat hört nicht auf zu grinsen.

Auf dem Bildschirm erscheint eine abfällige Bemerkung.

All das ist natürlich genau überliefert; man kann es in verschiedenen, inhaltlich aber übereinstimmenden Versionen in jedem Geschichtsbuch nachlesen. Was nicht so genau bekannt ist – wahrscheinlich weil es einerseits so furchtbar beängstigend ist und die Menschheit andererseits nur ein gewisses Maß an Realität verträgt, ehe sie Aufklärung über unerklärliche Dinge fordert –, ist die Tatsache, daß der betreffende Gendarm, als er am Ende des Monats seinen Kontoauszug erhielt, zu seiner großen Verwunderung einen Posten entdeckte, bei dem ihm am fraglichen Tag drei 9-mm-Patronen für eine Parabellum aufs Milligramm genau gutgeschrieben worden waren.

Mit Zinsen; natürlich nach Abzug der Steuern.

Kurz nachdem die ersten Berichte dieses Zwischenfalls beim Heißen Stuhl eingetroffen und als recht ausgefallener Streich abgetan worden waren, packte in Toronto ein Faxgerät eine Sekretärin beim Handgelenk, als diese gerade ein Schreiben einstecken wollte, schleuderte sie durch die Ionosphäre und ließ die Frau erst in Winnipeg wieder los, wo sie vor dem Bürogebäude einer renommierten Firma für Wünschelrutengänger landete.

Um alles noch schlimmer zu machen, handelte es sich um die falsche Hausnummer.

In ganz Florida stimmten sämtliche Mikrowellenherde gleichzeitig ein Lied an, bis sie abgestellt wurden, während sich in Tokio ein Einsatztrupp der Feuerwehr zwei Stunden lang damit abmühte, den Gast einer Talk-

Show aus dem Gehäuseinnern eines tragbaren Fernsehgeräts zu befreien. Als man den bedauernswerten Mann endlich herausbekommen hatte, stellte man fest, daß er sich vom Hämmern gegen die innere Glasscheibe mehrere Mittelhandknochen gebrochen hatte.

In Nowossibirsk wurde ein komplettes Lagerhaus für Kugelschreiber durch weitreichendes Artilleriefeuer zerstört, nachdem die Stifte in winzige, aber unglaublich behende gelbe Schlangen verwandelt worden waren. Der Präsident von Venezuela hielt im Fernsehen eine landesweit übertragene Rede, um die Bevölkerung zu beruhigen, da sämtliche Diktiergeräte des Landes dazu übergegangen waren, patzige Antworten zu geben. Große Teile der Innenstadt von Perth wurden abgeriegelt; lediglich eine Handvoll verwirrter Marineinfanteristen blieb zurück, die durch die Visiereinrichtungen ihrer Maschinengewehre hindurch den majestätischen Tanz der Verkehrsampeln beobachteten. In London versagten sämtliche Telefone drei Stunden lang den Dienst, aber das fiel niemandem weiter auf. Die Arbeiter eines volkseigenen Betriebs an einem ungenannt gebliebenen Ort in der Provinz Shantung erschraken fast zu Tode, als sie bei Dienstantritt feststellen mußten, daß sich die frisch gepflanzten Reisfelder selbsttätig in einen achtzehnbahnigen Golfplatz verwandelt hatten, und zwar komplett mit Buggys, Clubhaus und Tagungsräumen.

Überhaupt nichts Aufsehenerregendes passierte in Irland, was vielleicht der besorgniserregendste Teil an der ganzen Angelegenheit war. Weder bewegten Marienstatuen auf wundersame Weise ihre Hände, noch vergossen sie für den ungefähren Zeitraum von drei Stunden irgendwelche Tränen.

In Paris kicherte die Mona Lisa.

»Okay, Sie haben gewonnen. Wir ziehen unsere Agenten zurück«, lenkte der Finanzdirektor ein.

»Das wird aber auch Zeit«, antwortete Lucky George. Er befand sich in einer Telefonzelle und suchte in der Tasche nach Kleingeld, um es in den Apparat nachzuwerfen. Als er nur eine kleine verbogene Waschautomatenmünze entdeckte, mußte er unwillkürlich grinsen. »Sie können sich äußerst glücklich schätzen, daß ich etwas aus der Übung bin.«

»Sie wissen ganz genau, daß Sie nicht ungeschoren davonkommen werden. Sie können sich zwar verstecken, aber davonlaufen können Sie uns nicht.«

»Das sehe ich allerdings eher andersherum, denn ...«

»Denken Sie darüber nach.«

Lucky George dachte darüber nach und kam zu dem Schluß, daß ihm der Ton des Finanzdirektors überhaupt nicht behagte. Letztendlich führte diese Einsicht dazu, daß in den eilig hergerichteten Räumen des Pandämonium-Krisenstabs der Telefonhörer dem Finanzdirektor einen feuchten Kuß aufs Ohr gab. Dieser wikkelte daraufhin ein Taschentuch um die Hörmuschel und fuhr fort:

»Ich werde Ihnen sagen, was wir tun, George. Geben Sie auf, kommen Sie ohne viel Aufhebens zurück, und wir vergessen die ganze Geschichte. Sie können sogar Ihre alte Arbeitsstelle in der ... Nein, wir werden Ihnen einen ruhigen Job in der Küche geben. Ich finde, fairer geht's wirklich nicht. Außerdem werden wir ...«

Aus der Sprechmuschel des Hörers schoß dem Finanzdirektor ein Apfel direkt in den Mund, und die Leitung wurde unterbrochen. Nachdem Lucky George aufgelegt hatte, ließ er die Telefonzelle mit einem Lächeln wieder vom Erdboden verschwinden und ging ins Café auf der anderen Straßenseite, wo er sich ein Glas Bier und ein getoastetes Sandwich bestellte.

Von wegen alle Agenten zurückziehen! Einen Teufel werden die tun!

Er saß dort für eine Weile und rauchte (ein Vorgang, der in seinem Fall ohne Tabak vonstatten geht). Dann nahm er das Glas, stellte es verkehrt herum auf den Tisch und begann eine Séance.

Um die Geister der Toten zu beschwören, muß man wenigstens drei Paar Hände miteinander verbinden. Obwohl Lucky George allein war, empfand er dies nicht als schwierig.

»Bist du da, Bull?«

Die Untertasse, auf der noch die unbezahlte Rechnung lag, wackelte einige Male vor und zurück. George schmunzelte und schob eine Münze unter den Tellerrand …

Ach, Sie haben gedacht, der Kellner hätte sie genommen. Tut mir leid, Ihnen Ihre Illusionen rauben zu müssen.

… woraufhin über dem Tisch eine Wolke Ektoplasma materialisierte und dort im gebrochenen Licht schwebte. Ein Mann mit Fliege und schwarzer Weste eilte herbei und nahm die Bestellung auf – eine Tasse Kaffee und ein Stück Käsekuchen mit Sahne.

Wie geht's?

»Ach, fast nichts als Ärger«, antwortete Lucky George. »Und was ist mit dir?«

Gar nicht so übel, antwortete der Schatten von Sitting Bull. *Man hat mir erst kürzlich eine Stelle in der Verwaltung gegeben.*

»In der Verwaltung?« wunderte sich Lucky George. »Warum denn das, Bully?«

Frag mich nicht. Als einzigen Grund konnte ich ins Feld führen, daß mein Name gut paßt. Da man in der Verwaltung viel herumsitzt und …

»Das stimmt allerdings«, unterbrach ihn Lucky George. »Aber laß uns zur Sache kommen. Soweit ich mich erinnere, schuldest du mir noch einen Gefallen, Bully.«

Das Ektoplasma schüttelte heftig den Kopf und rief auf diese Weise unbeabsichtigt einen Regenbogen hervor.

Zwing mich nicht, zu lachen, Bleichgesicht. Dein Volk hat uns das Land gestohlen. Ihr habt die Büffel ausgerottet. Ihr habt unsere Jagdgründe mit Telegrafenmasten und Dampfrossen verschandelt. Als wir uns gewehrt haben, habt ihr uns niedergemetzelt und in Reservate gesteckt. Ihr habt unsere einzigartigen und lebendigen kulturellen Traditionen zerstört und unsere Jugendlichen mit Feuerwasser und stark gewürzten Bisonburgern vergiftet. Ich kann mich nicht daran erinnern, irgend jemandem einen Gefallen zu schulden, der eine Hautfarbe hat, die sich insbesondere mit einem rosaroten Farbton beißt.

Lucky George runzelte die Stirn. »Du scheinst kein gutes Gedächtnis zu haben, Bully. Es erstaunt mich, daß du vergessen hast, wer dir dazu geraten hat, Anfang der siebziger Jahre des neunzehnten Jahrhunderts in Eisenbahnobligationen und Wells Fargo-Aktien zu investieren. Vielleicht meine ich aber auch jemand anders.«

Wie ein fluoreszierender Wackelpudding zitterte das Ektoplasma leicht.

Eins zu null für dich. Also gut, was willst du von mir?

Lucky George schwieg, da der Kellner gerade den Kaffee servierte. Den Käsekuchen teilten sich die beiden.

»Um dir die Wahrheit zu sagen, Bully, stecke ich ein wenig in der Klemme«, antwortete er schließlich mit vollem Mund.

Für mich hört sich das ganz so an, als wenn du nur Käse redest.

»Überlaß deine Ironie lieber den Lebenden, Bully, die haben dafür ein feineres Gespür. Jedenfalls ist der entscheidende Punkt, daß ich Hilfe brauche, und zwar von jemandem, der sich im Zentrum auf der anderen Seite befindet, wenn du mir folgen kannst.«

Für wie blöd hältst du mich eigentlich, Käsebleichgesicht? Willst du noch etwas Sahne?

»Warum nicht?« willigte Lucky George genußvoll

lächelnd ein und bestrich den Rest des Käsekuchens mit einer schier ungenießbaren, zwei Zentimeter dikken Schicht Sahne. »Viel verlange ich eigentlich nicht von dir. Wenn du es allerdings vorziehst, daß das gesamte Volk der Sioux von deiner Karriere als Aktienschieber erfährt, dann …«

Schon gut, es gibt keinen Grund, gehässig zu werden. Jedenfalls kann ich dich beruhigen; sämtliche Agenten sind wie versprochen zurückgezogen worden.

Lucky George blickte verdutzt drein. »Du überraschst mich, Bully. Im Ernst.«

Freie Mitarbeiter fallen allerdings nicht unter den Begriff ›Agenten‹. Wie du dich bestimmt erinnerst, besteht laut Vertragsrecht im Fall eines einseitig verpflichtenden Vertrags mit unbegrenzter Laufzeit – wie zum Beispiel bei der Auslobung einer öffentlichen Belohnung – kein Geschäftsbesorgungsauftrag, bis die andere Vertragsseite dem Angebot durch tatsächliche Erfüllung des Vertrags zustimmt. Der führende Präzedenzfall zu diesem Thema ist der alte Rechtsstreit zwischen Carlill und einem Hersteller von Nebelgranaten, bei dem …

»Sag mal, was erzählst du da eigentlich?« warf Lucky George verdutzt ein.

Ich absolviere an der Abendschule einen Fortbildungskurs in Jura. Ich habe einfach keine Lust mehr, mein ganzes Leben lang irgend so ein sprachloser Indianer zu bleiben. Außerdem habe ich eine Allergie gegen Büffelfleisch, und von Wampumketten bekomme ich Ausschlag.

»Schön für dich, Bully. Denkst du dabei an einen ganz bestimmten freien Mitarbeiter?«

Das Ektoplasma begann zu lachen; und es lachte so heftig, daß seine empfindliche Struktur in sich zusammenbrach und verschwand, wobei es geistesabwesend den Rest des Käsekuchens mitnahm.

»Ach, *der* Typ also. Eigentlich hätte ich's mir denken können«, seufzte Lucky George.

Sie können jeden Detektiv fragen, und er wird Ihnen antworten, daß der schwierigste Teil die erste Aufnahme der Fährte ist. Wenn man erst einmal einen noch so dürftigen Hinweis hat, an den man sich halten kann, ist alles nur noch eine Sache der Beharrlichkeit und Inspiration. Das Problem besteht darin, diesen ersten Durchbruch zu schaffen.

Fragen Sie Kurt Lundqvist, und er wird es Ihnen verraten: ein Durchbruch ist nur dadurch zu erzielen, daß man mit Gewalt auf etwas einschlägt. Oder auf jemanden.

»Na schön!« zischte er und wickelte sich seinen Gürtel um die rechte Faust. »Wir können das natürlich auch auf die harte Tour erledigen oder …«

Er hielt inne und dachte nach. *Nichts da! Warum die Angelegenheit durch das Angebot von Alternativen unnötig kompliziert machen?*

»Wir erledigen es auf die harte Tour«, stellte er entschieden fest.

Der Besitz eines Haftbefehls, der in sämtlichen zeitlichen und geographischen Zuständigkeitsbereichen gültig war, garantierte, daß es für Lundqvist nicht das geringste Problem bedeutete, sich zum Zweck seiner Nachforschungen nach Lust und Laune in der Zeit vor- und zurückzubewegen. Das war eine große Hilfe. Wenn zum Beispiel ein Verdächtiger oder Zeuge während eines Verhörs hinterlistigerweise starb, konnte Lundqvist die Zeit bis zum letzten klaren Moment des Verstorbenen zurückdrehen und von vorn beginnen …

»Ich habe noch nie etwas von ihm gehört«, wimmerte die betreffende Person. »Ehrlich.«

Lundqvist warf den Gürtel auf den Tisch und legte einen Arm um die Schulter des Leidtragenden. »Hör mal, warum tust du dir nicht selbst einen Gefallen und arbeitest einfach mit mir zusammen?« Er grinste. »Weißt du, das muß ich sagen, weil es so in den Vorschriften steht. Mir persönlich gefällt es sehr viel besser, wenn du weniger redest.« Er nahm den Gürtel erneut in die Hand und wackelte damit direkt vor der Nase seines Opfers herum.

»Nein, ehrlich, ich habe diesen Namen noch nie in meinem Leben gehört«, versicherte ihm die betreffende Person. »Um Himmels willen, wie sollte ich auch? Er wird doch erst in sieben Jahren geboren…«

Nostradamus unterbrach sich und biß sich auf die Unterlippe.

»Au Scheiße«, fluchte er.

»Du sagst es«, reagierte Lundqvist gelassen. »Aber nimm auf mich bloß keine Rücksicht. Wenn du darauf bestehst, die nächsten Stunden weiterhin sinnlose Dementis von dir zu geben, bin ich völlig damit einverstanden.«

Nostradamus fuhr sich mit der Zungenspitze über die staubtrockenen Lippen. »Schon gut, schon gut. Ich gebe zu, daß ich schon mal was von ihm gehört habe. Das heißt aber noch lange nicht, daß ich weiß, wo er sich aufhält. Ich meine, ich habe schon von allen möglichen Leuten gehört. Von Elvis Presley zum Beispiel. Trotzdem folgt daraus noch lange nicht, daß ich auch weiß, wo er sich gerade versteckt hält.«

»Wer ist denn Elvis Presley?« erkundigte sich Lundqvist mit verdutzter Miene.

Nostradamus zuckte die Achseln. »Das war nach deiner Zeit«, antwortete er. »Oder davor. Manchmal komme ich mit den Zeiten ein bißchen durcheinander.«

»Das kann man wohl sagen.« Lundqvist lächelte, oder zumindest zog er die Lippen zurück, um die Zähne zu entblößen, und preßte den Gürtel in der geballten Faust zusammen. »Weißt du, es ist wirklich nett von dir, daß du so tapfer bist. Die meisten Typen geben gleich jeden Widerstand auf und reden, was das Zeug hält, sobald ich sie an den Stuhl gefesselt habe.« Mit den Knöcheln der rechten Faust klopfte er sich auf die linke Handfläche. »Laß es dir gesagt sein, Nossi, du hast wirklich Mumm bewiesen. Bis jetzt jedenfalls.«

»Moment!« Nostradamus schloß fest die Augen, preßte die Augenbrauen zusammen und verzog auf erschreckende Weise das Gesicht. »Ich kann gerade etwas sehen!«

»Na bitte, diesbezüglich sind wir uns sogar ausnahmsweise mal einig.«

»Ich sehe …« Der Prophet rückte mit dem Stuhl, an den er gefesselt war, hin und her. »Ich sehe einen Mann.«

»Nicht schlecht für den Anfang.«

»Er schlägt diesen anderen Mann zusammen. Er hat einen Gürtel um die Faust gewickelt. Jetzt holt er aus und … Aua!«

Lundqvist grinste fett. »Und weiter?«

»Der Mann hat sich gerade die Hand gebrochen«, fuhr Nostradamus fort. »Du meine Güte, er leidet Höllenqualen, der arme Teufel, und wälzt sich am Boden. Ey, das tut wirklich weh! Wenn ich nur sehen könnte, wer der Kerl ist. Dann könnte ich vielleicht …«

Er verstummte. Lundqvist hatte ihn bei den Ohren gepackt und versuchte gerade, sie ihm abzudrehen.

»Danke für den Tip«, sagte er. »Und jetzt versuchen wir's noch mal von vorn.«

Immerhin ist das ein Anfang, dachte Lundqvist, während er sich die Hände wusch. *Wenigstens etwas.*

Er betrachtete sich im Spiegel, dann stutzte er kurz und entfernte sich einen letzten ekligen Blutspritzer von der linken Manschette.

Ein Datum am Ende des zwanzigsten Jahrhunderts. Einige höchst eigenartige Vorfälle, die sich allein durch a) übernatürliches, b) extrem gekränktes und c) furchtbar kindisches Verhalten erklären ließen. Das hörte sich gut an, oder sollte es sich doch nur um einen Zufall gehandelt haben?

Dabei war Nostradamus beileibe nicht der beste Seher, den die Welt je gekannt hatte, wie sich Lundqvist ins Gedächtnis zurückrief, als er die Tür öffnete und den Waschraum verließ. Hätte er wirklich etwas von seinem Fach verstanden, wäre ihm bestimmt nicht der fatale Fehler unterlaufen, den 16. März 1498 nicht in einem verriegelten und von bewaffneten Wächtern umstellten Haus aus festem Mauerwerk verbracht zu haben.

Lundqvists letzter Aufenthalt in Amsterdam lag schon eine ganze Weile zurück. Nun ja, nicht ganz, denn in Wirklichkeit war er erst letzte Woche hiergewesen – vom 9. bis zum 16. Mai 1995 –, aber das war vor sieben Jahren …

Er überlegte, ob sein Widersacher bereits steckbrieflich gesucht wurde. Oder war das erst nächsten Monat? Wahrscheinlich erst dann, entschied er mit einem Grinsen, wenn sein Erzfeind das getan hatte, wozu er hierhergekommen war.

Lucky George.

George und er kannten sich schon seit ewigen (und natürlich auch zukünftigen) Zeiten. Dabei hatte er noch nie einen Fehlschlag gelandet, jedenfalls nicht direkt; letztendlich hatte er den Haftbefehl zugestellt, das Opfer einkassiert und es gemäß den Bedingungen der Honorarvereinbarungen abgeliefert. Aber selbst er mußte einräumen, daß Lucky George nicht gerade still und heimlich aufgetaucht war. Er hatte sich sogar ausgesprochen lautstark bemerkbar gemacht und hätte dabei um ein Haar ein paar wesentliche Bestandteile des Realitätsgefüges mit sich genommen. Es hatte Augenblicke gegeben – zum Beispiel April 1563 und Dezember 1749, nicht zu vergessen Februar 1255 und August 2014 –, als er sicher gewesen war, daß ihm der Mistkerl doch noch durch die Lappen gehen könnte. So, wie ein Polizist sich am meisten davor fürchtet, mit der eigenen Pistole bedroht zu werden, ärgerte er sich insbesondere über die Art, wie Lucky George ihn in der entscheidenden Kraftprobe als Vollidioten hingestellt hatte. Selbst Kopfgeldjäger haben Gefühle, und niemand mag es, von einem zwei Meter großen, maßstabgetreuen Ebenbild durch die dichtbevölkerte City einer Großstadt gejagt zu werden, erst recht dann, wenn dieser Doppelgänger ein komplettes Arsenal hoffnungslos überalterter Waffen schwingt und für alle laut vernehmbar ruft: »Seht her, ich bin ein Kotzbrocken!«

Und dieses Ekel hatten sie entkommen lassen! Diese Blödmänner!

Außerhalb des Flughafengebäudes entdeckte er eine Fernsprechzelle, in der sich ein Telefonbuch befand. Er blätterte darin herum, bis er fand, wonach er suchte.

TROJA, H. V.

Erleichtert notierte er sich die Adresse, steckte ein paar Münzen in den Apparat und wählte die Nummer.

Zum selben Zeitpunkt hatte die betreffende Dame im Hafen von Rotterdam ein kleines Problem.

Sie war gerade bis »Ich taufe dich auf den Namen...«, gekommen, da blieb ihr das Wort im Hals stecken. Verdammter Mist!

Möglichst unauffällig schielte sie aus den Augenwinkeln heraus auf die großen Buchstaben, die an der Seite des Schiffs aufgemalt waren. Das war nicht sehr hilfreich; zwar gab man Schiffen heutzutage ziemlich schrullige Namen, aber dennoch hatte sie das Gefühl, daß *Kein Zutritt für Passagiere* wahrscheinlich nicht der richtige Name von diesem verdammten Ding war. Sie müßte irgend etwas vor sich hin murmeln.

»Ich taufe dich auf den Namen Rhabarber-rhabarber-rhabarber«, sagte sie deshalb, »und wünsche dir allzeit gute Fahrt.« Dann lächelte sie. Das wäre geschafft.

Eigentlich hätte ich mir gar keine Sorgen machen müssen, sagte sie sich später auf dem Heimweg. Zumal die Chancen, daß jemand darauf achtete, was Miss World wirklich sagte, nur minimal waren. Man konnte sogar mit ziemlicher Sicherheit behaupten, daß im Grunde niemand von Miss World Notiz nahm, es sei denn auf recht oberflächliche Weise. Wie hätte es sonst angehen können, daß sie den Titel bereits fünfundsiebzigmal unter verschiedenen Decknamen errungen hatte und dies bis heute noch nie jemandem aufgefallen war? Schließlich war die Anzahl der Leute, die auf Miss Worlds *Gesicht* achteten, äußerst gering; und die Anzahl derer, die sich daran erinnerten, noch geringer.

Was nach Miss Worlds persönlichem Dafürhalten ein Jammer für diese Leute war. Sie besaß nämlich ein sehr schönes Gesicht, das sich zudem über die Jahre hinweg für die Schiffbauindustrie als äußerst nützlich erwiesen hatte.

Vorläufig bestand ihr Zuhause aus einer Wohnung in einem dieser furchtbar alten wie ebenso schönen Häuser an der Keizersgracht. Sie war höllisch teuer, und im Treppenhaus war es lebensgefährlich, es sei denn, Miss World zog die hochhackigen Schuhe aus und ging auf Strümpfen hinauf, aber das ist nun einmal der Preis, den man für seine Gefühlsduseleien bezahlen muß. Zumal es genau in diesem Haus gewesen war, genau in diesem Zimmer, in dem sie und Lucky George ... Sie errötete.

Das Haus war zu jener Zeit neu gewesen; noch nicht voll und ganz fertiggestellt. Zum Beispiel fehlte damals noch das Dach. Aber sie waren jung und verliebt, und es war schön, sich in den Armen zu liegen und die Sterne betrachten zu können. Sie hatten eine Tagereise ins siebzehnte Jahrhundert unternommen und waren so sehr ineinander versunken (sowohl im wörtlichen als auch im übertragenen Sinn), daß sie die letzte Zeitkrümmung nach Hause verpaßt hatten. Obwohl das den beiden nicht sonderlich viel ausgemacht hatte. Wie sich Miss World mit einem leichten Schaudern erinnerte, war die ganze Geschichte etwa vier Monate vor dem Ablauf von Lucky Georges letztem Jahr passiert, und dennoch hatten die beiden fast die ganze Zeit damit verbracht, den Gedanken daran einfach zu verdrängen.

Nachdem sie das Taxi bezahlt hatte, schloß sie die Haustür auf, zog die Schuhe aus und trippelte die Treppe hinauf. Als sie im zweiten Stock den Flur betrat, verspürte sie dieses leichte Prickeln im Nacken, das entweder die Vorankündigung einer großen Gefahr bedeutete oder Folge einer zu geringen Dosierung Weichspülmittel war. Da sie ein rückenfreies Kleid trug, kam sie zu dem Schluß, daß wahrscheinlich Gefahr drohte.

Unglücklicherweise hatte sie eine fatale Einstellung gegenüber drohenden Gefahren, da zumeist nur anderen etwas zustieß, wenn sie sich in der Nähe befand. Mit der Gewandtheit einer Kung-Fu-Kämpferin schlich sie barfuß über den Flur und stieß mit den Fingerspitzen gegen die Tür zu ihrer Wohnung.

Die Tür schwang auf.

Miss World fluchte laut.

Auf den ersten Blick sah es in ihrer Wohnung wie nach dem Besuch eines unglaublich pflichtbewußten Einbrechers aus – Sie wissen schon, nach einem dieser furchtbar pingeligen Perfektionisten, die darauf bestehen, die Kissen aufzuschlitzen und die Regale nach ausgehöhlten Büchern zu durchstöbern, weil sie dort versteckte Edelsteine vermuten. Und selbst wenn es sich bei ihm um einen jener außergewöhnlich wählerischen Einbrecher gehandelt hatte, die sich normalerweise nur auf dem Niveau von vornehmen Landhäusern und Jagdsitzen des niederen Adels bewegen, hätte man trotzdem von ihm erwartet, etwas mitgenommen zu haben; was aber nicht der Fall war.

Oder besser: Er hatte doch etwas mitgenommen. Und das war eine ausgesprochene Sauerei, denn dabei handelte es sich um einen Gegenstand, von dem sie sich um nichts auf der Welt getrennt hätte, zumal er absolut unersetzbar war. Ein Porträtgemälde, Anfang sechzehntes Jahrhundert.

Nachdem sie sich vergewissert hatte, daß der Eindringling verschwunden war, warf sie sich der Länge nach aufs Bett und fluchte kräftig.

Während sie dies tat (und sie erledigte die Aufgabe mit Bravour), schoß ihr wie ein Monster-Truck ein Gedanke durch den Kopf, der sie mitten im Fluchen schlagartig zum Verstummen brachte.

Wenn jemand hierhergekommen war, nur um das Bild von ihm zu stehlen…

Warum wollte dieser Jemand das Bild von ihm stehlen?

Und wer zum Teufel war dieser Jemand?

Aus dem Epizentrum der allgemeinen Unordnung kramte sie einen Koffer sowie einige Kleidungsstücke zum Wechseln und einen großen Kerzenhalter aus massivem Silber hervor. Dann ging sie aus dem Haus und nahm sich ein Taxi.

4. KAPITEL

Nachdem er sein Gespräch mit Lucky George beendet hatte, nahm Sitting Bull eine Dusche, putzte sich die Zähne und schlüpfte in seine zweite Haut.

Für jemanden, der seit über einem Jahrhundert tot war, verfügte er über eine umfangreiche und einigermaßen moderne Garderobe; was sowohl auf seinen guten Geschmack als auch auf den glücklichen Umstand zurückzuführen war, daß er eine Menge von dem vornehmen Schick brutal unterdrückter ethnischer Minderheiten ohne Anprobe tragen konnte. Er suchte sich eins seiner Lieblingsoutfits aus – den Chicano-Straßenkämpfer mit Designernarben und dazu passender Paranoia – und fuhr mit dem Aufzug in sein Grab.

Diese letzte Ruhestätte war allerdings eher eine Art Zweitwohnung. Vielleicht handelte es sich sogar um das einzige Grab in den ganzen Vereinigten Staaten, das fernbedienbare hydraulische Garagentore besaß.

Im *Silver Dollar* auf dem Whitier Boulevard, mitten im spanischen Viertel gelegen, erfährt man noch am besten, was es Neues von Los Angeles auf den Straßen gibt; jedenfalls steht es so in dem L.A.-Komplettangebot von ›Mafia-Tours‹ dem Reiseveranstalter, der sich auf Abenteuerurlaube für militante Aktivisten spezialisiert hat. Als Sitting Bull den Silver Dollar betrat und sich ein Bier bestellte, befand sich bis auf zwei alte

Männer, die Domino spielten, und der Bardame nur noch eine weitere Person im Lokal; eine äußerst merkwürdige Gestalt, die auf einem Barhocker neben der Musikbox saß und einen Ananassaft trank.

»Hallo, Jack, wie geht's?« begrüßte ihn Sitting Bull erfreut.

»Hab 'ne Erkältung«, grummelte Don Juan mißmutig.

»So ein Pech. Hast du Lust auf 'ne Partie Billard?«

Die beiden schlenderten zum Billardtisch hinüber, und Don Juan sortierte die Kugeln.

»Wie laufen die Geschäfte?« erkundigte sich Sitting Bull, wobei er den Queue erst mit Kreide einrieb, um ihn anschließend auf seinen einwandfreien Zustand hin zu untersuchen.

Achselzuckend antwortete Don Juan: »Weder gut noch schlecht. Trotzdem habe ich manchmal das Gefühl, daß es ein Fehler gewesen war, meine berufliche Laufbahn zu wechseln. Als Frauenheld war ich wirklich gut. Das hier ist nicht so mein Ding.«

Sitting Bull warf eine Münze und wählte richtigerweise Kopf. »Vielleicht, vielleicht aber auch nicht. Meiner Meinung nach hat man als Informant einen sicheren und krisenfesten Job, Jack. Als Frauenheld bist du immer nur so gut wie dein letzter Job.« Er zog den rechten Arm zurück und stieß die weiße Kugel mit einem überzeugenden Knall gegen den Pulk, versenkte jedoch keine Kugel. »Ist zur Zeit viel los?«

»Ziemlich ruhig, Bull, ziemlich ruhig.« Don Juan beugte sich über den Tisch und prüfte die Lage des Spielballs. »Du weißt ja, wie das ist. Zur Zeit ist keiner von den Jungs in der Stadt. Niemand, der etwas auf sich hält, verbringt in diesem dämlichen Jahrhundert hier den Juni.« Er führte mit dem Queue einen kurzen Stoß aus, durch den die weiße Kugel wie ein Komet mit Gleichgewichtsstörungen über das Billardtuch trudelte. »Wahrscheinlich geht's hier im Juli erst wieder richtig los. Mir ist's nur recht so«, fügte er hinzu, wobei er sich aufrichtete und zufrieden die Lage der Kugeln begutachtete. »Der Mai ist bei mir ganz ordentlich verlaufen, also kann ich mich nicht beklagen.«

»Gibt's irgendwas Besonderes?«

Don Juan nickte. »Ich hab den Kapitän der *Marie Celeste* verpfiffen. Es gibt da in London ein paar Versicherungstypen, die ihm nicht gerade wohlgesinnt sind.« Er kicherte humorlos. »Dieses Mal hab ich das Gefühl, daß er *völlig* vom Erdboden verschwinden wird. Du bist dran.«

Sitting Bull nahm den Billardtisch genau in Augenschein, während er sämtliche Einfalls- und Ausfallswinkel berechnete. Ihm gefiel sein neuer Lebensstil (oder auch Todesstil). Sicherlich mußte er sich mehr zurückhalten als sonst, aber allein durch den Umstand, daß er sich nicht mehr täglich zu rasieren brauchte, war es ihm das wert. Das Haupthaar und die Fingernägel waren natürlich lästig, aber man kann nun mal nicht alles im Tode haben.

»Wie ich gehört habe«, sagte er in einem Ton, dem man vielleicht ein wenig zusehr die Anstrengung anmerkte, beiläufig klingen zu wollen, »soll in deiner Branche derzeit eine wirklich große Geschichte am Laufen sein.«

»Mag sein.«

»Mag sein? Ganz bestimmt sogar.« Sitting Bull stieß den Spielball, versenkte eine Kugel und kreidete den Queue ein. »Wie ich gehört habe, ist Lucky George nämlich wieder unterwegs.«

»Interessant.«

»Außerdem habe ich gehört«, fuhr Sitting Bull fort, wobei er die Chance einer Karambolage mit der hinteren Bande berechnete, um mit dem zurückprallenden Spielball die Sieben zu versenken, »daß jedem, der gute Informationen liefern kann, eine satte Belohnung winkt.«

»Kann schon sein.«

»Könnte ich mir doch eine Scheibe davon abschneiden«, murmelte Sitting Bull in Richtung des Spielballs. »Nur weil man tot ist, heißt das schließlich noch lange nicht, daß man keine Belohnung mehr einstreichen kann.«

Er beobachtete, wie der Spielball über das Billardtuch trudelte, auf der linken Seite die Kante des mittleren Lochs touchierte und mit den übriggebliebenen Kugeln zusammenprallte. Viel zuviel Linksdrall.

Don Juan schnalzte mitfühlend mit der Zunge und versenkte vier Kugeln in Folge. »Demnach weißt du was?« erkundigte er sich.

»Wer? Ich?« Sitting Bull nahm einen Schluck Bier. »Ich war an der Geschichte nur insofern interessiert, als daß ich allenfalls zufällig etwas hätte hören können, das ist schon alles.«

»Ich ließe mir deswegen keine grauen Haare wachsen«, meinte Don Juan. »Nach dem neuesten Stand sind sämtliche Agenten zurückgerufen worden, weil es sonst nur unnötige Probleme gegeben hätte. Schade drum«, fügte er beiläufig hinzu. »Ich meine, falls du schon was herausgefunden haben solltest.« Er machte den nächsten Stoß, hatte sich aber um wenige Millimeter verrechnet, so daß die Kugel zwar vor dem Schlund zum Loch hin und her wackelte, schließlich aber direkt davor liegenblieb.

»Da ich nichts herausgefunden habe, bin ich auch nicht enttäuscht«, entgegnete Sitting Bull. Dann ging er einige Male um den Billardtisch herum und erinnerte sich an einen guten Rat, den ihm einst der große Manitu gegeben hatte. *Spiele niemals Poolbillard mit einem Latino,* hatte er gesagt, *wenigstens nicht um Geld.* »Welche Schwierigkeiten gebe es denn, Jack?«

»Eine Menge schlimmer Dinge, Bull«, antwortete Don Juan und strich sich nachdenklich übers Kinn. »Na ja, vielleicht nicht direkt schlimm. Jedenfalls sähe die Verwaltung wie eine Ansammlung von erbärmlichen Arschlöchern aus, die nichts zustande bringen. Der Kerl hat schon einen eleganten Stil, das muß man ihm lassen.« Er sah auf und nahm Sitting Bull mit seinem Blick, sagen wir mal, wie ein abgesägtes Schrotgewehr, das jemandem nur fünf Zentimeter vor die Nase gehalten wird, ganz gefangen. »Ich mag Lucky George nämlich, Bull. Ein wirklich korrekter Typ.«

»Absolut.«

»Er hat mir mehr als einmal aus der Patsche geholfen. Ich hoffe, er hält bis zum Schluß durch.«

»Klar, ich auch.«

»Dann bin ich ja beruhigt.« Don Juan beugte sich vor und räumte den Rest der Kugeln mit aufeinanderfolgenden Stößen ab. »Weißt du, Bull, vielleicht habe ich wirklich den falschen Job und sollte es lieber mal mit deiner Branche versuchen. Was meinst du?«

»Wie? Tot sein?«

Don Juan zuckte die Achseln. »Na und? Man kann gut davon leben, und man muß niemanden ans Messer liefern. Manchmal behagt mir mein Job überhaupt nicht, Bull, wirklich. Im Grunde meines Herzens bin ich nämlich ein sehr sensibler Mensch.«

»Ich auch, diesbezüglich bin ich stets völlig verkannt worden.«

»Wollen wir noch eine Partie machen?«

»Danke, aber ich muß los.« Sitting Bull stellte den Queue in den Ständer zurück. »Es war schön, dich mal wiedergesehen zu haben, Jack.«

»Ja, dich auch.« Don Juan lächelte schwach und fügte hinzu: »Und vergiß nicht, Bull, falls du irgendwas über Lucky George hören solltest, will das niemand wissen, klar? Hast du das verstanden, Bull?«

»Hab ich, Jack. Wir sehen uns.«

Nachdem Sitting Bull den *Silver Dollar* verlassen hatte, setzte sich Don Juan eine Weile hin, stierte nachdenklich den Bodensatz des Ananasafts an und mißachtete die eindeutigen Blicke der Bardame. Im Ruhestand zu sein, ist etwas Wunderbares.

Kurz darauf stand er auf und ging zum Münztelefon hinüber.

Eine Falltür öffnete sich, und vier verschwommene Gestalten erschienen.

Sie waren nur derart schemenhaft zu erkennen, daß der Fahrer des Wagens sie erst sah, als es bereits zu spät war. Es wäre zu einem schlimmen Unfall gekommen, wenn sich die eine Gestalt, die von dem Auto tatsächlich erfaßt wurde, nicht einfach entmaterialisiert hätte.

»Na prima«, keuchte die vorderste Schattengestalt außer Atem, während sie mit den beiden anderen Überlebenden in einem überdachten Ladeneingang haltmachte, um sich mit ihnen neu zu gruppieren. »Welche bescheuerte Intelligenzbestie hat die Ausstiegsluke eigentlich mitten auf einer Hauptstraße angebracht?«

Sie warfen einen Blick auf die Unfallstelle zurück, die vom äußeren Rand des Halbschattens einer Straßenlaterne nur schwach beleuchtet war.

»Das gibt's doch wohl gar nicht!« fluchte Gestalt Nummer zwei. »Das Ding ist ein ganz normaler Kanaldeckel. Kann man sich so was Geiziges vorstellen?«

»Alf wir raufgeftiegen find, habe ich mich die ganfe Feit gefragt, waf da fo ftreng riecht.«

Der Anführer zuckte die Achseln. »Uns darüber den Kopf zu zerbrechen, ist nun wirklich nicht unsere Aufgabe«, stellte er mit einem gewissen Mangel an Überzeugung fest. »Also gut, wir werden folgendes machen. Wir schleichen uns rein, durchsuchen den Laden, schleichen uns wieder raus und gehen nach Hause. Alles klar?«

»Ja, Chef.«

»Allef klar, Fef.«

Sosehr er sich auch bemühte, dem Anführer gelang es einfach nicht, den Sprachfehler von Nummer drei nicht als extrem lästig zu empfinden. Daß es sich dabei um ein pures Vorurteil seinerseits handelte, wußte er; Geisterkrieger werden erst dann für den aktiven Dienst für tauglich befunden, wenn sie eine ganze Reihe körperlicher und mentaler Eignungstests durchlaufen haben, die auf Grundlage umfangreicher wissenschaftlicher Untersuchungen entwickelt worden sind, um sicherzustellen, daß der betreffende Prüfling den Anforderungen entspricht, denen er bei einem Fronteinsatz mit einem der Höllenkommandos entgegensehen könnte. Keine dieser Anforderungen enthielt die richtige Aussprache von Silben, und das war auch gut so. Nichtsdestotrotz …

»Also gut, Jungs«, seufzte der Anführer. »Uhrenvergleich. Wie haben jetzt …«

»Bei mir ist es jetzt einundzwanzig Uhr dreiundvierzig.«

»Einundfwanfig Uhr und *fechf*undfierfig.«

»Nein, du irrst, Vern. Ich hab die Zeit vor unserem Abmarsch nach der Zeitansage gestellt und …«

»Also gut, Jungs«, wiederholte der Anführer. »Laut Stadtplan befinden wir uns in der Silver Street, also müßte das King's College …«

»Deine Uhr muf kaputt fein. Hey, Fef …«

Der Anführer drehte sich langsam herum. »Ja?«

»Wie fpät haft du ef denn, Fef? Meine Uhr fagt nämlich, ef ift …«

»Ja, aber ich hab sie vorher gestellt!« protestierte Nummer zwei.

Der Anführer zuckte zusammen. »Das ist doch jetzt egal. Stellt sie nur auf dieselbe Zeit, klar?«

»Ja, Fef, aber meine fagt, ef ift einundfwanfig Uhr und fechfundfierfig, und feine fagt …«

»Genau, Chef. Wie spät hast du's denn?«

Mit der Geste eines leidenden Narren blickte der Anführer auf sein linkes Handgelenk, sah aber nur den Ärmel eines schwarzen Pullovers und sonst nichts. Mist! Er hatte seine Armbanduhr vergessen.

»Einundzwanzig Uhr fünfundvierzig«, sagte er. »Können wir jetzt bitte weitermachen?«

Der Auftrag: Ins King's College von Cambridge einbrechen und die Archive durchkämmen, um nachzusehen, ob es dort irgend etwas zu finden gibt, das etwas Licht ins Dunkel bringen könnte, woher Christopher Marlowe, Dramatiker des sechzehnten Jahrhunderts und Student an besagter Universität, seine Informationen bekommen hatte. Nach dem Dafürhalten des Anführers war das mal wieder einer dieser typisch sinnlosen und dämlichen Aufträge …

»Scheiße, das Ding sieht ja wie eine Festung aus«, stellte Nummer zwei fest, als er das Pförtnerhaus erblickte. »Wie sollen wir denn da reinkommen?«

»Durch die Tür«, antwortete der Anführer geduldig. »Die ist um diese Uhrzeit noch geöffnet und wird erst später abgeschlossen.«

»Ach so.«

»Paßt auf, der Plan lautet wie folgt: Wir gehen rein, verstecken uns, bis alle im Bett sind, durchsuchen den Laden und machen 'ne Fliege. Also, wenn ihr jetzt bereit seit, dann …«

»Hey, Fef, klaffe Plan ift daf.«

»Danke, Vernon. Kommt schon, mir nach.«

Sich während des Semesters in einem Institut der Universität von Cambridge bis Mitternacht zu verstecken, ist leichter gesagt als getan. Insbesondere dann, wenn man unauffällig mit schwarzer Hose und schwarzem Pullover bekleidet ist, eine schwarze Kapuzenmütze trägt und ein schwarz angemaltes Gesicht hat. Um sich natürlich und unverdächtig zu verhalten, braucht es eben dieses berühmte Quentchen mehr Anstrengung als üblich. Stanislawski hätte das womöglich schaffen können, aber selbst er nicht auf Anhieb.

»Daf ift doch die letfte Feife hier«, stellte Nummer drei fest, als sie zum drittenmal höflich aufgefordert wurden, den Heizungskeller zu verlassen. »Ich dachte, du hätteft gefagt, wir …«

»Gar nichts hab ich gesagt«, unterbrach ihn der Anführer. »Sei froh, daß das eine Universität ist. Hier gilt das Verrücktsein als ganz normal, also dürften wir keine Probleme bekommen. Laßt uns doch einfach einen genehmigen.«

»Haben die denn hier so was wie eine Bar, Chef?«

»Jedenfalls wäre das besser für sie.«

Es gab eine. Kurz darauf hockten sie im Erstsemester-Aufenthaltsraum direkt unter der Dartscheibe bei drei Halben zusammen und erregten keinerlei Aufsehen.

»Daf ift ja völlig abtörnend hier, an der Howard-Uni geht daf aber beffer ab«, merkte Nummer drei an, wobei er sich den Schaum von der Mundöffnung der Kapuzenmütze wischte.

»Ja.«

»Eigentlich hätten die unf vorwarnen müffen.«

»Ja.«

»Manchmal ift daf wirklich fum Kotfen.«

»Geht's dir gut, Vernon?«

»Du meinft, ob mir flecht ift?«

»Ja.«

Nummer drei dachte darüber nach. »Nein eigentlich geht'f mir ganf gut«, antwortete er verdutzt. »Heute morgen hatte ich etwaf Kopffmerzen, aber fonft …«

Bevor die schwachsinnige Konversation endgültig zu einer Farce ausartete, räusperte sich der Anführer mit gebotener Autorität und sagte: »Laut Lageplan befindet sich die Bibliothek links die Treppe rauf, wo wir reingekommen sind, dann müssen wir uns im Flur immer rechts halten. Habt ihr das?«

»Klar, Chef.« Nummer zwei stopfte sich die letzten gesalzenen Erdnüsse in die Kapuzenöffnung. »Wonach suchen wir eigentlich genau?«

»Nach einer Verbindung«, antwortete der befehlshabende Offizier mit unfreiwilliger Ironie.

»Welche Forte Verbindung?«

»Irgendeine Verbindung.«

»Vielleicht weif ich waf«, fuhr Nummer drei fort. »Da hinten diefef Computerfpieldingf hat eine direkte Verbindung mit der Wand. Daf Kabel geht hinten rauf und führt dann …«

»Ich meine einen Hinweis, der uns weiterbringt. Unumstößliche Tatsachen.«

»Welche Forte unumstößlicher Tatsachen, Fef?«

Eine der kleineren Tragödien im Dasein eines Geisterkriegers ist der Umstand, daß sie sich als übernatürliche Wesen nicht niederlassen und Kinder haben können. Genau in diesem Augenblick hatte der Anführer das Gefühl, eine dunkle Ahnung davon zu haben, was er vermißte.

»Also gut«, gab er sich schließlich geschlagen. »Dann hör mir jetzt genau zu. Es gibt da doch diesen Typen namens George Faustus, klar?«

»Du meinft Lucky Forf?«

»Du hast es. Nun, kurz nachdem er verhaftet worden ist – sehr kurz danach sogar –, hat dieser Trottel von Dramatiker namens Christopher Marlowe ein Stück geschrieben, das sich ausschließlich um diesen Doctor Faustus dreht. Darin sind viele Einzelheiten enthalten, die er unmöglich wissen konnte, es sei denn, er hatte Zugang zu strikt unter Verschluß gehaltenem Material, das ausschließlich für den Dienstgebrauch bestimmt war. Zu jener Zeit ist Marlowe hier Student gewesen. Es fragt sich also, ob hier noch irgendwelche Tagebücher oder persönlichen Aufzeichnungen von ihm herumliegen, die uns auf die richtige Fährte bringen. Verstanden?«

Nummer zwei dachte über den Plan nach und hielt ihn eindeutig für unsinnig. »Hör mal, das ist doch schon ewige Jahre her. Wenn die hier nicht völlig, na ja, unordentlich sind, dann …«

»Mein Vetter Fimon ift auch fehr unordentlich. Der bewahrt feine ganfen Ftrom-, Gaf- und Wafferrechnungen einfach in …«

»Nein, jetzt hört mir mal zu«, fuhr der Anführer leicht verzweifelt dazwischen. »Marlowe ist ein berühmter Dramatiker. Wenn man ein berühmter Dramatiker ist, dann werden von einem sämtliche Briefe und Papiere und ähnliche Dinge aufbewahrt, und zwar zu Forschungszwecken oder wie man das nennt.«

»Mein Vetter Fimon ift kein Dramatiker.«

»Vernon.«

»Waf ift denn?«

»Halt's Maul.«

Um zwanzig Minuten vor Mitternacht wurden sie von dem Studenten hinausgeworfen, der am heutigen Abend Thekendienst hatte. Während sie darauf warteten, daß im Institut die nächtliche Ruhe einkehrte, gingen sie draußen in der kühlen Abendluft spazieren. Gegen halb zwei schlichen sie sich leise, zumindest relativ leise, zum Eingang der Bibliothek, und der Anführer suchte nach dem Dietrich.

»Keith?«

»Ja, Chef?«

»Wer war an der Reihe, den Dietrich mitzunehmen.«

»Du, Chef.«

»Dann tritt die Tür ein.«

»Okay, Chef.«

Wie sie schnell erkannten, handelte es sich um eine große Bibliothek. Groß im Sinn von unüberschaubar. Wie Nummer drei scharfsinnig anmerkte, seien dort ja überall Bücher.

»Na prima«, seufzte der Anführer in kläglichem Ton. »Laßt uns irgendwo anfangen. Diese Regale da vorn.«

Nachdem sie gerade eben eine gute Stunde im schwachen Schein der Taschenlampen planlos herumgestöbert hatten, gingen plötzlich sämtliche Deckenleuchten an. Als sie sich umblickten, sahen sie, wie sich ihnen ein glatzköpfiger kleiner Mann in einem Bademantel näherte.

»Fef.«

»Was ist denn?«

»Können wir wieder lautlofef Töten fpielen? Diefmal bin ich mit lautlofem Töten an der Reihe, daf haft du mir verfprochen.«

»Das ist dieses Mal nicht notwendig, Vern. Nächstes Mal bist du wieder dran, ich geb dir mein Wort.« Der Anführer streckte den Rücken gerade, lächelte und fragte den Mann: »Kann ich Ihnen helfen?«

Der Glatzkopf blieb kurz wie erstarrt stehen. »Wer zum Teufel sind Sie?«

Der Anführer ließ sich rasch etwas einfallen und antwortete: »Fernleihverkehr. Wir sind etwas spät dran. Ihre Bibliothekare sind längst alle zu Hause, und wir müssen uns verdammt ranhalten, weil ...«

Wie Wasser aus einem Reagenzglas in der Wüste Gobi versiegten ihm die Worte allmählich.

Der kleine Mann schüttelte den Kopf. »Ich weiß, wer ihr seid.«

»Ach, wirklich?« Der Anführer runzelte die Stirn. »Ich will mich ja nicht komisch anhören, aber dafür scheinen Sie nicht besonders ängstlich zu sein.«

Der Glatzkopf schnaufte verächtlich. »Ängstlich? Vor wem soll ich denn Angst haben? Vor euch? Daß ich nicht lache. Um mir Angst einzujagen, bedarf es schon mehr als eines solch tolpatschigen akademischen Spionageversuchs.«

Der Anführer verspürte einen Stoß am Ellbogen. »Waf ift denn akademife Fpionafe?«

»Jedenfalls solltet ihr es euch lieber noch mal gut überlegen, denn hier gibt es nichts für euch zu holen«, fuhr der kleine Mann fort. »Ich nehme an, diese alte Ratte Amesbury hat euch geschickt, stimmt's?«

Warum eigentlich nicht? »Das kommt ungefähr hin«, antwortete der Anführer. »Wohlgemerkt, wir befolgen nur seinen Bef…«

»Das ist doch wohl die Höhe! Hier einfach einzudringen und zu versuchen, die Forschungsunterlagen eines anderen Wissenschaftlers zu stehlen, und dann bezeichnet ihr euch womöglich selbst als Gelehrte, wie? Wo bleibt da die Moral? Habt ihr gar kein Zartgefühl?«

»Wenn ein anderer fährt, habe ich immer ein ganf miefef Fartgefühl.«

Der Glatzkopf zwinkerte nervös mit den Augen. »Wie bitte?«

»Fartgefühl.«

Zum erstenmal war der Anführer heilfroh, Vernon dabeizuhaben. Jemanden, der zu einem solchen Zeitpunkt etwas völlig Zusammenhangloses erzählte, konnte man nicht mit Gold aufwiegen, und er beschloß, die Verwirrung auszunutzen. »So, jetzt reicht's, Opa! Du sagst uns jetzt, wo das Zeug zu finden ist, oder es sieht schlecht um dich aus.«

»Wie bitte?«

»Er hat gefagt…«

Nach Auffassung des Anführers war es allmählich an der Zeit, schwereres Geschütz aufzufahren. Hinter dem Rücken holte er einen schwarzen Metallgegenstand hervor, der in dem fluoreszierenden Licht der Bibliothek unangenehm glitzerte. In Wahrheit handelte es sich um die Fernbedienung zum Öffnen der Falltür, deren Knopf normalerweise schon ausgelöst wurde oder nachgab, wenn man ihn nur anhauchte, aber davon wußten nur wenige Leute, so daß es von daher keine Schwierigkeiten gäbe. »Sag mir jetzt, wo das Zeug ist, oder ich zeig's dir, verstanden?«

Es entstand eine Pause, die gerade lange genug dauerte, daß sich der Anführer die Frage stellen konnte, was er tun sollte, wenn der alte Mann fragen würde: *Warum zeigen sie mit dem Kontrollknopf der Fernbedienung auf mich?* Dann schien sich der Glatzkopf endlich geschlagen zu geben.

»Damit kommt ihr niemals durch.«

»Das ist unser Problem. Und jetzt mach schon, Opa. Beweg dich.«

Langsam und offenkundig von tiefer Abscheu ergriffen, öffnete der kleine Mann einen Schrank und nahm eine Aktenmappe heraus.

»Dafür werdet ihr mir bezahlen«, fauchte er.

»Ey, Fef, daf find ich nicht in Ordnung. Ich dachte, daf hier wäre eine Bibliothek. In einer Bibliothek kriegt man doch allef umfonft aufgeliehen, daf ift doch der ganfe Finn der Fache ...«

»Okay, das sollte reichen«, zischte der Anführer. »Kommt schon, Jungs. Laßt uns hier verduften, und zwar auf der Stelle.«

Das Ganze entwickelte sich zu einer äußerst knappen Angelegenheit. Dem Nachtportier und dem Yorkshireterrier von dessen Frau zu entwischen, war ebensowenig ein Problem wie das Sicherheitsschloß des Haupttors. Womit sie nicht gerechnet hatten, war die Rugbymannschaft, die gerade die Niederlage gegen ein Team aus der oberen Tabellenregion begoß.

»Hey, Chef«, schnaufte Nummer zwei, während sie über die High Street flohen, den Gegner hart auf den Fersen. »Weißt du noch, als du vorhin dem Glatzkopf gesagt hast: ›Sag mir jetzt, wo das Zeug ist, oder ich zeig's dir‹?«

»Jaja, natürlich«, keuchte der Anführer.

»Aber wenn du die ganze Zeit gewußt hast, wo das Zeugs war, warum hast uns dann erst suchen lassen?«

Der Anführer blieb außer Atem stehen, er konnte keinen Schritt mehr laufen. Die Meute war noch etwa vierzig Meter hinter ihnen und kam immer näher.

»Teufel auch, das hatte ich völlig vergessen, Keith. Also, Jungs, es geht abwärts.«

Die Falltür öffnete sich gerade noch rechtzeitig. Als die Aktenmappe schließlich beim Heißen Stuhl eintraf, war sie aus den zuvor erwähnten Gründen mit Feuchtigkeit vollgesogen, die Blätter an den Rändern aufgerollt, und sie roch ein wenig streng, was aber niemandem weiter auffiel.

Es handelte sich um Professor Ambermeres lang erwarteten Abschlußbericht seiner Untersuchungen von neuem Material über das Leben und Arbeiten des Christopher Marlowe, beruhend auf dessen erst kürzlich entdeckten Manuskripten.

Das sogenannte Amsterdamer Archiv.

5. KAPITEL

Dank umfangreicher Untersuchungen während der vergangenen zwei Jahrzehnte kann man heute mit einiger Gewißheit davon ausgehen, daß alle Babys – sobald sie erst einmal das Stadium erreicht haben, artikulierte Geräusche von sich zu geben –, ungeachtet ihrer Nationalität, ethnischen Zugehörigkeit oder sonstigen Abstammung, praktisch denselben Lärm veranstalten.

Bei diesen Geräuschen handelt es sich natürlich bei weitem nicht um bedeutungslose Gluckser, sondern vielmehr um die einzigen Worte, die menschliche Wesen jemals in ihrer ursprünglichen, unverdorbenen, angeborenen Sprache von sich geben, von der die unzähligen Sprachen der Menschheit nichts als volkstümliche und abscheuliche Dialekte sind. Innerhalb weniger Wochen, während der sie ihre Stimme entdecken, beginnen menschliche Kleinkinder den langen Prozeß, die Reize ihrer unmittelbaren Umgebung aufzunehmen, und sobald sie etwa fünf Monate alt sind, ist die ursprüngliche Ausdrucksform durch die angelernte Sprechweise, in der sie von nun an für den Rest ihres Lebens reden und denken werden, in ihren Sprachzentren verdrängt worden.

Was sie in diesen anfänglichen Wochen der Stimmgebung sagen, ist: »Ihr *Arschlöcher*! Ich will wieder dahin zurück, wo ich hergekommen bin, und zwar *augenblicklich!*«

Diese Ursprache ist natürlich nicht allein den Neugeborenen vorbehalten; sie ist auch die Sprache der Toten, der Unsterblichen und der Unbeschreiblichen. Ebenso wird sie von Magiern, Geisterbeschwörern und Zauberern gesprochen, wenn auch mit einem Akzent, wodurch sie sich wie die Deutschen in einem Kriegsfilm anhören. Um es unseren Lesern leichter zu machen, sollten wir diese Tatsache lieber unberücksichtigt lassen und im Verlauf der weiteren Handlung mit Simultanübersetzungen vorliebnehmen.

»Ronnie, altes Haus!« freute sich Lucky George. »Schön, von dir zu hören. Woher zum Teufel hast du bloß meine Nummer?«

In seinem Büro im Pandämonium blickte sich Hieronymus Bosch verstohlen nach allen Seiten um und umfaßte den Hörer fest mit der hohlen Hand.

»Halt's Maul und hör zu!« zischte er. »Ich mache das nur, weil ich dir noch einen Gefallen schulde, klar? Schreib dir das hinter die Ohren. Wenn die mich kriegen, ist mein Leben keinen Pfifferling mehr ...« Er hielt inne. »Entschuldigung, Freudsche Fehlleistung. Jedenfalls werden die mich garantiert kreuzigen. Paß auf, George, die sind hinter dir her.«

»Wirklich?«

»Glaub mir. Ich hab diese Nummer aus dem Dossier, das sie über dich angelegt haben, kapiert? Daraus läßt sich ja wohl eindeutig ableiten, daß die ganz genau wissen, wo du dich aufhältst, oder was meinst du? Sämtliche Informationen stammen übrigens aus deinem Tagebuch.«

»Aus meinem Tagebuch? Ich hab nie ein ...« George unterbrach sich, zwinkerte mit den Augen und zuckte am ganzen Körper zusammen. »So eine Scheiße! Das ist wirklich verdammt ärgerlich, das kann ich dir laut sagen ...«

Zu irgendeinem Zeitpunkt seines Lebens führt jeder einmal Tagebuch. Der übliche Grund, dies zu tun, ist, sich auch noch Jahre später daran erinnern zu können, was man in der Vergangenheit so alles getan und getrieben hat.

Doch auch diesbezüglich mußte sich Lucky George natürlich wieder einmal von allen anderen unterscheiden.

»Wo haben die das denn her, Ronnie?« wollte er wissen.

»Das ist eine lange Geschichte«, antwortete Bosch. »Aber um es kurz zu machen: Es ist vor etwa zwanzig Jahren in Amsterdam aufgetaucht. Ich glaube, du hast es in einer Straßenbahn liegenlassen.«

»Hab ich das wirklich?«

»Du hast es nicht, sondern wirst es erst noch liegenlassen, glaube ich. Hast du das Ding eigentlich schon mal gelesen?«

»Wie? Um meine Zukunft herauszufinden? Nie im Leben! Ich könnte nachts nicht mehr schlafen.«

Bosch zuckte die Achseln. »Das ist auch jetzt egal. Jedenfalls ist es irgendwann aufgetaucht, und ein paar von unseren Jungs aus der Spukabteilung haben irgendwo eine Universität durchgestöbert und ein solches Exemplar aufgetrieben. Alles andere gehört jetzt der Vergangenheit an, falls du diesen Ausdruck entschuldigst.«

George runzelte die Stirn. »Danke, jetzt schulde ich dir einen Gefallen. Weißt du eigentlich, ob Lundqvist das Tagebuch schon gesehen hat?«

»Darauf kannst du Gift nehmen«, antwortete Bosch. »Da sie dir garantiert haben, sämtliche auf dich angesetzten Leute zurückzuziehen, konnten sie ihm die Aufzeichnungen natürlich nicht offen zugänglich machen. Doch wie ich gehört habe, ist das Tagebuch, nachdem es zuvor gründlich durchgelesen wurde, im Hochsicherheitstresor der Credit Infernale deponiert worden, der von fünfzehn bewaffneten Sicherheitskräften bewacht wird und mit einer lasergesteuerten

Alarmanlage gesichert ist. Was nun Lundqvist betrifft, da lag es für die auf der Hand, die wichtigsten Unterlagen ans Schwarze Brett der Mitarbeiterkantine zu pinnen. Also hat er sie bestimmt schon längst entdeckt. Außerdem ist natürlich auch schon alles im Computer gespeichert, daher habe ich mir auch gerade selbst die ganzen Daten geholt, aber Lundqvist ist völliger Computeranalphabet.« Bosch reckte den Kopf und blickte sich noch einmal nach allen Seiten um, dann fügte er hinzu: »Ich hab so eine Ahnung, daß die auch über Nellie Bescheid wissen. Also solltest du sie vielleicht lieber …«

George schüttelte den Kopf. »Nee, das geht in Ordnung, Nellie paßt schon auf sich selbst auf. Trotzdem vielen Dank, Ronnie. Ich will lieber nicht sagen ›wir sehen uns‹, sondern mich lieber mit ›paß auf dich auf, und laß es dir gutgehen‹ verabschieden.«

»Laß dir keine grauen Haare deswegen wachsen. Ach, noch was, George.«

»Ja?«

»Du bist doch hoffentlich nicht sauer, daß das ein R-Gespräch ist, oder? Weißt du, die kontrollieren mittlerweile die Privatgespräche und da …«

»Kein Problem, Ronnie. Tschüs denn.«

Die Geschichte hat – worüber die neun Musen am meisten erzürnt waren – völlig vergessen, welchen Gefallen Lucky George vor vielen Jahren Hieronymus Bosch getan hatte, als sie noch gemeinsam in Wittenberg Studenten gewesen waren. Neben ihrer Vergeßlichkeit besitzt die Geschichte eine weitere äußerst ärgerliche Eigenschaft, sie verbraucht nämlich stets den gesamten Zucker in der Gemeinschaftsküche auf, ohne auch nur ein einziges Mal neuen hinzustellen.

Nachdem George den Hörer aufgelegt hatte, drehte er sich zunächst einmal sehr langsam und unauffällig um. Kein Unheil geschah. Gut so.

Als nächstes stand auf der Tagesordnung, die Stadt

flink wie der Teufel zu verlassen, doch vorher mußte er noch zwei Dinge erledigen; als erstes van Appin aufsuchen, dann Nellie. Vielleicht auch in umgekehrter Reihenfolge.

Noch während er in Richtung Zentrum spazierte und versuchte, sich diesbezüglich zu einer Entscheidung durchzuringen, wurde sie ihm unverhofft abgenommen. Ein Mädchen auf einem Fahrrad hielt mit quietschenden Bremsen direkt neben ihm an, schlug ihm kräftig auf den Rücken und rief: »Hallo, George!«

Nun gut. Wir wollen, daß dieses Buch in einem zivilisierten Rahmen bleibt. Es gibt einige Autoren, lüsterne Typen mit der tugendhaften Einstellung von Skandalreportern, die sich so tief herablassen, daß sie selbst die intimsten und persönlichsten Augenblicke ihrer Hauptfiguren heimlich belauschen, um dann alles Wort für Wort wiederzugeben. Na ja, vielleicht nicht ganz; einige Teile lassen sie aus. Zum Beispiel sagt in keinem der Werke von D. H. Lawrence das Mädchen auch nur ein einziges Mal: ›Wart mal 'ne Minute, mein Arm ist gerade eingeschlafen.‹ Dennoch ist das Niveau in dieser Hinsicht beklagenswert niedrig, und es ist längst überfällig, daß etwas dagegen unternommen wird.

Deshalb nehmen wir die Erzählung zu dem Zeitpunkt wieder auf, als die Schöne Helena und Lucky George die eher emotionale Seite ihres ersten Wiedersehens nach vierhundert Jahren hinter sich gebracht hatten und bei Kaffee und Pfannkuchen darüber sprachen, was sie als nächstes tun sollten.

»Es sieht wirklich mies aus«, meinte George. »Offenbar ist dieses Ekel von Lundqvist hinter mir her.«

Helena schnalzte mitleidig mit der Zunge und säuselte: »Mein armes Lämmchen, zu dumm aber auch. Hast du etwa deshalb dieses ganze Theater mit den Kreditkarten, den Kugelschreibern und den Golfplätzen veranstaltet?«

George nickte. »Das hat mir sogar Spaß gemacht. Schließlich ist es schon lange her, daß ich…«

»Du hast schon immer eine kindische Ader gehabt.«

»Mag sein.« Er zuckte die Achseln. »Normalerweise ist das eigentlich ganz nützlich, aber diesmal hat es so gut wie nichts gebracht. Sicher, sämtliche Kobolde und so weiter sind damit von der Straße gefegt worden, aber das tut nichts zur Sache. An dem Tag, an dem ich mir ein paar dieser Idioten mit ihren Mistgabeln vorknöpfen kann, da…«

»Das ist ja alles schön und gut«, unterbrach ihn Helena, »aber hast du schon einen Plan im Kopf?«

»Eigentlich nicht. Ich hatte mir gedacht, so lange den Kopf einzuziehen, bis der Anwalt soweit ist, um sozusagen ganz offiziell vorzugehen. Schließlich gibt es keinen Grund, mir freiwillig Probleme aufzuhalsen; wenn ich nicht unbedingt muß, will ich auch keinen Streit anfangen.«

Während Helena den Rest des Pfannkuchens vertilgte, dachte sie darüber nach. »Irgendwie kann ich mir nicht vorstellen, daß alles so leicht laufen wird«, gab sie zu bedenken. »Selbst wenn die Verwandlung der Mailänder Verkehrsampeln in Sonnenblumen noch keine Kriegserklärung ist, dann reicht es wahrscheinlich, mit solch dummen Scherzen weitergemacht zu haben. Das ist schon immer dein Problem gewesen, George«, fügte sie mit ernster Stimme hinzu. »Du weißt einfach nicht, wann du den Bogen überspannt hast.«

Anstelle einer Antwort grinste George nur schelmisch. »Das mag sich für dich eher wie sinnlose Schereien anhören,« versuchte er, das Thema zu beenden, »aber für mich bedeutet das eher so was wie… Wie heißt noch mal das Wort, nach dem ich suche?«

Die Schöne Helena dachte angestrengt nach, um den passenden Ausdruck zu finden. »Risikofreudigkeit?« tippte sie.

George schüttelte den Kopf. »Nein, Spaß. Genau, Spaß ist das Wort, nach dem ich gesucht habe.«

»Spaß?«

»Ja, Spaß.«

Helena brach ein Stück Brot ab und stippte damit den letzten Ahornsirup vom Teller auf. »Aus der Hölle auszubrechen, von dem entsetzlichsten Auftragskiller, den die Welt je gesehen hat, über die halbe Erdkugel gejagt zu werden, wenn das deine Vorstellung von Spaß ist, dann schlage ich vor, du verklagst die Verfasser deines Bedeutungswörterbuchs.«

George zuckte die Achseln. »Ich nehme an, ich weiß, worauf du hinauswillst, jedenfalls so ungefähr.« Er lächelte in den leeren Kaffeebecher. »Andererseits ist es verglichen mit dem, was ich die vergangenen vierhundert Jahre getrieben habe, geradezu irrsinnig komisch.«

Helena warf ihm einen Blick zu, den man in dem dämmrigen Licht als ernst hätte mißverstehen können.

»Und was hast du die ganzen Jahre über gemacht, George?« wollte sie wissen.

»Zeit.«

Zeit ist schon ein merkwürdig alter Rohstoff.

Zwar gibt es ständig eine ganze Menge davon, dennoch ist er natürlich nur begrenzt verfügbar.

Dies hätte sich als ein Problem herausstellen können. Damals im finsteren, vorökologischen Mittelalter vertraten die maßgeblichen Regierungsstellen die absurde Ansicht, diese Rohstoffquelle könne niemals versiegen. »Dort, wo wir das Zeug fördern, gibt's noch eine ganze Menge davon«, versicherten sie sich selbst, während sie für neue Bohrungen unbekümmert riesige Anlagen errichteten.

Aber damit lagen sie falsch. Wie alles andere ist auch die Zeit vergänglich.

Wenn man sich auf dem Rohstoffmarkt umsah, bekam man allerdings kaum etwas davon mit. Beispielsweise hat die derzeitige Überproduktion zu einem solch ernsthaften Überangebot geführt, daß es zu einem Preisrutsch gekommen ist. Praktisch wird einem das Zeug hinterhergeworfen, und man erhält noch gratis ein paar Weingläser obendrauf.

Dieser Zustand kann natürlich nicht ewig währen, und die gescheiteren Köpfe planen bereits für den Tag, an dem die Quellen endgültig versiegt sind. Letztendlich werden auch sie in den sauren Apfel beißen und sich darüber Gedanken machen müssen, was man mit den gewaltigen Abfällen verbrauchter Zeit anfangen soll, von denen bereits sämtliche Hinterhöfe in den unterprivilegierten Wohngegenden der sechsten Dimension verschandelt sind und die dort langsam als Halbwertszeiten verfaulen und furchtbare Umweltschäden anrichten.

Dieser Rohstoff, so behaupten nun die gescheiteren Köpfe, kann recycelt werden. Alles, was uns dazu fehlt, ist lediglich nur noch etwas mehr Forschung und wenigstens ein klitzekleiner Durchbruch.

Was praktisch dasselbe ist, so als würde man behaupten, daß man den Tod abschaffen kann, sobald man das Geheimnis des ewigen Lebens entdeckt hat.

»Tut mir leid«, entschied die Empfangsdame, »aber wenn Sie keinen Termin vereinbart haben, können Sie Herrn van Appin nicht sprechen.«

Als sie daraufhin von der Spiegelglasbrille durchdringend angestarrt wurde, wand sie sich unbehaglich auf ihrem Stuhl.

»Ist schon gut«, antwortete der im Halbdunkel stehende Mann. »Ich muß ihn auch gar nicht unbedingt sprechen. Solange ich ihm die Scheiße aus den Rippen hauen kann, verzichte ich gern auf jeden mündlichen Kontakt.«

Bevor die Empfangsdame den Alarmknopf drücken

konnte, beugte sich Lundqvist vor, zog das Kabel mit einer winzigen Handbewegung aus der Verankerung, wickelte es um ein paar Kugelschreiber herum und überreichte ihr das Bündel wie einen Blumenstrauß. Dann trat er die Tür ein.

»Kurt, schön, dich zu sehen«, begrüßte ihn Herr van Appin, ohne aufzusehen. »Nimm schon mal Platz. Ich muß hier noch kurz was erledigen, dann hab ich …«

Verfluchte Scheiße, allmählich werde ich alt! dachte Lundqvist. *Dieser Mistkerl hat die Schublade doch tatsächlich zwei Millimeter aufziehen können, bevor ich ihn mir krallen konnte.*

»Du kannst dir den Revolver gern nehmen«, reagierte van Appin gelassen, »ich hab genug davon.«

Lundqvist grinste hämisch, nahm den Revolver aus der Schreibtischschublade und steckte ihn ein. Dann beugte er sich vor und plazierte sein Kinn direkt unter van Appins Nasenspitze.

»Also, was kann ich für dich tun?« wollte Herr van Appin wissen. »Denkst du vielleicht daran, dein Testament aufzusetzen?«

Lundqvist schüttelte den Kopf.

»Das solltest du aber tun«, fuhr van Appin fort. »In Anbetracht der Branche, in der du tätig bist, wäre das meines Erachtens eine vernünftige Vorsichtsmaßnahme. Oder hast du vielleicht vor, ein Haus zu kaufen?«

Dieses Mal schüttelte Lundqvist allerdings nicht seinen, sondern zur Abwechslung den Kopf von Herrn van Appin.

»Soll … ich … das … als … ei-ne … ne-ga-ti-ve … Ant-wort … auf-fas-sen?« stammelte van Appin, wobei er die einzelnen Silben wie ein zähnespeiender Boxer ausstieß.

»Wo ist der Kerl?«

»Wer?«

»Faust!«

Herr van Appin lächelte, und zwar handelte es sich dabei um sein berufliches Lächeln, das nicht etwa bedeuten sollte ›Hallo, Sie sind mir sympathisch, sollen wir Freunde werden?‹, sondern vielmehr das genaue Gegenteil.

»Tut mir leid, aber Herr Faust ist mein Klient, und deshalb darf ich keine vertraulichen Informationen weitergeben«, antwortete er schließlich und fügte rasch hinzu: »Und falls du tatsächlich so schlechte Manieren besitzen solltest, in Erwägung zu ziehen, mir mit Anwendung von körperlicher Gewalt zu drohen, dann darf ich dich vielleicht daran erinnern, daß ich in sämtlichen wichtigeren Jahrhunderten als Anwalt gleichzeitig praktiziere und deine gegenwärtigen Arbeitgeber zu meinen besten Klienten zähle. Ein falscher Schritt von dir, und ich werde per gerichtlicher Verfügung erwirken, daß man dich daran hindert, überhaupt geboren zu werden, noch bevor du ohne Versprecher ›chronologische Funktionsstörung‹ über die Lippen bringen kannst.« Er hielt inne, grinste Lundqvist abfällig an und fügte mit hämischer Stimme hinzu: »Aber wahrscheinlich ist das in deinem Fall ein wenig zuviel verlangt. Glaubst du, du könntest in einem Zug ›verdammte Scheiße‹ sagen? Oder wärst du damit auch schon überfordert?«

Es trat eine lange Pause ein.

»Du hältst dich wohl für verdammt klug, wie?«

Herr van Appin blickte leicht verschämt drein. »Nun ja, jedenfalls im selben Sinn wie ich der Überzeugung bin, daß kalt das Gegenteil von heiß und Wasser stets naß ist.«

»Na prima.«

Im selben Augenblick klingelte das Telefon.

»Geh schon ran, das ist für dich«, forderte Lundqvist den Anwalt auf.

Einen Augenblick lang zögerte van Appin, dann nahm er den Hörer in die Hand.

»Ja, hier van Appin.«

Hier auch. Hier spricht van Appin von van Appin und Partner aus dem fünfzehnten Jahrhundert. Hey, Kollege, wie geht's, wie steht's?

Herr van Appin zuckte zweimal nervös mit den Augen, dann antwortete er: »Gut, hier läuft alles bestens. Etwas anders als zu deiner Zeit natürlich. Zwar beschäftigen wir uns mehr mit dem Aufsetzen von Geschäfts- und Immobilienverträgen als mit Hexenprozessen, aber dennoch ernährt es seinen Mann. Was kann ich für dich tun?«

Folgendes, Kollege. Ich spreche hier gerade aus der Entbindungsstation im Jahr 1449, wo in wenigen Augenblicken ein gewisser Kurt Lundqvist geboren werden soll.

Selbst wenn Herr van Appin aufgrund dieser Äußerung die Fassung verloren haben sollte, war ihm zumindest äußerlich nichts davon anzumerken. »Wie klein doch die Welt ist«, merkte er seufzend an.

Das kannst du wohl laut sagen, denn der erwachsene Herr Kurt Lundqvist steht gerade neben mir. Ich habe ihm bereits zu erklären versucht, daß er allein durch die Tatsache, jetzt hier bei mir zu sein, die Auslösung einer folgenschweren zeitlichen Paradoxie riskiert. Irgendwie fühle ich mich allerdings dadurch behindert, daß mein Hals in dieser ekligen Drahtschlinge steckt, mit der man normalerweise Käse schneidet.

Herr van Appin (zwanzigstes Jahrhundert) nickte verständig. »Ich kann mich durchaus in deine Lage versetzen und möchte dringend von überstürzten Handlungen abraten.«

Danke, aber derselbe Gedanke ist mir auch schon durch den Kopf geschossen. Außerdem wüßte ich es sehr zu schätzen, wenn du Herrn Lundqvist verrätst, was er wissen will.

Van Appin runzelte die Stirn. »Ich verstehe zwar, was du damit sagen willst, ich frage mich nur, wie sich ein solches Verhalten mit unserem Berufsethos vereinbaren läßt.«

Der Hörer gab ein merkwürdig glucksendes Geräusch von sich, und für einen kurzen Augenblick nahm Herr van Appin ein höchst eigenartiges Gefühl wahr; und zwar erinnerte er sich undeutlich daran, daß er in Wirklichkeit gar nicht mehr existierte, da er bereits etliche Jahre zuvor gestorben war.

Ich denke, wir sollten diesen Punkt genauer erörtern, zumal wir meines Erachtens in einen ernsthaften Interessenkonflikt geraten könnten und es möglicherweise für uns an der Zeit ist, eine etwas flexiblere Haltung gegenüber unserer üblicherweise strikten Auslegung der Statuten anzunehmen, um …

Wie im Film durchlebte van Appin eine ungewöhnlich intensive Rückblende, durch die er am ganzen Körper zusammenzuckte. Dabei machten ihm weniger der körperliche Schmerz oder die Angst, oder der Schrecken zu schaffen, sondern vielmehr der Gedanke, welch katastrophalen Folgen es auf die für ihn veranschlagte Steuerklasse haben könnte, seit fünfhundert Jahren unwissentlich tot zu sein und die Geschäfte weitergeführt zu haben.

»Du willst damit also sagen, daß wir es hier mit einer Angelegenheit zu tun haben könnten, bei der wir unter Berücksichtigung der besonderen Umstände und nach sorgfältiger Überprüfung des Falls die Statuten etwas großzügiger auslegen sollten, richtig?« grummelte er schließlich in den Hörer.

Genau das, Kollege. Zudem würde ich vorschlagen, schnell zu handeln, weil sonst …

Der Satz wurde nicht beendet. Herr van Appin, der sich von der äußerst faszinierenden Erinnerung an seine eigene Beerdigung losreißen mußte, nickte einige Male heftig.

»Okay, du hast recht«, stimmte er zu. »Ich werde es ihm sofort sagen. Ach, und noch etwas.«

Ja?

»Du wirst nie darauf kommen, welche Leute es nicht

einmal für notwendig gehalten haben, zu deiner Beerdigung einen Kranz oder etwas in der Richtung zu schicken.«

Die Leitung wurde unterbrochen; und durch behendes Schnellreden entging Herr van Appin nur mit knapper Not der Versuchung, auf offenste Art und Weise in Schmeicheleien zu verfallen.

Lucky George verließ die Telefonzelle, blieb stehen, drehte sich noch einmal um und lächelte in Richtung des Münzeinwurfs, der prompt ein bißchen mehr Kleingeld ausspuckte, als er dort ursprünglich hineingesteckt hatte. Lediglich ein bißchen mehr, da die Anzahl der Münzen begrenzt ist, die ein Mensch bequem bei sich tragen oder eine Regierung ohne Probleme prägen lassen kann.

»So, das wäre erledigt«, stellte er befriedigt fest. »Worauf hättest du am meisten Lust, den Rest des Tages zu verbringen? Wenn du willst, können wir ja ins Rijksmuseum gehen und ein paar der Gemälde von den Toten auferwecken ...«

Helena runzelte die Stirn. »Moment mal! Wenn du sagst: ›Das wäre erledigt‹, dann ...«

»Damit meine ich nur, daß ich alles im Griff habe. Vorläufig jedenfalls. Einige meiner Freunde schulden mir nämlich noch den einen oder anderen Gefallen. Das wird schon alles klappen, du wirst sehen.«

»Dann laß uns essen gehen«, schlug Helena vor. »Ich hab furchtbaren Hunger.«

Eins von Georges zuvor geführten Telefonaten hatte einem kleinen italienischen Restaurant in Brooklyn gegolten.

Mrs. Loredano hatte den Anruf entgegengenommen.

»Hey, Lorenzo, das ist für dich!« rief sie über den Lärm brutzelnder Pfannen und scheppernder Töpfe hinweg. »Ein Typ namens Buonaventura!«

Mit lautem Klirren ließ Mr. Lorenzo vier Portionen

Osso bucco mit Knoblauchbrot und Salat auf den Boden fallen.

»Giorgio Buonaventura?«

»Ja. Kennst du den Kerl?«

»Gib mir den Hörer.«

Mrs. Loredano reichte ihrem Mann achselzuckend den Hörer und holte beflissen Kehrblech und Besen.

»Larry?«

»George!« freute sich Mr. Loredano, wobei er das Entzücken über sein schier unfaßbares Glück etwas zu stark hervorhob. »Mann, das ist ja schon eine Ewigkeit her! Was treibst du hier draußen?«

»Ich hab mich dort schrecklich gelangweilt und bin heimlich abgehauen, Larry. Wie geht's?«

»Ausgezeichnet, George, wirklich ganz ausgezeichnet. Könnte nicht besser sein.«

»Läuft der Laden gut?«

»Na ja, es geht so. Du weiß ja, die Zeiten sind schwer, das Geld ist knapp, und dann sind da noch die laufenden Kosten und ...«

»Sicher«, unterbrach ihn George, denn die Stimme am anderen Ende der Leitung hatte sich allmählich immer zerknirschter angehört – fast wie ein Kohlehaufen, der plötzlich einem tonnenschweren Druck ausgesetzt war. »Hör zu, Larry, du mußt mir einen Gefallen tun. Kannst du alles stehen- und liegenlassen?«

»Nicht nur das. Für dich hab ich eben sogar alles fallenlassen.«

»Wie bitte?«

»Ach, nichts. Ich wechsle nur kurz die Klamotten, George, und schon bin ich bei dir.«

»Das ist wirklich toll, Larry. Ist Mike auch da?«

»Klar. Ich werde ihm sagen, er soll mitkommen. Wo bist du überhaupt?«

Während George ihm den Weg erklärte, machte sich Mr. Loredano auf dem Bestellblock entsprechende Notizen. Nach ein paar weiteren persönlichen Worten hängte er schließlich den Hörer auf, nahm die Schürze ab und rief seine Frau zu sich.

»Schatz, Mike und ich müssen leider eine Weile weg«, flüsterte er und fügte hinzu: »Rein geschäftlich.«

Mrs. Loredano äußerte zwar lang und breit ihre Meinung zu diesem Thema, doch irgendwann gelang es Mr. Loredano, den Redeschwall seiner Frau zu unterbrechen.

»Ich weiß, ich weiß, du hast ja recht«, grummelte er. »Aber das da war eben George am Telefon.«

Endlich fiel der Groschen.

»Wir kommen so schnell wie möglich zurück«, versicherte er ihr. »Und solange wir weg sind, laß niemanden etwas anschreiben.«

Danach suchte er seinen Geschäftspartner auf und erzählte ihm von dem Telefonat, woraufhin sich beide Männer in einen Hinterraum zurückzogen und sich reisefertig machten.

»Bist du bereit, Mike?«

»Ja, mehr als je zuvor.«

»Ist das Fenster geöffnet?«

»Klar.«

»Na, dann mal los.«

Daraufhin spreizten die beiden Inhaber des *La Veneziana* die Flügel, kreischten einige Male und flatterten durch das Fenster ins Freie hinaus. Zehn Minuten später hatten sie bereits die Hälfte des Atlantiks überquert, wobei sie durch den starken Gegenwind und den peitschenden Regen aus Südosten für ihre Verhältnisse sogar noch langsam flogen. Für zwei übernatürliche Silbermöwen kamen sie dennoch recht gut voran, insbesondere dann, wenn man bedachte, daß sie seit über vierhundert Jahren aus der Übung waren.

Mrs. Loredano erklärte unterdessen Mrs. Steno, warum ihre jeweiligen Ehemänner das Restaurant ausgerechnet mittags zur Hauptgeschäftszeit verlassen hatten. Natürlich wußte Mrs. Loredano, worum es sich drehte, da sie vor einigen Jahren in das Geheimnis eingeweiht worden war; ganz nebenbei war sie sowieso der Meinung, daß eine gute Ehe auf gegenseitigem Vertrauen basierte. Mrs. Steno hingegen, nach deren Auffassung eine gute Ehe auf einseitigem Terrorismus beruhte, war diesbezüglich von ihrem Ehemann nie ins Vertrauen gezogen worden.

Wie Mrs. Loredano ihr erzählte, hatten Larry und Mike bereits lange vor ihrem sehr viel später erfolgten Einstieg in die Gastronomie für diesen Burschen in der alten Heimat gearbeitet. Als was? Nun ja, quasi jeder für sich als guter Geist des Hauses. Nein, nicht als Kammerdiener, eher als Hausgeister. Das sind diese Typen, die Zauberern und Magiern behilflich sind. Genau, die, die den Zylinder reichen, sich zersägen lassen… Na ja, solche Dinge eben und natürlich noch ein paar andere Sachen mehr. Klar, normalerweise macht das immer so 'ne halbnackte Hupfdohle, aber manchmal übernehmen auch Männer diese Rolle. Und hin und wieder – Mrs. Loredano atmete tief durch – sind es auch Möwen.

Möwen? Du meinst, so 'ne Art Tiernummer?

Fast, nur noch etwas mehr als das.

Mrs. Loredano fuhr mit ihren Erklärungsversuchen bis zum bitten Ende fort.

Es dauerte eine Weile, bis sich Mrs. Steno von dem Schock erholt hatte.

Willst du damit allen Ernstes sagen, Mike und Larry sind *Möwen*? hakte sie schließlich ungläubig nach. Na ja, sie waren Möwen, denn als der Mann, für den sie damals gearbeitet haben… (Gedankenpause)… also, als dieser Bursche sich zur Ruhe gesetzt hat, hat er sie in menschliche Wesen verwandelt, in ganz normale Männer. Er hat ihnen sogar den Einstieg in die Gastronomie ermöglicht. Alles in allem ist er anscheinend ein sehr fürsorglicher Mensch, der sich um seine Mitarbeiter wirklich kümmert.

Möwen!

Sicher, aber katholische Möwen, Rosa, dafür lege ich meine Hand ins Feuer. Gleich nachdem die beiden ihre menschlichen Körper erhalten hatten, haben sie sich taufen lassen. In dieser Hinsicht brauchst du dir also absolut keine Sorgen zu machen.

Jedenfalls haben sie mit ihm vereinbart, daß sie ihm sofort zu Diensten stehen müssen, sobald dieser Mister Buonaventura aus irgendeinem Grund auf dieser vertraulichen Hausgeisterebene ihre Hilfe benötigt. Das ist für die beiden natürlich reine Ehrensache, und davor muß man Respekt haben, findest du nicht?

Sicher, aber Möwen ...?

Mrs. Loredano wirkte leicht gekränkt. Zwar wolle sie nicht beleidigend sein, aber sie hoffe, daß Mrs. Steno, also Rosa, nicht voreingenommen sei, denn das könne sie auf den Tod nicht leiden. Schließlich stelle jeder etwas dar, man müsse nur weit genug zurückblicken: Italiener, Jude, Ire, Deutscher, Chinese, Möwe, Grieche oder wer auch immer. Dann wollte sie wissen, ob Rosa in letzter Zeit einmal einen Blick auf die Freiheitsstatue geworfen habe, denn dort stünde schon geschrieben ›Bringt eure zusammengepferchten Massen zu mir‹.

Für eine ganze Weile herrschte Schweigen.

»Tut mir leid, Maria«, entschuldigte sich schließlich Mrs. Steno.

»Schon gut, Rosa«, antwortete Mrs. Loredano. »Vergiß es einfach, okay?«

Dann machten sich beide daran, den Salat zuzubereiten.

6. KAPITEL

Ein zufälliger Rückenwind und ein von einem vorbeiziehenden Hochdruckgebiet ausgehender Auftrieb halfen Larry und Mike, Zeit aufzuholen, und schon zweieinhalb Stunden nach ihrem Abflug aus Brooklyn stießen die beiden auf den Amsterdamer Hafen Oosterdok hinab.

Sie trafen gerade noch rechtzeitig ein.

Natürlich hatten sie davon keine Ahnung. Eine Zeitlang kreisten sie in der Luft, stießen Kreischlaute aus und gewöhnten sich immer mehr daran, wieder Möwen zu sein. Was beiden seltsamerweise am eigenartigsten vorkam: keine Armbanduhren zu tragen.

»Das ist wie radfahren«, stellte Larry fest.

»Verdammt unbequem, ja.«

»Nicht nur das, sondern auch …«

»Kalt und furchtbar ermüdend«, ergänzte Mike. Dann stellte er die Flügelspitzen schräg und ließ sich etwa hundert Meter tief fallen. »Gut, ich denke, wir sollten uns jetzt lieber melden«, schlug er vor. »Wo ist der Plan?«

Larry blickte ihn verdutzt an. »Was für ein Plan?«

»Der Stadtplan.«

»Ich dachte, den hättest du.«

»Bist du bescheuert? Wie soll ich denn in einem Möwenkostüm so einen dämlichen Stadtplan mitschleppen? Glaubst du, ich hätte Taschen in den Flügeln, oder was?«

Larry gab keine Antwort. Mit Mikes Logik hatte er sich schon annähernd doppelt so lange abgefunden, wie Amerika ein unabhängiger Staat war, und obwohl diese in ihm hin und wieder immer noch den Wunsch hervorzurufen vermochte, laut loszuschreien, hatte er ihr gegenüber eine Art Immunität entwickelt; gegen Arsen kann man anscheinend eine ähnliche Widerstandsfähigkeit erlangen, indem man täglich eine mikroskopisch kleine Menge davon einnimmt. »Wie war die Adresse noch mal?« fragte er.

»Ecke Keizersgracht und Hartenstraat«, antwortete Mike. »Ich denke, wir fliegen einfach durch die Gegend, bis wir die Straßennamen entdecken, oder wir...« Er hielt inne und streckte den Kopf bis unter die Flügel nach unten. »Hey!« rief er erfreut. »Vielleicht brauchen wir das gar nicht mehr. Sieh mal da drüben!«

»Das ist er ganz sicher«, meinte Lucky George. »Den würde ich überall erkennen. Komm schon, es wird Zeit, daß wir verschwinden.«

Vom Fenster aus sahen sie einen Mann mit Spiegelglasbrille und einer grünen Jacke, der mit einem in braunes Papier gewickelten langen Paket unter dem Arm am Kanalufer entlangschlenderte. In respektvoller Entfernung von vielleicht fünf Metern folgte ihm eine Schar verschiedenartiger Dämonen, die normalen Erwartungen nicht entsprechende Köpfe, an den falschen Stellen sitzende Organe und unmoderne Körperfarben hatten. Sie schoben Handkarren vor sich her, die bis oben mit äußerst beeindruckend aussehenden Maschinen beladen waren. Den speziellen Verwendungszweck der einzelnen Geräte hätte man allerdings nicht einmal zu erraten gehofft, wenn man ihn nicht wirklich kannte (obwohl man kaum Probleme gehabt hätte, sich zumindest eine ungefähre Vorstellung davon zu machen). Der

Ordnung halber sei erwähnt, daß es sich dabei um eine Anlage auf dem neuesten Stand der Technik handelte, eine Art Entstörsystem gegen die Wirkung von Magie, das zusammen mit Generatoren, Transformatoren und anderer Zusatzausrüstung imstande war, übernatürliche Kräfte bis dreißig Kilogral in einem Umkreis von sechshundert Metern zu neutralisieren.

Niemand schien der Sache auch nur das kleinste bißchen Beachtung zu schenken, wahrscheinlich deshalb, weil der gesamte Zug theoretisch unsichtbar war; ein beeindruckender neuer Effekt, der durch photoelektrische Anpassung hervorgerufen wurde. Einfach ausgedrückt, funktioniert der Vorgang, indem der Person, die nicht zu sehen sein soll, eine möglichst große Ähnlichkeit mit dem langweiligsten Verwandten oder Bekannten des Betrachters verliehen wird. Letzterer ist dann derart von der Bemühung in Anspruch genommen, an der Person vorbeizukommen, ohne selbst bemerkt zu werden, daß er nicht stehenbleibt, um sie ein zweites Mal anzusehen. Das einzige lebende Individuum im Kosmos, das nicht durch theoretische Unsichtbarkeit getäuscht werden kann, ist natürlich Lucky George; seine Verwandten sind allesamt seit Jahrhunderten tot, und von seinen Freunden ist kein einziger langweilig.

»Wo?« fragte Helena, während sie, erst mit einem Bein in der Ann Klein-Hose steckend, zum Fenster hüpfte. »Ich kann ihn nicht...« Sie erstarrte. »Hey, das ist doch nicht möglich!«

George grinste. »Ich weiß. Ich selbst erkenne meine Tante Hilda, meinen Vetter Norman und die Brüder der zweiten Frau meines Vetters Norman und außerdem etwas, das wie sieben riesige Cappuccino-Maschinen aussieht. Du versuchst, über die Hintertreppe zu entkommen, während ich mich bemühe, sie aufzuhalten, und zwar mit ein paar...«

Mitten im Satz brach er ab, und sein Gesicht bot ein Bild völliger Verblüffung. Dann fluchte er.

»Entstörer«, murmelte er. »Mist! Na gut, dann müssen wir eben einfach abhauen. Komm!«

(In der Zwischenzeit sauste der Zauber, den George durch einen weitreichenden Schuß abgefeuert hatte und der vom Entstörerfeld abgeprallt war, in die oberen Luftschichten hinauf, schnellte von einem Fernsehsatelliten zurück und wurde in Form eines siebenstündigen japanischen Kunstfilms mit Untertiteln über einen Tag im Leben einer Reiseschreibmaschine weltweit in Millionen von Haushalte ausgestrahlt.)

Lundqvist warf einen scharfen Blick nach oben und hob die Hand.

»Da drin!« brüllte er.

So, wie sich die Geisterscharen aufführten, dürfte er mit ihnen seiner Meinung nach nicht viel mehr Probleme bekommen als mit einem unabhängigen Finanzberater, mit dem man in einem Fahrstuhl feststeckt; zweitklassige, gegen ihren Willen angeworbene böse Provinzgeister, die mit der ganzen Angelegenheit am liebsten nichts zu tun haben wollten und begierig auf den ersten Vorwand warteten, sich still und heimlich irgendwo in eine Kneipe abzuseilen. Mit solchen Kreaturen wußte er umzugehen.

Dem größten anwesenden Dämon befahl er: »Du da! Bau die Ausrüstung auf, und gib mir maximale Leistung! Der Rest von euch schwärmt aus und läßt nichts und niemanden aus dem Gebäude raus. Und denkt dran, Jungs«, fügte er hinzu, »ich habe alle eure Seriennummern. Jeder, der nicht mehr hier ist, wenn ich zurückkomme, wird sich, bevor er bis drei zählen kann, in einer Öllampe wiederfinden und Wünsche erfüllen müssen.«

Er zog die Hose hoch, wickelte den Flammenwerfer aus und ging entschlossen auf das Haus zu.

Seine Hand lag schon auf dem Türknauf, als ihn etwas Weißes, Feuchtes und Stinkendes direkt aufs Auge traf.

»Getroffen!«

Larry zuckte bescheiden mit den Flügeln. »Das ist nun mal Talent«, stellte er fest. »Entweder man hat's, oder man hat's nicht. Du bist dran.«

Mittlerweile hatte sich Lundqvist das Auge sorgfältig mit einem Taschentuch abgewischt. Er wandte sich um, warf einen langen und strengen Blick auf einen ziegenköpfigen Elektriker, der gekichert hatte, und setzte sich den Hut auf. *Der Türknauf kann mich mal,* dachte er. *Im Grunde kann mich mal die ganze Tür.* Er drehte den hinten auf dem Brennstoffbehälter befindlichen Einstellhebel auf Viertelleistung, drückte auf den Zündflammenknopf und ...

Und eine vorbeifliegende Möwe stieß herab, biß ihn böse in den linken Zeigefinger und schoß wieder in den Himmel davon. Lundqvist fluchte, ließ den Flammenwerfer fallen und saugte an der Wunde.

Während er auf diese Weise beschäftigt war, tauchte hinter ihm flatternd eine zweite vorbeifliegende Möwe auf, die das Brennstoffventil unbeholfen in den Schnabel nahm und es voll aufdrehte.

Auf einmal ging der Flammenwerfer zu Lundqvists Füßen los und ließ ihn etwa einen Meter hoch in die Luft springen, wobei seine Sonnenbrille wegflog. Durch eine Laune der Schwerkraft erreichte sie den Bürgersteig vor Lundqvist (obwohl sie ein ganzes Stück mehr Entfernung zurückzulegen hatte), und zwar gerade noch rechtzeitig, um ihm bei der Landung unter die Füße zu kommen. Es knirschte wie bei einem über Kies fahrenden Laster.

In der Luft trafen zwei Möwen zusammen.

»Damit sollten wir es erst mal genug sein lassen«, schlug Larry vor. »Sonst schöpft er noch den Verdacht, daß wir ...«

Er beendete den Satz nicht, da er von einer fünfzehn Meter hohen Stichflamme abgelenkt wurde, die in nicht einmal zwanzig Zentimeter Entfernung an seinem Schwanz vorbeischoß. Mit mehr Eile als Würde zogen sich die Möwen zurück.

Währenddessen stand vor der Hintertür ein Dämon Wache.

Er hatte einen Hundekopf, eine Greifennase, breite, fast fledermausartige rote Flügel, eine Heugabel, einen über einen Meter langen Schwanz und stotterte. Er stellte das teuflische Gegenstück eines Halbstarken dar, und so etwas wie das hier machte er zum erstenmal. Der Einsatz an einer solch exponierten Stelle war ihm nur deshalb zugewiesen worden, weil er noch zu jung war, um sich zu widersetzen.

»Entschuldigung.«

Er sah auf. Trotz seines schwachen Sehvermögens (er war kurzsichtig, mit einer Brille fühlte er sich unsicher, und obwohl er Kontaktlinsen besaß, war er biochemisch so beschaffen, daß diese sofort schmolzen, wenn er sie einsetzte) erkannte, daß sich die Hintertür geöffnet hatte und ein Frauenkopf darin erschienen war. Er mußte kräftig schlucken und versuchte, sich an seinen Text zu erinnern.

»Ha-halt!« stammelte er mit hoher zitternder Stimme. »We-we-we-wer ist da, F-f-f-freund oder Fe-fe-fe-fe-feind?«

»Entschuldigung, wie waren die Auswahlmöglichkeiten noch mal?«

»Fe-fe-fe-fe ...«

»Freund.«

»Dann ist ja alles in Ordnung.« Er senkte die Heugabel, trat vor und lag fünf Sekunden später auf dem Schnabel und wunderte sich, wie es kam, daß ihm das Haus auf den Kopf gefallen war. Helena von Troja ihrerseits betrachtete einen leicht verbogenen Silberleuchter und seufzte.

»Alles klar?« fragte George.

Helena nickte. »George, wir sind doch Freunde,

oder?« fragte sie, als er aus dem Haus trat und die Tür schloß. »Ich meine, du und ich.«

»Ich denke, schon«, antwortete George. »Wieso?«

Helena stieg über den Dämon hinweg. »Ich könnte die Vorstellung nicht ertragen, gelogen zu haben, das ist alles. Wo entlang jetzt?«

George zuckte die Achseln. »Solange es ganz allgemein in Richtung Nordost geht, ist das eigentlich egal. Alles, was ich wirklich brauche, ist eine Telefonzelle. Ah, da sind die beiden ja! Wurde auch Zeit«, murmelte er, als sich zwei Möwen auf seinem ausgestrecktes Handgelenk niederließen. »Wo seid ihr denn so lange gewesen?«

»Wir sind so schnell wie möglich gekommen«, antwortete Larry gekränkt.

»Wer's glaubt, wird selig«, grummelte George. »Was habt ihr bloß die ganze Zeit über getrieben? Darauf gewartet, daß der Wechselkurs zu euren Gunsten ausschlägt? Folgt mir!«

Durch rücksichtsloses, widerrechtliches Durchqueren der Gärten wildfremder Leute kamen sie schließlich bei der Westerkerk heraus, wo sich George sogleich in eine Telefonzelle stürzte, den Hörer ergriff und sämtliche Taschen nach Kleingeld durchwühlte. Helena setzte sich auf eine Bank und holte ihre Puderdose hervor. Die Möwen fraßen eine weggeworfene Eistüte.

»Sehr schön, das wäre auch geregelt«, stellte George zufrieden fest, als er aus der Zelle trat und sich gar nicht damit abgab, die Kaskade von Kleingeld einzusammeln, die sich aus dem Münzfernsprecher ergoß. »Mittagessen?«

Larry hob den Kopf. »Geregelt, Chef?«

»Richtig, geregelt. Was wir jetzt brauchen«, fuhr er fort, während er voranging, »ist entweder ein Restaurant mit einem Garten oder eins, wo man nichts gegen Haustiere hat. Andernfalls müßt ihr beiden euch mit einer Flasche Limonade und einer Tüte Chips oben in der Luft aufhalten.«

Helena von Troja blickte ihn mißtrauisch an. »Wie genau geregelt hast du denn alles, George? Nicht, daß ich dir nur eine Minute lang nicht glauben würde, aber…«

George grinste. »Ich habe einige meiner alten Freunde angerufen. Die sind schon auf dem Weg.« Er blickte kurz in den Himmel, lächelte und nickte. »Ich bedaure nur, daß wir den ganzen Spaß verpassen werden.«

Mit der Fähigkeit, mühelos Freunde zu gewinnen, wird man entweder geboren oder nicht. Falls Sie den Bogen raushaben, pflegen Sie dieses Talent; es lohnt sich nämlich.

Menschen mit dieser Gabe finden das Leben gewöhnlich um einiges leichter als wir anderen. Wollen sie eine neue Zylinderspule für den Wagen haben, setzen sie sich mit ihrem Freund in Verbindung, der in einer Werkstatt arbeitet. Haben sie Lust auf einen Urlaub in Portugal, wohnen sie in einer Villa, die ein paar Freunden gehört, die normalerweise nur für drei Wochen im Juli dort hinfahren. Besonders zu empfehlen sind die Häuser von Freunden, die ihrerseits Bauunternehmer zu ihrem Bekanntenkreis zählen. Aus deren Häuser sprießen nämlich an allen Ecken und Enden Vor- und Anbauten wie bei einem blühender Baum hervor.

Zu solchen Leuten verhält sich Lucky George wie die Sargassosee zu einem Quadratmeter Laichkrautgewächs.

»Das sehe ich selbst«, stellte Lundqvist fest. Der frostige Unterton in seiner Stimme erreichte fast Eisqualität, bei der sich ein Häusermakler der Eskimos die Hände gerieben und gleich die Baugenehmigung beantragt hätte.

Der Dämon, der gerade angemerkt hatte, daß die Flüchtlinge anscheinend entkommen seien, schreckte zurück und versuchte, klein und unauffällig auszusehen; was ihm, offen gesagt, kläglich mißlang, da er schlichtweg nicht dafür geschaffen war.

»Okay, da du so ein verdammt kluger Fachmann bist, machst du dich auf die Suche nach ihnen«, fuhr Lundqvist fort und knurrte gereizt. Wie er als erfahrener Kopfgeldjäger wußte, hätte er seinen einmalig scharfen Verstand eigentlich auf das lenken sollen, was die Flüchtlinge wahrscheinlich als nächstes tun würden, doch sosehr er sich auch bemühte, seine Gedanken schweiften immer wieder auf Möwen, das Fangen von Vögeln in Schlingen und auf die neuen und grausamen Fortschritte in der altehrwürdigen Kunst der Tierpräparation ab. »Nun mach schon!« schnauzte er den Dämon an, wodurch er sich von seinen Träumereien befreite. »Die Spur dürfte nicht schwer zu verfolgen sein.«

Mit einem leisen Wimmern blickte sich der fragliche Dämon um und machte sich bereit, sein Bestes zu geben. Zu seinem Glück bestand er zu etwa fünfundachtzig Prozent aus Nase, da es sich bei ihm um eine Spezialanfertigung eines ewigen Quälgeistes für Kokaindealer handelte. Er schnüffelte.

»Da geht ef lang«, stellte er fest. »Alfo lof. Folgt mir!«

Nun gut.

Wenn er die Wahl hat, versucht ein guter Geschichtenerzähler, die ersten Abschnitte seiner Erzählung relativ einfach und leicht verständlich zu halten – denn wie es heißt, wird erst aus Klarheit ein ganzes Buch. Manchmal ist diese Entscheidungsfreiheit jedoch beim allerbesten Willen einfach nicht gegeben. Wenn verwirrende Dinge passieren, in deren Verlauf Leute hierhin und dorthin rennen und sich gegenseitig über die Füße stolpern, muß der Erzähler alles in seinen Kräften Stehende dazu beitragen, Klarheit zu schaffen. Deshalb lassen Sie ihn nun wenigstens versuchen, die beteiligten Personen mit einem Hauch von Ordnung auftreten zu lassen.

Im Besitz des Entstörerfelds also: Lundqvist und seine hervorragend geschulten und hochmotivierten Begleiter.

Irgendwo anders in der Luft kreisend: zwei Möwen.

In einem Taxi, das die Leidsestraat entlangfährt, sitzt ein Mann, der sich aufrichtig wünscht, jemand anders zu sein, aber nicht vergißt, sich immer sorgfältig die aufgewendete Zeit zu notieren, um es sich zu erleichtern, am Ende des Tages die Kostenaufstellung anzufertigen: Herr van Appin.

In einem anderen Taxi, das die Stadhouderskade hinaufjagt, sitzt jemand, der nicht die leiseste Ahnung von den Vorgängen hat, sich jedoch ein Loch in den Bauch freut, den Fuß drei Jahre früher als geplant auf festen Boden setzen zu dürfen, und es gar nicht erwarten kann, seinen alten Studienkollegen Lucky George nach all den Jahren wiederzusehen: Julius Vanderdecker, auch als der Fliegende Holländer bekannt.

Zusammen mit ihm im selben Taxi: zwei weitere Mitstudenten aus jenen lieben alten Tagen in Wittenberg (ein Erfinder von Fallschirmen und ein Däne in abgetragener Kleidung mit der Angewohnheit, vor sich hin zu murmeln) sowie ein Fernsehreporter*, der gefragt hatte, ob er mit ins Taxi steigen dürfe, da er in zwanzig Minuten bei einer wichtigen Zusammenkunft im Anne Frank-Haus sein müsse.

Irgendwo dort drunter: die Höllen-Holdinggesellschaft, die gerade in groben Zügen die Werbekampagne für ›Braten in der Teufelsküche '95‹ entwirft und

---

* Raten Sie mal, wer!

nicht im entferntesten ahnt, was direkt um die Ecke vorgeht.

Auf dem Olymp: Gott.

Zwei Möwen stießen wie Stukas auf einen Verkehrsstau bei der Stadsschouwburg hinab und pickten verzweifelt gegen die Scheibe eines Taxis.

»Hallo Mike, lange nicht gesehen!« rief der Fallschirmkonstrukteur, während er der Scheibe hinunterkurbelte. »Was macht ihr beiden denn in dieser …?«

»Streng mal deinen Kopf an, Leo«, murmelte der Däne.

»Mann, 'tschuldigung. Natürlich, ihr kommt von« – der Fallschirmkonstrukteur senkte die Stimme bis zu einem verschwörerischen Flüstern, das man wahrscheinlich noch in Leiden hören konnte – »*ihr wißt schon wem*. Gibt's irgendwelche Anweisungen vom großen Chef?«

»Kreisch, kreisch«, antwortete die Möwe geduldig. »Kreisch. Hast du das kapiert?«

»Na, und ob, Mike«, bestätigte der Fallschirmexperte grinsend. »Überlaß das nur uns. Tschau!«

Wenige Sekunden später ließen sich zwei Möwen auf der Türleiste eines Taxis nieder, das hundert Meter weiter im selben Stau steckte.

»Larry, Mike, schön euch zu sehen!« begrüßte Herr van Appin die beiden erfreut. »Wißt ihr, das trifft sich wirklich gut, weil ich gerade die Geschäftsbücher durchgegangen bin und ihr beiden mir für den Abschluß des Pachtvertrags für das Restaurant noch Geld schuldet.«

»Kreisch«, unterbrach ihn eine der Möwen schnell. »Kreisch, kreisch, kreisch.«

»Kreisch«, bekräftigte die andere Möwe.

Herr van Appin zuckte die Achseln. Einerseits ist er einfach nicht der Typ, der seine Zeit sinnlos verplempert, denn jede Minute außerhalb des Büros kostet ihn Tausende von Gulden an entgangenem Honorar, und die Handlungsweise, auf die sich sein Klient offensichtlich festgelegt hat, ist äußerst riskant und könnte, wenn die Sache schiefgeht, leicht verheerende Folgen sowohl für ihn selbst als auch für seine fachlichen Berater haben. Andererseits heißt es schon bei Goethe: ›Wer keck ist und verwegen, kommt vielleicht noch besser fort.‹

»Na gut, nichts wie los.«

»Helena?«

»Mmmm?«

»Bitte sei so lieb, und gib mir mal den Ahornsirup rüber.«

Die Luft wie zwei intelligente Flugkörper mit Universitätsabschluß durchschneidend, schießen aus der Sonne zwei Möwen auf einen Zug zunehmend zerlumpt aussehender Gestalten hinab, die sich, wild um sich hackend und schlagend, einen Weg durch die Gärten hinter den Häusern an der Keizersgracht bahnen.

Lundqvist erblickt die beiden Vögel; und gerade als bei ihm der Groschen fällt und ihm klar wird, daß es sich bei ihnen nicht um gewöhnliche Silbermöwen handelt, gehen die beiden über den Handkarren in den Kurvenflug, schneiden mit ihren chirurgisch präzise arbeitenden und skalpellscharfen Schnäbeln Stücke aus der Verdrahtung der Entstörmaschinen heraus und verschwinden wieder.

Auf diese Entfernung hat es keinen Zweck, auch nur einen Schuß abzugeben. Mit einem wütenden Knurren steckt Lundqvist den Revolver in den Halfter zurück, wirft seinen geschickten Assistenten einen furchtbar bösen Blick zu und wendet sich wieder der Aufgabe zu, sich mit der Machete einen Weg durch die Begonien anderer Leute zu bahnen.

Drei alte Studienkollegen stehen einigermaßen ratlos am Ufer der Prinsengracht und fragen sich, worauf sie sich da eingelassen haben.

»Hast du so was wie das hier schon mal gemacht, Julius?«

»Nee. Und du, Leo?«

Der Fallschirmkonstrukteur strich sich über den Bart. »Das hängt ganz davon ab«, antwortete er. »Vierzehnhundertneunundneunzig habe ich eine Vorrichtung konstruiert, um die Energie des Winds und des Gezeitenstroms zum Betreiben einer Schraubenzieherratsche mit linksgängigem Gewinde auszunutzen, auch wenn es wegen dieser dämlichen Maschinenstürmer praktisch keine Nachfrage danach gab. Aber hilft uns das jetzt weiter?«

Der Däne und der Holländer blickten sich gelangweilt an.

»Ehrlich gesagt, wohl kaum«, meinte der Däne. »Ich nehme an, dann wird das, was auf uns zukommt, für uns alle eine neue Erfahrung sein.«

Müde flatterten zwei Möwen über die Dächer und ließen sich auf dem Kopf des Holländers nieder.

»Kreisch«, verkündeten sie im Chor.

»Also, wir sind dran«, stellte Leo, der Fallschirmkonstrukteur, fest. »Frisch gewagt, ist halb gewonnen und so weiter.«

»Das kannst du wohl laut sagen.«

»Gut«, fuhr Leo fort. »Ran an den Speck! Wer von uns sollte eurer Meinung nach die Zauberworte und den ganzen Kram sagen? Irgendwelche Freiwilligen?«

Der Däne riß sich von der Erinnerung los, welch ausgesprochene Nervensäge Leo schon früher an der Universität gewesen war, und brachte die Gedanken wieder auf Kurs. »Weißt du was, Leo? Warum übernimmst du das nicht?« schlug er grinsend vor.

»Wenn du dir sicher bist.«

»Ich bin mir sogar absolut sicher.«

»Julius? Wie steht's mit dir?«

»Nun mach doch schon, Leo, bitte. Und könntest du es vielleicht hinkriegen, nicht immer so zu grinsen und bei allem etwas weniger fröhlich zu sein? Davon bekomme ich nämlich Migräne.«

»Du bist schon immer so ein trübsalblasender Lahmarsch gewesen, stimmt's? Aber egal, los geht's!«

Drei alte Studienkollegen sowie zwei Möwen verschwanden.

Lundqvist ließ den Feldstecher sinken, leckte sich die Lippen und lächelte. Zwar sagte er nichts, aber seine Lippen formten die Worte: *Hab ich euch!*

Er stand in einer großen, ziemlich zerfetzten Öffnung in der Vorderwand eines schönen Kaufmannshauses aus dem späten siebzehnten Jahrhundert, von dem man einen wunderbaren Ausblick auf die Prinsengracht hatte – wenn ganze Kerle Abkürzungen nehmen, machen sie keine halben Sachen –, und beobachtete, wie drei riesige Windmühlen mit Eigenantrieb unbeholfen auf ihn vorrückten. *Angeber,* murmelte er in sich hinein.

»Du da!« rief er einem der Dämonenhelfer zu. »Volle Leistung auf die Entstörer, jetzt!«

Der Dämon hastete davon und zog an einem Hebel. Nichts geschah.

»Entfuldigung«, winselte der Dämon mit schwacher, verängstigter Stimme, »ef ift nur fo, ich glaube, ef fehlen ein paar Drähte an der Mafine.«

Einen Augenblick lang starrte Lundqvist ihn an, als hätte sich der Dämon gerade vorgebeugt und ihm sämtliche Zähne gezogen. *Die Möwen. So eine Scheiße!* fluchte er im stillen.

»Probiert's mit den anderen!« schrie er. »Macht schon! Beeilt euch!«

Doch die Dämonen zogen sich murrend zurück. Wie durch Telepathie hatten sie plötzlich allesamt angefangen, den Verstand zu benutzen: *Ja, klar, wir sind Dämonen, aber das hier ist gespenstisch.* Nur wenige Sekunden später waren sie vom Erdboden verschwunden.

Die Windmühlen rückten mit sich drehenden Flügeln weiter vor. Überall wurden vom Wind kleine Wölkchen überreichlich vorhandenen Mehls aus den Mühlen herausgeblasen und verbreiteten sich wie Nebel.

Aus der Fassung kann man Kurt Lundqvist bringen, aber einschüchtern kann man ihn nicht. Er brauchte etwa eine drittel Sekunde, um sich zu besinnen, die Geduld zu verlieren, seinen Revolver zu ziehen und abzudrücken. Kugeln pfiffen durch die Flügel der Windmühlen, verflüssigten sich und tropften in den Kanal.

Macht nichts, da war ja noch der Flammenwerfer. Flink ein paarmal am Brennstoffventil gedreht, und schon schoß eine sich blähende, windzerzauste Rose aus rotem Feuer über die Straße und leckte am Mauerwerk der Windmühlen.

Reine Zeitverschwendung. Verdammt, Brandschutzverordnungen hatten die Holländer schließlich als erste eingeführt.

Lundqvist spürte jetzt schon die Zugluft von den Flügeln, als die drei Schatten auf ihn fielen. Zeit, sich zurückzuziehen und sich neu zu gruppieren. Was hätte Napoleon unter diesen Umständen getan?

Zisch!

Na gut, Napoleon hätte sich höchstwahrscheinlich zu einer Kugel zusammengerollt und geschrien, und Hannibal und Erwin Rommel ebenfalls. Alexander der Große hingegen wäre in einen Geschäftseingang zurückgehechtet, hätte sich das erstbeste gegriffen, das ihm in die Finger gekommen wäre – in diesem Fall eine lange Holzstange mit einem Haken am Ende –, und hätte *angegriffen,* Menschenskinder noch mal! Und was für Alexander gut genug war, war für Kurt Lundqvist allemal gut genug.

Er klemmte sich die Stange unter den Arm, senkte den Kopf und griff an.

An der Ecke Raadhuisstraat und Prinsengracht hielt ein Taxi, und ein Mann stieg aus. Zur Wiedersehensfeier mit den alten Studienkollegen kam er zu spät.

»*Wieviel?*« wollte er empört wissen.

Der Taxifahrer wiederholte den Betrag. Obwohl der Fahrgast undeutlich etwas über Inflation vor sich hin murmelte, zahlte er anstandslos und blickte die Straße hinunter.

Da er genau wie die übrigen an diesem Tag anwesenden alten Wittenberger tot und begraben war, konnte man bei ihm mit dem theoretischen Unsichtbarkeitseffekt nicht viel erreichen. Folglich sah er, wie in der Ferne ein Mann verzweifelt vor- und zurücklief und versuchte, mit einem Gegenstand, der wie eine Lanze aussah, drei Windmühlen aufzuspießen.

»Verdammt!« murmelte Don Quixote de la Mancha. »Die Arschlöcher haben einfach ohne mich angefangen.«

Gut, dachte Lundqvist, als ein Flügel an seinem Ohr vorbeipfiff und ihm einen Knopf vom Kragen abschlug, *das hätte also Alexander getan. Gibt's noch irgendwelche anderen Vorschläge?*

Er stieß kräftig mit der Jalousienstange zu und hatte das zweifelhafte Vergnügen, mit einem Teil der Windmühlenflügel-Aufhängung in Verbindung zu treten. Die Stange brach.

Ulysses S. Grant. Ein wirklich gewiefter Bursche. Er hätte die Stange weggeworfen und wäre gerannt, was die Beine hergaben.

Desgleichen Belisarius, Cortés und der Herzog von Marlborough.

Als Lundqvist losrannte, sauste ihm eine Flügelkante am Kopf vorbei und teilte ihm genau in der

Mitte das Haar, so daß er wie ein Hilfsgeistlicher aus dem neunzehnten Jahrhundert aussah. Während er an den jetzt nutzlosen Entstörern vorbeisprintete, dachte er im Unterbewußtsein: *Ungefähr einen Meter gewöhnliches isoliertes Kabel, und ich werde dich doch noch kriegen, du Mistkerl*. Sein Bewußtsein rief jedoch sehr laut: *Hilfe! Hilfe!*

Lundqvist war ein guter Läufer. Normalerweise rannte er natürlich hinter anderen her und nicht vor ihnen weg, doch im Prinzip ist das ziemlich das gleiche. Erst als er sicher war, daß sich die Windmühlen weit hinter ihm befanden, konnte er an der Ecke Prinsengracht und Berenstraat endlich ruhig stehenbleiben, sich träge gegen eine Mauer lehnen und Atem schöpfen.

Er sah auf.

Jene Windmühlen, klar. Bei den drei lebenden Ungeheuern, die jetzt auf ihn zukamen und deren flügelartige Tentakel die Luft wie eine Salami zerschnitten, handelte es sich wahrscheinlich um ganz andere Windmühlen – oder aber um dieselben Windmühlen, die ihn nur täuschten. Doch spielte das wirklich noch eine Rolle? Er nahm die Beine in die Hand und rannte erneut los.

Und bemerkte nicht, daß über ihm zwei Möwen mit zwei Einkaufsnetzen in den Krallen auf einer Thermik dahinglitten. Gleichzeitig ließen sie ihre Bombenlast fallen, riefen »Kreisch!« und verschwanden.

Die Netze schlugen auf dem Gehweg auf und platzten, wobei in alle Richtungen Zwiebeln verstreut wurden. Ganz gewöhnliche Tulpenzwiebeln, erst vor kurzem von einem Stand auf dem Blumenmarkt weggeschnappt.

Die Zwiebeln begannen zu wachsen.

Zum Glück hatte Lundqvist noch die Machete dabei, und indem er mit allen Kräften um sich schlug, gelang es ihm, sich einen Pfad durchs Dickicht zu bahnen, bevor sich die gräßlich um sich schnappenden Blumen nach unten biegen und ihn mit ihren Blütenblättern umschlingen konnten. Nach Atem ringend und von Kopf bis Fuß mit klebrigem grünen Pflanzensaft durchnäßt, wankte Lundqvist aus dem Tulpendickicht hinaus, nur um sich von ungestüm wachsenden Osterglocken eingekreist zu sehen. Unterdessen schwebten erneut zwei Möwen in der stillen Luft, die Krallen um Einkaufsnetze geschlossen …

Die Windmühlen rückten näher. Die Tulpen öffneten ihnen einen Pfad und ließen sie hindurch …

Das Wesentliche in Situationen wie dieser besteht darin, einen klaren Kopf zu behalten, fiel Lundqvist ein, als ihn eine Flügelkante am Schlüsselbein streifte. Mit der Machete zwischen den Zähnen duckte er sich auf Hände und Knie und kroch voran. Hier unten bekämen ihn weder die Flügel noch die fleischfressenden Pflanzen zu fassen. Sollte er einer Ameise begegnen, käme es wenigstens zu einem Kampf mit bloßen Fäusten beziehungsweise Mundwerkzeugen, dann hätte er eine Chance.

Hinter sich hörte er ein Rollen wie Donner und das ekelerregende Quietschen von lebendem Gewebe, das zerquetscht wurde. Er warf einen raschen Blick über die Schulter zurück und sah …

… ein gewaltiges gelbes Rad, am obersten Punkt mindestens vier Meter hoch, das direkt auf ihn zuwalzte und dabei eine matschige Spur hinterließ. Nein, kein Rad. Ein Käse.

Lundqvist stand auf. Er hatte die Nase gestrichen voll.

»Du Scheißkerl!« schrie er. »Du verdammter Scheißkerl! Kannst du denn *gar* nichts ernstnehmen?«

Dann stürzte er auf den Käse zu, wobei er – von Pflanzensaft durchnäßt und durch Blütenstaub zu drei Vierteln blind gemacht – über Tulpenwurzeln stolperte und den todbringenden Flügeln auswich. Als die Vorderkante des Käses auf ihn zugerast kam, warf er sich zur Seite, flog gegen einen Tulpenstengel, prallte von der gummiartigen Oberfläche ab und wurde wie ein Baseball gegen die turmhoch aufragende Seite des Käses geschleudert. Er stieß die Machete nach vorn und schrie ...

Und fand sich im Rinnstein wieder, in der einen Hand eine verbogene Machete, in der anderen eine große Scheibe Edamer, umringt von einer Menge belustigter Zuschauer und auf dem Kopf eine Baseballmütze mit der Aufschrift:

I ♥ AMSTERDAM

Fünf Minuten darauf traf ein Polizeiwagen ein und nahm ihn mit. Später mußte sich Lundqvist wegen Blockierens eines öffentlichen Verkehrswegs, ordnungswidrigen Verhaltens und vierzehn Verstößen gegen die Bestimmungen für den Straßenverkauf verantworten.

7. KAPITEL

Nach der Schlacht von Amsterdam stand Lucky George natürlich nur noch eine Handlungsweise offen: Vergeltung. Sofortige, grausame Vergeltung in ausreichendem Umfang, um das Ausmaß seines Mißfallens gegenüber den Drahtziehern dieses Zwischenfalls zum Ausdruck zu bringen. Obwohl ihn der Vorfall selbst nicht gestört hatte. Nicht im geringsten.

Nachdem er seinen alten Studienkollegen gedankt hatte, schnappte er sich deshalb das nächstbeste Flugzeug, um es zu dem von Helena vorgeschlagenen Zielort umzuleiten, beruhigte sich erst einmal und arbeitete im Kopf sämtliche Einzelheiten aus. Dann…

Die erste Andeutung, daß sämtliche Regierungsmitglieder aller Staaten der Erde über Nacht in landwirtschaftliche Nutztiere verwandelt worden waren, kam in den Rundfunknachrichten der BBC, als die frühmorgendliche Zusammenfassung der Parlamentsdebatte vom Vortag gesendet wurde. Da es sich um eine Rundfunksendung handelte, gab es zur Bestätigung dieser Tatsache keine Bilder; und zuerst wurden das Grunzen, Quieken, Glucken, Piepsen, Miauen und Muhen als Folge einer Kombination atmosphärischer Störungen, eines irgendwo in der Leitung sitzenden Fehlers und des freien und umfassenden Meinungsaustauschs im angesehensten demokratischen Forum der Welt interpretiert. Erst als nach und nach die Bilder des Frühstücksfernsehens erschienen, war man allgemein in der Lage, sich zu einer logischeren Deutung der Einzelheiten durchzuringen.

Nachrichtensüchtige, denen noch die Frühstücksreste zwischen den Zähnen klebten, wurden vor dem Unterhaus auf der noch leeren und sehr gepflegten Rasenfläche empfangen, die gleichzeitig als Bannmeile diente. Dort sollte das Unterhaus in Kürze mittels Hammelsprung über die dritte Lesung der Steuervorlage abstimmen. Die Türen öffneten sich, und heraus watschelte etwas, das man nur als Herde bezeichnen konnte, angeführt von einem steinalten, gleichgültig dreinblickenden Schäferhund, der eine Perücke trug.

Die Herde stimmte im Hammelsprung ab: Die Ziegen betraten den einen Wandelgang, die Schafe den anderen. Nachdem die Stimmenzähler ihre Arbeit mit der üblichen Geschwindigkeit und Tüchtigkeit verrichtet hatten, stellte sich der Schäferhund auf die Hinterbeine, wedelte mit dem Schwanz und verkündete, daß die Määäähs gewonnen hätten.

Gleichzeitig eröffnete in Washington ein altes graues Maultier die heutige Senatsdebatte, indem es die Blätter mit der Tagesordnung fraß und den größten Weiberhengst des Hauses mit dem Huf des rechten Hinterlaufs trat. Im Gebäude der Knesseth waren die Sitzreihen verwaist, und die anwesenden Abgeordneten kurvten und kreisten unter der Decke, während die Falken versuchten, die schnelleren, aber nicht so beweglichen Tauben einzuholen. Das geschah etwa zu der Zeit, als sich der deutsche Bundestag bis nach der Einnahme des Schweinefutters vertagte, ohne sich bewußt zu sein, daß die Staatsführung jenseits der Grenze in Frankreich eine entscheidende Wirtschaftsdebatte abgebrochen hatte, um dem auf dem Speiseplan stehenden Saumagen einen Waldspaziergang mit Trüffelschweinen vorzuziehen. Zweimal entging die japanische Legislative knapp der völligen Vernichtung: das erste Mal, als jemand einen Kessel kochendes Wasser verschüttete, das in eine Bodenritze lief, und das zweite Mal, als im Gebäude der peruanische Außenminister zu Gesprächen auf höchster Ebene eintraf und die ganze Mannschaft beinahe mit einem einzigen Streich seiner klebrigen langen Zunge aufgeleckt hätte. Die belgische Regierung vergrub den Inhalt der Staatskasse unter einem Baum, kugelte sich in kleinen Nestern aus zusammengeharktem Laub ein und fiel in den Winterschlaf.

Das vielleicht verblüffendste Anzeichen von allen offenbarte sich im Irak, wo die gesamte Regierung über Nacht in Menschen verwandelt wurde.

»Ich denke, das sollten wir wirklich machen«, meinte der Verkaufsdirektor mit wehmütiger Stimme. »Auch wenn es mir ein Jammer zu sein scheint.«

»Wir müssen sogar«, bekräftigte der Produktionsleiter, wobei er ein Kichern unterdrückte. Über den Fernsehschirm vor ihm flimmerten Satellitenbilder der Dringlichkeitsdebatte im Europaparlament. Zum erstenmal in seiner Geschichte traf dieses erlauchte Gremium auf der höchsten Spitze einer steilen Klippe vor Ostende zusammen. »Ich meine, Spaß ist Spaß«, fuhr er fort, »aber ...« Er brach den Satz ab und stopfte sich den Schlips in den Mund, als sich hoppelnde kleine Politiker mit fellbewachsenen Körpern wie ein Wasserfall über den Rand der Klippe in die Meereswogen stürzten. Weiter draußen auf See verließ der Ministerrat der EG ein sinkendes Schiff.

»Nicht zum erstenmal«, kommentierte der Finanzdirektor mit mehr Gefühl als Originalität. Er hielt inne und zwang sich, mit den Gedanken zum vorliegenden Problem zurückzukehren. »Hört mal«, sagte er, »das muß aufhören. Jemand soll mal diesen kleinen Langweiler ans Telefon holen und ihm sagen, er soll augenblicklich alle zurückverwandeln.« Er zögerte, wandte den Kopf wieder dem Fernseher zu und erhaschte einen kurzen Blick vom landwirtschaftlichen Sonderausschuß des Parlaments, der verzweifelt hin- und herhastete, um einem Schwarm in Verzückung geratener Tölpel zu entgehen. »Na ja, jedenfalls ziemlich bald«, fügte er grinsend hinzu, während seine Augen am Ministerratspräsidenten hingen, der mit einem Kormoran Versteck spielte. »Allerspätestens morgen mittag.«

»Das ist leichter gesagt als getan«, murmelte der Verkaufsdirektor. »Erst mal müssen wir den Burschen finden. Ich glaube nicht, daß er so einfach aufzuspüren ist, wie wir uns das ...«

Neben seinem Ellbogen klingelte ein Telefon, und er nahm den Hörer ab.

»Ich habe hier jemanden namens van Appin am Apparat, der behauptet, Georges Rechtsberater zu sein«, sagte er einen Augenblick später. »Möchte irgendwer mit ihm ...«

Der Finanzdirektor riß ihm den Hörer aus der Hand. »Hallo, Peter?« bellte er in die Muschel. »Was zur Höl... ähm... was zum Heliotrop denkt der sich eigentlich dabei, verdammt noch mal? Sag ihm, er soll diesen Unsinn auf der Stelle beenden. Wenn nicht, kriegt der Mistkerl echten Ärger mit uns.«

Herr van Appin, der an seinem Schreibtisch saß, lächelte. »Entschuldigung«, antwortete er, »aber ich dachte, die hätte er bereits. Ich meine, entschuldige bitte meine Unwissenheit, aber ich habe geglaubt, für ewig verdammt zu sein, bedeutet, ungefähr so tief in Problemen zu stecken, wie es überhaupt nur möglich ist, wenn man nicht gerade in der Werbebranche arbeitet.«

Der Finanzdirektor machte eine kraftlose Handbewegung. »Peter, du weißt schon, was ich meine«, sagte er. »Menschenskinder, das geht einfach zu weit!« Während er sprach, wechselten die Bilder auf dem Fernsehschirm, und im nächsten Moment starrte er auf eine riesige angeschwollene Anakonda, von der im südamerikanischen Kleinstaat Necesidad offensichtlich gerade eine Einparteienregierung eingeführt worden war, indem sie die Sozialdemokraten verschlungen hatte. »Na schön«, murmelte er erschöpft. »Sag mir, was er will, und ich sehe, was ich tun kann.«

Es folgte eine Pause, bevor van Appin reagierte. »Du weißt genau, was er will, Norman. Er will in Ruhe gelassen werden. Pfeif deine Leute zurück, und laß den Jungen endlich in Frieden.«

Der Finanzdirektor brummte gereizt. »Das habe ich schon getan, Peter«, sagte er. »Sämtliche Agenten sind zum Stützpunkt zurückgekehrt, und es werden keine weiteren Maßnahmen ergriffen. Soll ich dir eine eidesstattliche Versicherung geben oder etwas in der Richtung?«

»Was ist mit Lundqvist?«

Der Finanzdirektor erbebte leicht. »Das ist nicht unser Mann«, sagte er so beiläufig wie möglich. »Der hat nichts mit uns zu tun. Er ist ein völlig freier Mitarbeiter, mußt du wissen. Wenn du willst, ziehe ich die Belohnung zurück, aber mehr kann ich nicht …«

Van Appin schüttelte den Kopf. »Sei doch nicht albern, Norman«, unterbrach er ihn gereizt. »Nach seiner gestrigen kleinen Vorstellung glaube ich nicht, daß bei ihm das Geld im Vordergrund steht.«

»Nicht meine Schuld. Geschieht deinem Klienten ganz recht! Was mußte er ihn auch derart auf den Arm nehmen, hä? Jedenfalls können wir nichts dagegen unternehmen. Wenn du ihn also …«

»Nein.« Van Appin hielt den Hörer vom Ohr weg, bedeckte die Hörmuschel mit der Handfläche und zählte bis zehn.

»Norman, bist du noch dran?«

»Ja, am Apparat.«

»Ich schlage dir folgendes Geschäft vor«, fuhr van Appin fort. »Du versprichst mir in aller Form, alles in deinen Kräften Stehende zu tun, um Lundqvist davon abzubringen, meinem Klienten auf die Nerven zu gehen, und wir geben dir dafür deine Politiker zurück. Das ist übrigens unser letztes Angebot.«

Es trat eine lange Stille ein.

»Und jetzt«, plapperte es aus dem Fernseher, »schalten wir live zu Danny Bennett vor dem UN-Gebäude in New York, wo gerade ...«

»Schalt das verdammte Ding aus!« brüllte der Finanzdirektor. »Hallo, Peter? Hör mal, ich kann dir nichts versprechen, aber wir werden unser Bestes geben. Also, sag deinem Mann, er soll mit dem Quatsch aufhören.«

»Und du stoppst Lundqvist?«

»Ich werde sofort meine besten Dämonen darauf ansetzen, Peter.«

»Das solltest du auch wirklich tun«, riet ihm van Appin in scharfem Ton. »Vergiß nicht, Bazillen sind auch so eine Art Tier. Wenn du willst, daß die zivilisierten Völker der Welt von einer schlimmen Erkältung ins einundzwanzigste Jahrhundert begleitet werden, brauchst du nur zu versuchen, besonders schlau zu sein.«

Die Verbindung brach ab. Mit einem langen frostigen Seufzer machte der Finanzdirektor den Rücken gerade und wandte sich seinen Kollegen zu.

»Holt mir den Hauptmann der Geisterkrieger«, ordnete er an.

»Was hast du gesagt, wie das hier heißen soll?« fragte Lucky George, wobei er den dichtbevölkerten Marktplatz, die wimmelnde Menge der kosmopolitischen Einwohner, das smaragdgrüne Blau der Bucht und das strahlendweiße Mauerwerk des achten Weltwunders im Hintergrund betrachtete.

»Australien«, antwortete Helena. »Möchtest du Chips?«

»Nein danke.« Lucky George überlegte. »Ich glaube nicht, daß es das schon zu meiner Zeit gegeben hat«, sagte er. »Vermutlich wirst du mir gleich die Fortschritte schildern, die hier gemacht wurden.«

»Also, hat das Land denn keine großartigen Fortschritte gemacht?«

Lucky George dachte nach. »Mag sein, vielleicht liegt's auch an der Entropie«, entschied er. »Weißt du, je älter ich werde, desto schwieriger finde ich es, Fortschritt und Entropie auseinanderzuhalten. Ich sage immer, wir sind auch sehr gut ohne zurecht gekommen, aber so ist das nun mal, was geschehen ist, ist geschehen.« Er setzte sich auf die Stufen und blickte auf die Segel der Jachten in der Ferne.

»Das hier ist Sydney«, fuhr Helena kauend fort.

»Ich dachte, du hättest gesagt, das sei ...«

»Sydney in Australien.«

»Ach so. Sydney ist der Vorname.«

»Sei nicht so albern, George. Es wird dir hier gefallen.«

»Tatsächlich? Warum?«

Helena schniefte. »Weil niemand auf die Idee kommt, dich hier zu suchen, darum.«

»Hätte ich mir denken können«, murmelte George. »Ich käme bestimmt nicht auf die Idee. Genauer gesagt, auf gar keinen Fall sogar.«

»Na bitte, da siehst du's.«

»Ja«, fuhr George nachdenklich fort, »und ob ich es sehe, direkt vor mir sogar. Sag mal, haben die in Australien auch was zu essen?«

Helena nickte. »Durchaus. Tonnenweise.«

»Ah, das hört sich gut an. Dann sollten wir uns mal auf den Weg machen und das überprüfen.«

Während des Kaffeetrinkens führte George seine beabsichtigte Vorgehensweise im einzelnen aus.

»Das einzige echte Problem ist Lundqvist«, sagte er. »Mit den übrigen werden wir wahrscheinlich fertig. Übrigens, wußtest du, daß dieses Land, das du ja offenbar so gern magst, ausschließlich von Warzenschweinen regiert wird?«

Helena runzelte die Stirn. »Früher oder später wirst du die doch alle wieder zurückverwandeln, George. Ich meine, deinen Standpunkt hast du damit hinlänglich klargemacht, und nach meinem Dafürhalten erreichst du nichts damit, wenn du ihn mit Gewalt durchboxen willst.«

»Wenn wir irgendeine Möglichkeit fänden, Lundqvist ein für allemal loszuwerden, dann wäre ich bereit, es mit Verhandeln zu versuchen«, fuhr George fort. »Ein paar Zugeständnisse hier und da, das sollte nicht schwer sein, doch solange dieser Spinner frei herumläuft, habe ich wirklich keine Lust dazu. reich mir bitte mal den Aschenbecher rüber.«

»Ich glaube, was Lundqvist betrifft, hast du einen Komplex«, meinte Helena. »Du hast doch gesehen, wie einfach es gewesen ist, in Amsterdam mit ihm fertig zu werden. Wir haben ihn als Vollidioten hingestellt. Vermutlich wird er sich wieder daran machen, die Untoten zu piesacken, und uns endlich in Frieden lassen.«

»Wer's glaubt, wird selig.« George schüttelte den Kopf und verwandelte dabei aus Versehen die Registrierkasse in ein Portemonnaie ohne Nähte. »Im nachhinein glaube ich, daß ich ein Stück zu weit gegangen bin. Bisher haben wir nichts weiter erreicht, als ihn dermaßen in die Pfanne zu hauen, daß der Boden sozusagen viel zu verbeult ist, als daß man sie noch gerade auf die Herdplatte stellen kann. Vernünftig war das jedenfalls nicht.«

»Aber sobald sie die Belohnung zurückziehen, wird er doch bestimmt einfach verschwinden«, wandte Helena über den Rand ihrer Kaffeetasse hinweg ein. »Ich meine, er ist ein professioneller Kopfgeldjäger, der macht das doch nicht zum Spaß. Wenn er nicht bezahlt wird ...«

George blickte sie nachsichtig an. »Gesegnet sei das Kind für seine Unwissenheit und Reinheit des Geistes. Falls es Lundqvist gelingt, meine Wenigkeit auszuliefern, habe ich kaum Zweifel, daß die das Geld rausrücken. Das weiß er ganz genau. Unabhängig davon würde er sowieso weitermachen, mit Belohnung oder ohne. Zumal er es überhaupt nicht schätzt, lächerlich gemacht zu werden. Wahrscheinlich ist das Maß für ihn nicht nur voll, sondern längst übergelaufen.«

»Und was jetzt?« fragte Helena. »Hast du irgendeine gute Idee?«

George nickte. »Klar«, antwortete er. »Deshalb sind wir ja hier. Obwohl«, fügte er hinzu, während er sich umblickte, »als ich gesagt habe, such mir den trostlosesten, gottverlassensten Ort im Universum, habe ich doch nicht *wirklich* den trostlosesten, gottverlassensten ...«

»Sei nicht albern, George. Es gibt noch viel schlimmere Orte als diesen.«

»Nenn mir einen.«

»Adelaide.«

»Aha.« George zog eine Braue hoch. »Ich nehme an, das ist die Schwester von Sydney.«

»Nein, die heißt Victoria. Also glaubst du, wir können uns einfach versteckt halten und warten, bis er sich biologisch abgebaut hat oder so was?«

George schüttelte den Kopf. »Schön wär's. Nein, ich hatte an was ganz anderes gedacht.«

Er lehnte sich im Stuhl zurück und wartete darauf, daß Helena ihn fragte, was ihm vorschwebe. Doch sie verschränkte nur die Arme und begann, George alles über die erste Sträflingskolonie, Ned Kelly und die australischen Footballregeln zu erzählen. »Ich hatte daran gedacht, in die Offensive zu gehen«, warf George irgendwann ein, wobei er mit der erhobener

Hand um Gehör bat. »Genau gesagt an einen Präventivschlag.«

Helena pickte einen winzigen Zuckerkristall auf und zerknackte ihn zwischen den Zähnen. »Und wie wollen wir das von hier aus erledigen, wenn ich fragen darf?«

Auf Georges Gesicht breitete sich ein Grinsen wie ein spätsommerlicher Sonnenuntergang aus – oder wie ein schmieriger Ölteppich, wenn Ihnen das lieber ist. »Gar nicht«, entgegnete er. »Allerdings gibt es da einen gewissen Typen, den ich von früher her kenne und der mir noch einen Gefallen schuldet …«

Zwei Möwen ziehen ihre Kreise im ersten Licht der Morgendämmerung.

»Vielleicht sollte ich lieber mal kurz zu Hause anrufen, um nachzufragen, ob die Tomatendosen endlich geliefert worden sind!« schrie die eine über das Pfeifen des Winds hinweg.

»Reg dich ab, Mike!« kreischte Larry. »Die beiden sind absolut in der Lage, den Laden ein paar Wochen lang auch ohne unsere Hilfe zu schmeißen. Wir sollten uns einfach auf diesen Job hier konzentrieren, okay?«

Durch das stärker werdende Licht hindurch starrte Mike auf eine nasse grüne Landschaft. In der Ferne befand sich ein Berg, der vom Erscheinungsbild her eigenartigerweise so wirkte, als sei er künstlich aufgeschüttet worden. Auf dem Gipfel thronte etwas, das wie ein Kirchturm ohne Kirche aussah. Am Fuß des Bergs lag eine unübersichtlich angeordnete kleine Stadt – als hätte man rings um ein Kloster einen Teller Risotto mit Meeresfrüchten ausgeschüttet, das bereits in einen geronnenen Zustand übergegangen war.

»Bist du sicher, daß er dort drin ist?«

Larry wandte den Kopf und bemühte sich, einen verächtlichen Blick in die windgepeitschten Augen treten zu lassen. »Seit tausend Jahren liegt der in seinem

Grab, Mike. Tote springen nicht mal kurz aus dem Haus, um sich eine Pizza zu holen.«

Sie warteten auf einen geeigneten Fallwind, glichen die Anstellwinkel der Flügel an und stießen hinab.

Auf einem Stück von einem zerbrochenen Mühlstein stand früher in ziemlich wackelig geritzten Großbuchstaben:

HIC IACET ARCTURUS
ANGLIE
REX QUONDAM REX FUTURUS

1259 entfernte jedoch ein vorbeikommender Schmied, der irgendwas brauchte, um Sensen zu schärfen, den ursprünglichen Gedenkstein, und von da an blieb die Stelle bis zur Mitte des zwanzigsten Jahrhunderts ohne Bezeichnung, bis das zuständige Ministerium am ehemaligen Platz des Mühlsteins eine große Betontafel errichten ließ, die die angemessene Inschrift

HUNDE VERBOTEN

trug, was alles in allem vielleicht der schönste Nachruf ist, den sich ein Mensch wünschen kann.

Zwei Möwen ließen sich unbeholfen aus einer Thermik fallen und plumpsten auf eine Betontafel.

»Du machst das«, flüsterte Mike. »Ich habe es allmählich satt, immer das ganze Reden übernehmen zu müssen.«

»Ist ja gut!« zischte Larry gereizt. »Und was mache ich jetzt?«

Die Möwen sahen sich nach allen Seiten um und blickten sich dann fragend an.

»Was weiß denn ich? Klopf doch einfach an oder klingel«, schlug Mike schließlich vor.

Larry dachte kurz darüber nach, dann klopfte er

dreimal mit dem Schnabel gegen die linke Seite der Tafel und wartete.

Verpißt euch. Wir haben schon was gegeben.

Abermals blickten sich die Möwen etwas ratlos an. Die Stimme war aus dem Nichts gekommen; und um eine richtige Stimme hatte es sich genaugenommen auch nicht gehandelt. Falls sie überhaupt irgendwelche Ähnlichkeit mit irgend etwas aus dem normalen Erfahrungsbereich aufgewiesen hatte, dann handelte es sich um eine undeutliche Erinnerung an etwas, das man allenfalls vom Hörensagen her kannte.

»Wir sammeln nicht«, stellte Mike richtig. »Wir haben eine Nachricht. Von George Faust.«

Nie gehört von dem Wichser. Nehmt doch irgend 'ne alte Oma aus. Hier sind Leute, die schlafen wollen.

Diesmal bezog sich die Erinnerung jedoch auf eine Aussage, die sich nach eingehenderer Prüfung als unwahr herausgestellt hatte. Möglicherweise ein unzutreffendes Gerücht, das sich unmöglich auf eine bestimmte Quelle zurückzuführen ließ.

»Herr Faust sagt, wenn du nie von ihm gehört hast, kannst du ihm auch nie die fünfzigtausend Mark geliehen haben«, fuhr Larry fort, »und das bedeutet, daß er sie dir nicht zurückzuzahlen braucht. Und Entschuldigung für ...«

Schon gut, schon gut. Ihr bleibt, wo ihr seid. Ich komme.

»Im Ernst?« fragte Helena, die unwillkürlich beeindruckt war. »*Der* ist auch ein Freund von dir?«

George blickte verächtlich drein. »Na ja, *Freund* ist vielleicht zuviel gesagt«, entgegnete er. »Wir haben gemeinsam ein paar Geschäfte abgewickelt. Zwar schulde ich ihm noch Geld, dafür schuldet er mir aber noch den einen oder anderen Gefallen. Wenn ich es mir recht überlege, ist der Begriff ›Freund‹ vielleicht doch in Ordnung, solange man den Teil mit der Zuneigung außen vor läßt.«

»Wahnsinn!« Helena tupfte sich Puder auf die Nase und steckte die Dose weg. »Und hat er wirklich eine Tafelrunde voller Ritter und ein Zauberschwert und einen Heiligen Gral und all das?«

George nickte. »Aber sicher«, antwortete er. »Glänzende Tarnung«, fügte er hinzu.

Helena sah auf und warf ihm einen scharfen Blick zu. »Tarnung?«

»Natürlich. Was denn sonst?« George hatte plötzlich eine Idee. »Du hast den ganzen Kram doch nicht für echt gehalten, oder?«

Helena nickte. »Doch, genauso wie ich an seine Existenz geglaubt habe.«

George lachte. »Das war doch alles nur, um nach außen den Schein zu wahren«, klärte er Helena auf. »Klar, Artus war der beste König, den Albion je gehabt hat. Ein ganz phantastischer Verwalter, der immer darauf geachtet hat, daß die Flüsse pünktlich fließen und so Sachen. Aber das schafft man nicht, nur weil man ein paar hundert Deppen in langen Unterhosen aus Stahl auf der Gehaltsliste stehen hat.«

»Nein?«

»Natürlich nicht.« Er wandte den Kopf und lächelte. Sofort brachte ihm der Kellner die Rechnung, was bewies, wie unvorstellbar stark Georges Zauberkräfte waren. »Überleg doch mal. Will man die Inflation überwinden, die im Sterben liegende Industrie für Kreise mit aufrechtstehenden Steinen neu beleben, Rassenspannungen zwischen den Kleinen Leuten und den Nixen in den Inneren Blätterpilzen beseitigen und den Zauberring gegenüber der Deutschen Mark stabilisieren, braucht man nicht einen Haufen hirnloser Blecheimer auf Pferden und einen überdimensionalen Brieföffner, der selbst im Dunkeln leuchtet, sondern eine solide Finanzpolitik. Verdammt, man schleift doch kein ganzes Volk, das sich mit Händen und Füßen wehrt, bis ins finstere Mittelalter, ohne die

Prinzipien der Verwaltung von Staatseinkünften fest im Griff zu haben, und genau das war bei Artus der Fall. Das ist auch der Grund, weshalb man ihn als den einstigen und zukünftigen Wirtschaftsprüfer bezeichnet hat«, fügte er mit ungewohnt respektvollem Unterton in der Stimme hinzu. »Einen derartigen Ruf muß man sich erst einmal verdienen, das kannst du mir glauben.«

»Ach so ...« In Helenas Stimme schwang ein kaum merklicher Hauch Enttäuschung, ja sogar Ernüchterung mit. »Ein Wirtschaftsprüfer also. Wie unsagbar romantisch.«

»Ja«, pflichtete ihr George bei. »Und deshalb ist er genau der Mann, den wir brauchen.«

Sagen Sie über Wirtschaftsprüfer, was Sie wollen ...

Fertig?

Gut.

Sagen Sie über Wirtschaftsprüfer, was Sie wollen, was gedankliche Klarheit und die Fähigkeit angeht, zum Kern einer Sache vorzudringen, können sich nur wenige mit ihnen messen. Demzufolge brauchte der größte Wirtschaftsprüfer in der Geschichte ungefähr die gleiche Zeit, den Antrag zu begreifen und einen Entschluß zu fassen wie – sagen wir mal – der Verschluß einer Leica zum Öffnen braucht, wenn man an einem sehr hellen Tag ein Foto von einem sich bewegenden Gegenstand schießt.

»Klar, kein Problem«, verkündete König Artus. »Bei Al Capone hat es funktioniert, warum also nicht bei Lundqvist? Und jetzt sprechen wir übers Geld.«

Larry zauste sich mit dem Schnabel die Federn. »Ich dachte, das hätten wir gerade getan.«

»Sicher, aber jetzt geht es um mein Honorar«, präzisierte König Artus. »So eine Arbeit mache ich ja nicht meiner Gesundheit zuliebe. Erst recht nicht jetzt, da ich tot bin«, fügte er hinzu. »Also gut, ich berechne meine

Arbeit auf zeitlicher Basis und habe einen stündlichen Grundtarif von ...«

»Die Kosten sind Nebensache«, unterbrach ihn Mike mit vollem Mund. *In einem Grab zu liegen*, dachte er, *hat ein Gutes: immer jede Menge Würmer. Auch wenn man nicht weiß, wo die Viecher überall gesteckt haben* (ging es ihm unter leichter Übelkeit durch den Kopf).

»Aha, die Kosten sind also Nebensache«, wiederholte König Artus. »Dieser Saftsack schuldet mir bereits fünfzigtausend Mark und behauptet, die Kosten seien Nebensache. Wahrscheinlich hat er vor, mich mit meinem eigenen gottverdammten Geld zu bezahlen.«

Mit einer dunklen Ahnung, etwas Falsches gesagt zu haben, schluckte Mike besorgt den Rest des Wurms hinunter. »Aber du wirst den Auftrag übernehmen?« fragte er. »Ich bin mir nämlich sicher, daß wir ...«

»Natürlich übernehme ich ihn«, brummte der einstige und zukünftige König. »Der Scheißkerl schuldet mir fünfzig Riesen, selbstverständlich mache ich das. Wann sehe ich denn sonst je mein Geld wieder? Dieser George, der versteht schon was von Volkswirtschaft. Hat er einen Anwalt?«

»Van Appin aus Amsterdam«, antwortete Larry.

»Ach so«, seufzte König Artus beeindruckt. »Das ist ein äußerst kostspieliger Anwalt, der Junge hat echt Geschmack. Guter Mann, dieser van Appin, der hat mal meinen Onkel Joe vertreten, als der aus Arimathea zum erstenmal in dieses Land gekommen ist. ›Artie‹, hat er auf dem Totenbett zu mir gesagt, ›wenn du jemals Probleme mit dem Gesetz bekommst, dann such van Appin auf. Der ist zwar ein Nichtjude, aber ein guter Anwalt.‹ Aber egal, wir werden jetzt folgendes machen ...«

Etwas tun zu müssen, das bekanntermaßen als sinnlos, gefährlich und zum Scheitern verurteilt gilt, ist schon schlimm genug. Wenn man jedoch den eigenen Untergebenen befehlen muß, das Ganze mit einem gemeinsam zu tun, obwohl sie einen eindringlich darauf hinweisen, wie sinnlos, gefährlich und zum Scheitern verurteilt das Unternehmen doch sei, dann kommt es einem wie schwelgerischer Luxus vor, von Ameisen bei lebendigem Leib aufgefressen zu werden.

»Das wird ein Kinderspiel«, murmelte der Hauptmann der Geisterkrieger mit gedämpfter Stimme. »Wir gehen einfach rein, schnappen ihn uns und verschwinden wieder. Kein Problem.«

Zwei glühendrote Augenpaare leuchteten ihn in der tiefen Finsternis des Abwasserkanals feindselig an.

»Das hast du das letzte Mal auch schon gesagt«, merkte Nummer zwei an.

»Und daf vorletfte Mal ebenfallf.«

Der Hauptmann zuckte zusammen. »Das war etwas ganz anderes«, verteidigte er sich. »Ein ganz verrückter Zufall war das. Es konnte doch keiner ahnen ...«

Irgendwo in der Dunkelheit hörte man Wasser tropfen. In einem Abwasserkanal gibt es sehr viele seltsame und völlig unerklärliche Geräusche; und Geisterkrieger Nummer zwei, der sämtliche ›Mutant Turtle‹-Filme gesehen hatte, war heute noch widerborstiger als gewöhnlich. »Ist aber trotzdem passiert, oder? Also kann es wieder passieren.«

Alle drei saßen schweigend da und riefen sich jenes Schreckensbild ins Gedächtnis zurück. Es hatte ein Routinejob sein sollen – Besitz von einem menschlichen Körper ergreifen (der Inhaber des Körpers hatte es versäumt, weiterhin die fälligen Zahlungen zu leisten) und die örtliche Umgebung durch teuflische und abscheuliche Schreckenstaten einschüchtern. Doch die Sache war ganz grandios danebengegangen ...

»Ich meine, *denselben Auftrag zweimal zu vergeben*«, fuhr Nummer zwei schließlich fort und brach damit das Schweigen wie ein Stein, der in einen reglosen, von grünen Algen bedeckten Tümpel geworfen wird. »Nie wieder, habe ich mir gesagt, und wenn die mir einen Sitz im Verwaltungsrat anbieten. Ich hatte furchtbare Angst!«

»Ich sage dir jetzt zum hundertstenmal, die anderen waren keine echten Teufel!« schnauzte ihn der Hauptmann an. »Die Leute haben einen Film gedreht, das sind alles Spezialeffekte gewesen ...«

»Ich weiß, daß das keine echten Teufel waren«, unterbrach ihn Nummer zwei wütend. »Echte Teufel, pah! Kein Problem. Mit denen wären wir klargekommen, die wären ja in der Gewerkschaft gewesen. Aber diese Saukerle da drinnen, das war *grausig*, so was habe ich noch nie gesehen!«

»Jetzt beruhige dich endlich. Wir müssen doch nicht sämtliche Einzelheiten ...«

»Die haben geschrien und sind mit schrecklichen, von Würmern zerfressenen Gesichtern durch die Gegend gelaufen und haben herumgespukt und alles so was. Ich mußte noch Wochen danach bei Licht schlafen.«

»Ist ja gut«, beruhigte ihn der Hauptmann mit fester Stimme. »Es besteht überhaupt kein Grund zur Annahme, daß sich diesmal so was wiederholt. Das Schlimmste, was uns passieren kann ...«

»Geht und verhaftet Kurt Lundqvist!« schnitt ihm Nummer zwei unbarmherzig das Wort ab. »Ja. Als Schlimmstes kann uns passieren, daß man uns aufgabelt und in einem Marmeladenglas mit nach Hause nimmt. Jedenfalls steht fest, daß wir, mit wem wir es auch zu tun ...«

»Ruhe!« Der Hauptmann saß auf den Fersen und lauschte angestrengt auch auf das schwächste Geräusch. Endlich kam das Signal: ein dreimaliges Klopfen. »Gut. Raus hier. Ich gehe zuerst. Haltet euch direkt hinter mir.«

Er steckte den Kopf nach oben in die Öffnung des Rohrs, holte tief Luft (als Geisterkrieger besaß er zwar keine Lunge, aber irgendwie fühlte er sich dadurch immer besser) und schlängelte sich hinauf. Seine beiden Helfershelfer folgten ihm und nörgelten im Bereich der Hörschwelle herum, während sie sich ebenfalls nach oben wanden.

Einige Minuten später tauchte der Kopf des Hauptmanns aus dem Abfluß der Spüle in Kurt Lundqvists Küche auf. Nachdem er mit dem Stiel eines Eispickels eine zerquetschte Erbse und eine ekelerregend schlaffe Makkaroniröhre aus dem Weg geräumt und eine kurze Pause eingelegt hatte, um sicherzugehen, daß die Luft rein war, kletterte er hinaus, blickte sich um und zischte: »Alles klar. Na los, wir haben nicht die ganze Nacht Zeit.«

»Da unten ift ef richtig *bäh* gewefen«, stieß Geisterkrieger Nummer drei wütend hervor, während er sich aus dem Abfluß herauszog und sich an einem Paar Gummihandschuhe neben dem Geschirrständer abrieb. »Und die haben unf nicht mal mit Futfkleidung oder irgendwaf aufgerüftet. Fallf wir unf waf Flimmef holen, könnten wir die direkt verklagen.«

Von der Spüle seilten sie sich zum Fußboden ab. Es war eine lange Strecke, und unterwegs bemühte sich Nummer zwei, seine Kameraden darauf aufmerksam zu machen, daß er an Schwindelgefühlen litt. Durch eine Fehleinschätzung landeten sie alle auf einer Untertasse voller Milch, die für die Katze stehengelassen worden war.

»Er hat eine Katze?« wunderte sich Geisterkrieger Nummer zwei, als er keuchend auf dem Rand der Untertasse lag. »Hätte ich ihm irgendwie gar nicht zugetraut.«

»In den Anweisungen hat nichts davon gestanden«, räumte der Hauptmann ein. »Also gut, wer hat den Umwandler? Wir sollten uns lieber schnell wieder auf die richtige Größe bringen, bevor die verdammte Katze aufwacht.«

Pause.

»Ich habe gefragt, wer den Umwandler dabeihat!«

Lange Pause. Im Laufe dieser Pause hätte man, wenn die wahrgenommene Dauer der verstrichenen Zeit in irgendeiner Hinsicht objektiven Kriterien entsprochen hätte – zum Beispiel der Zeit, die von einer Uhr angezeigt wird –, die Pyramiden bauen und sie wieder einstürzen sehen können.

»Na prima«, frohlockte der Hauptmann. »Also haben wir den Umwandler vergessen. Macht nichts. Dann müssen wir eben so zurechtkommen. Folgt mir.«

Wahrscheinlich war es der Lärm, den Geisterkrieger Nummer drei veranstaltete, als er gegen den Fuß des Gemüsegestells rannte und dabei eine Kartoffel zu Fall brachte, der die Katze aufweckte, oder aber Geisterkrieger Nummer zwei, der über ein verstreutes Zukkerkörnchen stolperte. Einzelheiten sind nicht wichtig. Tatsache ist, daß die Katze aufwachte, die Ohren aufstellte und aus dem Korb sprang. Ihr Schwanz schlug hin und her. Für eine Katze verfügte sie über einen hochentwickelten Sinn für kulturelle Unverfälschtheit, und Mäuse gab es im Haus normalerweise nicht. Das führte zu Frustrationen, Selbstzweifeln, zu einer Identitätskrise und zu langen Phasen tiefster Niedergeschlagenheit, in denen sie reglos am oberen Treppenabsatz zu sitzen pflegte und darauf wartete, zum Zeitungshändler geschickt zu werden, um die Zeitung mit dem Maul in Empfang zu nehmen. Nun aber schien die Maus zu guter Letzt doch noch aufgetaucht zu sein. Der Ruf des Schicksals.

»Fef!«

»Halt's Maul, Vern!«

»Ja, aber Fef, da drüben ift irgendwaf Grofes und Frecklichef, daf unf beobachtet!«

»Das bildest du dir nur ein, Vern. Und jetzt halt die Klappe und ...«

Die Katze sprang. Ein mustergültiger Sprung war es

nicht; die Kopfhaltung war vielleicht eine Kleinigkeit zu niedrig, die Vorderpfoten nicht vollständig gestreckt, der Rücken nicht ganz so gleichmäßig rund gestreckt wie ein Langbogen im Augenblick des Schusses. Doch es war das Beste, was die Katze so kurzfristig zu leisten vermochte. Und obwohl sie aus der Übung war und mehr als nur ein bißchen Übergewicht hatte, vermutete sie, daß es wahrscheinlich reichen würde. Dann hörte man einen dumpfen Schlag und ein Quieken …

»Halt durch, Vern, ich komme!« Der Hauptmann zog seinen Revolver und rannte zurück, um sich einer alptraumhaften Masse aus zerzaustem Fell und einem aufrüttelnden Schreckensbild aus grünen Augen und Zähnen wie Pflugscharen gegenüberzusehen. Er blieb stehen, hob die Arme und schoß dreimal.

Läßt man einen Revolver – selbst einen Smith & Wesson 686 – auf ein Zweiundsiebzigstel seiner früheren Größe zusammenschrumpfen, ist der Knall, der beim Abfeuern entsteht, ein kleines bißchen weniger ohrenbetäubend als der Lärm, den ein Reiskorn verursacht, das aus fünf Zentimetern Höhe auf ein Kissen fällt. Die Wirkung auf eine gesunde Katze bewegt sich in derselben Größenordnung. Aller Wahrscheinlichkeit nach bemerkt sie nicht einmal etwas.

Nummer drei lieferte ihr jedoch einen beachtlichen Kampf. Da er etwa so groß wie eine kleine Spinne und recht beweglich war, stellte er nicht gerade das dar, was mit nicht zum Greifen geeigneten Pfoten besonders leicht zu fangen war. Versuche, ihn mit einem Schlag zu zerquetschen, wurden durch die Schnelligkeit und Zufälligkeit seiner Bewegungen vereitelt. Doch den letztendlich entscheidenden Ausschlag gab, daß er unaufhörlich grauenhafte Drohungen in der Katzensprache ausstieß (die sämtliche Dämonen fließend sprechen) und sich die Katze trotz heftiger Gegenwehr dadurch einschüchtern ließ.

Dieser pantomimische Kampf war noch eine ganze Weile weitergegangen, als die Küche plötzlich von Licht durchflutet wurde und ein Slipper von der Größe des Öltankers wenige Millimeter von dem Punkt entfernt auf den Boden schlug, an dem der Hauptmann wie angewurzelt stand.

»Fluffles!« donnerte eine Stimme von hoch oben aus der Unendlichkeit. »Du blöder Kater, was soll denn das? Hör sofort damit auf!«

Mit angeknacksten Selbstbewußtsein, als wäre er auf einer die ganze Nacht andauernden Katzenminzeparty ohne Halsband erwischt worden, erstarrte Fluffles mitten im Ausholen zum Schlag. Er versuchte, das Ganze zu erklären, doch seine Stimmbänder waren blockiert, und alles, was er herausbekam, war »Miau«.

»Du dämlicher Mistkater!« ging das Donnern weiter. »Du hast deine Milch umgestoßen. Husch, sofort zurück ins Körbchen!«

Eine Hand wie die Hand Gottes hob den Kater hoch und verschwand mit ihm. Die drei Geisterkrieger krochen in den Spalt zwischen der Unterseite des Kühlschranks und dem Fußboden und blieben dort liegen, von den letzten Ereignissen schwer mitgenommen. Das Licht ging wieder aus.

»Alles in Ordnung, Jungs«, seufzte der Hauptmann etwa fünf Minuten später erleichtert auf. »Ich hatte schon befürchtet, es wäre um uns geschehen, ihr nicht auch? Ganz schön knapp war das. Trotzdem muß man einfach darüber lachen, nicht wahr? Wo würden wir sonst alle ...«

»Daf war er, oder?«

»Kann sein«, antwortete der Hauptmann. »Bevor wir nichts Genaueres gesehen haben, will ich mich da nicht festlegen, aber einstweilen ...«

»Du willft, daf *wir ihn* verhaften, richtig?«

»Es gibt vielleicht einige unvorhergesehene technische Pannen, aber ...«

»Vergif ef. Ich geh nach Hause. Und tfar fofort.«

Woraufhin sich Nummer drei zu voller Größe aufrichtete und davonging. Bedauerlicherweise lief er in die falsche Richtung.

Doch das bemerkte er nicht, bis er gegen etwas stieß, das zufällig die Rückseite des Netzsteckers war.

Ein paar Worte zur Erklärung: In Lundqvists Wohnung waren die Elektrokabel zuletzt vor vielen Jahren erneuert worden und stellenweise ein wenig abgewetzt. Folglich kam Geisterkrieger Nummer drei, als er gegen die Rückseite des Netzsteckers stieß, mit einem vier Millimeter langen unisolierten Stromkabel in Berührung.

Zack!

Die unmittelbare und auch sichtbare Folge war, daß der Kühlschrank auf die Seite fiel und dabei den Küchentisch zerschmetterte. Dazu kam es, weil plötzlich unter ihm ein fast zwei Meter großer Mann materialisiert hatte.

»Da!« sagte der Hauptmann zwar ein wenig entnervt, aber dennoch triumphierend. »Ich habe euch doch gesagt, wir werden die Sache schon schaukeln, und wir haben es geschafft. Wir brauchen nur einen Ersatzumwandler zusammenschustern und schon ...«

Der Rest seiner Äußerung ging unter, als er augenblicklich von fünfundzwanzig Millimetern auf gut zwei Meter anwuchs und schwerfällig auf den Überresten des Treteimers zu liegen kam. Einen Moment später gesellte sich auch Geisterkrieger Nummer zwei zu ihnen, der sich auf dem Herd niederließ.

»Fluffles, du Mistvieh, was zum Henker glaubst du eigentlich ...!« Das Licht ging an. Die drei Geisterkrieger drehten sich um und erblickten Lundqvist, der in einem buntkarierten Wollbademantel und Pantoffeln im Türrahmen stand.

Der Hauptmann reagierte angemessen; er hatte den Revolver aus dem Halfter gezogen und in der Hand, bevor Lundqvist mit der Wimper zucken konnte.

»Flossen hoch und da lassen, wo ich sie sehen kann. So ist's richtig. Gut, Kurt Lundqvist, ich habe hier einen Haftbefehl für dich, du hast das Recht, die …«

»Fef …«

»Nicht *jetzt!*«

»Ja, aber den Haftbefehl hab ich, er ift hier in meiner Ta … O nein! Daf ift gar nicht der Haftbefehl, daf ift der Umwand …«

»Nicht anfassen …!«

Für einen Moment stand Lundqvist ganz verdattert da. Kaum hatten sich in einem Augenblick über die ganze Küche drei Geisterkrieger verteilt, waren sie im nächsten nicht mehr da. Über den Rand seines Korbs hinweg starrte der Kater sein Herrchen mit einem vorwurfsvollen Ich-hab's-dir-ja-gleich-gesagt-aber-du-wolltest-nicht-auf-mich-hören-Blick an; das war schon fast genauso schlimm wie in einer Ehe.

Dann fiel bei Lundqvist der Groschen.

»Okay, Fluffles«, entschied Lundqvist, während er die Tür fest verschloß. »Jetzt bist du dran. Bring sie um!«

Für die Flucht brauchten die Geisterkrieger drei Tage, doch zum Schluß gelang sie ihnen. Ihre Geschichte ist – seit der Flucht von Alcatraz – eins der bewegendsten Zeugnisse von Mut, Ausdauer und der hartnäckigen Weigerung, tatenlos zu sterben.

Die Filmrechte sind übrigens noch zu haben.

Es war die Idee des Hauptmanns zu versuchen, bis zum Mülleimer zu gelangen. Müll, so meinte er, werde früher oder später ausgeleert, und in der Zwischenzeit gebe es in einem schwarzen Plastiksack voller verfaulender Küchenabfälle tausendundeine Stelle, wo sie sich verstecken könnten.

Die einzige Schwierigkeit war natürlich, daß der Mülleimer sozusagen hundertfünfzig Stockwerke hoch war. King Kong wäre es an einem guten Tag vielleicht gerade so eben gelungen, ihn mit einem Sauerstoffgerät zu besteigen.

Schon wollte Verzweiflung – der Wundbrand der Seele – um sich greifen, als Geisterkrieger Nummer zwei die Zwiebel entdeckte. Mit einer Stimme, die vor Erregung zitterte, erläuterte er seinen Plan. Die anderen hörten ihm aufmerksam zu. Es war eine gewagte Sache, fanden sie, aber sie hatten wirklich keine andere Wahl.

Da Fluffles wie ein aufgebrachter Tyrannosaurus in der Gegend umherstreifte, kam es nicht in Frage, sich im hellen Tageslicht von dem Versteck unter dem Herd in Richtung Gemüsegestell in Marsch zu setzen. Doch kaum war der Abend hereingebrochen, krochen die drei hervor, zogen sich am Gestell hoch und machten sich daran, in die Seite der schimmeligen Zwiebel eine sichere Kammer zu hacken. Dafür brauchten sie etwas mehr als acht Stunden, in denen sie in Schichten arbeiteten, da sie zum Aushöhlen nichts als ihre Kampfmesser und Gürtelschnallen hatten. Als das erst einmal geschafft war, konnten sie nichts weiter tun, als hineinzusteigen und darauf zu warten, daß die Zwiebel entdeckt und weggeworfen wurde.

Zwei Tage in den Tiefen einer Zwiebel sind eine schier unendlich lange Zeit.

Doch auch so war die Sache noch riskant. Die Jagd war immer noch im Gange, und trotz des stechenden Geruchs der Zwiebel, der die Ausdünstungen der Geisterkrieger bei weitem übertraf, hielt Fluffles jedesmal, wenn er an dem Gemüsegestell vorbeikam, in seinem unbarmherzigen Durchstreifen der Küche inne und schnüffelte ganz furchtbar herum. Am Abend des zweiten Tages kam Lundqvist nachts um Viertel vor eins nach Hause und machte sich daran, ein Omelett mit Piment, Paprika und Tomaten zuzubereiten. Er hatte die Zwiebel mit den Geisterkriegern genommen und schon das Messer angesetzt, bevor er merkte, daß mit ihr irgendwas nicht stimmte; und er stand volle zwei Sekunden lang da und starrte auf deren Eingangstunnel, bevor er die Zwiebel in den Mülleimer warf und sich eine andere aussuchte. Noch Jahre darauf pflegte der Hauptmann Stein und Bein zu schwören, daß Lundqvist irgend etwas gemerkt haben müsse und er aus seinem Verhalten nur folgern könne, daß der Kopfgeldjäger mit den Gedanken woanders gewesen sei.

Was auch tatsächlich zutraf. Denn genau in jenem Augenblick hatte Lundqvist alles über Geisterkrieger und sonstige Dinge vergessen und hantierte wie betäubt in der Küche herum.

Das würden Sie auch, wenn Sie nach einem arbeitsreichen Tag nach Hause kommen und auf der Fußmatte eine Aufforderung vom Finanzamt zur Steuernachzahlung für über fünfhundert Jahre vorfänden.

8. KAPITEL

Nur wenige Erlebnisse sind so nervenaufreibend schrecklich wie eine Überprüfung vom Finanzamt. Im Vergleich dazu ist das Leben in der Hölle geradezu anheimelnd (besonders jetzt, da sie unter neuer Leitung steht). Trotz seiner Fehler ist der Fürst der Finsternis ein Gentleman – so möchte es uns zumindest Shakespeare weismachen. Der Steuerprüfer hingegen ist ein Mistkerl durch und durch.

Eine Woche nachdem er die Steuerveranlagung erhalten hatte, wurde Lundqvist um drei Uhr morgens von fünf Wagenladungen rattengesichtiger junger Männer und Frauen in grauen Anzügen aus dem wohlverdienten Schlaf gerissen, die schnurstracks an ihm vorbeiliefen, als ob er gar nicht da wäre, und seine Akten, Unterlagen, Bücher und Kontoauszüge beschlagnahmten. Als er versuchte, die Eindringlinge mit einer 20er Remington Wingmaster zu verjagen, beschlagnahmten sie auch diese, wobei sie irgend etwas von Unstimmigkeiten bei seinen Ansprüchen auf Berücksichtigung besonderer Aufwendungen für Pflanzen und auf die Abschreibung von Maschinen murmelten. Dann händigten sie ihm eine Quittung aus und verschwanden.

Als sie gegangen waren, setzte sich Lundqvist erst einmal hin und sammelte sich. Als es ihm endlich gelungen war, das Gefühl zu überwinden, eine Armee von Hamstern habe ihm sämtliche Zähne gleichzeitig gezogen, hängte er sich ans Telefon, rief den diensthabenden Beamten im Pandämonium an und verlangte von ihm zu wissen, was man dort in dieser Angelegenheit zu unternehmen gedenke.

»Worum geht's denn überhaupt?« erkundigte sich der Beamte.

»*So* brauchst du mir erst gar nicht zu kommen, du Arschgeige!« brüllte Lundqvist. »Schaff mir sofort diese Typen vom Hals! Ist dir eigentlich klar, daß die meine ganzen Unterlagen seit vierzehnhundertsechsundfünfzig mitgenommen haben?«

»Tut mir furchtbar leid, aber damit haben wir hier überhaupt nichts zu tun. Das ist nämlich eine ganz eigenständige Behörde«, klärte ihn der Beamte mit ruhiger Stimme auf. »Wir haben nicht die geringste Möglichkeit einzugreifen, weil wir ...«

Lundqvist gelang es bemerkenswert gut, sein Temperament im Zaum zu halten. Abgesehen davon, daß er in aller Form darum ersuchte, die Hölle möge die Rolle eines Vermittlers übernehmen, um die Steuerprüfung aussetzen zu lassen, und er sich zudem in aller Form erbot, dem Beamten die Nieren durch die Nase hindurch herauszureißen, falls die Unterlagen nicht bis zum nächsten Morgen um fünf nach neun zurückgegeben seien, fand er sich mit der Situation anstandslos ab und legte auf. Danach brach er in Tränen aus.

Laß dich jetzt bloß nicht aus der Bahn werfen, und mach ganz normal weiter, redete sich Lundqvist am nächsten Morgen Mut zu. Sein Tagesprogramm sah vor, das Delphische Orakel zu besuchen, um aus der Orakelpriesterin Pythia ein paar Informationen über den Aufenthaltsort herauszuquetschen, an dem sich Faust versteckt hielt. Dazu mußte er zum Flughafen kommen. Da er zuwenig Bargeld fürs Taxi hatte, lief er schnell zum Geldautomaten an der Ecke, der prompt die Karte einzog, ihn darüber informierte, daß das Konto gesperrt sei, und ihn an die Zentrale verwies.

Zehn Minuten mit einem Kampfmesser von Sykes-Fairburn und einem Sparschwein, in dem er das Geld für die Gasrechnung aufbewahrte, brachten ihm schließlich genügend Kleingeld ein, um bis zum Flughafen zu gelangen, wo er vor der jungen Frau am Abfertigungsschalter die Kreditkarte schwenkte und einen Platz in der ersten Maschine nach Athen verlangte. Die Frau lächelte ihn freundlich an und bat ihn, nur einen kurzen Moment zu warten, während sie seine Karte der routinemäßigen Überprüfung unterziehe ...

Na prima, dachte Lundqvist, als er sich kurz darauf niedergeschlagen und ohne Flugticket schlurfenden Schrittes vom Schalter entfernte. *Ich kann mir kein Ticket kaufen, also muß ich eine Maschine entführen. Keine Sorge.*

Während er im Abfertigungsbereich hin und her schlenderte, warf er einen Blick auf die verschiedenen Verkehrsflugzeuge und entschied sich, welches ihm vom Aussehen her gefiel, als er auf ein diskretes Räuspern in Höhe seines rechten Ellbogens hin herumfuhr.

»Entschuldigen Sie, Sir«, sagte ein rattengesichtiger Mann in einem grauen Anzug, »aber falls Sie daran gedacht haben sollten, das Land zu verlassen, muß ich Ihnen leider mitteilen, daß das nicht in Frage kommt. Nicht, bevor die Steuerprüfung abgeschlossen ist, Sir. Falls nötig, besorgen wir uns eine richterliche Verfügung.«

Unter normalen Umständen wäre das letzte, was man von dem jungen Mann gesehen hätte, sein Kopf gewesen, und zwar abgetrennt vom Rumpf, auf irgendwelchen Bahngleisen liegend. Die sich aufschaukelnde Wirkung, die es hat, von der Steuerfahndung verfolgt zu werden, ist jedoch derart demoralisierend, daß Lundqvist lediglich winselte und in die entgegengesetzte Richtung davonschlich. Wie er feststellte, hatte er gerade noch genügend Kleingeld in der Tasche, um sich die Busfahrt nach Hause leisten zu können.

Na schön, außer Landes kam er also nicht. Doch nichts konnte ihn davon abhalten, das Jahrhundert zu verlassen. Er rief sein Stammunternehmen für Zeitreisen an und bat um eine Reservierung für das fünfte Jahrhundert vor Christus, erster Klasse, Nichtraucher und nicht zu nahe an den Antriebsaggregaten.

»Tut mir furchtbar leid, Mister Lundqvist, aber wir haben die Anweisung bekommen, bis auf weiteres keinen Kredit zu gewähren.«

»Aber ich habe bei Ihnen doch ein *Konto!*« schrie Lundqvist. »Verdammt noch mal, ich reise mit Ihrer Gesellschaft seit fünfhundert Jahren, also schon lange bevor Sie Ihr eigenes Geschäft aufgemacht haben. Ich habe sogar eine goldene Kreditkarte. Gilt Treue denn *überhaupt* nichts mehr?«

»Leider ist Ihr Konto gesperrt worden, Sir. Gerichtsbeschluß. Gerichtliche Verfügung. Tut mir wirklich furchtbar leid, aber wir können Ihnen nur helfen, wenn Sie bar im voraus bezahlen.«

»Wissen Sie was?« Lundqvist zitterte inzwischen vor Wut am ganzen Körper und war kaum noch in der Lage, den Hörer zu halten. »Bringen Sie mich zum letzten Donnerstag zurück, und ich zahle Ihnen, was Sie wollen. Zu dem Zeitpunkt wird meine Kreditwürdigkeit völlig außer Frage stehen, darauf gebe ich Ihnen mein Wort. Nur holen Sie mich um Himmels willen hier raus!«

»Tut mir leid, aber ich habe meine Anweisungen. Wenn Sie die Freundlichkeit hätten, mit dem Geld in unserer Geschäftsstelle vorbeizukommen, würden wir Ihnen nur allzugern jeden ...«

Lundqvist knallte den Hörer auf die Gabel und knurrte vor ohnmächtiger Wut. Dann zog er die Schreibtischschublade auf, steckte sich etwas unter die Achselhöhle und ging hinaus.

Ich kann also nichts von der Bank abheben, wie? Na, dann wollen wir doch mal sehen.

»Pfoten hoch!« zischte er über den Schalter hinweg. »Das hier ist eine fünfundvierziger Automatik, und mir macht es nichts aus, sie zu benutzen. Fünfer und Zehner, und immer schön langsam.«

»Aber sicher, Sir«, sagte die tüchtige und erstaunlich gelassen wirkende junge Frau hinter dem Kassenschalter. »Bitte gedulden Sie sich einen Moment, während ich Ihnen Ihr Geld beschaffe.« Sie lehnte sich zurück und rief jemandem hinter den Kulissen zu: »Yvonne, könntest du mir bitte noch ein paar Fünfer bringen? Hier ist ein Gentleman, der gerade die Bank ausraubt!« Eine unsichtbare Hand reichte ihr ein Bündel Geldscheine, das sie in die kleine Acrylglasschale unter der Scheibe fallen ließ und hinüberschob. »Vielen Dank für Ihren Besuch«, sagte sie. »Könnte ich Sie, da Sie schon mal hier sind, vielleicht für unser neues Angebot an persönlichen Dividendenpapieren interessieren, die speziell auf Ihre Anlagebedürfnisse zugeschnitten sind und Ihnen dabei helfen, sich auf eine sichere und erfolgreiche Zukunft einzustellen?«

Lundqvist war schon durch die Tür hindurch und hatte die Hand am Türgriff des Fluchtwagens, als ihn ein diskretes Räuspern in Ellbogenhöhe erstarren ließ.

»Entschuldigen Sie, Sir«, sagte ein rattengesichtiger Mann in einem grauen Anzug, »aber ich hoffe doch, Sie werden das alles in Ihrer Einkommensteuererklärung angeben. Lassen Sie mal sehen.« Er nahm Lundqvist das Geld aus den widerstandslosen Fingern, zählte die Scheine ab und gab sie ihm zurück. »Nach meiner Zählung sind das fünfzigtausend Dollar, die nach Paragraph neun, Absatz sechs des Einkommensteuergesetzes steuerpflichtig sind – und zwar mit dem höchsten auf Sie anwendbaren Steuersatz, da es ganz so aussieht, als ob das Geld aus dem Erlös eines Verbrechens, einer strafbaren Handlung oder eines illegalen Unternehmens stammt. Das wird natürlich auf brutto hochgerechnet, damit sich der einkommensteuerpflichtige Grundbetrag direkt abziehen läßt. Bleiben Ihnen noch …« Aus dem Nichts zauberte der junge Mann einen Taschenrechner hervor, tippte mit einer feuchten Fingerspitze auf ihm herum und nickte verständig. »Nach meiner Rechnung ergibt das einen Fehlbetrag von zweihundertdreiundsechzig Dollar, Sir. Wenn Sie bitte eben mal hier unterschreiben würden.«

Benommen unterschrieb Lundqvist die Quittung, ließ sich das Geld abnehmen und fiel kraftlos in seinen Wagen, wo er etwa zwanzig Sekunden lang saß, bis die Polizei ankam und er wie der Henker fahren mußte, um sie abzuschütteln. Als ihm das gelungen war, hatte er den gesamten Sprit verbraucht und noch genau einen Dollar und zwei Cents in der Tasche.

Er ließ den Wagen stehen und ging zu Fuß nach Hause.

»Das ist ja alles sehr schön«, sagte Lucky George, »aber ich werde wahnsinnig, wenn ich hierbleibe. Ich meine, sieh dir das doch mal *an!*«

Mit theatralischer Geste schwenkte er den rechten Arm und machte ein finsteres Gesicht.

»Ich finde es sehr hübsch hier«, meinte Helena. »Vielleicht ein bißchen provinziell, aber …«

»Provinziell?« George setzte eine noch bösartigere Miene auf. »Menschenskinder, es gibt einen einzigen Unterschied zwischen dieser Gegend und der, wo ich hergekommen bin: Hier muß man nicht sterben, um ein Visum zu bekommen.« Er warf sich erschöpft in einen Sessel und holte sich eine Bierdose aus der Kühltasche. Helena warf ihm einen mißbilligenden Blick zu.

»Ich finde, du übertreibst ein bißchen«, sagte sie in kühlem Ton. »Zunächst einmal gibt es hier keine kleinen Männchen mit Heugabeln. Kein tobendes Feuer. Keine …«

»Da irrst du aber gewaltig«, fiel ihr George ins Wort. »Nur daß sie hier rohe Fleischstücke aufs offene Feuer legen und das als ›Barbecue‹ bezeichnen. Als ich als kleiner Junge in Nürnberg gewohnt habe, hatten wir so ein Ding, das, glaube ich, ›Ofen‹ genannt wurde. Ich frage mich, ob das Patent inzwischen erloschen ist, denn man könnte ein echtes Vermögen damit machen...«

»George!«

In diesem Licht, wie sich ihr Haar so im leichten Abendwind kräuselt und mit exakt diesem Tonfall, ist sie genau wie meine Mutter, dachte George. *Ich esse meine Suppe nicht. Nein, meine Suppe ess' ich nicht.*

»Das ist doch nur vorübergehend«, fuhr Helena fort. »Solange, bis ...«

»Vorübergehend.« George grinste. »Das glaube ich nicht, Liebling. Hier haben wir es nämlich mit einem Fall zu tun, wo man die Mistkerle nicht einfach überleben kann. Weißt du, was mir dieses kleine wichtigtuerische Ekel von einem Finanzdirektor neulich gesagt hat? ›Sie können sich zwar verstecken, aber davonlaufen können Sie uns nicht.‹ Er hatte recht. Es bringt einfach nichts, sich zu verstecken«, fügte er hinzu, während er die letzten Tropfen Bier austrank und die Dose in der Faust zerdrückte. »Hier ist es schlimmer als in der Hölle.«

Helena seufzte. »Du hast bloß einen Kulturschock erlitten, George. Weißt du, wir müssen nicht in Sydney bleiben. Australien ist ein riesiges Land. Hier gibt es Gegenden, die bis heute noch nicht einmal richtig erforscht sind. Wir könnten überallhin gehen.«

»Phantastisch.« George rieb sich müde die Augen. »Wir können ja mitten in die Wüste ziehen. Die Hölle mag zwar nicht das reinste Vergnügen sein, aber wenigstens haben die da fließendes Wasser, und zwar heiß und kalt.« Kurz überlegte er. »Auf jeden Fall heiß. So viel heißes Wasser, wie man sich nur vorstellen kann, und das völlig umsonst. Das hat ein bißchen was von einem Luxusapartment.«

»Versuch's doch wenigstens mal.«

»Wie? Was denn? Etwa seßhaft werden?«

»Genau«, stimmte Helena ihm begeistert zu. »Wir könnten eine Schaffarm oder so etwas aufmachen. Das würde bestimmt unheimlich Spaß machen, George. Nie wieder Magie und nie mehr herumgejagt werden, nur du und ich und ...«

»... eine Schaffarm.«

Helena runzelte die Stirn. »Ja. Mir zuliebe, George, bitte.«

»Meinst du das ernst?«

»Ja.«

George zuckte die Achseln. »Ich habe in meinem Leben schon einige ganz schön bescheuerte Vorschläge gehört«, sagte er, »aber dieser dürfte der bescheuertste von allen sein. Du meinst wirklich, wir sollten eine ...«

»Ja.«

»Also gut.« George stand auf, schloß für einen Moment die Augen und lächelte dann. Ja, er strahlte sogar übers ganze Gesicht, bis alles um ihn herum hell erstrahlte.

Als er die Augen wieder öffnete, standen sie mitten auf einer riesigen freien Fläche; auf einem Ödland, das von weißen, sich drängenden Körpern bedeckt war. Aus der Luft hätte es wie ein großer flauschiger Bettvorleger aus Schaffell ausgesehen.

»Da hast du deine Schafe«, sagte George. »Und was genau *macht* man jetzt mit diesen kleinen Wollknäueln, damit sie zu Pullovern heranwachsen?«

Drei Monate waren vergangen.

Australien ist ein altes Land; sehr alt sogar. Zu einer Zeit, als Paris noch matschiges Sumpfland und selbst Rom in den Augen der sabinischen Pendler nur wenig mehr als eine exklusive Neubausiedlung darstellte, war die sonnengebleichte Unermeßlichkeit des australischen Hinterlands bereits in Tausenden von Liedern besungen worden, deren Melodien und Texte sich über das ganze Land erstreckten und im Gedächtnis der Menschen haftenblieben und die die sogenannte Traumzeit – jenes goldene Zeitalter, in dem nach Auffassung der Aborigines ihre Urahnen lebten – mit der ungewissen Zukunft so direkt und verläßlich wie ein Glasfaserkabel verbanden.

Starrt man lange genug auf diese Unermeßlichkeit, die einem schlichtweg den Verstand raubt, spielen einem die Augen einen Streich. Man bildet sich ein, direkt an der absoluten Grenze des Blickfelds einen winzigen schwarzen Punkt erkennen zu können, der sich so langsam wie ein nach Stunden bezahlter Gletscher bewegt und durch die Unendlichkeit bummelt. Man könnte ihn sogar für einen Menschen halten.

Was auch tatsächlich der Fall ist. Bei dem Punkt handelt es sich nämlich um Tjakamarra, der sich, singend und die Silben deutlich artikulierend, mit der Präzision eines Marschflugkörpers und dem Temperament einer Urlaubspostkarte am Horizont entlangbewegt. Die Ahnen, die – mit Ausnahme der üblichen fünf – für alle Sinne wahrnehmbar sind und sich zufrieden und glücklich um ihn scharen, reichen ihn wie ein Paket von Hand zu Hand weiter.

Ihr Gesang trägt ihn über die Seite eines langgezogenen, tiefen Steilhangs und schließlich auf den Gipfel einer Hügelkette, von dem man auf ein paar hundert Hektar Ödland blickte …

»Jetzt brat mir einer einen Storch!« staunte Tjakamarra im Flüsterton.

Vor ihm befand sich ein … ja, was denn nun?

Aus dem Schatten des Berggipfels kam ein Mann auf einem vierrädrigen Motorrad herangedonnert, hielt an, stützte sich auf den Lenkergriffen ab und fragte: »Kann ich dir helfen?«

Tjakamarra starrte ihn ungläubig an. »Entschuldige, mein Freund«, antwortete er, »aber ich fürchte, wir haben eine leicht gestörte Verbindung.«

Der Mann auf dem Motorrad zog eine Braue hoch. »Tatsächlich?«

»Allerdings«, antwortete Tjakamarra. »Seit wann gibt es dieses umzäunte Grundstück hier schon?«

Der Mann grinste. »Noch nicht lange«, erwiderte er. »Ach, da fällt mir was ein. Heißt du« – er kramte einen Fetzen Papier aus der Tasche hervor und warf einen Blick darauf – »Tjakamarra?«

Tjakamarra nickte.

»Vom Stamm der Wüstenschlange?«

»Ja. Woher weißt du das …?«

Lucky George nickte. »Ich habe eine Nachricht für dich von deinen Ahnen. Sie lautet: ›Vorübergehende Empfangsstörung, bitte verstellen Sie nicht Ihre Empfangsfrequenz, wir entschuldigen uns für alle Unannehmlichkeiten, cis-Moll, F-Dur, punktiertes B, Pause, G-Dur.‹ Ergibt das für dich irgendeinen Sinn?«

Tjakamarra nickte erleichtert. »Ja, das bedeutet: Bieg am Gully links ab und achte auf tieffliegende Flugzeuge.« Er machte eine Pause und fragte sich, wie er die nächste Frage taktvoll formulieren könnte. »Verdammt Scheiße! Was *machst* du hier überhaupt?«

»Meinen Lebensunterhalt verdienen«, antwortete George mit einem Achselzucken.

»Und? Springt dabei was raus?«

»Nun ja, wir stecken noch in der Anfangsphase. Wenn die Sache aber erst mal eingeschlagen hat, wird der Laden schon laufen. Wart's ab.«

Tjakamarra schürzte die Lippen. »Na, dann viel Glück, mein Freund«, sagte er vorsichtig. »Tja, ich muß mich wieder auf die Socken machen. Bist du dir sicher, daß es cis-Moll war?«

»Ziemlich sicher. Ist das wichtig?«

»Und ob! Ein falscher Ton, und ich könnte mich in

diesem blöden Tasmanien wiederfinden. Herzlichen Dank jedenfalls.« Er winkte feierlich und setzte seinen Weg fort …

… durch ein flaches Tal voller Schafe. Und jedes Schaf war an einen Pfosten gebunden, an dem eine Waagschale und eine Schere hingen. Und in der Mitte des Tals befand sich eine große, in leuchtenden Farben gestrichene Hinweistafel, auf der stand:

GEORGES SCHAFFARM
SCHEREN SIE SELBST

Das einzig Tröstliche an der Hölle ist das Wissen, daß es nicht mehr schlimmer werden kann. Wenn man dort erst einmal ist, kann einen nichts mehr erschüttern.

Es sei denn, man gehört der Geschäftsführung an.

»Früher gab es so etwas nicht«, brummte der Chefbuchhalter. Er klemmte sich drei überquellende Aktenordner unter den Arm und hastete den Flur entlang. Sein Assistent folgte ihm mit einem schwerbeladenen Handwagen.

»Scheißrechnungsprüfer!« fuhr der Chefbuchhalter fort. »Früher mußten wir uns nur mit dem Schatzmeister abfinden. Und der war einer von uns. Da wußte man wenigstens, woran man war.«

»Von zwei Übeln wählt man besser das, was man schon kennt, wie?« wagte der Assistent anzumerken.

»Ja.« Der Chefbuchhalter blieb stehen, um eine Akte, die ihm weggerutscht war, wieder richtig zu fassen zu kriegen, und rannte weiter. »Was die mit diesem Kram wollen, ist mir schleierhaft. Das sind nur alte Verzeichnisse von verlorenen Seelen.«

»Wir sollten die einfach alle in den Computer eingeben«, schlug der Assistent vor. »Dann wären die *wirklich* verloren.«

»Ach, halt die Klappe, und schieb den verdammten Wagen!«

Für die Mitarbeiter des Rechnungsprüferteams war es in den ihnen zugewiesenen Büroräumen ein langer Tag gewesen, doch dachten sie nicht im Traum daran, sich das von irgend jemandem anmerken zu lassen. Mr. Price, Mr. Vincetti, Ms. Khan, Mr. Kowalski und Ms. Gould von der Firma Moss Berwick Flintlock hatten lange und hart gearbeitet, um dem zweiteindrucksvollsten Klienten im gesamten Rechnungswesen Sicherheit zu verschaffen, und sie waren wild entschlossen, bestmögliche Arbeit zu leisten.

»Danke«, sagte Mr. Kowalski. Er hatte weder das Jackett ausgezogen, noch auch nur eine Sekunde lang mit dem Gedanken gespielt, die Krawatte zu lockern. Zudem hegte er den heftigen Verdacht, daß seine Füße allmählich in einen flüssigen Zustand übergegangen waren und allmählich durch die Ösen der Schuhe herauströpfelten. »Legen Sie die Akten einfach auf den Tisch da drüben, und bringen Sie uns die grünen Fegefeuerverzeichnisse der letzten fünfundzwanzig Jahre. Hier gibt es ein paar Unregelmäßigkeiten, die wir lieber in den Griff bekommen sollten.«

Der Chefbuchhalter scharrte verlegen mit den Füßen. »Nun … ähm … das …«, stammelte er.

»Ja bitte?« Mr. Kowalski hob den Kopf. »Gibt's irgendwelche Probleme?«

»Also das mit den Verzeichnissen könnte schwierig werden«, klärte ihn der Chefbuchhalter auf. »Zumindest für den von Ihnen genannten Zeitraum. Ich meine«, fügte er in kläglichem Ton hinzu, »wir verfügen einfach nicht über den erforderlichen Lagerraum und …«

»Ja?«

»Das liegt an den Sparmaßnahmen«, gestand der Chefbuchhalter. »Ich meine, die Öfen müssen ja mit irgendwas betrieben werden, und als uns gesagt wurde, wir …«

»Sie haben die Verzeichnisse vernichtet?«

In den Augen des Chefbuchhalters spiegelte sich kurz panisches Entsetzen wider. »Ein paar. Ich meine, ich bin mir nicht ganz sicher, welche, es ist nur …«

Mr. Kowalski blickte ihn finster an. Obwohl es ihm nicht bewußt war, lief er ernstlich Gefahr, der erste Mensch zu sein, der wegen übertriebener Unfreundlichkeit aus der Hölle hinausgeschmissen wurde. »Keine Sorge«, sagte er. »Mister Price wird Sie begleiten und selbst nachsehen. Ich bin mir sicher, wir werden die Verzeichnisse finden, nach denen wir suchen.«

Das gelang tatsächlich. Wie die fraglichen Dokumente den Weg auf den Dachboden gefunden hatten, wo sie auf dem Grund eines Schwefeltanks versteckt gewesen und von einem feuerspeienden Drachen und einem dreiköpfigen Hund bewacht worden waren, konnte der Chefbuchhalter nicht erklären, auch wenn er ein paar wirre Dinge über Gesundheitsvorsorge, Sicherheit am Arbeitsplatz und die Lagerung von großen Mengen leicht entzündlicher Stoffe vor sich hin murmelte. Letzteres paßte zwar nicht so recht mit dem feuerspeienden Drachen zusammen, aber Mr. Price war zu höflich, um etwas zu sagen. Statt dessen rümpfte er die Nase, was aufgrund ihrer beträchtlichen Länge einen nachhaltigen Eindruck beim Betrachter hinterließ, und kicherte unheilvoll.

Als der Chefbuchhalter mit seinem Assistenten zum Aktenarchiv zurücktrottete, blieb er von Zeit zu Zeit stehen, um mit dem Kopf gegen die Wand zu knallen. »Ich wußte gleich, daß wir die Verzeichnisse lieber in den Reißwolf hätten stecken sollen«, fauchte er wütend. »Verdammte Verantwortung! Nach all den Jahren penibler Aufzeichnungen geht es mir ganz einfach gegen den Strich, Akten in den Reißwolf zu werfen. Ich meine, das hier ist *wirklich* die Hölle und so ziemlich der einzige Ort im ganzen verfluchten Universum, wo Schreibarbeit noch geschätzt wird.«

»Die Aufzeichnungen zu verstecken war illegal, nicht wahr?« wollte der Assistent wissen. »Hat jemand die Bücher frisiert oder so was?«

Der Chefbuchhalter schnitt eine Grimasse. »Viel schlimmer, mein Junge«, brummte er. »Das Material, das die gerade verlangt haben, enthält nämlich auch sämtliche Aufzeichnungen über Lucky George. Wenn die das entdecken und dem Querverweis aufs Gästebuch nachgehen, werden die Mistkerle feststellen, daß er sich davongemacht hat. Und wo kommen wir dann hin?«

Der Assistent blickte sich um. Aus jeder der schäbigen Zellen, die vom Korridor abgingen, drangen die gedämpften Laute der Seelen, die den verschiedensten und ausgeklügeltsten, aber durchaus kostengünstigen Spielarten immerwährender Pein unterzogen wurden.

»Entschuldigung«, sagte er mit einem Blick auf eine der Zellen, aus der besonders markerschütternde Geräusche herüberdrangen. »Ich dachte, da wären wir schon.«

Sein Vorgesetzter schnaufte verächtlich. »Wer's glaubt, wird selig, mein Junge. Das ist doch alles nur zweite Wahl. Nur das Zeug, das die Kundschaft bekommt.«

Der dritte Mülleimer enthielt das Endstück eines alten Brotlaibs, eine Sardinendose, in der sich noch ein schmieriger Rest Öl befand, eine verfaulte Tomate und die Skelette von zwei geräucherten Makrelen. Lundqvist seufzte erleichtert auf und machte sich ein Sandwich. Zwar warf ihm die streunende Katze aus der Nachbarschaft einen giftigen Blick zu, doch er beachtete sie nicht.

Wenn man erst einmal am Ende ist, liebt einen niemand mehr. Zugegeben, Lundqvist war auch von niemandem geliebt worden, als er noch steinreich gewesen war, doch hatte er damals immerhin das Geld für einen Hamburger aufbringen können, wenn er die Rippen allmählich vorn durchs Hemd stoßen fühlte. Dabei hielt er sich keinesfalls für ein außergewöhnlich genußsüchtiges Individuum; aber es ist ein feiner Unterschied, ob man von Wurzeln und Larven leben muß, weil man sich in einem guten Versteck knapp tausend Kilometer hinter den feindlichen Linien befindet, oder ob man dahinvegetieren muß, weil einem der Fiskus den letzten Pfennig pfändet, den man noch besessen hatte.

Die Gerichtsvollzieher hatten ihm sogar seine komplette Sammlung von Ninja-Wurfmessern und Todessternen weggenommen, trotz seines Einwands, daß es sich dabei um Arbeitsgeräte handle, die folglich unpfändbar seien. Der gefährlichste Gegenstand, den man ihm gelassen hatte, war eine Zahnbürste. Wenn man Kurt Lundqvist heißt, kann jedoch auch eine Zahnbürste hervorragende Dienste leisten. Man muß einfach nur wissen, wie man sie gebraucht.

Als er seine Mahlzeit beendet hatte, legte er deshalb die zehn Kilometer zum privaten Behelfsflugplatz am Stadtrand zu Fuß zurück und suchte die erstbeste Hubschrauber-Chartergesellschaft auf, an der er vorbeikam.

»Einen schönen guten Tag«, begrüßte er den jungen Mann hinter dem Verkaufstresen. »Ich möchte einen Hubschrauber chartern, und zwar möglichst sofort.«

Der junge Mann musterte ihn von oben bis unten an, wobei sein Hauptaugenmerk offensichtlich dem staubigen Jackett und der verdreckten Hose galt, in denen Lundqvist geschlafen hatte. »Sie möchten also einen Hubschrauber chartern«, wiederholte er. »Wirklich komisch.«

Bevor der Mann fortfahren konnte, war Lundqvist

über den Tresen gesprungen, direkt neben dem jungen Mann gelandet und hatte ihm den Griff der Zahnbürste mit aller Kraft in das kleine Grübchen direkt unter dem Ohrläppchen gerammt.

»Ja, ist das etwa ein Problem?« wollte er wissen.

Der junge Mann gab einen schwachen kehligen Laut von sich – wie jemand, der mit Vanillesoße gurgelt –, dann hob er zitternd die rechte Hand und deutete auf den Flugplatz.

»Schlüssel steckt?«

»Jaaark!«

»Herzlichen Dank.« Lundqvist hüpfte wieder über den Tresen zurück und eilte mit großen Schritten über das Rollfeld auf den bezeichneten Hubschrauber zu. Niemand traute sich, ihn aufzuhalten. Er schwang sich hinein und schlug die Tür zu.

Einen Augenblick später öffnete er sie wieder.

»He! Du da!« rief er einem sich duckenden Mechaniker zu. »Welcher von diesen bescheuerten Hebeln ist denn die Handbremse?«

Als er endlich flog, zwang sich Lundqvist, rational zu denken. Im Handschuhfach fand er einen uralten Frucht-Nuß-Schokoriegel, der schon ein leicht bläuliches Grau aufwies und butterweich war, doch der plötzliche Anstieg des Blutzuckerspiegels ließ sein Gehirn wie den Motor eines Wagens auf der Startlinie beim Beschleunigungsrennen aufheulen.

Wenn ich Lucky George hieße, wohin ginge ich dann? fragte er sich.

Nun gut, wenn ich wirklich Lucky George hieße, schnitte ich mir sofort selbst die Kehle durch, weil ich wüßte, daß ich Kurt Lundqvist auf den Fersen habe und es nur eine Frage der Zeit ist, bis er mich am Kragen hat, und ich am liebsten nicht mehr empfindungsfähig wäre, wenn er mich schließlich geschnappt hat. Aber dieser Mistkerl ist völlig anders drauf…

Also, ich ginge irgendwohin, wo er nicht im Traum drauf käme, mich zu suchen. Es gibt drei Möglichkeiten:
(a) einen Ort mit vielen Menschen, wo ich in der Menge unterginge;
(b) einen Ort, der so weit weg und derart am Arsch der Welt liegt, daß nicht mal jemand von seiner Existenz weiß.
(c) Ich würde genau dort bleiben, wo ich gerade bin.

Also, (a) war schon mal ein Schuß in den Pudding, denn wo immer Lucky George auch hinging, eins konnte er niemals sein: unauffällig. Dafür sorgte seine Angewohnheit, Gegenstände in andere Gegenstände zu verwandeln.

Gleiches galt für (c). Zwar waren die Amsterdamer Behörden für ihre Fähigkeit berühmt, beide Augen zuzudrücken oder einfach nicht hinzusehen, wenn es für sie von Vorteil war, doch selbst sie hätten Probleme damit, ganze Armeen von marodierenden Windmühlen und riesigen angriffslustigen Käselaiben zu übersehen.

Woraufhin nur noch (b) übrigblieb; und sehr gut durchdacht wäre eine solche Vorgehensweise auch, denn die Chancen, Lucky George durch bloßes Raten zu finden, waren wirklich äußerst gering.

Lundqvist kam gerade zu diesen Schlußfolgerungen, als es im Funkgerät knisterte und ihn eine Stimme ansprach; was an sich eigenartig war, weil er das Gerät gar nicht eingeschaltet hatte.

He, Kurt, du alter Schwerenöter! Laß dich umarmen!

Lundqvist stöhnte. Dazu war er im Moment wirklich nicht in der Stimmung.

»Verpiß dich, Bull!« reagierte er unwirsch. »Und schalt das Ding wieder aus, bevor du dich verabschiedest.«

Nun sei doch nicht so, Mann. Hier geht gerade etwas tierisch den Bach runter, und ich …

»Später, Bull, in Ordnung? Ich bin beschäftigt. Und übrigens, ich schulde dir noch einen Tritt in den Hintern für den letzten Tip, den du mir gegeben hast. Erinnerst du dich noch?«

Das Funkgerät knisterte nervös. *Ey, Mann, das war nicht meine Schuld. Wie sollte ich denn wissen, daß ...?*

»Regel Nummer eins, Bull: Niemand verpfeift den Antichristen, auch nicht dann, wenn er nebenher schwarzarbeitet. Der war gar nicht erfreut, Bull. Wir hatten ihn bereits fünf Stunden lang auf der Wache festgehalten, bevor er uns endlich erzählte, wer er eigentlich ist. Deswegen bin ich fast meine Lizenz losgeworden.«

Ja, gut, niemand ist perfekt. Aber diesmal habe ich genau das für dich, was du willst ... nämlich George.

Lundqvist bekam einen Adrenalinstoß und zog nervös eine Augenbraue hoch. »Klar, Bull«, sagte er in möglichst beiläufigem Ton. »Du und alle anderen schäbigen Informanten zwischen hier und Delphi. Verschwinde und leg einen anderen rein.«

Nein, Mann, ich meine es ernst. Ich weiß, wo er sich aufhält. Oder zumindest, wo das Mädchen ist.

»Woher das?«

Woher was?

»Na, woher weißt du, wo das Mädchen ist, du Clown. Ist das bloße Eingebung, oder hast du sie tatsächlich gesehen?«

Laß uns erst übers Geld reden.

Lundqvist knurrte wütend. Dann nahm er die Krawatte ab, band damit den Steuerknüppel fest und legte die Hände mit den Flächen nach unten auf die Instrumententafel.

Was machst du da, Mann?

»Ich halte eine Séance, Bull. Und wenn du materialisiert hast, trete ich dir ins Ektoplasma, daß es dir wieder zu den Ohren rauskommt, klar? Also schön, hast du sie gesehen oder nicht?«

Gut, gut, beruhige dich. Die Ahnen haben es mir erzählt.

»Langsam reißt mir der Geduldsfaden, Bull. Wenn

du nicht auspackst, bevor ich bis fünf gezählt habe, kriegst du eine abartige Tracht Prügel der Güteklasse zwei für ein ›Ja‹ und der Güteklasse eins für ein ›Nein‹ …«

Ich sage die Wahrheit, Mann, ich habe es von den Ahnen gehört. In Australien, okay? Da unten gibt es diese verrückten Typen, die die Liederzeilen entlanglaufen, und die sind alle mit mir in der gleichen Gewerkschaft. Als ich etwas davon gehört hatte, habe ich sofort an dich gedacht. Ich dachte mir, du …

»Australien?«

Genau. Ein Ort namens Maralinga. Natürlich bezeichnen die ihn nicht so, sie nennen ihn ›dis-Moll, F-Dur, H-Dur, Gis‹, aber ich habe auf einer Karte nachgesehen und …

Lundqvist grinste und band den Steuerknüppel los. »Danke, Bull«, sagte er. »Das werde ich überprüfen. Und vielleicht lasse ich dich, wenn wir uns das nächste Mal begegnen, mit einer Geisterbeschwörung davonkommen. Vielleicht aber auch nicht.«

Das Funkgerät schaltete sich aus.

9. KAPITEL

So wie ein Hund weiß, daß er Flöhe hat, wußte Danny Bennett ganz genau, daß er ein Schicksal hatte.

Wie es an diesem bestimmten Tag in den Sternen geschrieben stand, würde Danny Bennett die phantastischste Verschwörung entlarven, die skrupelloseste Vertuschung enthüllen, die endgültige Dokumentation drehen, die höchste Auszeichnung verliehen bekommen und die endgültige Rede auf der feierlichen Preisverleihung halten. Das Problem mit den Sternen ist, daß sie manchmal ihre eigene Handschrift nicht lesen können. Oder es gab irgendwo dort draußen einen zweiten Daniel Woodward Bernstein Bennett, der durch ein Versehen die ganze an seinen Namensvetter gerichtete Post bekam.

Auf jeden Fall hatte Danny Bennetts neueste umwerfende Enthüllungsgeschichte über Korruption und Machenschaften im Aufsichtsrat der ›Lebensmittelfarben und Konservierungsstoffe AG‹, die den einnehmenden Titel ›Giftiger Abfall, dem der Gaumen nicht widerstehen kann‹ trug, einen derartigen Eindruck hinterlassen, daß er sich jetzt hier befand und für eine der vierzig führenden Satellitenfernsehgesellschaften über die Strandseglerregatta ›Rund um Australien‹ berichtete. So etwas könnte man durchaus als ›Beförderung‹ bezeichnen, wenn man sich mit der

Vorstellung, nach unten befördert zu werden, anfreunden kann.

Medienforscher wiesen hin und wieder darauf hin, daß Isaacs Newtons Demonstration des Gravitationsgesetzes mittels eines Apfels vollkommen überflüssig gewesen wäre, wenn er die Gelegenheit gehabt hätte, Danny Bennetts berufliche Laufbahn während der letzten fünf Jahre zu verfolgen.

Danny hielt an, starrte verständnislos auf die zehn Kilometer lange schnurgerade Straße, die sich ohne besondere Merkmale vor ihm hinzog, und sah auf der Karte nach. Selbst wenn er die Karte verkehrt herum hielt, lautete die einzig mögliche Schlußfolgerung, daß er die falsche Straße genommen hatte und ihm nichts anderes übrigblieb, als zu wenden und die hundertvierzig Kilometer bis Arrampagatta zurückzufahren. Der Umstand, daß die Teilnehmer der Regatta längst Richtung Norden segeln würden, wenn er endlich dort angelangt wäre, wo er eigentlich sein sollte, wurde durch die Gewißheit gemildert, daß Danny nicht einmal einen Strandsegler erkannt hätte, wenn ihm einer direkt hinten ins Auto gefahren wäre.

Und genau das geschah prompt.

Alles, was Danny sah, als er einen Blick in den Rückspiegel warf, war ein riesengroßes Segel, das sich unordentlich flatternd über die gesamte Heckscheibe ausbreitete. Er runzelte die Stirn, öffnete die Tür und stieg aus.

»Entschuldigen Sie«, sagte er. Er kam nicht umhin, ein Gefährt zu bemerken, das unangenehmerweise wie ein Segelboot auf Rädern aussah und beinahe den Eindruck erweckte, als wollte es unter allen Umständen in den Kofferraum des Wagens gelangen.

»Verdammte Scheiße! Warum passen Sie nicht auf, wo Sie hinfahren?« fragte eine Stimme von irgendwo unter dem Segeltuch hervor.

»Ich bin gar nicht gefahren«, entgegnete Danny. »Ich habe geparkt. Was ist das für ein Ding?«

Hinter dem Segel kam ein etwa zwei Meter großer Mann hervor, der eine blitzende Spiegelglasbrille trug und beiläufig eine Zahnbürste von einer Hand in die andere wechselte. »Ist das Ihr Wagen?« wollte er wissen.

»Nein, das ist ein Mietwagen«, antwortete Danny. »Was machen ...?«

Er wurde sich bewußt, daß sich der Griff der Zahnbürste auf gleicher Höhe mit seinem Herzen befand. Irgendwie schüchterte ihn das ein.

»Ich brauche Hilfe.«

»Kein Problem«, sagte Danny. »Ich helfe Ihnen gern. Ich fahre nach Arrampagatta zurück, das sind etwa hundertfünfzig Kilometer in der Richtung, aber Sie können gern ...«

»Nein. Ich muß in die andere Richtung. Steigen Sie ein, und fahren Sie los!«

Diesen Worten verlieh der Fremde besonderen Nachdruck, indem er die Borsten der Zahnbürste gegen den Strich über die Handfläche zog, und eine Art atavistischer Überlebenswille sagte Danny, daß dieser Moment eine ausgezeichnete Gelegenheit war, sich darin zu üben, sich vor Angst nicht in die Hose zu machen. Er kam dem Wunsch des Fremden nach.

Als er die Tür zuschlug und den Zündschlüssel herumdrehte, wurde ihm klar, weshalb. Er kannte den Burschen.

»Sie nehmen also auch an dieser Wettfahrt teil, wie?« fragte er, um abzulenken.

»An welcher Wettfahrt?«

»Na, an dieser Strandseglerregatta«, antwortete Danny, wobei er weiterhin stur nach vorn sah. »Das ist doch ein Strandsegler, den Sie da gefahren haben, oder?«

»Ja.«

Lundqvist! Das muß Lundqvist sein!

Die beste Werbung für Qualität ist Qualität selbst, und das trifft natürlich auf alles zu, auch auf heimlichen Meuchelmord und die Anwendung hinterhältiger Tricks. Man braucht nur etwas bessere Fußangeln als der Durchschnitt zu legen, und schon rennen einem die Leute die Tür ein. Folglich waren Lundqvists Identität und fachlicher Ruf in gewissen Kreisen hinlänglich bekannt, obwohl niemand, der eine Vorliebe dafür hatte, an zwei Morgen hintereinander aufzuwachen, auch nur im Traum daran gedacht hätte, viel Aufhebens darum zu machen.

Danny jedoch hatte eine Begabung; eine ziemlich umwerfende intuitive Fähigkeit, die ihn in die Lage versetzte, knapp die Hälfte der Hintergründe einer Geschichte in einer blitzartigen Erleuchtung zu erkennen. Hatte sich erst einmal ein Fünkchen dieses Einblicks in sein Gehirn eingebrannt, hüllte er es mit unzähligen Schichten seiner eigenen Art aberwitzigen Gedankengänge ein, aber das sei nur nebenbei erwähnt. Jedenfalls war er durch seine jüngsten Recherchen auf die simple Tatsache gestoßen, daß sich, wo immer in den letzten fünfzehn Jahren etwas Bedeutendes, Unerklärliches oder Furchtbares passiert war, zur gleichen Zeit ein gewisser Kurt Lundqvist in der Nähe aufgehalten hatte – angeblich hatte er seine Tante besucht, sich beim Zahnarzt behandeln lassen oder vielleicht an einem Kongreß über frühe Kirchenmusik teilgenommen, doch stets war er in unmittelbarer Nähe dieser Ereignisse gewesen. Hatte man diese Gemeinsamkeit erst einmal erkannt, lag der Schluß auf der Hand.

Danny Bennett wußte instinktiv, aber eindeutig, daß es sich bei Lundqvist um den besten Killer der Milchvermarktungsbehörde handelte. Und hier saß dieser Meuchelmörder nun, mit einer Zahnbürste bewaffnet und adrenalingeschüttelt, mitten im australischen Hinterland in Dannys Wagen.

»Ähm … also, wo genau wollten Sie noch mal hin?« stammelte Danny.

»Zu Georges Schaffarm. Folgen Sie dieser Straße einfach noch hundertzehn Kilometer. Es müßte die erste Abzweigung links sein. Kapiert?«

Danny nickte, während sich in seinem Kopf die Gedanken überschlugen.

Schaffarm! Was zur Hölle sollte die Milchvermarktungsbehörde mit einer Schaffarm wollen? Entweder betrieben die Bosse der MVB eine Schwarzmolkerei, für die Kühe gehalten wurden, deren Rücken vollständig mit Schafwolle beklebt waren, oder die ganze Sache stellte nur eine Fassade für etwas noch Unheilvolleres dar. Hin und wieder lief es Danny kalt den Rücken hinunter, andere Körperstellen gaben sich weniger wählerisch und behielten die Gänsehaut bei.

»Komisch, aber ich dachte, die Rennstrecke verlaufe ganz woanders und nicht hier irgendwo in der Nähe«, merkte Danny nach eine Weile an. Zwar traute er sich nicht, zur Seite zu blicken, doch spürte er auch so, wie ihm die verspiegelten Gläser der Sonnenbrille die Wange versengten.

»Ich nehme eine Abkürzung«, antwortete Lundqvist nach einer längeren Pause.

»Ach, eine Abkürzung? Und das bei einem Rennen?«

»Ja.«

»Na gut.«

Die nächste Stunde schien nur sehr langsam zu vergehen. Auf dem Beifahrersitz flegelte sich Lundqvist herum, der sich schmatzend eine Rolle Pfefferminz einverleibte, die er im Handschuhfach gefunden hatte, und neben ihm saß Danny, der verzweifelt versuchte, die ganze Wahrheit herauszubekommen und den kleinen vereinzelten Hinweis zu finden, der eine Schaffarm in New South Wales, den Einbruch in die Watergate-Apartments und die Banco Ambrosiano in einen logischen Zusammenhang brachte. Dieser Hinweis war vorhanden, das wußte er; er mußte nur ein klitzekleines Bruchstück einer gemeinsamen Verbindung herauskristallisieren …

»Wir sind da.«

Danny trat auf die Bremse und schwenkte den Wagen halb herum. Sein Blick begegnete Lundqvists Blick in etwa der gleichen Weise, wie ein Igel einem achtzehnrädrigen Monstertruck begegnet.

»Aha, damit wären wir also an der Stelle, wo Sie aussteigen wollen«, stellte Danny mit Scharfblick fest.

»Ja.« Die Tür öffnete sich, Lundqvist ergriff seinen Rucksack vom Rücksitz und schob die grotesken Knie- und Ellbogengelenke, aus denen er zum Großteil gebaut zu sein schien, aus dem Wagen. Dann schlug er die Tür zu und ging den langen Feldweg hinauf.

Vorsicht ist der bessere Teil der Tapferkeit, wie es bei Shakespeare heißt. Vom selben Verfasser stammen solch gleichermaßen tiefgründige, aber vielleicht nicht so bekannte Sprichwörter wie: ›Aspirin ist die Würze der Geographie‹ und ›Du kannst ein Pferd zum Wasser führen, aber niemals mit nur drei Trumpfkarten Kontra geben‹. Danny fuhr weiter, entschied sich, bis zehn zu zählen, kam bis sieben und setzte zurück. Dann fuhr er den schmalen Weg entlang. Auf dem Beifahrersitz lag jetzt eine aufnahmebereite Videokamera.

Im Eingang gefror Lundqvist das Blut in den Adern.

Diese Behauptung ist allerdings ziemlich kühn. Da über dreißig Grad im Schatten herrschten und Lundqvists Hemd unter den Achselhöhlen genügend Feuchtigkeit aufgesogen hatte, um darauf eine Regatta für kleinere Jollen abzuhalten, war ihm das Blut keineswegs in den Adern gefroren. Vielmehr stand er, im eigenen Saft bratend, völlig reglos da.

In dem großen Stalldings (über die richtigen Bezeichnungen für landwirtschaftliche Gebäude war sich

Lundqvist ein bißchen im unklaren) zählte eine junge Frau Schafe.

»Sechsundsiebzig, siebenundsiebzig, achtundsiebzig, *neunundsiebzig* – na los, Hilda, komm schon hoch –, achtzig ...«

Wie sich Helena eingestand, hatte die Idee, die Kunden die Schafe selbst scheren zu lassen, nicht zu einem solch durchschlagenden und spektakulären Erfolg geführt, wie sie ihn sich erhofft hatte. Allmählich schwante ihr, daß man für ein solch geartetes Unternehmen einfach ein wenig mehr Laufkundschaft brauchte, und vielleicht hätte sie das früher begreifen müssen. Trotzdem, was geschehen ist, ist geschehen (Danny Bennett hätte diese Behauptung bestritten, und es ist nur gut, daß er gerade nicht zur Stelle war, um das zu tun); immerhin hatte sie auf der Habenseite viele, viele Schafe stehen, und es überstieg bestimmt den menschlichen Verstand nicht, eine Möglichkeit zu finden, aus diesen Mitteln Kapital zu schlagen.

Die Hände in die Hüften gestemmt, machte sie eine Gedankenpause und runzelte die Stirn. Dann knallte sie mit der kleinen Peitsche, die sie in der linken Hand hielt, und schrie: »Na *los*, Doris, du versuchst es ja nicht mal!«

Doris starrte sie verständnislos an, machte »Bäh!« und trottete mit grimmiger Miene um das Hindernis herum. Die übrige Herde tat jedoch wie befohlen und sprang. Schwarze Schafe gibt es eben überall.

Kein schlechter Scherz, obwohl sie ihn selbst gemacht hatte. Was gibt man dem an Schlaflosigkeit Leidenden, der schon alles ausprobiert hat? Natürlich dressierte Schafe.

Unterdessen stand Lundqvist reglos im Eingang und lauschte. Wo Helena war, da konnte auch George nicht weit sein, das lag auf der Hand. Er brauchte nur wie eine Katze vorm Mauseloch zu warten, und der Trottel liefe ihm direkt in die Arme.

So ungefähr jedenfalls.

Abgesehen von seinem praktisch unbegrenzten Repertoire an übernatürlichen Spezialeffekten, sagte sich Lundqvist, *steht Lucky George in dem Ruf, ein Meisterschütze, ein von Natur aus begabter Freistilringer und ehemaliger Spitzenfechter der Universität zu Wittenberg zu sein. Andererseits habe ich eine Zahnbürste.*

Hatte ich eine Zahnbürste!

Hierauf folgte ein wildes Durchsuchen der Taschen, nach dem Lundqvist leise aufstöhnte und mit dem Kopf drei- oder viermal heftig gegen den Türpfosten stieß. Er war den ganzen weiten Weg gekommen – hatte einen Hubschrauber gestohlen, ein Flugzeug entführt, sich ohne Erlaubnis eine Reihe von Personenwagen und Lastern geschnappt und zuletzt den Piloten eines Segelflugzeugs überfallen –, nur um irgendwo zwischen hier und dem Anfang des Zufahrtswegs die Zahnbürste zu verlieren. Und jeden Moment konnte Lucky George auftauchen…

»Entschuldigung«, sagte die junge Frau aus dem Innern des Stalls. »Kann ich Ihnen vielleicht helfen?«

Lundqvist richtete sich auf. In seinen Gehirnwindungen hatte sich ein verirrtes Schrotkorn einer plötzlichen Eingebung verfangen.

»Ja«, antwortete er. »Ich glaube, das können Sie wirklich.«

Als Danny Bennett endlich auf das Geländer des Futtersilos geklettert war, um einen besseren Blick zu haben, die Kamera geschultert und dieses Ding entdeckt hatte, auf das man drückt, um sie zum Laufen zu bringen, sowie alle anderen Dinger, an denen man herumdreht, um das Bild scharfzustellen, waren ihm bereits einige der besten Teile entgangen. Er hatte nicht mitbekommen, wie Lundqvist wie ein Hase aus dem Stall gerannt kam, verfolgt von einer Herde raubgieriger Schafe, die nach seinen Waden schnappten, und von der amtierenden Miss World, die die Nachhut bildete, mit der Peitsche knallte und schrie: »Los, Doris! Bring ihn um!« Er hatte Lundqvists ziemlich spektakulären Sprung auf den Heuboden und die verzweifelten Bemühungen des Leitschafs verpaßt, ebenfalls hinaufzuspringen und Lundqvist die Kehle durchzubeißen. Den richtig guten Teil, als die junge Frau eine Leiter aufstellte und die Schafe über diese wie Feuerwehrmänner im Akkord nach oben strömten, woraufhin Lundqvist auf der anderen Seite vom Boden hinuntersprang und in der Wassertonne landete, hatte er sich auch entgehen lassen.

Allerdings wurde er Zeuge davon, wie Lundqvist die junge Frau packte, sie sich unter den Arm klemmte und wie von der Tarantel gestochen zurück auf den Zufahrtsweg rannte, während siebzehn wütende Schafe auf dem Heuboden standen und sich bewußt wurden, daß die Lektion, wie man eine Leiter wieder *hinunterkommt*, erst übernächste Woche auf dem Stundenplan stand.

Natürlich hatte Danny Bennett nicht die leiseste Ahnung, was dort vor sich ging, doch das Geschehen bewegte sich so nahe am Rande der Normalität, daß es eher beruhigend als aufregend war. Was er mit seinen Argusaugen erkannte, war verdammt gutes Fernsehen.

Das Vertraute ist tatsächlich das stärkste Beruhigungsmittel überhaupt. Für Helena von Troja, die unter Lundqvists Arm durchgeschüttelt wurde und versuchte, mit einem Augenbrauenstift *Bin entführt worden, Essen steht im Kühlschrank, Gruß und Kuß Helena* auf die Rückseite einer Futterrechnung zu schreiben, war es wie in alten Zeiten, entführt zu werden. Schließlich war das genau die Disziplin, in der sie am besten war.

»He, du da!« brüllte Lundqvist. »Laß deine Scheißkarre an!«

Danny, dem klar wurde, daß die Aufforderung an

ihn gerichtet war, machte sich an den Abstieg von seinem Horst, hielt dann aber inne. Sicher, die erste Pflicht eines Journalisten ist es, über das Geschehen zu berichten. Aber gehört dazu auch, bekannten Killern bei der Entführung von Schönheitsköniginnen zu helfen?

»Mach endlich den beschissenen Motor an«, wiederholte Lundqvist, als wäre er sich Dannys inneren Widerstreits irgendwie bewußt, »oder ich reiße dir die Eier mit einer Plastikgabel ab!«

Ja, entschied Danny, *Mittäterschaft gehört wahrscheinlich dazu.* Ohne die Kamera loszulassen, fingerte er in der Hosentasche nach den Autoschlüsseln herum.

Sie wissen, wie das mit Schlüsseln ist. Es sind scheue, schwer zu fangende Wesen; ihr natürlicher Lebensraum ist die Hosentasche, und sie sind Meister in den Künsten des Tarnens und Versteckens. Ihr liebster Zeitvertreib ist es, sich tief in die Falten eines zerknitterten Taschentuchs zu kuscheln und den Eingang zu ihrem Bau mit irgendwelchem Kleingeld zu verstopfen, das womöglich gerade in der Tasche herumliegt. Gelingt das nicht, suchen sie einen losen Faden im Saum, um sich daran festzubeißen, und hängen dann wie Kletten daran. Dannys Schlüssel taten beides.

»Einen kleinen Moment!« rief er und fummelte wie wild in der Tasche herum. »Ich will Sie nicht aufhalten, ich muß nur eben ...«

Er fummelte zu heftig herum und ließ die Kamera fallen.

Fünf Minuten der besten Actionszene, die er je hatte miterleben dürfen, wirbelten und trudelten durch die Luft ihrer Zerstörung auf dem steinharten Boden sechs Meter unter ihm entgegen. In dem Sekundenbruchteil, in dem ihm klar wurde, was passiert war, überwältigten Danny die heftigsten Verlustgefühle, die jedem Menschen den letzten Rest Verstand geraubt hätten, wenn er denn jemals welchen besessen hatte. In der

Szene steckte alles – Sex, Gewalt, Action, Komik und flauschige weiße Tiere –, und in anderthalb Sekunden würde sie auf dem Boden aufschlagen und *Flatsch* machen. Er stürzte sich hinab, streckte wie Michelangelos Adam verzweifelt einen Arm aus und schaffte es gerade noch, die Fingerspitzen um den Tragegriff der Kamera zu schlingen.

Sein letzter Gedanke, bevor er auf dem Boden aufschlug und *Flatsch* machte, lautete: *Puh, das war knapp!*

Als er die Augen öffnete, war es dunkel. Dann machte jemand das Licht an.

Es war wie im Kino.

Der schwache Schimmer kam direkt von vorn. Während er hineinstarrte, schien sich der Schimmer in Formen zu verwandeln. In Strukturen. In Buchstaben.

DU BIST TOT

Danny fuhr heftig zusammen; oder richtiger, er tat es nicht. Es war, als versuchte man, sich die Augen mit einer Hand zu reiben, die kurz zuvor amputiert worden war; das Gehirn ordnete eine krampfartige Bewegung an, und der Platz, an dem sich einst die Nerven befunden hatten, sandte die Nachricht zurück, krampfartige Bewegungen gebe es nicht mehr.

TUT UNS LEID

Mann! dachte Danny unwillkürlich. *Ist ja nett von denen, das zu sagen.*

Vielleicht war es nicht vollkommen aufrichtig und nicht mehr als ein Hinweis wie *Für eventuelle Verzögerungen möchten wir uns entschuldigen* am Anfang eines zwanzig Kilometer langen Rückstaus, doch der Umstand, daß sie sich überhaupt die Mühe machten, war in gewisser Weise beruhigend. Es deutete darauf hin, daß es jemanden – oder vielleicht Jemanden – gab, an den man schreiben und sich beschweren konnte.

DER TOD IST EINE GANZ NORMALE SACHE
MACHEN SIE SICH BITTE KEINE SORGEN

Die Buchstaben flackerten und verschwanden, und es herrschte wieder Dunkelheit; doch Danny verspürte keine spontane Regung, schreckliche Angst zu haben, da Hintergrundmusik gespielt wurde. Flughafenmusik. Supermarktmusik. Bleiben-Sie-bitte-am-Apparat-Musik. Nun weiß jeder, wenn diese Art von Musik gespielt wird, ist die einzig mögliche Empfindung widerspruchslose Langeweile; und es ist unmöglich, gleichzeitig widerspruchslos gelangweilt und zu Tode erschrocken zu sein. Danny seufzte und ließ die Gedanken schweifen.

Gut, ich bin tot. Wie ärgerlich, jetzt bin ich hier schon als Toter und habe nicht mal eine Kamera dabei. Mein erster richtig großer Knüller, und ich kann nicht das geringste damit anfangen.

Dann fiel ihm ein, daß der Tod für Journalisten alles andere als ein Knüller ist. Im Grunde ist es eine Allerweltsstory, mit der sich irgendwann jeder einmal befaßt und die man nicht einmal mehr telefonisch durchgeben kann. Danny öffnete das, was sich an der Stelle befand, wo einmal sein Mund gewesen war, und schrie.

Lautlos.

Und dann flackerte das Licht wieder auf und verwandelte sich diesmal in einen drei Meter hohen Neonlicht-Fragebogen.

BITTE HELFEN SIE UNS
IHNEN ZU HELFEN
INDEM SIE DIESES EINFACHE
FORMULAR AUSFÜLLEN

Eine so nett formulierte Bitte abzuschlagen, wäre ungehobelt gewesen.

Vollständiger Name: Daniel Woodward Bernstein Bennett

Geburtsdatum: 14. Dezember 1959

Nationalität: britisch

Raucher oder Nichtraucher: Nichtraucher

Bevorzugtes Abendessen:

Und so weiter. Das Formular rollte nach oben – das Frühstück wird von 7.00 bis 9.00 Uhr im Speiseraum serviert, die Feuerleitern befinden sich am Ende des Flurs, falls es Ihnen gelungen ist, etwas aus dem Leben mitzunehmen, deponieren Sie es bitte im Panzerschrank des vorderen Büros –, und während das geschah, wurde Danny etwas klar.

Eine Gemeinsamkeit. Eine Verbindung. New South Wales, eine Schaffarm, Kurt Lundqvist.

Ich!

Lundqvist! Verdammtes Höllenfeuer, ich bin von einem Killer umgelegt worden!

Die geistigen Überreste von Danny saßen kerzengerade da, und dort, wo die Augen gewesen waren, strahlte er vor überschwenglicher Freude. Denn in einem Augenblick transzendenten Wissens, so wie man ihn gemeinhin mit dem ›großen Übergang‹ in Verbindung bringt, hatte Danny plötzlich erkannt, daß sich sein ganzes Leben, alles, wofür er gekämpft, gearbeitet, geschwitzt und Demütigungen ertragen hatte, gelohnt haben mußte.

»Hey!« kreischte er. »Das ist ja wohl das Größte! Man hat mich zum Schweigen gebracht! Ich muß zuviel gewußt haben!«

Und dann der Umschwung, abstumpfend und niederschmetternd wie eine Ramme. Absolute Sonntagmorgen-und-keine-Milch-mehr-im-Eisschrank-Verzweiflung.

Ja, offensichtlich hatte er zuviel gewußt. Offenbar

war er aus dem Weg geräumt worden, und zwar von ihnen, den unsichtbaren Verschwörern …

(Alle Räume müssen am Tag des Jüngsten Gerichts bis um 12.00 Uhr mittags geräumt sein. Bitte werfen Sie keine Gegenstände in die Toilette. Falls Sie Ihr bisheriges Leben an sich vorüberziehen lassen möchten, teilen Sie der Rezeption bitte telefonisch die Nummer Ihrer Kreditkarte mit, und schalten Sie mit der Fernbedienung Kanal zwölf ein …)

Bedauerlicherweise hatte er nicht die leiseste Ahnung, worum es sich bei dem, über das er zuviel gewußt hatte, handelte.

10. KAPITEL

George runzelte die Stirn. Er konnte sich nicht dagegen wehren, die Geschichte ein wenig beunruhigend zu finden.

Dein Essen steht im Kühlschrank, stand auf dem Zettel von der entführten Helena. Bei näherer Prüfung stellte sich jedoch heraus, daß der Kühlschrank nichts als Gemüse enthielt. George hatte an Helena immer gemocht, war, daß sie – im Gegensatz zu fünfundneunzig Prozent ihrer Geschlechtsgenossinnen – Nahrungsmittel nicht mit dekorativen Gegenständen zur schöneren Gestaltung der Küche verwechselte. Hatte sie von allen Augenblicken ausgerechnet diesen gewählt, um auf die schiefe Bahn zu geraten? Oder hatte sie bloß ›Kühlschrank‹ geschrieben, obwohl sie ›Tiefkühltruhe‹ gemeint hatte?

Die letzte Hypothese erwies sich als zutreffend, denn wie sich herausstellte, befanden sich in der Tiefkühltruhe zwei gefrorene Pizzas und einmal Lasagne für die Mikrowelle. George entschied sich für die Lasagne, stürzte sie aus der Aluminiumschale auf einen Teller und lächelte sie zufrieden an.

Dann bedachte er sie mit einem finsteren Blick, um dem geschmolzenen Käse auf der Oberfläche das charakteristische Aussehen nach dem Bräunen im Backofen zu verleihen.

Abgestumpft? Gefühllos? Typisch Mann? Das sind

harte Worte, und sie treffen nicht ganz zu. Es stimmt, daß es Helden und Männer der Tat gegeben hat, die mit leerem Magen losgeflitzt sind, um junge Mädchen zu retten, doch was in sämtlichen Epen verschwiegen wird, ist die Tatsache, daß ihr anschließender Auftritt durch Verdauungsstörungen und Sodbrennen erheblich behindert wurde. Ein Held von Format weiß das. Herkules zum Beispiel hatte einen doppelten Cheeseburger mit Pommes frites, Weißkohlsalat und einen Ambrosiashake zu sich genommen, bevor er Alkestis aus den Armen des Königs des Todes riß, und Sir Lancelot bestand immer auf einem Sandwich mit Salatgurke, von der die Schale abgeschnitten sein mußte, bevor er einen Drachen auch nur eines Blickes würdigte.

Logik, sagte sich George. *Hier ist ein Fünkchen Logik gefordert.*

Wer könnte Interesse daran haben, Helena von Troja zu entführen? Sicher, das ist eine ganz schön dumme Frage, also formulieren wir sie etwas anders. Wer könnte – mit Ausnahme von jedem heißblütigen Mann in der Welt – Interesse daran haben, Helena von Troja zu entführen? Ganz einfach. Lundqvist.

Zur Bestätigung dieser Arbeitshypothese existierte das Band in der Videokamera, die irgendein schlampiger Mensch beim Geländer des Futtersilos direkt neben der Leiche hatte herumliegen lassen. Nachdem er über den Teil mit den Schafen gelacht hatte und von dem gewaltigen Sprung auf den Heuboden angemessen beeindruckt worden war, spulte George das Band zurück und saß ein paar Minuten lang da, wobei sich seine Gedanken überschlugen wie Mozart im Grab während einer Aufführung von *Così fan tutte* in einer Inszenierung von Jonathan Miller. Dann machte er plötzlich ein finsteres Gesicht und schnippte mit den Fingern.

Zwei Möwen kamen herabgesprungen, setzten sich auf den Fernseher und versuchten, die Aluminiumzierleisten zu fressen.

»Hört mal, das geht doch wirklich zu weit, oder was meint ihr?« fragte George.

»Kreisch?«

»Na, einfach jemanden zu entführen«, erklärte George. »Grüßt Herrn Lundqvist von mir und fragt ihn, ob er seine Knochen in einer bestimmten Reihenfolge gebrochen haben will.«

»Kreisch.«

»Also los.«

Die Möwen schlugen mit den Flügeln und erhoben sich durch das Fenster hindurch in die Luft. George sah sich das Video noch einmal an. Dann machte er einen Telefonanruf. *Hugh! Dies ist eine aufgezeichnete Geisterbotschaft. Hinterlassen Sie bitte Ihren Namen und den eines Mediums, durch das ich mit Ihnen in Kontakt treten kann. Ich werde mich dann sobald wie möglich mit Ihnen in Verbindung setzen.*

George zuckte die Achseln und probierte es mit einer anderen Nummer. Nachdem sich jemand gemeldet hatte, verlief Georges Teil des Gesprächs folgendermaßen:

»Hallo? Ja, könnte ich bitte mit Herrn Bosch sprechen? Apparat drei null neun zwei. Ja, danke, ich warte.«

Zur Überbrückung der Wartezeit wurde von der Vermittlung die *Dies irae* eingespielt, interpretiert von einem Computer-Synthesizer. Schließlich …

»Hier Bosch.«

»Ronnie, wie geht's?« begrüßte ihn George. »Ist das Projekt endlich zustande gekommen?«

»Verdammt noch mal, George …« Die Stimme veränderte die Tonlage, wenn auch nicht die Lautstärke, bis sie zu einem ziemlich starken verschwörerischen Zischen geworden war. »Du mußt wirklich damit aufhören, mich dauernd auf der Arbeit anzurufen. Du hast ja keine Ahnung, wie *peinlich* …«

»Ja. Entschuldige. Übrigens, wie geht es mit dem Garten der Lüste voran?«

Bosch seufzte. »Frag lieber nicht«, antwortete er. »Selbst wenn wir die dreißig Meter hohe aufgebrochene Eierschale aus Schaumgummi statt aus Styropor anfertigen, wird sie einfach nicht stehenbleiben, das weiß ich ganz genau, und die Berieselungsanlage ist eine einzige Katastrophe. Ich habe da draußen sechsundsiebzigtausend violette, röhrenförmige, fleischfressende Pflanzen stehen, die an Wasserentzug sterben, aber glaubst du, die da oben oder – besser – die hier unten kümmert das?«

George schnalzte mitfühlend mit der Zunge. »So ist das nun mal mit Vorgesetzten. Hör mal, kannst du mir schnell einen Gefallen tun?«

Bosch brummte böse. »Kommt ganz drauf an«, antwortete er. »Ich meine, es gibt solche und solche Gefallen.«

»Ich möchte dich nur an damals in Wittenberg erinnern, wo du dir drei Wochen lang mein rotes Schlitzwams borgen durftest, als du hinter dieser Bardame herwarst bist, du weißt schon, die mit den dicken …«

»Ist ja gut«, schnitt ihm Bosch das Wort ab. »Damals war ich noch jünger. Verdammt, da habe ich noch *gelebt*. Was willst du diesmal?«

»Nur einen Hinweis, wo sich Lundqvist genau in diesem Moment aufhält.«

»Das ist *alles?*«

»Fürs erste ja, Ronnie.«

Unterdessen verhandelte Lundqvist mit zwei Möwen.

»Wir haben dir das Finanzamt vom Hals geschafft, wie du gesagt hast«, krächzte Larry, »obwohl wir im Fall deines Antrags auf Kostenrückerstattung von neunzehnhundertsechsundachtzig nichts erreichen konnten. Ich meine«, fügte er rasch hinzu, als Lundqvists Augen zu glühen begannen, »einhundertvierzig Kubikmeter Zyanidgas als Mittel zur Unterhaltung potentieller Auftraggeber absetzen zu wollen, geht ein bißchen zu weit, du mußt…«

»Ach, fahr zur Hölle!« schnauzte ihn Lundqvist an. »Diese speziellen Auftraggeber sind ziemlich eigenartige Leute gewesen. Na und? Um einen von der Zeit unabhängigen Sicherheitsberater zu benötigen, muß man nämlich schon einigermaßen sonderbar sein.«

»Mag ja sein«, sagte Mike. »Aber hast du wirklich erwartet, die Jungs von der Steuer würden dir abkaufen, in einem Abrechnungsquartal siebenunddreißig Dutzend Wurfmesser verbraucht zu haben? Benutzt du die denn *nie* ein zweites Mal?«

Ein heftiger Stoß von einer Flügelspitze gab ihm zu verstehen, daß es sich hierbei um ein Thema handelte, von dem man am besten die Finger ließ. Er räusperte sich, zauste sich mit dem Schnabel verlegen die Federn und kam auf ein erfreulicheres Thema zu sprechen.

»Jedenfalls haben die deine Bankkonten wieder freigegeben, und die Gerichtsvollzieher haben deine Habseligkeiten rausgerückt«, fuhr er fort. »Damit haben wir unseren Teil der Abmachung eingehalten.«

»Gut«, sagte Lundqvist in eisigem Ton. »Jetzt können wir anfangen, uns zu unterhalten.«

Die Möwen tauschten untereinander Blicke aus. »Ich dachte, das hätten wir schon…«

»Das war erst die Einleitung«, stellte Lundqvist klar. »Jetzt kommen wir zu den guten Sachen. Das heißt, sofern euer Mann nach der harten Tour vorgehen will. Wenn er das nämlich vorhat, wird das Mädchen von jetzt an nichts anderes mehr als Bohrinseln vom Stapel laufen lassen.«

»Dann schieß los«, seufzte Larry.

»Ich will George haben, und zwar hier, und keine Tricks. Kapiert?«

»Kreisch.«

»Gut. Und jetzt schwirrt ab.«

Die Möwen hoben die Flügel und flatterten geräuschvoll durch das geöffnete Fenster hinaus. Lundqvist grinste und zog die Fensterläden zu.

»Wären Sie vielleicht so freundlich, das Fenster offenzulassen?« fragte eine Stimme aus der Zimmerecke. »Es ist ein bißchen stickig hier drinnen.«

Lundqvist knurrte wütend.

»Bitte, bitte.«

»Nein!«

»Nun seien Sie doch nicht so störrisch.«

»Sicher. Sie wollen, daß ich das Fenster offenlasse. Aber sprechen Sie gefälligst nicht so mit mir, als wäre ich ein Kleinkind.«

»Das habe ich auch gar nicht vor«, antwortete Helena mit einem Lächeln. »Wenn Sie ein Kleinkind wären, wären Sie ganz rosig und klein und steckten in einer kuscheligen Bettdecke und müßten die ganze Zeit gefüttert werden. Apropos füttern, ich finde, wir sollten so gegen sieben Uhr zu Abend essen.«

Lundqvist blickte finster drein. »Wir werden dann essen, wenn ich es sage«, stellte er klar. »Falls ich überhaupt was sage. Haben Sie ...?«

Helena beachtete ihn nicht. Mit einem sanften Ruck ihrer schlanken Handgelenke wand sie die Hände aus den Handschellen und fuhr mit dem Zeigefinger über die Platte des Tischs, neben dem sie gefesselt war. Er hinterließ eine Furche im Staub. Sie sagte zwar nichts dazu, schnalzte aber mißbilligend mit der Zunge.

»Ich brauche einige Zutaten«, fuhr sie fort. »Vier Pfund Tomaten, einen großen Kohlkopf, zwei Pfund Pastinaken ...«

»Wir werden Corned beef essen. Das schmeckt ausgezeichnet«, brummte Lundqvist.

»Das bezweifle ich«, sagte Helena. »Außerdem brauche ich getrocknete Kokosnuß, etwas Ingwer, Sonnenblumenöl – das ist besser für Sie, hat viele mehrfach ungesättigte Fettsäuren – und ein Pfund selbsttreibendes Mehl. Sie haben gerade noch Zeit, schnell einzukaufen, bevor die Geschäfte zumachen.«

Langsam drehte sich Lundqvist um. Inzwischen hatte sich Helena von allen Fesseln befreit. Sie stand auf und band sich eine Schürze um die Hüften. In ihren Augen lag ein furchtbarer Blick, und Lundqvist blieb einen Moment lang das Herz stehen.

Weit hinten in der Gepäckaufbewahrung einer der verdrehtesten Seelen der Schöpfungsgeschichte schrie eine Frauenstimme; schrill, hart und grausam.

Kurt! kreischte sie. *Du kommst auf der Stelle her, hast du mich gehört? Oder willst du, daß ich das deinem Vater erzähle?*

Aber Mama …

Kurt Lundqvist, du räumst jetzt dein Zimmer auf, putzt deine Schuhe, machst deine Hausaufgaben, übst eine halbe Stunde lang Geige, wie es dir Fräulein Horowitz aufgetragen hat, und danach darfst du vielleicht mit Pfeil und Bogen spielen gehen.

Ja, Mama.

Die Rückblende verschwand genauso rasch und schrecklich, wie sie gekommen war, und ließ Lundqvist mit offenem Mund zurück. »Sie gehen sofort zurück in die Ecke, oder ich werde Sie …«

»Quatsch!« schnitt ihm Helena forsch das Wort ab. Von irgendwoher – Gott allein wußte von wo – zauberte sie einen Staubwedel und einen Blechkanister mit Möbelpolitur hervor. »Ab mit Ihnen, und vergessen Sie das Sonnenblumenöl nicht!«

Lundqvist wehrte sich mit aller Kraft gegen die Erinnerung. Er war Kurt Lundqvist, der größte, gemeinste, grausamste …

… unordentlichste, am meisten verwahrloste Junge vom ganzen Block. *Nein!* Der grausamste …

»Sicher«, wehrte er sich mit schwacher Stimme. »Ich gehe nach draußen, und sobald ich Ihnen den Rücken zugekehrt habe, sind Sie von hier verschwunden und...«

Helena lächelte. »Ach, jetzt seien Sie nicht albern. Zuerst mache ich hier mal richtig sauber. Dann können wir überhaupt erst sehen, welche Farbe die Gardinen haben.«

Mit betörender Grausamkeit klimperte sie mit den Wimpern.

»Ich meine«, fuhr sie fort, »wenn wir schon in diesem miefigen alten Loch eingesperrt sind, können wir es uns doch wenigstens so gemütlich wie möglich machen.«

Lektion ›Aus Schaden wird man klug‹ Nummer eins: Entführe niemals Helena von Troja.

Im Grunde war das hölzerne Pferd bloß ein Manöver, um das Gesicht zu wahren, um das Ganze für die Außenwelt überzeugender wirken zu lassen.

Drei Monate nachdem Helena von Prinz Paris nach Troja entführt worden war, existierte in der ganzen Stadt von den ursprünglichen Teppichen kein einziger Quadratzentimeter mehr. Sämtliche Arbeitskräfte waren vom Härten der Schwerter und dem Schärfen der Pfeilspitzen abgezogen und mit der Herstellung von Vorhängen beschäftigt worden, und König Priamos hatte eine Hypothek auf sein Reich aufgenommen und von der Ersten Achäischen Bank ein persönliches Darlehen erhalten, um die neuen dreiteiligen Möbelgarnituren in jedem Raum seines gigantischen Palasts bezahlen zu können. Troja, die Stadt der hundert Tore, war nicht von Achilles oder dem Zorn der Götter oder dem Fluch des Dardanos bezwungen worden, sondern von den schier greulichen Verwüstungen, die eine entschlossene Hausfrau mit einem Kaufhauskatalog und einer goldenen American Express-Karte in der trojanischen Wirtschaft angerichtet hatte.

Der Grund, warum die Belagerung von Troja so

lange dauerte, war einfach. Als sich König Menelaos erst einmal wieder daran gewöhnt hatte, sich die schmutzigen Hände im Handtuch abwischen zu können und im Wohnzimmer rauchen zu dürfen, bedurfte es des zehnjährigen massiven moralischen Drucks dreier Kontinente, um ihn dazu zu bewegen, Helena zurückzunehmen.

11. KAPITEL

In Potters Creek (53 Einwohner) gibt es nur eine Kneipe, doch trotz des Bewußtseins der eigenen Monopolstellung hat sich die einfallsreiche und vorausdenkende Geschäftsleitung nicht dazu verleiten lassen, selbstgefällig zu werden. Für die Gäste ist nichts gut genug (insbesondere das Bier, das selbst für einen Elefanten nicht gut genug wäre, ganz zu schweigen für Menschen), und der Inhaber ist, soweit seine Mittel es zulassen, ständig um Verbesserungen bemüht. Demgemäß hat er im vergangenen Jahr Stühle aufgestellt. Dieses Jahr sogar Tische.

Rings um den kleineren der beiden Tische saßen die Mitglieder eines Filmteams, starrten in den schalen Rest auf dem Boden der Biergläser und versuchten, gegenseitig an ihr besseres Ich zu appellieren, die nächste Runde einzuläuten.

»Das erinnert mich an damals in Afghanistan«, stellte der Tontechniker fest.

»Ja.«

»Oder an die Zeit letztes Jahr in Ghana.«

»Das war nicht Ghana, sondern Mosambik.«

»Nein«, widersprach der Kameraassistent, »ich denke nicht an *die* Zeit in Ghana, sondern an die *andere* Zeit in Ghana.«

Der Tontechniker nickte verständig. »Ja, daran hat mich das auch erinnert.«

Eine lange Stille trat ein, die nur durch den fernen Kommentar des Rieseneisvogels und das Flüstern eines leichten Windhauchs im Eukalyptus unterbrochen wurde.

»Geben wir ihm noch bis halb sieben Zeit«, murmelte der Chefkameramann. »Dann verschwinden wir, in Ordnung?«

Seine Kollegen nickten (bis auf das Scriptgirl, das eingeschlafen war). Alle spielten mit ihrem Glas herum und merkten plötzlich, daß es leer war.

»Aidan«, sagte schließlich der Chefkameramann zum Hilfstechniker, »steh mal auf, und bestell das Bier.«

Der Hilfstechniker, der jung und arm war und auf ein Moped sparte, latschte zur Theke.

»Ein grausiges Scheißland ist das hier«, fuhr der Chefkameramann fort. »Ein bißchen wie Paris.«

Die anderen nickten. »Nur daß die Klos hier die Spülknöpfe auf der linken Seite haben«, schränkte der Cheftechniker ein. »Ist das sonst noch jemandem aufgefallen? Mir schon.«

»Eine furchtbare Scheißstadt ist das, Paris«, fuhr der Chefkameramann fort. »Ein einziges Loch.«

»Ja. Wie Tanger.«

»Oder Laos. In Laos wimmelt es von beschissenen Löchern. Nirgendwo kriegt man ein Stativ gerade hingestellt.«

Unter ihren Händen wackelte der Tisch.

Nun, Sie wissen ja, wie das mit Tischen in Kneipen ist. Es gibt strenge internationale Bestimmungen, die genau vorschreiben, um wieviel kürzer ein Bein im Verhältnis zu den anderen sein sollte. Sinn und Zweck des Ganzen ist, die Gäste zum Verschütten der Getränke zu bringen, damit sie neue bestellen.

»Ich weiß noch, wie wir einmal in Kairo gewesen sind«, erinnerte sich der Cheftechniker. »Löcher *und* Fliegen. Ganz entsetzliche Stadt.«

»Genau wie Valparaiso.«

»Oder Genua.«

»Venedig ist ein einziger Scheißhaufen«, meinte der Kameraassistent. »Das Dreckloch des Universums überhaupt, dieses Venedig. Man will irgendwas filmen, ein Bauwerk oder so was, tritt zurück, um das Scheißding ganz ins Bild zu kriegen, und *flatsch!* Ey, wer wackelt denn so mit dem verdammten Tisch?«

»Ich nicht.«

Das Filmteam hob gleichzeitig die Ellbogen hoch. Der Tisch wackelte weiter.

»Hey«, merkte der Cheftechniker an und brach damit das nervöse Schweigen, »das ist hier *wirklich* wie in diesem beschissenen Valparaiso!«

»Ja, oder wie in Archangelsk.«

Der Tisch hielt sich auf drei Beinen im Gleichgewicht. Mit dem Ende des vierten tippte er vorsichtig auf den Boden, so wie eine Spinne in der ersten Steptanzstunde. Das Scriptgirl wachte auf, blinzelte kurz mit den Augen und schlief wieder ein.

Hilfe!

»Hat gerade jemand was gesagt?« wollte der Tontechniker wissen.

»Ja.«

»Ach so. Gut.«

»Der Tisch hat gerade ›Hilfe‹ gesagt.«

Hört mal, ich bin's. Danny Bennett. Ihr müßt mir helfen.

Die Filmleute blickten sich verdutzt an. Schließlich waren sie ein Filmteam und Danny dessen Produktionsleiter. Wäre er ihnen eingefallen, hätten sie vielleicht den Vers über den Sieg der Hoffnung über die Erfahrung zitiert.

Ich bin tot.

Der Tontechniker räusperte sich.

»Dagegen können wir nicht viel machen, mein Junge«, sagte er. »In dem Fall brauchst du wohl eher einen Priester oder so jemanden als uns.«

Ich bin ermordet worden. Damit soll was vertuscht werden.

Der Chefkameramann hielt mit dem Glas auf dem Weg zu den Lippen inne, runzelte die Stirn und rief: »Mann, Danny! Du bist es *wirklich*, was?«

Da soll was vertuscht werden. Ich habe zuviel gewußt. Die haben mich umgebracht, weil ich zuviel gewußt habe.

»Zuviel gewußt? Worüber?«

Der Tisch bockte wie ein ungezähmtes Fohlen, sprang mit allen Beinen in die Luft und landete fünfzehn Zentimeter von seiner ursprünglichen Position.

Ich weiß es nicht so genau, das ist es ja gerade, verdammt noch mal. Deshalb brauche ich eure Hilfe.

Der Cheftechniker zog eine Augenbraue hoch. »Wart mal«, sagte er. »Wenn du tot bist, dann ist das doch alles, wie sagt man gleich, rein theoretisch, oder? Ich meine, wenn du tot bist, bist du tot, dann ist es doch völlig egal, *weshalb* du …«

Der Tisch sprang erneut in die Höhe und landete auf dem Fuß des Cheftechnikers.

Mir ist es aber nicht egal, Julian. Hört mal, ungefähr hundertzehn Kilometer von hier liegt eine Schaffarm …

»Und?«

Laßt mich bitte ausreden, ja? Da gibt's eine Schaffarm namens ›Georges Schaffarm‹. Dort bin ich gestorben. Ich möchte, daß ihr dort hinfahrt und eine Videokamera holt, denn dadurch bekommen wir vielleicht einen Anhaltspunkt …

»Hundertzehn Kilometer?«

Ja, mehr oder weniger. Durch die Kamera bekommen wir vielleicht einen Anhaltspunkt …

Der Chefkameramann zog die Brauen zusammen, die dadurch den Eindruck sich paarender Hecken erweckten. »Du möchtest also, daß wir da hinfahren, richtig?«

Danke, Colin, ja. Seht mal, durch die Kamera bekommen wir vielleicht einen Anhaltspunkt …

»Und das Kilometergeld können wir uns zurückerstatten lassen?«

Was?

»Wenn wir da hinfahren«, sagte der Chefkameramann, »dann können wir uns das Kilometergeld von der Fernsehgesellschaft zurückerstatten lassen, oder?«

Woher zur Hölle soll ich das wissen? Hört mal ...

Der Chefkameramann blickte seine frohlockenden Kollegen an. »Außerdem müßten wir fünfzig Prozent Zuschlag kriegen, denn bis wir da angekommen sind, falls es tatsächlich hundertzehn Kilometer sind, wie du gesagt hast, ganz zu schweigen von der Rückfahrt ...«

Hört mal.

»Das ist unsere Ruhe- und Erholungspause«, mischte sich der Tontechniker ein. »Wenn wir in der Ruhe- und Erholungszeit arbeiten, bekommen wir fünfzig Prozent Zuschlag. Bist du *sicher*, daß der Sender uns das Kilometergeld erstattet? Das sind da nämlich ganz schön miese Typen. Ich erinnere mich noch, früher in Finnland ...«

Ich weiß es nicht, und es ist mir auch egal, ihr Armleuchter! Hört mal, ich bin tot, ich brauche eure Hilfe. Ich habe immer gedacht, ihr seid meine Freunde ...

Die Fernsehleute blickten sich gelangweilt an; dann standen sie auf und gingen zum anderen Tisch hinüber.

Der andere Tisch war natürlich am Boden festgeschraubt.

Nach einer Weile hörte das Hämmern auf, und das Team entspannte sich und beruhigte sich mit einer weiteren Runde Bier.

»Wißt ihr was?« fragte der Kameraassistent in die Runde, wobei er sich den Schaum von den Lippen wischte. »Das war haargenau wie damals in diesem verdammten Szechwan.«

Seine Kollegen nickten verständig. Das, fanden sie, traf den Nagel auf den Kopf.

12. KAPITEL

Das Thema Freundschaft haben wir schon kurz gestreift.

Die klassische Definition – Freundschaft bedeutet, nie den vollen Listenpreis für Autoersatzteile bezahlen zu müssen – ist soweit ganz gut, doch gibt ist noch eine andere, geistigere Seite der Freundschaft.

Ein *wahrer* Freund ist jemand, der einem seinen vollgetankten Learjet leiht, ohne zu fragen, wofür man ihn braucht.

»Vielen Dank noch mal!« schrie George über den Maschinenlärm hinweg.

»Immer für dich da, George, das weißt du doch! Übrigens, bin ich dir für den Tip auch einen Dank schuldig!«

»Ach, nichts für ungut!« brüllte George zurück. »Es funktioniert noch besser, wenn du einen Fingerhutvoll Terpentinöl zugibst!« Er gab Gas, zog den Steuerknüppel zurück, und der Learjet hob ab.

Wenigstens wird es einfach, Helena zu finden, sagte er sich. *Danach kann es ein bißchen schwierig werden, aber darüber zerbrechen wir uns erst den Kopf, wenn es soweit ist.*

Nachdem er den Kurs bestimmt und die Maschine in die korrekte Richtung gebracht hatte, beugte er sich vor und grinste das Funkgerät an; es piepte, knisterte und stellte sich selbsttätig ein.

Hier ist Radio Dante mit Danny Bennett, ich werde Sie heute nachmittag unterhalten und später in unserer Sendereihe ›Wo ich mich irrte‹ ein Gespräch mit Benito Mussolini führen. Doch zuerst habe ich folgendes für Sie.

George drehte ein wenig am Knopf, lehnte sich zurück und nahm das Mikrofon für den Zweiwegfunkverkehr in die Hand. »Hallo, wie geht's, wie steht's?«

Seine Stimme ertönte aus jedem einzelnen Lautsprecher in der Hölle; und ob man's glaubt oder nicht, dort gibt es mehr Lautsprecher pro Quadratmeter als irgendwo sonst in der Schöpfung. Für die Musikberieselung nämlich.

Der Finanzdirektor fluchte.

»Schmeißt ihn aus der verdammten Sendung raus!« brüllte er. »Schaltet die Dinger von mir aus alle ab, aber macht irgendwas!«

Nachdem der Störenfried auf ein kleines Telefon beschränkt worden war, nahm der Finanzdirektor den Hörer ab und sagte: »Ja, was ist denn?«

»Ich dachte, Sie hätten mir zugesichert, mir diesen Verrückten vom Hals zu schaffen.«

»Haben wir auch.«

George schüttelte den Kopf. »Nein, das haben Sie nicht«, widersprach er heftig. »Und so langsam geht mir der Typ ganz schön auf den Keks. Genauer gesagt, hat er mir den Keks schon ganz zu Krümeln getreten, und ich möchte, daß etwas dagegen unternommen wird. Sonst gibt's Ärger.«

Der Finanzdirektor zuckte zusammen. »Glauben Sie mir, wir haben alles in unseren Kräften Stehende getan«, murmelte er verlegen, »und sogar unser Eliteteam auf ihn angesetzt. Was sollen wir denn noch…?«

»Davon habe ich schon gehört«, unterbrach ihn George. »Dieses Eliteteam ist nach allem, was mir zu Ohren gekommen ist, in einer Zwiebel steckengeblieben. Versuchen Sie es noch mal. Entweder ist Helena um sechs Uhr Ihrer Zeit auf freiem Fuß, oder ich bin für die Folgen nicht mehr verantwortlich.« Er machte eine Pause, und der Finanzdirektor konnte sich das gehässige Grinsen, das in diesem Moment über Georges Gesicht huschte, bildlich vorstellen. »Nun ja, genaugenommen werde ich durchaus für sämtliche Folgen verantwortlich sein. Also überlegen Sie es sich lieber gut, was Sie machen. Over and out.«

Bevor der Finanzdirektor etwas sagen konnte, wurde die Verbindung abgebrochen, und beinahe gleichzeitig ertönte aus allen Lautsprechern in den neun Höllenringen das Lied *Chicago*, bis der Cheftechniker sämtliche Kabel herausgezogen hatte.

Der Sicherheitschef hob in einer hilflosen Geste beide Hände.

»Nichts zu machen«, sagte er. »Wenn ich die Jungs bitte, noch mal dahin zurückzugehen, werde ich heute abend in einem Plastiksack nach Hause kommen. Kannst du ihn nicht kaufen?«

»Lundqvist?« Der Finanzdirektor überlegte. »Nee, diesmal nicht. Und selbst wenn ich es könnte, ich weiß sowieso nicht, wo er gerade ist. Sein Autotelefon hebt er nicht ab, und sein Pieper ist ausgeschaltet. Wir werden George einfach machen lassen, was er will, und anschließend jemand anderem die Schuld zuschieben.«

Der Sicherheitschef runzelte die Stirn. »Wem?«

»Keine Ahnung«, antwortete der Finanzdirektor. »Der CIA. Den Kernkraftwerksbetreibern. Der Milchvermarktungs ...«

»Das erinnert mich an ...«

»Auf jeden Fall werden wir alles tun müssen, was in unseren Kräften steht«, fuhr der Finanzdirektor fort. »Mittlerweile wünschte ich, ich hätte mit dieser ganzen verflixten Sache nie angefangen«, fügte er hinzu.

Der Sicherheitschef zuckte die Achseln. »Vielleicht machen wir uns zu viele Sorgen«, sagte er. »Ich meine, wenn es wirklich darauf ankommt, kann er doch nichts *allzu* Furchtbares anstellen, oder?«

Zwischen der Hölle und dem restlichen Kosmos besteht von Natur aus ein Zeitunterschied. In der Hölle wird die Zeit jedoch nicht in Stunden und Minuten, sondern in Ereignisse eingeteilt, wie zum Beispiel in Samstag nachmittags, wenn nichts im Fernsehen läuft außer der Olympiade, oder in drei Minuten nachdem die Kneipe schließt, in die man gerade erst hineingegangen ist.

In Mittlerer Höllenzeit ist eine Minute nach sechs demzufolge der Sekundenbruchteil zwischen dem Moment, in dem Sie den Schmuckgegenstand aus Porzellan losgelassen haben, der sich seit 1868 im Besitz der Familie Ihres Arbeitgebers befindet, und dem Zeitpunkt, wenn er auf dem Linoleumfußboden aufschlägt. Um diese Zeit auf Mittlere Greenwich-Zeit umzurechnen, muß man sie mit vier multiplizieren, durch sechs dividieren und vergessen, das Gas abzudrehen, bevor man für zwei Wochen in Urlaub fährt.

Und das war ganz genau der Augenblick, als …

»Geniale Idee«, stieß der Finanzdirektor zwischen knirschenden Fangzähnen hervor. »Das muß man ihm lassen. Einfach, aber genial.«
Er machte eine Pause und versuchte, an seinem Glas Wasser zu nippen, dessen gewölbte Oberfläche wie eine Flamenco-Formationsgruppe tanzte. Dann blickte er in die Runde des versammelten Aufsichtsrats. »Im wesentlichen ist die Situation die, daß das gesamte Menschengeschlecht dank Lucky George und seines verdammten Zauberstabs in ein und demselben Augenblick in Urlaub gegangen ist. Das hat natürlich in allen Ländern der Welt – mit Ausnahme von Frankreich, wo man daran gewöhnt ist – zu einem totalen Verkehrschaos geführt. Die Rückstaus auf sämtlichen

Hauptverkehrsstraßen, die zu Flughäfen und beliebten Küstenorten führen, bilden eine kritische Masse, durch die der ganze Krempel in eine andere Dimension davongeschossen zu werden droht, und der Preis für ein Paar Bermudashorts ist mittlerweile auf annähernd das Doppelte des Bruttosozialprodukts der Vereinigten Staaten gestiegen. Also, was wollen wir dagegen unternehmen?«

Er sah auf. Der Versammlungsraum war leer.

»Kommt sofort zurück!« brüllte er und riß die Tür auf.

Er konnte gerade noch sehen, wie der Produktionsleiter und der Verkaufsdirektor, beide in Badehosen sowie mit Spaten, einem Plastikeimer und einem großen Wasserball bewaffnet, auf den Parkplatz zurannten.

Und da war er. So klar wie die sprichwörtliche Kloßbrühe.

Ein fünf Kilometer langer Stau von Sattelschleppern mitten im australischen Hinterland ist, das kann man getrost behaupten, wahrscheinlich für irgend etwas ein Zeichen; das heißt Straßenbauarbeiten einmal ausgenommen. George spähte aus dem Cockpit des Learjets nach unten, grinste und drehte ab.

Durch ein zweites Überfliegen des Verkehrsstaus, diesmal ein paar hundert Meter tiefer, wurde seine Einschätzung lediglich bestätigt. Er las die Namen auf den Seiten der Lkws, und das genügte. Jetzt hatte er die Gewißheit.

Im Stau steckten Lkws mit Stoffartikeln, Lkws mit Heimwerkerausrüstung, Lieferwagen mit Teppichen; Lastwagen aller Arten, die eine trostlose kleine Holzhütte mitten in einem zweihunderttausend Hektar großen Nichts belieferten, über das der Wind heulte und der Sand fegte. Was man als die besondere Note einer Frau bezeichnen könnte.

Auf dem Hinterhof der Hütte fuhr eine Kolonne Gabelstapler unter gewaltigen Ladungen von riesigen Pappkartons wie erschöpfte Mistkäfer schwankend umher, während auf der anderen Seite eine Mannschaft von erstklassigen Zimmerleuten mit der Arbeit an einem mächtigen Hüttenanbau begann, der das Schloß von Versailles klein erschienen ließ und vermutlich ein wenig Stauraum für die ganzen zukünftigen Habseligkeiten bieten sollte. Hinter der Hütte standen zwei enorme Industrie-Betonmischmaschinen wie mit Hormonen vollgepumpte Dinosaurier, die von Förderbändern mit unbegrenzten Vorräten an Farbdosen versorgt wurden. George nickte; es war Helenas Lieblingsfarbe, die sie in ihrer künstlerischen Art als ›Ernteweiß‹ bezeichnete. Vor vielen Jahren hatte sich George vorübergehend durch den Hinweis unbeliebt gemacht, daß man genau den gleichen Effekt erzielen könne, wenn man den fraglichen Raum in gewöhnlichem Weiß streichen und darin zwanzig Jahre lang filterlose Zigaretten rauchen würde.

Wie er – ohne hinsehen zu müssen – wußte, beförderte einer der gigantischen Sattelschlepper, der dort draußen in der Wüste stand, eine Ladung von hundert Quadratkilometern mit Anaglyphenbildern bedruckte Wandteppiche.

Mit einem kurzen Ruck des Tragflächenendes wendete er die Maschine und entfernte sich. Als er wegen der Erdkrümmung von der Hütte aus nicht mehr zu sehen war, landete er, stieg aus und pfiff …

… woraufhin zwei Möwen im Gleitflug vom Himmel herabstießen, sich auf dem Höhenleitwerk des Jets niederließen und versuchten, es zu fressen.

»Trockene Gegend hier«, merkte Larry kritisch an. »Ehrlich gesagt, macht mich dieser Landstrich fix und fertig. Ich habe keine Ahnung, wo mein nächster Fisch herkommen soll.«

»Das ist wirklich sehr interessant«, sagte George.

»Wenn wir das Thema mal für einen Augenblick beiseite lassen könnten, ich möchte nämlich, daß ihr beiden für mich was erledigt.«

»Sind Sie sich *sicher*, daß es Ihnen gefällt?« verlangte Helena zu wissen. »Ich meine, so *richtig* sicher?« Sie musterte Lundqvist aufmerksam. »Sie sind sich nicht sicher, und das wissen Sie auch. Geben Sie's zu.«

»Doch, das ist schön.« Lundqvist stieß die Worte feingemahlen wie Mehl hervor. »Das gefällt mir sehr. Wirklich.«

»Nein.« Helena schüttelte den Kopf. »Das sagen Sie nur, um mich zufriedenzustellen.« Sie beugte sich aus dem Fenster, nahm das Megaphon in die Hand und schrie: »Mal alle herhören!«

Der Trupp, der für das Einkleistern der Tapeten zuständig war, hörte ihren Ruf, legte die Werkzeuge nieder und verständigte die übrigen Arbeitskräfte mit Hilfe von Flaggen und Spiegeln. Einige Minuten später herrschte Stille.

»Tut mir leid, wenn ich Ihnen auf die Nerven gehe«, entschuldigte sich Helena mit liebreizender Stimme durchs Megaphon, »aber leider haben wir schon wieder unsere Meinung geändert. Könnten wir bitte an den Wänden des Ballsaals eine blasse Sorte Chrysoprasweiß ausprobieren, mit zermahlenem Weinrosenrot an den Decken und den Teppich in Sommerkaramel? Nein, nicht den Axminster, sondern den Wilton. Danke.«

Einen Augenblick lang herrschte vollkommene Stille; dann folgte eine Menge verhaltenes Gemurmel; schließlich wurden die Betonmischmaschinen geleert und neu gefüllt, Teppiche herausgerissen und Pinsel gereinigt; es war, als wären die Vorboten eines Tsunami gekommen und schlügen gegen die vorgelagerten Korallenriffe eines pazifischen Atolls. Über der ganzen Szenerie lag eine gewisse geübte Resignation. Das war gar nicht so überraschend; schließlich war es das fünfte Mal, daß Helena an diesem Morgen ihre Meinung geändert hatte.

Sie seufzte erleichtert und sagte zu Lundqvist: »Also gut, wenn es Ihnen nicht gefällt, dann sagen Sie es diesmal rechtzeitig, versprochen? Ich meine, Sie müssen schließlich auch hier wohnen.«

»Grr.«

»Außerdem werden wir uns hier, wie Sie schon gesagt haben, vielleicht eine ganze Weile aufhalten, bevor George das einzig Vernünftige tut und sich stellt.« Helena lächelte warm wie der Sonnenaufgang. »Und Sie sind ja so lieb gewesen, mir zu sagen, ich könnte die Wohnung in Ordnung bringen und ihr mal wieder ein bißchen Farbe verpassen und so weiter, nicht wahr?«

Lundqvist nickte traurig. Sein »Ja klar, machen Sie, was Sie wollen« schrie in diesem Zusammenhang geradezu nach Aufnahme im Library-of-Congress-Verzeichnis unglaublich verhängnisvoller Äußerungen, zusammen mit solchen Klassikern wie ›Natürlich ist die Pistole nicht geladen‹, ›Ein Stück Kuchen kann nicht schaden‹ und ›Wenn ich mit der Schule fertig bin, möchte ich Anwalt werden‹. Doch selbst der schäbigste Straßenräuber in den schlimmsten Slums weiß, daß kein Entführer, der auf seine berufliche Glaubwürdigkeit achtet, eine Vereinbarung bricht, es sei denn, er will sich den Ruf eines Heuchlers einhandeln, dem man nicht trauen kann. Es war nur ein Jammer, daß er Helena außerdem die Nummer seiner goldenen American Express-Karte mitgeteilt hatte.

»Also«, sagte Helena, wobei sic dic Füße auf einen Louis-Quinze-Armsessel legte und den Katalog mit den Farbmustern durchblätterte, »das ist gemütlich, finden Sie nicht?«

»Hmm.« Lundqvist nickte schwerfällig, als wäre sein Kopf gerade durch einen großen Holzklotz ersetzt worden. »Finden Sie?«

»Na ja, jedenfalls kommen wir voran. Ich meine, wir sind zwar noch nicht am Ziel, aber allmählich sehen wir das Licht am Ende des ... oh!«

Sie ließ den Satz unvollendet und hielt den Katalog gegen die Wand. Lundqvist blieb fast das Herz stehen, aber nur fast, denn es versuchte jetzt, sich tief in den Eingeweiden zu vergraben.

»O *ja!*« jauchzte Helena erfreut. »Ja, ich glaube, hier habe ich etwas. Was halten Sie davon?« Sie deutete auf ein kleines Quadrat auf der Mitte der Seite. Soweit Lundqvist es beurteilen konnte, hatte es genau dieselbe Farbe wie die siebenundvierzig anderen kleinen Felder. »Für den Ballsaal, die Haupthalle, den Salon, das Wohnzimmer, die Vorder- und Hintertreppe, die Speisekammer, die Spülküche, das Arbeitszimmer, den ausgebauten Dachboden, den Anbau, die Loggia, den Kreuzgang, das fünfte Gästeschlafzimmer und das Observatorium wäre das doch was, finden Sie nicht? Dann können wir den Rest in Obstgartengrün streichen und hängen die Gardinen mit der Goldkante in der hinteren Wandelhalle und im Wintergarten auf.« Sie machte eine Pause. »Wie finden Sie das?«

Lundqvist überlegte. Er brauchte lange.

»Ich finde, daß es sehr einfach wäre, in genau diesem Moment von hier zu fliehen«, antwortete er. »Kinderleicht sogar.«

Helena zog die Augenbrauen hoch. »O nein«, widersprach sie. »Ich denke nicht im *Traum* daran, einen Fluchtversuch zu unternehmen. Schließlich haben Sie mir selbst geraten, ich solle so etwas gar nicht erst versuchen«, fügte sie erbarmungslos hinzu.

Lundqvist runzelte die Stirn. »Ach, auf solches Gerede dürfen Sie nicht achten. Das sind doch nur leere Drohungen«, winkte er ab. »Ich meine«, fuhr er fort, während er eine Tasse Kaffee einschenkte und sie Helena über den Tisch zuschob, »Sie bräuchten nichts weiter zu tun, als – sagen wir mal – mir eine Tasse Kaffee ins Gesicht zu werfen, zu der Tür da drüben zu laufen, die zufälligerweise gerade einen Spaltbreit offensteht, und dann ...«

»So etwas könnte ich nicht«, unterbrach ihn Helena.

»Ach was, ich glaube, Sie würden rasch dahinterkommen, daß Sie so etwas sehr wohl könnten.«

Helena schüttelte den Kopf. »Nein, denn in etwa dreißig Sekunden werden die Männer sämtliche Türen herausnehmen und durch Verandatüren ersetzen.«

»Verandatüren? Hier? In einem Schlupfwinkel?«

»Genau«, bestätigte Helena. »Ich habe mir gedacht, daß Sie dann sehr viel besser Ausschau halten können, ob jemand kommt, der mich befreien will. Und wenn wir ein paar Meter alte venezianische Spitzengardinen davorhängen – in einem der Versandhauskataloge habe ich welche gesehen, die kosten nur neunzig Dollar pro Meter –, dann kann man von draußen nicht einmal ins Haus sehen. Außerdem sind da natürlich noch die Schlösser.«

»Schlösser?«

Helena nickte. »Ich habe denen gesagt, daß wir an sämtlichen Türen und Fenstern Einriegel- *und* Steckschlösser haben wollen. An einem solch verlassenen Ort wie diesem ist Sicherheit schließlich das A und O, nicht wahr?«

Lundqvist unterdrückte ein Wimmern, allerdings mit unbestimmtem Erfolg. Damals, im zweiten Jahrhundert vor Christus, als die Griechen Troja belagerten, war alles ganz anders gewesen. Die Teppiche zum Beispiel; bei den teuersten Teppichen, die man zu jener Zeit bekommen konnte, handelte es sich allenfalls um etwas bessere Binsenmatten. Samtvorhänge lagen noch über eintausend Jahre in der Zukunft. Herdkombinationen, bei denen Back- und Kochteil getrennt sind und sich in Sichthöhe befinden, sowie einheitlich gestaltete Einbauküchen waren nichts weiter als ein qualvolles Gefühl der Unschlüssigkeit im Unterbewußtsein

Gottes. Mit anderen Worten hatte es sich damals gegenüber heute allenfalls um eine ganz simple und primitive Testphase gehandelt.

»Sicher, wenn ich bei Bewußtsein bin, ist es vielleicht ein bißchen schwierig, hier rauszukommen«, lenkte Lundqvist ein. »Wenn ich allerdings aus Versehen auf etwas ausrutschen und mich dabei bewußtlos stoßen würde ...« Er nahm eine Banane aus der Obstschale und zog, die Schale unauffällig ab.

»Unwahrscheinlich«, widersprach Helena mit einem Lächeln. »Deshalb habe ich ja auf Teppichen bestanden, die überall bis an die Wände reichen.«

Lundqvist legte enttäuscht die Banane auf den Tisch. »Gut, ich habe schon begriffen«, sagte er. »Trotzdem, mir könnte ja was auf den Kopf fallen. Haben Sie daran auch schon mal gedacht?«

Helena runzelte die Stirn. »Was denn etwa?«

»Na ja«, antwortete Lundqvist und sah sich suchend um, »sagen wir mal, ein großer Glasaschenbecher. Wie der hier zum Beispiel.« Er prüfte das Gewicht des Aschenbechers mit den Händen. »So was wie das hier schlägt selbst den kräftigsten Kerl mühelos k.o.«

»Meinen Sie wirklich?«

Lundqvist grinste sie verheißungsvoll an, warf den Aschenbecher in die Luft und duckte sich darunter. Der Aschenbecher landete direkt auf seinem Kopf und brach mitten entzwei.

»Habe ich's mir doch gleich gedacht«, sagte Helena mit vorwurfsvoller Stimme. »Wenn ich Sie wäre, würde ich mir Jod oder so was auf die Schnittwunde streichen.«

Indem er leise irgendwas über gottverdammte Billigglaswaren aus Taiwan vor sich hin murmelte, stand Lundqvist auf und ging zur Tür.

»Hey, ich habe Ihnen den Rücken zugekehrt«, stellte er fest, als er die Hand nach dem Türgriff ausstreckte. »Ich dachte nur, ich sollte das erwähnen.«

Er ging hinaus, suchte nach dem Jod, trug es großzügig auf, zählte bis tausend und ging zurück. Helena war immer noch da, hatte die Füße auf ein Sofa gelegt und las eine Illustrierte.

»Hier stehen wirklich ganz tolle Ideen dazu drin, wie man düstere Zwischengeschosse heller machen kann«, sagte sie. »Schauen Sie mal.«

Lundqvist stand in der Tür und runzelte kurz die Stirn. Dann räusperte er sich auffällig.

»Ojemine!« seufzte er. »Jetzt habe ich doch tatsächlich meine Kanone genau da auf dem Couchtisch liegenlassen, wo Sie nur den Arm auszustrecken und die Pistole zu nehmen brauchen. Wie kann man nur so unachtsam ...«

Blitzschnell streckte Helena den Arm aus und griff nach der Waffe. Ihre Finger schlossen sich fest um den Pachmayr-Griff ...

»Okay«, sagte Lundqvist, »Sie haben gewonnen, ich werde mich jetzt ganz nach Ihnen ... was *machen* Sie denn?«

»Fangen Sie!«

Die Waffe kam durch die Luft auf ihn zugeflogen. Es bedurfte beträchtlicher Willensanstrengung, um den Reflex zu unterdrücken, sie aufzufangen. Als sie gegen die Tür schlug, gab es einen dumpfen Knall.

»Ich Schussel!« merkte Helena nachsichtig an. »Jetzt muß die schöne neue Verandatür noch mal gestrichen werden. Wo wir gerade bei dem Thema sind: Ich hatte eigentlich daran gedacht, sämtliche Holzteile in einem hellen, leicht abgetönten Violett ...«

Lundqvist schloß den Mund, der die ganze Zeit offengestanden hatte, als hätte er die Maul- und Klauenseuche bekommen, vor der ihn schon seine Mutter all die Jahre zuvor gewarnt hatte. Nichtsdestotrotz blieb er genauso geduldig wie einfallsreich.

»Mir ist gerade was eingefallen«, sagte er, ohne sich von der Stelle zu rühren. »Welch ein Glück, daß Sie nichts von der *anderen* Pistole wissen, die unter dem Kissen versteckt ist, an dem Sie gerade lehnen.« Um die Äußerung zu bekräftigen, verzog er das Gesicht zu einem Lächeln; zu einem flehentlichen, durchaus gewinnenden Lächeln, das von Helena allerdings nicht wahrgenommen wurde, da sie mit wichtigeren Dingen beschäftigt war.

»Jaja«, murmelte sie, ohne von der Illustrierten aufzusehen, »welch ein Glück.«

13. KAPITEL

»Treten Sie ein, setzen Sie sich, fühlen Sie sich ganz wie zu Hause«, sagte der Finanzdirektor. »Was kann ich Ihnen zu trinken anbieten?«

Der Hauptmann der Geisterkrieger sah sich mißtrauisch um, setzte sich auf die Kante eines Stuhls und antwortete, daß er gern einen kleinen Pikkolo nehme, falls dies nicht zu viele Umstände bereite.

»Einen kleinen Pikkolo möchten Sie? Kommt sofort«, sagte der Finanzdirektor, wobei er geschäftig hin und her eilte. »Also schön, machen wir uns bekannt. Das hier ist der Firmensekretär, den Sicherheitschef kennen Sie selbstverständlich schon, und dies hier ist Harry, der Produktionsleiter, und hier haben wir Steve, der unser Verkaufsteam führt. Jungs, ich möchte euch allen gern Vince vorstellen, den Hauptmann der Geisterkrieger.«

Die Aufsichtsratsmitglieder im Sitzungssaal begrüßten den Hauptmann mit einem wohlwollenden Nicken, strahlten ihn lächelnd an und winkten ihm erfreut zu. Entnervt winkte der Hauptmann zurück.

»Schön, hier ist Ihr kleiner … ähm … Pikkolo. Die anderen das Übliche?« fragte der Finanzdirektor in die Runde. »Na prima.« Er hantierte klappernd mit einigen Flaschen herum und spritzte dann mit einem Siphon das Sodawasser in die Gläser.

»Entschuldigung«, meldete sich der Hauptmann der Geisterkrieger zu Wort.

»Ja, Vince? Was können wir für Sie tun? Erdnüsse vielleicht? Oder wie wäre es mit einer Olive? Steve, hol doch mal die Oliven.«

»Gut, kommen schon, überhaupt kein ...«

»Entschuldigung«, wiederholte der Hauptmann, »aber wozu soll das Ganze gut sein? Bei allem Respekt, aber ich weiß wirklich nicht, was ich ...«

Die verschiedenen Direktoren nickten beifällig. Hier war ein Mann, schienen sie zu sagen, der direkt zur Sache kam und nicht um den heißen Brei herumredete.

»Also«, ergriff der Firmensekretär das Wort, wobei er die Flügel auf dem Tisch verschränkte, »im Grunde wollten wir Ihnen, nun ja, für alles danken, was Sie für uns getan haben ...«

»Wir wissen das wirklich zu schätzen ...«

»Das war eine hervorragende Leistung, wirklich, ganz hervorragend ...«

»... und wir wollten Sie einfach irgendwie besser kennenlernen, um Sie möglicherweise zu fragen, ob Sie schon mal daran gedacht haben – ich meine, ob es Ihnen eventuell nicht sogar *gefiele* –, na ja, Mitglied im ... ähm ... Aufsichtsrat zu werden.«

»Als ein Direktor«, erklärte der Produktionsleiter.

»Als einer von uns.«

»Genau!«

»Sehr richtig!«

Voller Erstaunen stellte der Hauptmann sein Sektglas ab. »Was? Ich?«

Die Direktoren nickten.

»Warum nicht? Sie sind genau der Bursche, nach dem wir suchen«, bekräftigte der Sicherheitschef.

»Engagiert.«

»Mit Leib und Seele dabei.«

»Einhundertprozentig, vierundzwanzig Stunden am Tag, acht Tage die ...«

»*Sieben* Tage ...«

»Ach, ist die Siebentagewoche doch noch eingeführt worden?«

»Moment mal bitte, meine Herren«, bat der Hauptmann um Gehör. »Lassen Sie uns das mal klarstellen. *Sie* wollen, daß *ich* Direktor werde?«

Die Direktoren nickten.

»Oh.«

»Natürlich erst« – der Finanzdirektor richtete seine Worte an die Wand hinter dem Kopf des Hauptmanns – »erst dann, sobald dieser ganze Unfug ein Ende gefunden hat, der uns zur Zeit noch zu schaffen macht. Da fällt mir ein, im Grunde könnten Sie uns vielleicht dabei helfen, denn ...«

Im Hinterkopf des Hauptmanns leuchtete eine Vierzig-Watt-Glühbirne auf. »Welcher Unfug? Wovon reden Sie überhaupt?« fragte er.

»Von diesem ... Wie-heißt-er-doch-gleich ...?«

»Lungenfisch?«

»Lustmist?«

»Schlundquiz?«

»Nein. Irgendwas mit Lund. Verdammt, mir liegt's auf der ...«

»Nein!« widersprach der Hauptmann heftig und sprang auf, das Gesicht so weiß wie ein Papiertaschentuch. »Das ist überhaupt nicht drin! Nicht nach dem letzten Mal. Tut mir leid, aber ...«

»Setzen Sie sich.«

»Ich glaube wirklich nicht, daß das viel Sinn hat, denn ich ...«

»Setzen Sie sich!«

Der Hauptmann setzte sich. Irgend jemand schenkte ihm nach, und der Produktionsleiter zauberte eine Schale mit kleinen Käsestangen hervor, von denen einige bereits am Ende angeknabbert waren. Schließlich war das hier die Hölle; hier landen unter anderem auch alle jene Konfektschachteln, aus denen die leckersten Pralinen bereits stibitzt worden sind, und in der

Bücherei stehen sämtliche Kriminalromane, in denen die fünf letzten Seiten fehlen.

»Ein leichter Widerwillen Ihrerseits ist, sagen wir es mal so, ist für uns durchaus verständlich«, säuselte der Finanzdirektor sanft. »Und auch ganz richtig. Unter diesen Umständen sogar vollkommen verständlich. Wir respektieren Ihre Haltung, stimmt's, Jungs?«

Nickende Köpfe.

»Trotzdem.« Der Finanzdirektor schob dem Hauptmann über den Tisch eine Schale mit Bierstangen und einen Teller mit gefüllten Pasteten zu. »Irgend jemand muß es schließlich tun. Ein jeder tue, was er kann, und wie das alles heißt.«

»Sehr vernünftig«, stimmte ihm der Firmensekretär zu und schürzte kritisch die Lippen. »Durchaus.«

Der Hauptmann schüttelte den Kopf. »Nichts zu machen«, beharrte er, wobei er ein leichtes Zittern nicht verbergen konnte. »Haben Sie auch nur die leiseste Ahnung, wie es ist, drei Tage in so einer ekelhaften Zwiebel verbringen zu müssen? Mal ganz abgesehen von allen anderen Unannehmlichkeiten, macht einem der Gestank …«

»Eine glänzende Idee«, fiel ihm der Produktionsleiter ins Wort. »Tolle Anregung von Ihnen. Ich habe nämlich, ganz nebenbei bemerkt, fünf Tonnen Zwiebeln für den Bau des Ehebrecher-Flügels bestellt, und im Moment arbeiten wir gerade am endgültigen Entwurf. Eigentlich hatten wir daran gedacht, den Namen in Hauptmann-Vincent-Schwartzschatte-Ehebrecher-Flügel zu ändern, nur um zu zeigen, wie dankbar wir Ihnen für …«

»Sie sind ja alle völlig verrückt!« schrie der Hauptmann. »Mit nichts könnten Sie mich dazu bringen, wegen dieses Irren noch mal in eine Zwiebel hineinzukriechen, mit absolut gar nichts! Und was meine Jungs betrifft …«

Der Finanzdirektor hob beschwichtigend eine Klaue.

»Na schön, wir haben verstanden, sagen Sie nichts mehr, Thema erledigt. Und, wie wir schon gesagt haben, wir respektieren Ihre Haltung, ganz klar. Stimmt's, Jungs?«

»Durchaus.«

»Gar keine Frage.«

»Wir haben größten Respekt vor Ihrer Entscheidung.«

»Den allergrößten sogar.«

»Wie dem auch sei.« Der Finanzdirektor beugte sich über den Tisch des Sitzungssaals und fixierte den Hauptmann mit einigen seiner Augen. »Das bringt uns recht elegant zu dem, was wir als« – er hielt inne und grinste beunruhigend – »Trostpreis bezeichnen könnten. Erzähl du ihm davon, Steve.«

»Von dem anderen… ähm… Geschäftsbereich, meinst du?«

»Genau.«

Der Verkaufsdirektor zerknüllte ein paar Zettel, nahm die Brille ab und legte sie neben sich auf den Tisch. »Ja, dann sollten wir wohl darauf zu sprechen kommen«, sagte er. »Der andere Geschäftsbereich also. Gut, wo fange ich an?«

Da Geisterkrieger ausschließlich aus verfestigter Paranoia und Kollektivschuld bestehen, haben sie weder Herz noch Fußnägel noch sonst irgendwas. Dennoch hatte der Hauptmann durch jahrelangen Umgang mit menschlichen Sterblichen eine ziemlich genaue Vorstellung davon bekommen, was ein Herz ist und was dieses im Fall äußerster Beklemmung tut. Als der Verkaufsdirektor die Worte *der andere Geschäftsbereich* aussprach, verwandelte sich das fiktive oder imaginäre Herz des Hauptmanns in ein Stück Schmierseife und versuchte, ihm klammheimlich in die Hose zu rutschen.

»Ganz einfacher Job«, fuhr der Verkaufsdirektor fort. »Dabei handelt es sich um die anerkannte Bestrafung fürs Fluchen, für Gotteslästerung, für verleumderischen Klatsch und fürs Äußern netter Dinge über die eigenen Arbeitgeber, um auf diese Weise eine Beförderung herbeizuführen – die Bestraften stecken bis zum Hals in einem großen Bottich voller … ähm … Dings. Unrat. Diesem stinkenden Zeug. Das bekommen wir nämlich täglich frisch geliefert. Nun ja, nicht gerade *frisch*. Neu. Jedenfalls gibt es da das Problem der Qualitätskontrolle …«

»Aha.«

»So eine Qualitätskontrolle ist etwas ungeheuer Wichtiges«, bekräftigte der Produktionsleiter. »Unsere Konzession ist an strenge Richtlinien geknüpft, deshalb können wir den Kunden nicht irgendwelche alte …«

»Es ist genau so, wie mein Kollege sagt. Also, langer Rede kurzer Sinn, die Stelle ist gerade frei.«

Der Hauptmann mußte schwer schlucken. Bei einer ebenso unsterblichen wie unbeschreiblichen Belegschaft kommen freie Stellen einfach nicht vor. In der Hölle bedeutet ›darauf warten, daß jemand den Löffel abgibt‹ nichts weiter, als endlich mit dem Abwasch anfangen zu können.

»Was ist denn mit dem passiert, der die Stelle vorher …?« fragte er langsam.

Der Finanzdirektor verzog das Gesicht zu einem schwachen Lächeln. »Hat abgedankt«, antwortete er. »Oder richtiger: ist reingefallen.«

»Nämlich in den Hauptbottich«, ergänzte der Produktionsleiter. »Hat sich eines Morgens zu weit rübergelehnt, das Gleichgewicht verloren und *pflatsch!* Vermutlich ist der arme Kerl immer noch irgendwo da drin«, fügte er unbekümmert hinzu. »Der Bottich hat verdammt steile glitschige Wände, natürlich nur, um die Kunden am Herauskommen zu hindern. Das ist wirklich eine verzwickte Situation. Aus irgendeinem Grund haben sich keine Freiwilligen gemeldet, um den Bottich nach ihm zu durchsuchen.«

»War der vierte in sechs Monaten.«

»Ist 'ne Drecksarbeit, aber irgend jemand muß sie ja...«

»Immer noch irgendwo da drin«, wiederholte der Hauptmann leise. »Mit den Kunden. Ich verstehe.«

Der Produktionsleiter lächelte wohlwollend. »Früher oder später wird sich das Problem von selbst lösen«, sagte er. »Dann werden genug von denen – von unseren Leuten, meine ich – da unten sein, um eine Art menschliche Pyramide zu bilden und wieder hinauszuklettern. Jedenfalls einige von ihnen. In der Zwischenzeit...«

Er ließ den Satz unvollendet. Der Hauptmann seinerseits schloß die Augen und dachte einen Augenblick lang darüber nach. Zwar war er nicht gerade mit Vorstellungskraft gesegnet – wenn man Geisterkrieger ist, kann man das nicht sein, ohne ernsthafte Probleme mit seiner Persönlichkeit zu bekommen –, dennoch konnte er sich ungefähr ausmalen...

Nach längerer Denkpause kam er zu dem Schluß, daß es nicht die Exkremente wären, die ihn zu guter Letzt schaffen würden, sondern der ständige Streit mit den ganzen anderen armen Schweinen, die dort unten festsaßen, wer auf wessen Schultern stehen sollte.

Folglich gab er mit einer Geste seine Bereitschaft zu verstehen, lieber Mitglied im Aufsichtsrat zu werden.

Worin Sitting Bull praktisch unschlagbar war, war natürlich das Sitzen. Sonst hätte er ja auch Stehender Bulle oder Bulle-der-sich-lässig-anlehnt oder sogar Bulle-der-den-Kopf-nach-unten-hält geheißen.

Damals saß er gerade im Polosalon von *Attila's Palace* und nippte an einem Margarita, bevor er ins Kasino schlenderte, um einige Runden Siebzehnundvier zu spielen und die Spielautomaten mit ein paar Münzen zu füttern. Schließlich war er erst vor kurzem völlig unverhofft zu Geld gekommen.

»Hugh. Wie geht's?«

Vor Schreck flog ihm fast der Skalp hoch. Hätte es sich nicht um eine etwas merkwürdige Begrüßung, sondern um die Frage ›Und wie geht so was?‹ gehandelt, wäre die wahrheitsgemäße Antwort natürlich ›Indem ich Lucky George an Kurt Lundqvist verpfiffen habe‹ gewesen. Er drehte sich nach hinten um, und der Unterkiefer klappte ihm wie eine schlecht herabgelassene Zugbrücke nach unten.

»Ich bin Rauchender Stummel vom Stamm der Zigarrenlager«, stellte sich die größere der beiden Gestalten vor, die über ihm aufragten. »Und das hier ist Der-die-Glühbirnen-wechselt vom Stamm der Hollywoods. Du mußt mit uns kommen.«

»Was, stehenden Fußes?«

»Nein, *gehenden* Fußes.«

»Ich meine, auf der Stelle?«

»Nein, *von* der Stelle.«

Die Verständigungsprobleme wurden durch Der-die-Glühbirnen-wechselt beseitigt, indem er Sitting Bull packte und ihn vom Stuhl hochhob, ein Kraftakt, den Der-die-Glühbirnen-wechselt mit dem Daumen und dem Zeigefinger der linken Hand bewerkstelligen konnte.

»Disziplinargericht«, klärte er Sitting Bull auf.

Das Gericht trat in einem kleinen und ziemlich muffigen Tipi zusammen, das sich in einem der äußersten Randgebiete der ewigen Jagdgründe befand. Wenn das Gericht nicht tagte, wurde das Tipi sowohl als Beinhaus wie auch als Mülldeponie genutzt und hatte schon deshalb eine gewisse Atmosphäre.

»Achtung! Das Disziplinargericht der Vereinigten Amerikanisch-indianischen Stämme tritt zusammen. Den Vorsitz führt Richter Fünf-feuerfeste-Teller. Erhebt euch!«

»Sitting Bull alias Der-mit-Rechtsanwälten-verkehrt, du bist des Vertrauensbruchs, des Verrats eines Freunds der Vereinigten Stämme an den gemeinsamen Feind und eines Verhaltens angeklagt, das dazu angetan ist, die Vereinigten Stämme in Verruf zu bringen. Bekennst du dich schuldig oder nicht schuldig?«

»Hey, natürlich nicht schuldig! Wer seid ihr Typen überhaupt?«

Fünf-feuerfeste-Teller schlug mit den Tomahawk auf den Tisch und runzelte mißbilligend die Stirn. Der Gefangene auf der Anklagebank zuckte leicht zusammen.

Der Vertreter der Anklage, Couper Ses Gorges von den Paris-Apachen, trug die Klage knapp und treffend vor, woraufhin sich der Richter umwandte und der Verteidigung das Wort erteilte.

»Euer Ehren.« Rauchender Stummel erhob sich und runzelte die Stirn. »Ich bin vom Stamm der Zigarrenlager. Mein Stamm lügt nicht. Der Dreckskerl ist genauso schuldig wie ein Wigwam voller Vergewaltiger.«

»Ey, das ist doch wohl ...!«

Das gesamte Gericht wandte sich um und warf Sitting Bull einen unangenehmen starren Blick zu. Er setzte sich wieder.

»Das Urteil dieses Gerichts lautet«, verkündete Fünf-feuerfeste-Teller schwer atmend, »daß du von deinem Stamm ausgestoßen bist, bis der Wind aufhört zu blasen und sich der Adler zum Wolf legt. Ich habe gesprochen.«

»Ach, komm!« rief Sitting Bull ungläubig. »Die ganze Geschichte hier ist doch total albern. Ich verlange zu wissen, mit welchem Recht ...«

Der Verteidiger schlug ihm mit einer Steinkeule auf den Kopf, und Sitting Bull nahm wieder seinen Platz ein.

Der Richter blickte ihn finster an. »Für die Bezeichnung des Gerichts als ›albern‹ lautet die vorgeschriebene Strafe, aufrecht in einen Ameisenhügel eingegraben zu werden«, knurrte er. »Vielleicht möchtest du den Satz lieber anders formulieren ...?«

»Okay, nicht albern.« Sitting Bull blickte sich um, suchte sich ein dickes Rechtsbuch (*Unablässiges Gekicher bei Gerichtsverfahren*) aus, hielt es sich wie einen Regenschirm über den Kopf und nahm eine vorsichtige Kauerstellung ein. »Vergeßt ›albern‹, tut mir leid. Aber wirklich, ihr Jungs begeht da einen großen Fehler. Ich bin ein Medium, verdammt noch mal! Die Leute stellen mir Fragen, und ich beantworte sie. Das ist nun mal mein Job. Ich hatte keine andere Wahl, okay?«

Es entstand eine Pause. Der Vertreter beider Parteien näherte sich dem Gericht, und es folgte ein Flüstern.

»Der Gefangene sagt aus, er sei ein Medium«, sagte der Richter in fast psalmodierendem Tonfall. »Stimmt das?«

Sitting Bull nickte.

»Gut. Ich rufe Marshall Macluhan auf.«

Der Zeuge sagte aus, das Medium sei seinem Sachverständigengutachten zufolge die Botschaft. Die Botschaft habe sich als von Natur aus rechtswidrig herausgestellt. Berufung abgewiesen. Erhebt euch.

Zwanzig Minuten später wurden Sitting Bulls Koffer vor den Vordereingang gestellt, und kurz darauf folgte ihnen ihr Besitzer mit großer Geschwindigkeit. Nach einer Weile stand Sitting Bull auf, klopfte sich den Staub ab, verscheuchte etliche Mitglieder der Geisterbüffelherde von den Koffern und zockelte in die oberen Luftschichten davon.

Während er dies tat, dachte er nach.

Nach seinem Dafürhalten konnte er von Glück sagen, daß er ein vollberechtigtes, westlich ausgerichtetes Mitglied der modernen amerikanischen Gesellschaft und damit frei von dem absurden Aberglauben seiner Vorfahren war; denn andernfalls hätte der Rauswurf aus den Jagdgründen nach seiner felsenfesten Überzeugung zwangsläufig dazu geführt, daß er von dem großen Wolfsgeist sechsmal um die Sonne gejagt und schließlich in Stücke zerrissen und gefressen worden wäre. »Gut, daß mir das nicht mehr passieren kann«, murmelte er erleichtert vor sich hin. »So ein verrückter Haufen von verdammten Wilden ...«

Er hielt inne. Im Nacken spürte er heißen Atem, weiches Fell streifte an seinen Knöcheln entlang, und eine Schnauze, kalt und unbarmherzig wie der Tod, rieb sich an seinem Ohr.

»Wuff!«

Er drehte sich um. Hinter sich erblickte er zwei stechend rote Augen, ein Paar knorrige Ohren, die an einen langen, schmalen, grausamen Schädel angelegt waren, und ein Maul wie eine Schrottpresse, das ihm einen gelb-blauen Gummiball entgegenhielt.

14. KAPITEL

Unter unendlichen Schmerzen und mit beinahe übermenschlicher Geduld arbeitete sich Kurt Lundqvist langsam durch den Hauptraum des Schlupfwinkels – ach, Entschuldigung, den müssen wir ja jetzt als den Salon bezeichnen – auf die Ecke mit dem losen Dielenbrett zu.

Natürlich wird man auf der Ninjaschule auch dafür ausgebildet, einen dunklen und unbekannten Raum voller grauenhaft gefährlicher Fallen zu durchqueren, ohne die Wächter aufzuwecken. Bei der konventionellen Methode benutzt man lediglich die Schwertscheide als eine Art Blindenstock. Unzählige Generationen von lautlosen japanischen Killern haben sie bereits erfolgreich angewandt; und falls sie keinen Erfolg damit gehabt haben, sind sie jedenfalls nie zurückgekehrt, um davon berichten zu können. Außerdem sind die Japaner ein viel zu konservatives Volk.

Lundqvist hingegen glaubte an den Fortschritt und verfügte zudem über keine Schwertscheide. Deshalb benutzte er die abgekniffene Antenne des Radioweckers, den er als Geschenk erhalten hatte, weil er bei einem führenden Melbourner Einrichtungshaus für mehr als 15 000 australische Dollar Stoffartikel gekauft hatte. Es war eine kitzlige Sache, und seine Hand begann zu zittern.

Verdammt, der Raum war ein absolut beschissenes *Minenfeld*.

Kauft man nämlich Möbel, erwirbt man damit eine Unmenge neuer Abstellflächen, und jede bundesligataugliche Hausfrau, die ihren Velours wert ist, überhäuft jede einzelne dieser Abstellflächen mit genügend zerbrechlichen Dekorationsgegenständen, um damit ein Keramikmuseum zu füllen. Eine falsche Bewegung, und die Luft wäre voll von nadelspitzen Porzellansplittern, die schneller fliegen und tödlicher wären als die neueste Generation von Tretminen (und die natürlich nicht mit einem Metalldetektor zu orten wären).

Ping! Die Spitze der Antenne stieß gegen etwas Kaltes, Hartes und Wohlklingendes. Wahrscheinlich der große blaue Topf mit der Duftmischung. Lundqvist erstarrte und streckte langsam wie ein Gletscher und sanft wie der zarteste Lufthauch die Antenne aus. *Ping!* Ja. Richtig. Zumindest wußte er jetzt, *wo* das Scheißding stand. Das hatte er sich schon gefragt, seit er sich Millimeter für Millimeter um die Stehlampe geschlängelt hatte.

Pong! Der Klang von Metall auf Walnußholz. Bücherregale. Die Wand der Stirnseite. Behutsam wedelte er mit der Antenne herum und klopfte gegen die Rücken dicker Hochglanzbildbände (*Moderne Innenarchitektur, Mein Eigenheim und ich, Dreitausend Wohnzimmer in Farbe* und ähnliche Titel). Er war fast am Ziel angelangt und hatte nichts umgeworfen oder zerbrochen. Ninjas; scheiß auf die Ninjas! Zu diesem Zeitpunkt wäre selbst der beste dieser Lackaffen in schwarzen Schlafanzügen längst über den Schemel gefallen und hätte sich die Splitter der kostbaren Wedgewoodware aus der Luftröhre gepflückt.

Durch feinfühliges Tasten mit der Antenne und den Fingerspitzen machte Lundqvist die Ecke der Wand ausfindig, was bedeutete, daß er sich von nun an auf reine Schätzungen verlassen mußte. Das lose Dielenbrett, unter dem er etwa dreißig Sekunden bevor der Raum von den Teppichverlegern in eine von tiefen Schlingen durchzogene Todeszone verwandelt worden war, das Kurzwellenfunkgerät und den Ersatzakku gestopft hatte, befand sich an einem Punkt siebzig Zentimeter im rechten Winkel von der Ecke entfernt.

Lundqvist öffnete sein großes ›Gerber TAC II‹-Klappmesser, hielt inne und lauschte. Zwar gab es keinen Grund zu der Annahme, Helena schlafe nicht mehr tief und fest, doch bei diesem Spiel überlebt man nicht lange, wenn man sich lediglich auf das offensichtliche Vorhandensein von Beweisen beschränkt. Man muß alle Sinne bemühen und den Geist des Gegners, des Wächters, des Wachtpostens ertasten; man muß den Schlaf in der Luft regelrecht riechen können. Genau diese Empfindung nahm Lundqvist gerade wahr – diese fast vollkommene Stille, die einem anzeigt, daß die zweite Person, die sich im Haus aufhält, nicht reglos mit einem Mordsding von einem Messer hinter einem steht –, und er machte sich daran, den Teppich aufzuschlitzen.

Das Gerber-Messer stellt das Nonplusultra der neuesten Technologie dar und kommt von allen jemals hergestellten Waffen Luke Skywalkers Lichtschwert am nächsten; doch gibt es Materialien, bei denen selbst die Sichel des Todes auf Schwierigkeiten stößt, und wirklich teurer Teppichboden gehört dazu. Beim Schneiden spürte Lundqvist, wie die vorzüglich geschliffene Schneide zunächst regelrecht weggewischt wurde – wie verschütteter Kaffee auf Resopal –, doch schließlich wurden seine Bemühungen von Erfolg gekrönt.

Mit der Hand ertastete er das Dielenbrett, klappte es hoch und wühlte darunter, bis der Zeigefinger auf kaltes glattes Plastik stieß. Sachte und leise zog er den Kasten heraus, schob ihn auf und schaltete das Funkgerät ein.

»Links«, zischte er. »Links, hörst du mich? Menschenskinder, Links, jetzt ist nicht der Zeitpunkt, sich irgendwo rumzutreiben … Ojemine! Entschuldigen Sie vielmals, Missis Jotapian, ist Links wohl zu sprechen? Links. Ihr *Sohn*. Ja, Entschuldigung, *Jerome*. Danke.«

»Hallo?« meldete sich eine knisternde Stimme, die in der Stille des Salons wie eine Lautsprecheranlage in einer Echokammer klang. »Hier spricht Links Jotapian, wer ist denn da?«

»Hier ist Lundqvist, du Blödmann! Sprich gefälligst leise!«

Lucky George ist nämlich nicht der einzige, der Freunde hat. Zugegeben, seit Brutalo-Bernard irgendwo in Nicaragua aus einem brennenden Hubschrauber gezogen wurde und vom Antlitz der Erde verschwand, hat Lundqvist nur noch einen Freund, der zufälligerweise erst sechzehn Jahre alt und zudem kurzsichtig ist, aber das gleicht das Punktekonto zumindest ein wenig aus. Wie, sagen wir mal, ein einzelnes in die Waagschale geworfenes Haar.

»Hallo, Mister Lundqvist«, grölte Links fröhlich. »Wie geht es Ihnen? Arbeiten Sie mal wieder gerade an einem besonders heiklen Auftrag?«

»Ja.« Lundqvist schloß die Augen und bemühte sich, noch einen letzten Rest Geduld aufzuspüren, den er vorher womöglich übersehen hatte und der hartnäckig wie eine Klette am Boden des längst übergelaufen Fasses kleben mußte. »Das ist richtig, Links. Deshalb möchte ich ja auch, daß du verdammt noch mal leise redest, okay?«

»Klare Sache, Mister Lundqvist. Können Sie mir was darüber verraten, oder ist das ein Geheimnis?«

Nicht zum erstenmal ertappte sich Lundqvist bei der Frage, warum er sich auf das Abenteuer eingelassen hatte, einen hageren und völlig unterbelichteten Jugendlichen zum Lehrling zu nehmen. Die Antwort war dieselbe wie immer. Da männliche Teenager im Grunde unheimlicher sind als eine Wagenladung bekiffter Geister, stößt man früher oder später auf einen, der bereit ist, für jeden zu schwärmen, selbst für einen Kurt Lundqvist. In Jerome Jotapian, einem ein Meter achtzig großen Jüngling aus Pittsburgh, der praktisch nur aus Haut und Knochen bestand und von schrecklich blasser Hautfarbe war, hatte Lundqvist seinen Robin the Boy Wonder gefunden, jenen Adoptivsohn Batmans. Und in diesem Leben muß man aus dem, was man kriegt, das Beste machen, deshalb fällt es einem Killer in mittleren Jahren nicht leicht, der Versuchung zu widerstehen, einen aus heiterem Himmel erhaltenen Fanbrief zu beantworten. *(Lieber Mr. Lundqvist, Sie kennen mich nicht, ich bin sechzehn Jahre alt und wohne in Pittsburgh, Pennsylvania. Ich habe Ihren letzten Meuchelmord wirklich bewundert. Könnten Sie mir vielleicht bei einem Einstieg in diese Branche behilflich sein? Ich rechne mit befriedigenden Noten in Mathe und englischer Literatur und besitze ein eigenes Wurfmesser.)*

»Übrigens habe ich die Fernunterrichtsmaterialien durchgearbeitet, die Sie mir geschickt haben«, plapperte Links weiter. »Die Fragen sind wirklich klasse. Soll ich Ihnen gleich mal welche davon beantworten? Wie wäre es mit der Frage, welchen Plastiksprengstoff Sie benutzt haben, um einen katholischen Kardinal in einer kleinen lateinamerikanischen Republik in die Luft zu jagen? Ich habe eine Menge darüber nachgedacht, Mister Lundqvist, und schließlich an Semtex gedacht, weil …«

»Nicht jetzt, Links.«

»Okay, Chef. Eigentlich ist ›Semtex‹ auch nicht die Antwort, die ich schließlich hingeschrieben habe, aber das werden Sie ja sehen, wenn Sie lesen, was …«

»Links!« Lundqvist holte tief Luft. »Ich brauche deine Hilfe.«

»Manometer, Mister Lundqvist! Ehrlich? Sie meinen wirklich *Hilfe?* Bei einem richtigen Auftrag?«

»Ja.« Lundqvists Gesicht hatte sich zu einer abscheulichen Maske der Selbstverachtung verzogen. »Ja, Links, und das ist wirklich wichtig. Ich sitze ein bißchen in der Klemme und brauche dich, damit du mir heraushilfst. Hör mal, ich möchte, daß du für mich ein Flugzeug entführst ...«

»Wahnsinn!« Der Freudenschrei des Jungen schien den Raum und große Teile des australischen Hinterlands ringsum zu erfüllen. »Hey, ich weiß, wie man das macht, das ist der Teil, den Sie mir vorletzte Woche geschickt haben. Ich glaube nur, der ist jetzt mit bei den Sachen, die ich auf Moms Geheiß in den Keller bringen mußte. Möchten Sie warten, während ich nachsehe, ob ich ihn finde?«

»Nein, Links, bleib einfach, wo du bist, und halt mal kurz die Luft an.« Lundqvist machte eine Pause und sammelte seine zerstreuten Gedanken. Sich mit dem Jungen länger als fünfzehn Minuten zu unterhalten, war wie der Versuch, fünfhundert Bogen DIN-A4-Papier bei Windstärke neun aufzusammeln. »Du schnappst dir ein Flugzeug, klar? Nichts Ausgefallenes, bloß eins, das ausreicht, um damit nach Australien und wieder zurück zu fliegen. Also, du kommst mit dem Ding nach Australien, da bin ich nämlich jetzt, landest irgendwo draußen in der Wüste, besorgst dir einen Hubschrauber, kommst hierher, holst mich hier raus, und dann trennen wir uns wieder. Glaubst du, du kannst das schaffen?«

Es trat eine kurze Pause ein. »Ich denke, schon, Mister Lundqvist. Trotzdem sollten Sie mir lieber verraten, wo genau Sie sich jetzt aufhalten.«

Lundqvist sagte es ihm.

»Das ist eine ganze Ecke weg, Mister Lundqvist. Glauben Sie, wir können das so machen, daß ich trotzdem bis heute abend um halb elf wieder zurück bin? Mom sieht es nämlich nicht gern, wenn ich noch nach halb elf unterwegs bin, und ...«

»Mom laß mal meine Sache sein«, unterbrach ihn

Lundqvist. »Du besorgst dir nur die Maschine und beeilst dich. Bevor das verrückte Miststück noch den letzten Penny ausgibt, den ich habe.«

»Wie meinen Sie das, Mister Lundqvist?«

»Mach es einfach, okay?«

Wie eine gigantische Eule schwebte ein Segelflugzeug durch die nächtliche Luft. Die Seitentür glitt auf, und drei Fallschirme entfalteten sich wie Magnolien, schwebten durch die Finsternis herab und falteten sich langsam auf dem Boden zusammen.

»Wir sind jetzt da, oder?« wollte Geisterkrieger Nummer zwei wissen. Er war mit einem Hawaiihemd und knielangen Shorts in leuchtenden Farben bekleidet und trug einen Koffer.

Der Hauptmann nickte und zog sich die Krempe seines gewaltigen Strohhuts über die Augen. »O ja«, brummte er, »und ob wir da sind.«

»Na prima«, freute sich Nummer zwei. »Kannst du uns bitte jetzt die Überraschung verraten? Ich meine, ich weiß ja, daß das Ganze ein Betriebsausflug ins Blaue sein soll, um uns dafür zu entschädigen, daß wir Lundqvist jagen mußten und so weiter, aber ...«

Geisterkrieger Nummer drei blickte sich um und spürte den Wüstensand zwischen den Zehen. »Waf foll'f?« seufzte er glücklich und zufrieden. »Folange wir am Meer find, ift ef doch egal, an welchem, oder?«

»Genau«, pflichtete ihm der Hauptmann bei. »Gut, Jungs. Wir sollten uns lieber auf die Socken machen, bevor es hell wird.«

Nummer zwei blickte ihn verdutzt an. »Bevor es hell wird?«

»Würde die Überraschung verderben«, antwortete der Hauptmann schnell. »Also schön, das ... ähm ... *Hotel* liegt in dieser Richtung. Folgt mir und ... äh ... seid möglichst leise.«

»Du meinst, damit wir nicht die anderen Gäfte aufwecken, ftimmt'f?«

»So was in der Richtung.«

In einiger Entfernung erkannten sie in der Dunkelheit die Umrisse eines langen niedrigen Gebäudes, das wie die Mischung aus einer Garage und einem Kuhstall aussah, nur größer.

»Daf ift daf Hotel?«

»Ja, und sprich gefälligst *leise*, ja? Die sind hier sehr pingelig, wenn es um ...«

»Hör mal, Chef.«

»Ja?«

»Sieh dir mal diese ganzen leeren Kisten an. Wie die Dinger, in denen Möbel verpackt sind.« Nummer zwei schoß ein unerfreulicher Gedanke durch den Kopf. »Hey, Chef, bist du dir sicher, daß das Hotel überhaupt schon *fertiggestellt* ist? Ich meine, man hört da ja so Geschichten von Leuten, die angereist kommen, und das Hotel befindet sich noch im Bau ...«

Der Hauptmann seufzte tief. »Na ja, eigentlich ist das kein richtiges Hotel, Jungs«, gestand er mit kleinlauter Stimme. »Und wir machen hier auch nicht ... ähm ... ganz die Art von Urlaub, die ihr ...«

»Nicht?«

»Nein.«

»Wie meinft du daf, Fef?«

»Es ist mehr« – der Hauptmann hielt inne und wählte die Worte mit Sorgfalt – »eine Art von, na ja, Abenteuerurlaub.« Beim Sprechen knöpfte er sich die Jacke auf, zog eine 44er Super Redhawk heraus und ließ aus reiner Macht der Gewohnheit die Trommel rotieren.

»Wahnsinn!« rief Nummer zwei erfreut. »Also ist das hier so ein Geländespiel mit diesen Farbpatronen, richtig? Wo man mit Revolvern rumrennt, die mit Farbpatronen geladen sind, und so tut, als wolle man die anderen erschießen. So was wollte ich immer schon mal ausprobieren.«

Der Hauptmann atmete durch die Nase aus. »Das ist eine tolle Sache, Keith«, sagte er. »Und das ist jetzt die Gelegenheit für dich.«

»Fieht mir nicht wie ein Revolver mit Farbpatronen auf, Fef.«

»Als wenn du das wüßtest.«

»Ja, aber Fef, diefe Revolver mit Farbpatronen, die find viel gröfer und unhandlicher alf echte Revolver, und der da fieht mir wie ein echter auf, meinft du nicht...?«

»Du hast ja recht...« Der Hauptmann grinste nervös. »Aber schließlich wollen wir ja *gewinnen*, nicht wahr?«

»Okay, Chef, wenn du das so ausdrücken willst...«

»Das will ich. Vern, schlag das Fenster ein, ich gebe dir Deckung.«

»Womit denn, Fef?«

»Wie meinst du das, womit?«

»Ich habe eine Decke im Gepäck, Fef, fallf du die benutfen willft. Um daf Fenfterglaf auffufangen. Daf haft du doch gemeint, oder?«

»Ach, halt die Klappe!«

Links alias Jerome Jotapian hatte eine Eigenschaft, die ihn aus der Menge hervorstechen ließ. Nun ja, eigentlich zwei; doch es bestand noch die reelle Chance, daß er aus einer von den beiden herauswuchs. Die andere Eigenschaft, die nützliche, war ein völlig unverhältnismäßig großes Anfängerglück.

Alles, was er zum erstenmal machte, machte er gut. Beim nächstenmal lief es vielleicht nicht so besonders und ging womöglich sogar vollkommen in die Hose; aber beim erstenmal, kein Problem.

Zum Glück für alle Beteiligten war dies das erstemal, daß Links einen Hubschrauber flog.

»Drücken Sie den Steuerknüppel herunter«, las er sich laut vor, wobei er wegen der Taschenlampe, die er sich zwischen die Zähne geklemmt hatte, leicht nuschelte, »und lassen Sie gleichzeitig die linke Ruderklappe einrasten.« Einen Augenblick lang starrte Links scharf auf die Instrumententafel – warum schrieben die denn nicht die Bezeichnungen der verschiedenen Bedienungselemente direkt daneben? Bei all den Knöpfen und Schaltern hätte man das eigentlich annehmen sollen. Er seufzte und blätterte die Bedienungsanleitung bis zum Diagramm am Ende durch.

»Okay«, murmelte er geschäftig vor sich hin, »der dritte von links, direkt unter dem Zigarettenanzünder.« Er probierte den Knopf aus. Es funktionierte. Der Hubschrauber hielt mitten in der Luft an und schwebte auf der Stelle.

Schließlich blätterte er zum Stichwortregister zurück.

Lampen, Auswechseln der Birnen 36
Lampen, Frontscheinwerfer, Einstellung 17
Lampen, Nebelscheinwerfer, Einstellung 18
Landung, Landevorgang 47

Während er den Knüppel mit der linken Hand festhielt, blätterte er die Bedienungsanleitung mit der rechten durch. 43, 44, 45, 46...

Seite 47 fehlte. Oder zumindest war sie nur noch teilweise vorhanden; denn auf Seite 48 hatte sich einst ein Antwortcoupon befunden (›Warum nehmen Sie nicht an unserem großartigen Suchspiel *Finden Sie das Rotorblatt* teil und gewinnen den Urlaub Ihres Lebens?‹), den irgendein früherer Leser herausgeschnitten und abgeschickt haben mußte. Alles, was noch vom Abschnitt über den Landevorgang übrig war, war die Überschrift.

»Mist!« fluchte Links verärgert.

Er mußte sich eben auf sein Glück verlassen.

Mit einem Bein bereits auf dem Fensterbrett, verharrte Lundqvist in der Bewegung und schirmte mit der Hand die Augen ab.

»Bist du es, Links?« schrie er, doch seine Worte wurden vom Heulen der umherwirbelnden Rotorblätter und dem stürmischen Fallwind verschluckt. Während er im grellen Licht der Landescheinwerfer des Hubschraubers wütend blinzelte, warf er einen Rucksack zum Fenster hinaus und machte sich daran, ihm zu folgen.

»Halt!«

Er blickte in Richtung der Stimme und erkannte eine dunkle Gestalt, die sich gegen das grelle Licht der Scheinwerfer nur als Silhouette abzeichnete. Der Lauf eines großkalibrigen Revolvers flammte auf, als dieser von unten auf das Ziel gerichtet wurde.

»Hey, Fef! *Fef!*«

»Ich sagte, sei *ruhig*. Okay, schön langsam ...«

»Aber Fef, *er* ift ef. Lundqvift! Laf unf blof von hier verfwinden, Fef, anfeinend verfolgt unf diefer Dreckfkerl!«

»Also, zum letztenmal, hältst du jetzt endlich die Klappe, Vern? Ey, Lundqvist, schön langsam, werfen Sie Ihren ...«

»Hey, Chef!« Durch das Brüllen des Rotors hindurch konnte Lundqvist den wütenden Tonfall der Stimme von Nummer zwei hören. »Das hast du doch von vornherein gewußt, oder? Du hast uns verarscht!«

»Ist ja gut, später. Ich bin gerade beschäftigt, klar? Werfen Sie Ihre Waffen auf den Boden, schön langs ...«

Der Hubschrauber landete.

Es gibt solches Anfängerglück und solches. In diesem Fall bestand es daraus, daß Links das wirklich sehr, sehr große Glück hatte, aus der Reichweite des Hubschraubers geschleudert zu werden, bevor dieser auf die Erde stürzte und explodierte.

Eine kurze Überprüfung der Lage verriet Lundqvist, daß er just von einer heißen Druckwelle heftig durch die Luft gewirbelt wurde. Er hatte nicht einmal etwas dagegen, denn es war für ihn keine neue Erfahrung, und er wußte genau, wie er sich bei der Landung mit der Welle abzurollen hatte. Das Gute daran war, daß die Bedingungen nach seiner Landung wieder für beide Seiten gleich waren. Und gleiche Bedingungen bildeten nach seiner Erfahrung einen äußerst unfairen Vorteil für ihn.

Im Gegensatz dazu kam der Hauptmann der Geisterkrieger nach einem Augenblick vorübergehender Bewußtlosigkeit wieder zu sich und fand sich, der Länge nach ausgestreckt und immer noch den Revolver haltend, auf einem mit grünem Satin bezogenen Chesterfield-Sofa wieder. Eingehendere Untersuchungen brachten ein großes Stück Wellblech zwischen ihm und den Sofakissen zutage, da er durchs Dach ins Haus eingedrungen war.

»Wollen Sie wohl sofort von dem Sofa runtergehen?« herrschte ihn eine kalte, harte Stimme von hinten an. »Sehen Sie mal, Sie schmieren es überall mit Blut voll! Haben Sie überhaupt eine Ahnung davon, wie schwierig es ist, Blut aus Satin rauszubekommen?«

Geisterkrieger Nummer drei hingegen blieb bis zur Hälfte in einer massiven Kiefertür stecken; auf der einen Seite befand sich sein Kopf, auf der anderen der Rest. Er wand sich hin und her und versuchte verzweifelt, sich zu befreien.

»O *Scheiße!*« fluchte er.

Und verstummte wie vom Donner gerührt.

»Hey, Chef, *Chef!*« brüllte er. »Hey, Chef, weißt du was? Bei der Explosion eben muß irgendwas mit mir passiert sein. Mein Sprachfehler ist geheilt! Hör mal, ich kann wieder ein S aussprechen und alles ...«

Sein Kollege, Geisterkrieger Nummer zwei, der hoch oben in den zertrümmerten Dachsparren hing, seufzte matt. »Das liegt daran, daß du tot bist, du Idiot.«

»Ach ja? So ein Mist. Das erstemal in meinem Leben, daß ich ordentlich sprechen kann, und ich bin tot. Bist du dir sicher, daß ich tot bin, Keith?«

»Kannst du mir glauben.«

»Und dadurch ist mein Sprachfehler …?«

»Tote lispeln nicht, mein Junge. Altbekannte Tatsache. Trotzdem, mach dir mal darum keine Sorgen, die erwecken uns wieder in neuen Körpern zum Leben. In irgendwelchen gebrauchten neuen Körpern natürlich«, fügte er verbittert hinzu. »Ich weiß das. Ich habe das schon einige Male erlebt.«

»Echt?«

»Klar.« Er deutete auf den eigenen Körper, auf das, was noch davon übrig war. »Glaubst du, ich hätte mir solch einen Körper hier freiwillig ausgesucht?« beklagte er sich. »Arme wie ein beschissener Kleiderbügel, aber glaubst du, die hätten mir auch nur eine Sekunde lang zugehört?«

Inzwischen war Lundqvist gelandet. Er schlug die Augen auf, und nach kurzer Einschätzung der Lage brachte er lediglich ein »Hilfe!« hervor.

Unter sich nahm er ein schlurfendes Geräusch wahr.

»Sind Sie das, Mister Lundqvist?« rief jemand von unten.

»Ja! Links?«

»Ich stehe hier direkt unter Ihnen, Mister Lundqvist.«

»Großartig. Hilf mir mal von diesem Baum herunter, ja?«

»Von dem Baum?«

»Ja. Von diesem Baum hier.«

»Meinen Sie diesen riesigen Dornbusch?«

»Genau den, Links. Versuch bitte, dich ein bißchen zu beeilen, ja?«

»Ich komme sofort zu ihnen hoch, Mister Lundqvist.«

Links Jotapian rappelte sich hoch und blickte sich um. Lektion drei hatte davon gehandelt, Initiative zu zeigen und aus den unmöglichsten Gegenständen, die sich in der Umgebung fanden, provisorische Hilfsmittel herzustellen. Links schlug die entsprechende Seite auf und folgte der betreffenden Zeile mit dem Finger.

Unter Kampfbedingungen, stand dort zu lesen, *kann eine behelfsmäßige Leiter zuweilen bloß aus einem abgebrochenen Stück eines Rotorblatts angefertigt werden. Man benötigt dazu lediglich ein Bowiemesser und eine etwa ein Meter lange kräftige Schnur. Nähere Anleitungen dazu werden in Lektion zwölf gegeben ...*

»Mister Lundqvist?«

»Ja?«

»Sind Sie noch da, Mister Lundqvist?«

»Das nehme ich doch an, Links.«

»Glauben Sie, daß ich inzwischen für Lektion zwölf bereit bin? Ich weiß allerdings noch, daß Sie mir dazu gesagt haben, die einzelnen Lektionen nicht aus der vorgegebenen Reihenfolge zu reißen, weil jede Lektion zur nächstfolgenden auf logische Weise überleitet und ...«

»Gesetze sind gemacht worden, damit man sie bricht, Links. Okay, hör genau zu.«

Alles klar. An dieser Stelle blenden wir uns aus und machen einen Schwenk zu ...

... zwei Möwen, die wie schwarze Schatten vor einem samtweichen Himmel kreisen, bevor sie im Gleitflug herabstoßen und sich auf den Überbleibseln des Dachs niederlassen.

»Jemand zu Hause?«

Helena von Troja unterbrach ihre momentane Beschäftigung und blickte nach oben. Sie hatte auf den Kissen des Chesterfield-Sofas herumgerieben und versucht, das Blut mit einer in Essig getauchten halben Zitrone herauszubekommen.

»Larry?«

»Wir sind auf dem Dach. Mußt du befreit werden?«

Helena überlegte kurz. »Nein, befreit werden muß ich eigentlich nicht. Aber ein bißchen Hilfe könnte ich hier drinnen gebrauchen.«

»Kommen schon.«

Als die Möwen durch das Loch im Dach nach unten hüpften, wachte der Hauptmann der Geisterkrieger wieder auf. Seit Helena ihm mit einem Exemplar von *Mrs. Beetons Kochrezepte für den Alltag* auf den Kopf geschlagen hatte, hatte er friedlich geschlafen.

»Also gut«, grummelte er wütend, während er langsam wieder auf die Beine kam und den Revolver auf die Anwesenden richtete. »Keiner rührt sich, oder ich…«

Plötzlich wurde der Revolverlauf schwer, da das Gewicht von einer herabstoßenden Möwe vergrößert wurde. Als die Waffe schließlich versehentlich losging, war sie genau auf den linken Fuß des Hauptmanns gerichtet.

»O mein Gott, der Teppich!« jammerte Helena. »Jetzt sehen Sie sich mal an, was Sie da angerichtet haben! Um Himmels willen, gehen Sie mir bloß aus den Augen, bevor Sie auch noch alles andere ruinieren!«

»Aber ich…«

»Raus!«

Der Hauptmann sackte in sich zusammen. Heute hatte er offensichtlich nicht seinen besten Tag erwischt. Langsam und unter Schmerzen humpelte er durch die Vordertür nach draußen und befand sich deshalb gerade in dem Augenblick direkt unter dem Dornbusch, als Links Jotapians Behelfsleiter zusammenbrach.

»Sind Sie in Ordnung, Mister Lundqvist?«

»Klar, Links. Ich glaube, irgendwas hat meinen Sturz abgefangen…«

(»Du hast es gewußt, Chef, oder? Du hast es schon die ganze Zeit gewußt und so getan…«

»Hör mal, ich hatte wirklich keine andere Wahl. Die haben mich bedroht…«

»Ich habe ihm vertraut, Keith. Als er gesagt hat, das sei ein Urlaub, habe ich ihm wirklich geglaubt…«

»Hey, Jungs, jetzt hört mal…«

»Keith, du kannst deinem Freund da sagen, wenn ich wieder zum Leben erweckt werde, beantrage ich sofort meine Versetzung ...«)

»Mann, da haben wir noch mal Glück gehabt, Mister Lundqvist. Ich nehme an, ich habe da nicht genügend von der Schnur genommen, wo es geheißen hat ›fest mit dem Bindfaden zusammenbinden‹. Allerdings haben die auch nichts davon gesagt, wieviel Schnur man nehmen soll, und ...«

»Schon gut, Links.« Lundqvist stemmte sich auf die Beine, sah sich um und erblickte Helena, die in der Tür stand. »Los!« zischte er. »Laß uns bloß von hier verschwinden, bevor sie noch das ganze Haus mit rosenrotem Damast ausschlagen läßt.«

Zwei oder drei Stunden später traf Lucky George mit einem Lieferwagen ein, um Helena abzuholen.

»Offensichtlich hast du dich gut amüsiert, wie?« stellte er rasch fest.

Helena zuckte die Achseln.

»Na und? Ich *mag* nun mal Möbel und solche Sachen, das weißt du doch«, rechtfertigte sich Helena. »George, denkst du nicht auch manchmal, daß es Spaß machen würde, wenn wir ein eigenes kleines Häuschen hätten, das ich einrichten und richtig hübsch machen könnte, und ...«

»Nein.«

»Du könntest dein eigenes kleines Arbeitszimmer für alle deine Bücher und Zaubersachen und den ganzen Krempel haben«, schwärmte Helena unverdrossen weiter, »und dann könnten wir ein eigenes kleines ...«

»Nein.«

»Aha.« Helena schnalzte mit der Zunge. »Macht nichts, war auch nur so ein Gedanke.«

»Dann bin ich ja beruhigt«, seufzte Lucky George.

»Jedenfalls glaube ich, daß Lundqvist die Idee mit der Entführung nicht mehr gefällt«, berichtete sie ihm, wobei sie ein Feuerzeug und einen Kanister Paraffin hervorholte. »Schon merkwürdig«, fuhr sie fort, während sie das Paraffin verschüttete, »wie jemand so *dumm* sein kann …«

»Du hast da vorn noch eine Ecke vergessen.«

»Tatsächlich? O ja. Ich meine, *mich* zu entführen. Nach dem, was beim letztenmal passiert ist und so …«

George nickte. »Jede Menge Gehirn, aber kein bißchen Verstand«, sagte er. »Darf ich das Haus anzünden? Du weißt ja, wie gern ich Polstermöbel in Brand setze.«

Helena lächelte ihn zärtlich an. »Na, dann los. Nur, George, auf den Etiketten stand überall *feuerhemmend* und *zu Ihrer Sicherheit und Beruhigung spezialbehandelt*, glaubst du, das Zeug wird auch brennen?«

George grinste. »Schon gut. Laß mich nur machen.«

15. KAPITEL

Die Halbwertszeit der Zeit ist berüchtigt für ihre extreme Dauer.

Bis zum Hals in dampfender Scheiße zu stecken, ist der Ursprung aller Erfindungen, wie die Chronologietechniker zu sagen pflegen, und einige der Dinge, die sie angestellt haben, zeugen von erstaunlichem Einfallsreichtum, auch wenn sie nicht von Erfolg gekrönt wurden. So ist das Versiegeln und Versenken giftiger Zeitrückstände in verzinkten Bleifässern mittlerweile völlig aus der Mode gekommen; in letzter Zeit tendierte man eher dazu, die Rückstände aufzukochen und sie durch die haarfeinen Risse an einigen fehlerhaften Stellen der Dimensionsisolierung zurückzuschicken, weil man sich dadurch erhoffte, eine Art elektrolytischen Prozeß in Gang zu setzen, oder man verkaufte sie – abgepackt in großen Holzkisten mit der Aufschrift ›Ersatzteile für Traktoren‹ – an die leichtgläubigen Bürger von Platons Staat. Durch diese Kunstgriffe konnte immerhin ein Teil dieser giftigen Zeitrückstände dem Kreislauf entzogen werden; doch in der Zeit, die dazu benötigt wird, um auf diese Weise, sagen wir mal, viertausend metrische Tonnen loszuwerden, hat sich bereits die doppelte Menge dieses ekelerregenden Zeugs wieder angesammelt und kann ungehindert in die Umwelt auslaufen, wo es die Fische vergiftet und nichtsahnende Individuen im ganzen Kosmos dazu bringt, einen Urgroßelternteil zu verführen und zur eigenen Beerdigung zu spät zu kommen.

Aus purer Verzweiflung haben einige Behörden diesen Sondermüll auf illegale Weise in die Zukunft verfrachtet, was zwar im Grunde genommen nicht sehr hilfreich ist, aber immerhin führt diese Zeitverschiebung dazu, daß sich jemand anders mit dem Problem herumschlagen kann.

Wenn nicht umgehend etwas dagegen unternommen wird, so behaupten die Wissenschaftler, dann erreicht dieses ganze elende Durcheinander schon in naher Zukunft den kritischen Punkt und wird furchtbare Auswirkungen auf das Realitätsgefüge haben. Wie sie weiterhin (aus der relativen Sicherheit ihrer nostalgisch anmutenden Bunker heraus) berichten, gibt es erste Hinweise, daß es zu einer spontanen Reaktion des gefürchteten Überstundenisotops kommen könnte.

Die einzig mögliche Lösung lautet deshalb Recycling. Dummerweise hat jedoch niemand die leiseste Ahnung, wie man dieses Problem in den Griff bekommen kann.

Jedenfalls niemand, der um einen Lösungsvorschlag gebeten wurde.

Einer der wenigen Leute, die sich um dieses Problem nur wenig geschert haben, ist Kurt Lundqvist. Nachdem der von ihm vorgebrachte Vorschlag (das ganze Zeug in Kanister zu packen und diese aus großer Höhe über Südostasien abzuwerfen) abgelehnt worden war, zerbrach er sich über dieses Thema nicht weiter den Kopf und konzentrierte sich auf für ihn dringendere Fragen.

Zum Beispiel sich Lucky George zu schnappen. Eines frühen Morgens saß er kurz vor Sonnenaufgang auf der Terrasse seines Hauses in einem Vorort von

Aspen, Colorado. Er trank mittlerweile den fünften Becher Kaffee und konnte zu seiner eigenen Schande nicht mehr als einen Stapel zusammengeknüllter Zettel vorweisen.

Er hatte es mit direktem Angriff versucht. Er hatte es mit Entführung versucht. Verdammt, was gab es sonst noch alles?

Wie ein Hund, der zu seinem Erbrochenen zurückkehrt, kam er in Gedanken immer wieder auf die Idee der Geiselnahme zurück. *Entführe einen von Lucky Georges Freunden, und du hast Lucky George selbst an der Angel, denn dieser Mann lebt und stirbt durch seine Freunde!* redete sein Unterbewußtsein ununterbrochen auf ihn ein. Ein wirklicher Profi zieht es vor, den Feind durch dessen Stärken und nicht durch dessen Schwächen niederzuringen – Schwächen werden sorgsam verborgen, Stärken offen gezeigt –, und womit ihm George neben seinem gewissen Repertoire an weitgehend übertrieben dargebotenen Zaubertricks wirklich Probleme bereitete, war das fast deprimierend weit gespannte Netz aus Freunden und Helfershelfern, das sich über Raum und Zeit erstreckte, sich aber in erster Linie auf die Absolventen des Jahrgangs 1488 an der Universität von Wittenberg konzentrierte.

In der Hoffnung, daß ihm wenigstens einer der Namen auf die Sprünge helfen werde, zog Lundqvist zum zwölftenmal in dieser Nacht das Jahrbuch des betreffenden Jahrgangs zu Rate und blätterte es durch.

Martin Luther (Theologie). Seine königliche Hoheit Prinz Hamlet von Dänemark (Philosophie, Politik und Volkswirtschaft). Hieronymus Bosch (Kunst und Design). Christoph Kolumbus (Geographie). Leonardo da Vinci (Betriebswirtschaftslehre).

Über den Rocky Mountains ging allmählich die Sonne auf, und plötzlich hatte Lundqvist die Lösung. Ganz einfach. Welcher von Lucky Georges Freunden hat letztendlich am meisten im Leben erreicht?

Zweifellos ein ungleicher Kampf.

Denn derjenige, der am meisten im Leben erreicht hat, hat auch am meisten zu verlieren.

Herr van Appin lehnte sich im Sessel zurück und rieb sich das Kinn. In diesem Augenblick kam in ihm allmählich der Wunsch auf, er hätte Lucky George niemals als Klienten angenommen.

Sicher, es hatte auch gute Zeiten gegeben. Die Patentanmeldungen. Der Schutz geistigen Eigentums. Die Urheberrechte. Der Prozeß als solcher und dann das Revisionsverfahren. Viel Geld war dabei abgefallen (nicht jeder Klient verfügt über einen im wahrsten Sinne des Wortes schier unerschöpflichen Geldvorrat), gar nicht zu reden von dem Prestigegewinn und natürlich den Reisekosten. Aber man muß einen Fall von allen Seiten betrachten; und wenn man die Anwesenheit Kurt Lundqvists im Wartezimmer an einem Montagmorgen um neun Uhr mit in Betracht zieht, dann kann möglicherweise selbst ein Anwalt ins Grübeln geraten und sich fragen, ob Geld wirklich alles im Leben bedeutet.

Das ist natürlich völliger Schwachsinn, denn selbstverständlich bedeutet Geld alles, doch selbst der Papst hegt da manchmal seine Zweifel.

Was Herrn van Appin an etwas erinnerte. Er drückte auf die Sprechtaste der Gegensprechanlage.

»Sonja, fragen Sie bitte Johannes Paul, ob es ihm etwas ausmacht, um halb zehn noch mal wiederzukommen, und bitten Sie dann Herrn Lundqvist herein.«

Wie der leibhaftige Tod betrat Lundqvist das Büro, nahm auf dem Besuchersessel Platz und legte die Füße auf den Schreibtisch.

»Kurt, schön, dich zu sehen«, begrüßte ihn van Appin. »Wie laufen die Geschäfte?«

»Schlecht«, grummelte Lundqvist. »Hör zu, ich brauche einen Anwalt.«

Van Appin zuckte leicht zusammen. »Ich stehe dir jederzeit gern zur Verfügung. Hast du etwa Eheprobleme?« stellte er eine vage Vermutung an.

»Nein, ich muß sozusagen rückwirkend einen Anwalt engagieren. Nicht dich, sondern jemand anders. Hast du einen für mich?«

Herr van Appin blickte Lundqvist über die zu einem Dach zusammengepreßten Finger hinweg nachdenklich an. »Zu wann brauchst du denn einen?«

»Vierzehnhundertzweiundneunzig.«

»Ich werde mal sehen, was sich da machen läßt.«

Van Appin drehte sich mit dem Sessel und gab in den Computer ein paar Daten ein. Der Bildschirm flackerte auf.

»Irgendeinen speziellen Anwalt?«

»Einen, der sich mit Immobilien auskennt.« Lundqvist preßte ein Lachen hervor, das sich wie Schmirgelpapier auf Haihaut anhörte. »Ich denke dabei an ein kleines Abschreibungsobjekt.«

»Im Jahre vierzehnhundertzweiundneunzig?«

Lundqvist zuckte die Achseln. »Das hat rein steuerliche Gründe.«

»Das klingt ein wenig ungewöhnlich für deine Berufssparte, findest du nicht?«

»Etwas Abwechslung kann schließlich nicht schaden«, rechtfertigte sich Lundqvist.

»Das ist allerdings wahr.«

»Und noch etwas.« Lundqvist beugte sich vor und zischte: »Worüber wir uns hier unterhalten, ist absolut vertraulich. Niemand darf etwas davon erfahren, ist das klar? Erst recht nicht irgendeiner von deinen anderen Klienten.«

»Mann, Kurt, das ist doch wohl selbstverständlich.« Herr van Appin machte eine protestierende Geste. »Schließlich steht mein Ruf auf dem Spiel ...«

Er zögerte. Aus irgendeinem Grund fiel es ihm schwer, sich auf etwas anderes als auf die Mündung der Pistole zu konzentrieren, die wie aus dem Nichts in Lundqvists Hand aufgetaucht war.

»... und womöglich noch mehr«, fuhr er stockend fort. »Wozu hat man schließlich Freunde, Kurt, nicht wahr?«

Lundqvist dachte eine Weile nach. »Als Lockvögel«, antwortete er geheimnisvoll.

Man stelle sich vor ...

Das kann man natürlich nicht. Unmöglich. Niemand in dem malerischen Vorort der Geschichte, als den wir einmal das zwanzigste Jahrhundert bezeichnen wollen, kann sich auch nur ansatzweise vorstellen, welch schweren, ja fast unbegreiflichen Schock man erleidet, wenn man zum ersten Mal einen Blick auf ...

Wir haben das Jahr 1492. Drei Karavellen schaukeln auf der gewölbten Oberfläche einer blaugrauen Unendlichkeit gefährlich hin und her. Hoch oben in der Takelage des Hauptmastes dreht sich ein Mann im Ausguck um, starrt zur Seite, öffnet den Mund, um laut loszuschreien, besinnt sich dann aber eines Besseren und schließt ihn wieder.

Nach seiner Auffassung gibt es für das, was er da sieht, keine angemessen taktvolle Formulierung, dennoch will er sein Bestes geben.

»He, Käpten!«

Unten auf dem Deck blickt ein erschöpft aussehender, leicht untersetzter Mann von einem Schachbrett auf und ruft zurück: »Was ist denn?«

»Käpten ...«

»Was ist denn los, Hernan?«

»Käpten ...« Hernan beißt sich auf die Zunge, dann fährt er fort: »Ich sehe was, was du nicht siehst, und das fängt mit A an.«

»Was?«

»Fängt mit A an, Käpten. Ich ... ähm ... sehe was, was du nicht siehst.« Hernan atmet einige Male tief durch. »Das ist ein Spiel, Käpten. Du mußt raten, was ich sehe ...«

»Hast du dich wieder am Apfelschnaps vergriffen, Hernan? Du weißt doch, daß der für die Skorbutkranken reserviert ist.«

»Nun mach schon, Käpten, sei doch kein Spielverderber.«

»Hör mal, ich ...«

»Fängt mit A an. Du darfst dreimal raten, ja?«

Kolumbus seufzte. Seit einundsechzig Tagen war er auf dieser schwimmenden Erdbeerschale mit diesen Verrückten zusammengepfercht. Ein weniger guter Mensch, der nicht mit seiner schier unerschöpflichen Geduld gesegnet gewesen wäre, hätte das Schiff längst in die Luft gejagt.

»Dann ist es ein Albatros.«

»Nein.«

»Ein Atoll.«

»Nein. Hey, Käpten, das ist unfair. Du gibst dir überhaupt keine Mühe und ...«

»Schon gut, schon gut.« Kolumbus überlegte angestrengt. Wie er aus leidvoller Erfahrung wußte, bestand der Trick darin, wie ein Trottel zu denken, wenn man es mit Trotteln zu tun hatte. »Eine Arkebuse, stimmt's?« gab er einen dritten Tip ab.

Hernan blickte auf, starrte einige Sekunden lang auf die weit entfernte Küste, die ganz eindeutig nicht Indien sein konnte, und fragte sich in Gedanken: *Warum muß das ausgerechnet mir passieren? Derjenige, der den Namen als erster nennt, wird aufgehängt. Die kommen schon früh genug dahinter, wo wir sind, ohne daß ich etwas sagen muß.* »Du hast es, Käpten«, antwortete er deshalb und fügte rasch hinzu: »Ach, und noch etwas: Land in Sicht!«

»Was hast du gesagt?«

»Land in Sicht, Käpten. Direkt dort drüben auf der linken Seite.«

»Was für ein Land ist denn in Sicht? Sprich gefälligst deutlicher, du nuschelst!«

»Land, Käpten. L wie Lotse. A wie Ameri… Ich meine wie Arkebuse. N wie Nordpol und D wie…«

Während Kolumbus zunächst wie ein tödlich getroffener Hirsch zusammenzuckte, um dann wie von Sinnen auf dem Deck auf- und abzurennen, machte es sich Hernan achselzuckend im Mastkorb bequem und kramte die Überreste eines Apfels hervor. Die ganze Zeit über hatte er ihn wie einen kostbaren Schatz gehegt, nur einen klitzekleinen Bissen pro Tag, und seit vierzehn Tagen hatte er ihn sogar nicht ein einziges Mal mehr angerührt, um ihn sich für einen besonderen Anlaß aufzubewahren. Er musterte den Apfel und warf ihn schließlich über Bord.

Eine starke Brise trug einige Gesprächsfetzen der auf Deck geführten Unterhaltungen zu ihm herauf – Roderigo sagte gerade, er werde sich gleich nach der Landung gegrilltes Lammfleisch mit pikanter Safransauce und Fladenbrot genehmigen. Diego meinte hingegen, er ziehe Hühner-Tikka mit Pilaureis und ein paar Löffeln Mango-Chutney vor. *Welch bedauernswerte Trottel,* dachte Hernan. *Wenn die Mannschaft erst einmal dahinterkommt, wo wir gelandet sind, wird das schon peinlich genug sein, aber wahrscheinlich läßt sich das nicht einmal ansatzweise mit der Schande vergleichen, die unweigerlich folgt, sobald Ihre höchst katholische Majestät in Madrid davon erfährt.* ›Nun… ähm… ja, Euer Hoheit, wir sind nicht direkt in Indien gelandet, eher auf ein paar kargen kleinen Inseln, die von Wilden bewohnt werden. Leider gibt es dort absolut nichts, was sich für den Export eignet. Wir haben darüber nachgedacht, die Gegend San Salvador zu nennen.‹

Vielleicht könnten sie ja versuchen, die ganze Angelegenheit irgendwie zu vertuschen. Einfach nicht mehr dran denken. So tun, als wären sie ans Ende der Welt gesegelt, hätten dort kehrtgemacht, um schnurstracks die Heimreise anzutreten.

Nee ...

Hernan schüttelte betrübt den Kopf. Irgendeiner wäre bestimmt so dämlich, etwas durchsickern zu lassen, und das könnte für alle Beteiligten noch verheerendere Folgen nach sich ziehen.

Egal. Er stützte sich mit den Ellbogen auf dem Rand des Mastkorbs ab und nahm die Küste eine ganze Weile genauer in Augenschein. Okay, mit dem, was man da sah, war zwar kein Staat zu machen, aber immerhin war das ein neues Land. Vielleicht sogar ein ganzer Kontinent. Und er war der erste Mensch, dem ein Blick darauf vergönnt gewesen war. Das war doch schon mal was. Nicht viel vielleicht, aber immerhin etwas.

Irrtum.

Denn in genau demselben Augenblick, als Kolumbus den Jungs befahl, ein Ruderboot zu Wasser zu lassen, und sich angestrengt an den Wechselkurs von Moidoren in Rupien zu erinnern versuchte, zog am Ufer ein kleiner Mann mit nassen Haaren, der einen Regenmantel und hohe Gummistiefel trug, ein Schlauchboot hinter ein paar Büsche und öffnete einen kleinen Koffer.

Bei dem Mann handelte es sich um einen gewissen Morrie Goldman, und in dem Koffer befand sich neben einem Laptop auch noch ein tragbares Faxgerät mit einem speziell entwickelten digitalen Übertragungssystem mittels einer Umschaltfunktion für transtemporale Wellen.

Er blickte auf die Uhr. Herr van Appin hatte ausdrücklich darauf bestanden, den exakten Augenblick der Landung festzuhalten. Nachdem er die genaue Uhrzeit auf das Diktaphon gesprochen hatte, stellte er das Faxgerät an und gab den Mitteilungstext in den Laptop ein.

Alles andere als ein gewöhnlicher Auftrag, dachte er, während er tippte. Bis ins späte fünfzehnte Jahrhundert zurücksausen, nach San Salvador gehen, zu der und der Uhrzeit dort ankommen, ein Fax an das Grundbuchamt schicken und dort die genaue Ankunftszeit angeben und dann nichts wie weg. Vielleicht nicht gerade der komplizierteste Fall, mit dem er es als Anwalt jemals zu tun gehabt hatte, doch allein die Reisekosten würden sich jenseits jedes Vorstellungsvermögens belaufen.

Absender: Maurice Goldman vom Anwaltsbüro van Appin & Co.

Empfänger: Zentralregistratur des Hauptgrundbuchamtes

Nachricht: Angekommen um exakt 15.25 Uhr. Bitte betrachten Sie diese Mitteilung als unser unveräußerliches Recht auf den Titel für den rotumrandeten Kontinent auf dem beigefügten Lageplan, und bestätigen Sie die Grundbucheintragung durch Zurücksendung eines Fax.

Er hielt inne. Wenn er diesen Flecken Erde schon entdeckt hatte, wo zum Teufel dieser auch sein mochte (Geographie gehörte nicht zu seinen Stärken), dann sollte er ihm auch einen Namen geben, und wenn es nur dazu diente, die Gegend später besser identifizieren zu können.

Neuentdecktes Territorium trägt den Namen Goldmanien.

Nein. Man konnte kein Land Goldmanien nennen. Dem Namen fehlte das gewisse Etwas.

Er löschte Goldmanien und tippte Mauretanien.

Nein. Irgendwo hatte es so etwas schon mal gegeben. Neuer Versuch.

Er löschte Mauretanien und …

Ein schöner, flotter Name. Einer, der sich auch auf Briefmarken gut machen würde. Die Vereinigten Staaten von *Dingsbums*. Der *Dingsbumssche* way of life. Der *Dingsbumssche* Traum. Bye, Bye, Miss *Dingsbumssche* Pie. Born in the US*Dingsbums*.

Es lag ihm auf der Zunge.

Schließlich tippte er Lundqvistien, drückte die Sendetaste und machte sich dünne.

Die Zeit vorwärtsrollen, bis auf dem Bildschirm 1996 steht, und anhalten. Der Ort: der Polosalon im Walhalla. Christoph Kolumbus ist schnell ausfindig gemacht; er trinkt gerade einen eisgekühlten Longdrink und raucht eine dicke Zigarre.

Das hier ist natürlich nicht mehr das Walhalla von einst. Die hohen Lehnstühle, das ungenießbare Essen und die unscheinbaren Geisterdiener gehören längst der Vergangenheit an. Abendgarderobe ist für das Zechgelage in der Ruhmeshalle längst keine Grundvoraussetzung mehr, und man wird auch von niemandem mehr dumm angeguckt, nur weil man in der Boxhalle nicht laut brüllt. In der Bar ist Met durch raffinierte Longdrinks ersetzt worden, die in langstieligen Gläsern serviert werden. Die in Eisenkorsetts geschnürten Walküren, die als Bardamen zu arbeiten pflegten, sind langsam und unauffällig gegen weniger statuenhafte, lieblichere Wesen ausgetauscht worden, die Namen wie Cindi, Nicki oder Babsi tragen. Nichtsdestotrotz genießt dieser Ort nach wie vor ein gewisses Ansehen, und noch immer stehlen Besucher mit Vorliebe das mit einem Briefkopf versehene Schreibpapier aus der Bibliothek.

»Herr Kolumbus, bitte! Besuch für Sie am Empfang. Danke.«

Kolumbus stand auf und schlenderte gemütlich zum Empfangstresen. Er war bei bester Laune, denn in Gedanken ging er noch immer die fälligen Mieteinnahmen für den nächsten Monat durch. Zwar wußte er, daß ihn einige Leute hinter seinem Rücken als den größten Slumbesitzer aller Zeiten bezeichneten, aber das waren nur Neider.

»Sie sagten, ich hätte Besuch?«

»Dort drüben, Herr Kolumbus, direkt neben dem Springbrunnen, aus dem Milch und Honig fließen.«

»Der Typ im Regenmantel?«

»Genau der, Herr Kolumbus.«

»Alles klar.«

Er trank aus, stellte das leere Glas auf dem Empfangstresen ab und begab sich zu dem Fremden hinüber …

Der ihm eine Enteignungsverfügung samt Räumungsklage überreichte.

Herr van Appin lehnte sich im Sessel zurück und legte den Hörer auf.

»Das war Goldman. Alles läuft nach Plan«, stellte er zufrieden fest. »Kolumbus müßte der Räumungsbefehl in wenigen Minuten zugestellt werden.«

Der Pistolenlauf ging nach oben und verschwand in Lundqvists Jackett. »Na prima. Und wie lange wird es noch dauern, bis es zur bezugsfertigen Übernahme kommt?«

Herr van Appin zuckte die Achseln. »Drei bis vier Wochen würde ich sagen. Es sei denn, die Gegenseite geht in Berufung. Gründe genug dazu hätte sie wohl, allerdings kann ich das so aus dem Stegreif nicht sagen. Juristisch gesehen befinden wir uns in einer Art Grauzone, also ziemlich genau zwischen Legalität und Illegalität.« Das zu sagen, ist natürlich immer richtig; wie Ihnen jeder Anwalt bestätigen wird, ist das Gesetz voll von erstaunlich großen und nicht minder kostspieligen Grauzonen, so daß es von oben betrachtet haargenau der an einem Schieferstrand lagernden Konföderiertenarmee gleicht, allerdings bei stark bewölktem Himmel.

»Sieh zu, daß in drei Wochen alles über die Bühne gegangen ist«, grummelte Lundqvist. »Ich will diese Arschgeigen so schnell wie möglich dort raus haben. Hast du das verstanden?«

Herr van Appin zuckte nervös zusammen. »Wenn du Arschgeigen sagst, Kurt, meinst du damit die ...«

»Die Amerikaner, und zwar alle«, bestätigte Lundqvist und fuhr grinsend fort: »Am besten stellst du für die ein Schild ›Betreten verboten – Eltern haften für ihre Kinder‹ auf. Also, laß die ganze Gegend räumen, klar? Und stell sicher, daß die den Laden nach dem Auszug besenrein übergeben, weil ich eventuell schon einen neuen Pächter an der Angel habe.«

»Im Ernst?«

Lundqvist nickte. »Ich habe mir gedacht, ins Geschäft mit Privatgefängnissen einzusteigen. Gewaltverbrecher mit langen Haftstrafen. Nehmen wir nur mal New York. Man muß nur noch an dem einen oder anderen Fenster ein paar zusätzliche Eisenstangen anbringen, die Straßen ein wenig säubern, und schon kann's losgehen.«

Herr van Appin schnalzte in anwaltsgemäßer Manier leise mit der Zunge. »Auf keinen Fall will ich mich wie ein Unheilsprophet anhören, aber irgendwie habe ich das Gefühl, daß die Gerichtsvollzieher die Angelegenheit nicht ganz so einfach sehen werden wie du. Vielleicht solltest du dich lieber daran halten, nur die Mieten etwas zu erhöhen. Du weißt schon, ganz allmählich, jedes Jahr ein paar Dollar mehr. Wenn du das über die nächsten dreihundert Jahre machst, dann ...«

»Bezugsfertig und besenrein, van Appin! Und sollten die Gerichtsvollzieher Schwierigkeiten bekommen«, fügte Lundqvist nachdenklich lächelnd hinzu, »dann sag mir einfach Bescheid. Seit Atlantis habe ich schon keine Zwangsräumung mehr veranlaßt.«

Herr van Appin schluckte schwer. »Das war also eine Zwangsräumung?«

»Jeder hat seine eigenen Methoden.«

»Davon kann man wohl ausgehen, Kurt. Nur …«

»Mach's einfach, klar?«

»Okay.«

Lundqvist erhob sich. »Mit dir Geschäfte zu machen, ist wirklich das reinste Vergnügen, van Appin«, verabschiedete er sich, dann fügte er »Für mich jedenfalls« hinzu und ging hinaus.

Nachdem Lundqvist das Büro verlassen hatte, saß van Appin eine ganze Weile reglos da und dachte nur: *Ach, du dicke Scheiße!*

Sein spezieller sechster Anwaltssinn sagte ihm, daß ihm die eine oder andere Klage auf Schadensersatz ins Haus stehen werde. Ein Jammer, aber so war es nun einmal.

»Lundqvistien!« seufzte er leise. »Du meine Güte, ein entsetzlicher Name für einen Kontinent!«

Gegenüber Vanappinland oder etwas in der Richtung klingt das doch geradezu lächerlich, dachte er unwillkürlich.

»George?«

»Chris! Schön, daß du mal was von dir hören läßt. Wie geht's dir?«

»Nicht so toll, George. Ehrlich gesagt, habe ich sogar so etwas wie ein Problem.«

Lucky George runzelte die Stirn und griff nach dem neben dem Telefon liegenden Notizblock. »Schieß los, Chris. Erzähl mir alles.«

Am anderen Ende der Leitung holte Christoph Kolumbus tief Luft, sagte »Also, folgendes ist passiert …« und erzählte die ganze Geschichte. Als er damit fertig war, saß George eine Weile stumm da und kaute gedankenverloren an einem Bleistift.

»Bist du noch da, George?«

»Ich bin noch dran, Chris. Ganz schön mies, wie?«

»Ja.«

»Und diese Gerichtsvollzieher … was hast du noch mal gesagt, wann die kommen?«

»In genau einer Woche, George. Mit vier Millionen Geisterkriegern aus dem Justizministerium als Geleitschutz.«

»In einer Woche stehst du also mit den Koffern auf der Straße, richtig?«

»Du sagst es.«

George kritzelte ein paar Strichmännchen aufs Papier, malte die relativ rund geratenen Köpfe aus und schürzte nachdenklich die Lippen. Dann lächelte er.

»Mach dir deswegen keine Sorgen, Chris«, beruhigte er Kolumbus schließlich. »Ich glaube, ich weiß, was wir tun müssen, und das Ganze dürfte uns nicht einmal große Schwierigkeiten bereiten.« Er hielt inne. »Wenigstens dann nicht, wenn uns eine ganz gewisse Person dabei hilft.«

»Jemand, den ich kenne?«

»Ein alter Freund von uns, Chris. Aber überlaß das mal alles mir, einverstanden? Das Ganze ist wirklich nur eine Frage der Hydraulik.«

»Der Hydraulik?«

George nickte. »Richtig, der Hydraulik, Chris. Wir hören voneinander.«

16. KAPITEL

Eurobosch, der gigantischste Erlebnispark aller Zeiten, war mitten in der Entstehung. Fünfhunderttausend Geisterbauarbeiter schufteten Tag und Nacht, um die sensationellste Freizeiteinrichtung in der Geschichte von Raum und Zeit fertigzustellen. Und das alles nur, weil ein Mann diesen unvorstellbaren Alptraum zu träumen gewagt hatte.

Der betreffende Mann saß auf dem Fensterbrett des Bauleitungsbüros, blickte über das schlammige Chaos hinweg und versuchte, wenigstens eine ungefähre Ähnlichkeit mit jener unverfälschten Scheußlichkeit festzustellen, die er sich in Gedanken ausgemalt hatte. Leicht fiel ihm das nicht.

Nehmen wir zum Beispiel die Rutschbahn. Diese hatte die Form einer fünfundzwanzig Meter hohen Sanduhr, auf der ein vogelköpfiger Dämon saß, bei dessen Anblick sich einem der Magen umdrehte. Seine Füße steckten auf schier unmögliche Art und Weise in zwei Weinkrügen, und er nagte gedankenverloren an dem Bein einer des Ehebruchs überführten Frau. Auf dem Papier hatte alles ganz prächtig ausgesehen. In drei Dimensionen übertragen, entsprach es allerdings eher einer anderen Art von Alptraum.

Die Grundkonstruktion stellt kein Problem dar; man nehme ein paar verstärkte Stahlträger, ein paar einfache Spanplatten und feuerverzinkte Eisenbleche. Dann menge man einige Querbalken bei, damit die ganze Masse schön steif wird. So weit, so gut. Als nächstes füge man die eigentliche Rutschbahn hinzu, wobei man unter der Achselhöhle des Dämons beginnt und sie dann spiralförmig nach unten verlaufen läßt, bis sie durch das Hinterteil eines sündigen Wesens hindurch, das von einem drei Meter hohen lebenden Baum scheußlich zugerichtet wird, wieder ins Freie führt. Alles kein Problem; Ihr Baustoffhändler hat zufällig noch eine durchgehende Spirale behandeltes Aluminiumblech auf Lager, die genau paßt und dank eines stornierten Auftrags zudem äußerst günstig im Preis ist. Dann erst beginnt der eigentliche Spaß.

Vogelköpfige Dämonen sind nämlich, unverblümt gesagt, eine einzige Qual. Selbst wenn Sie noch so sehr auf Ihre Spritzgußformen aus gehärtetem Propylen schwören, so können Sie doch todsicher davon ausgehen, daß die beiden Hälften nicht bündig zusammenpassen – und für den Preis nur einer Spritzgußform könnten Sie es sich leisten, den gesamten Krebsnebel mit Palisanderholz täfeln zu lassen. Andererseits kann man natürlich auf das gute alte Styropor zurückgreifen, wenn man bereit ist, sich damit abzufinden, daß das ganze Mistding bei Feuchtigkeit oder starkem Wind zu zerbröckeln, wenn nicht gar wegzufliegen droht. Fiberglas wäre wegen der Länge des Beins der Ehebrecherin zu zerbrechlich, und alles andere kommt aufgrund des zu berücksichtigenden Gesamtgewichts nicht in Frage, und spätestens beim Errichten des verfluchten Geräts hätte man nichts als Ärger, da alle hervorstehenden Bauteile abbrechen würden. Letztendlich überredet man die Geldgeber dazu, sich die Spritzgußformen zu leisten, um gleich darauf in Erfahrung bringen zu müssen, daß die Modellmacher die nächsten drei Monate ausgebucht sind, und wenn diese Leute endlich die Zeit erübrigen können, dann haben sie sich heillos mit der Formengießerei zerstritten und weigern sich, ohne einen fünfzigprozentigen Aufschlag auf den zuvor vereinbarten Preis auch nur einen Handschlag zu tun. Kaum hat man alle diese Probleme gemeistert und sich mit dem Technischen Überwachungsverein und der Feuerwehr geeinigt – selbst mit diesem kleinen Arschloch von der Baubehörde, der einen andauernd damit zulabert, ja nicht die vorgeschriebene Gesamthöhe zu überschreiten –, da taucht der Baukostenkalkulator auf (der ausgerechnet mit dem Steuerberater der Gesellschaft Golf spielt, der seinerseits das ganze Projekt am liebsten abblasen ließe) und erzählt dem Aufsichtsrat, er kenne ein paar Häuser weiter eine Firma, die sämtliche Arbeiten vierzig Prozent billiger erledigen könne, inklusive Anlieferung und Installation der psychedelischen Lichteffekte. Die Formengießerei droht mittlerweile, einen wegen Vertragsbruchs zu verklagen, und höchstwahrscheinlich ist das als Rutsche dienende Aluminiumband (das noch immer nicht mit drei Schichten Grundierfarbe gestrichen worden ist, da die Maler damit warten wollen, bis die aufwendige Lautsprecheranlage komplett angeschlossen ist) längst grau und rissig geworden und muß erst einmal von Kratzern befreit werden. Zu guter Letzt schaut der Finanzdirektor während seines monatlichen Inspektionsrundgangs vorbei und sagt: ›Nun ja, die Grundidee gefällt mir ja. Aber finden Sie nicht auch, daß das Ganze noch etwas, na ja, ekelhafter gestaltet werden müßte? Wie wäre es, wenn wir zusätzlich zwei Schlangen mit Totenköpfen an den beiden Hauptpfeilern rauf- und runterrutschen ließen?‹

Das Telefon klingelte. Ronnie Bosch, dessen Blick an einer übergroßen Eierschale aus Styropor haftete, die sich gerade aus ihrer Verankerung an der Seite des Riesenrads zu lösen begann, griff mit der linken Hand nach dem Hörer und nahm ihn auf.

»Hier Bosch«, meldete er sich.

»Hallo, Ronnie.«

Bosch schloß die Augen. »Du schon wieder«, zischte er. »Das darf doch wohl nicht wahr sein, George! Ich habe jetzt wirklich keine Zeit...«

»Das dauert nicht lange, alter Junge. Ich habe nur ein kleines Problem, bei dem ich etwas Hilfe benötige. Im Grunde brauche ich nur...«

Dann erzählte ihm Hieronymus Bosch voller Inbrunst, was Lucky George seiner Meinung nach in Wirklichkeit brauche. Anatomisch betrachtet, klang das zwar ein wenig an den Haaren herbeigezogen, doch verglichen mit einigen der technischen Meisterleistungen, die er in den letzten Monaten vollbracht hatte, wäre es wahrscheinlich ein Klacks gewesen.

»Das Vergnügungsparkprojekt macht dir anscheinend ganz schön zu schaffen, wie?« erkundigte sich George vorsichtig.

»Das kannst du laut sagen, George. Wie zum Teufel soll ich beispielsweise eine siebenhundert Tonnen schwere Sperrholz- und Fiberglasmandoline, aus deren Schallkörper Würmer herauskrabbeln, in zwölf Meter Höhe aufhängen, ohne einen Kran benutzen zu dürfen, weil die Planer behaupten, der Ausleger wäre dann für die unmittelbare Umgebung zwei Meter zu lang?«

George lachte. »Ist doch ganz einfach. Aber paß auf, alles, was ich für die Lösung meines kleinen Problems brauche. ist...«

»Ganz einfach?« unterbrach ihn Bosch aufgebracht.

»Klar. Ich dachte, du machst einen Scherz, als du eben sagtest, du habest ein Problem. Hast du denn die Mandoline schon gebaut?«

Bosch lachte betrübt. »Das hat wohl wenig Sinn, solange ich keine Idee habe, wie ich das Scheißding in die Luft kriege.«

»Sehr schön. Dann baust du sie nicht aus Sperrholz, Ron, sondern aus Gummi. Für das Grundgerippe nimmst du Aluminiumrohr und beziehst es mit einer verstärkten Gummihaut. Dann füllst du die Teufelsgeige mit Helium und bist aus dem Schneider. Du mußt nur dafür sorgen, daß sie mit ein paar Stahltrossen gesichert wird, damit sie dir nicht abhaut. Ist doch wirklich ganz einfach.«

Bosch ließ fast den Hörer fallen. »George, das ist ja eine verdammt gute Idee. Halt trotzdem noch mal die Luft an, wie ist es dann um das Gesamtgewicht der Würmer bestellt? Wenn …«

Es folgte eine mehrminütige technische Debatte, an deren Ende Bosch tief Luft holte und sagte: »Und was wolltest du nun von mir?«

»Hast du einen Stift zur Hand?«

»Ja.«

»Schön, dann hör gut zu. Als erstes möchte ich, daß du mir in den Boden des Marianengrabens ein Loch bohrst.«

Bosch brach die Bleistiftmine ab. »Kein Problem. Ich werde einfach an meinem freien Tag mit Schnorchel und Spitzbohrer losziehen, einverstanden? Oder soll ich lieber unserem Klempner Bescheid geben, er möge doch bitte den Stöpsel aus dem Pazifik ziehen?«

»Als nächstes benötige ich ein paar gute und extrem haltbare Hydraulikschläuche«, fuhr George ungerührt fort und gab die genaue Menge an. »Und eine Dampfturbine, Ron; nichts Besonderes, einfach nur irgend so ein altmodisches Ding, mit dem sich die Pumpe antreiben läßt. Ich nehme an, du hast bei dir da unten in einem der Maschinenschuppen noch so ein Teil herumliegen. Soweit ich mich erinnere, liegen da allerlei nützliche Teile herum, die in aller Stille vor sich hin rosten. Laß das Gerät einfach von ein paar Leuten mit einer Drahtbürste säubern, und das Ding sieht aus wie neu.«

»Ich höre dir übrigens schon gar nicht mehr zu, George«, bemerkte Bosch. »Ich meine, vielen Dank noch mal für den Tip mit dem Ballon, und ich schulde dir deshalb eindeutig einen Gefallen, aber das ist mir doch zu …«

»Ich glaube, das war's auch schon«, unterbrach ihn Lucky George, wobei er noch einmal die Liste durchging, die er auf einen Bierdeckel gekritzelt hatte. »Nein, tut mir leid, ich hab gelogen, ein einziges größeres Teil brauche ich doch noch. Könntest du für mich einen hydraulischen Widder, also einen Stoßheber auftreiben? Warte, ich gebe dir gleich die technischen Details …«

»George!« Bosch war kurz davor, den Hörer aufzulegen, als seine berufliche Neugier die Überhand gewann. »George, was zum Teufel hast du eigentlich mit allen diesen Geräten vor?«

George erzählte es ihm.

Ingenieure sind ein wenig wie Bergsteiger; nicht in dem Sinne, daß sie buschige Bärte tragen oder wegen Erfrierungen keine Zehen mehr haben, sondern weil sie keiner Herausforderung widerstehen können. Bitten Sie mal einen Ingenieur, an einem tropfenden Wasserhahn die Dichtung auszuwechseln, und er wird Sie in barschem Ton dazu auffordern, auf der Stelle das Weite zu suchen. Legen Sie ihm aber einen Konstruktionsentwurf vor, nach dem Wasser ohne Druck bergauf fließen und ein Schwungrad antreiben soll, und fragen Sie ihn, ob er glaube, daß es funktionieren könne, dann greift er, bevor Sie sich umsehen können, nach der Schublehre und dem Rechenstab, und Sie müssen sich nur noch entscheiden, ob Sie das Schwungrad in Hellbeige oder Avocadogrün gestrichen haben wollen.«

»Du machst Scherze.«

»Nein, ganz bestimmt nicht«, widersprach George. »Im Grunde ist das eine ganz einfache Konstruktion. Groß, aber einfach. Glaubst du, du kriegst das hin?«

Hieronymus Bosch zögerte; in seinem Verstand ging es wie auf einem Schlachtfeld sich befehdender Gefühle zu. Auf der einen Seite sagte ihm seine Vernunft: *Auf keinen Fall. Laß bloß die Hände davon. Wenn die dich dabei ertappen, dann sind vogelköpfige Dämonen im Vergleich zu dem, was man mit dir anstellen wird, so harmlos wie Plüschtiere.* Lauter und nachdrücklicher tobte der Tumult in den genetischen Veranlagungen. *Ist doch irre,* flüsterte der Werkzeugmacher in ihm, *und da ich gerade darüber nachdenke, fällt mir ein, daß noch vom zweiten Tag der Schöpfung der alte Stützpfeiler aus Molybdänstahl übriggeblieben ist. Du mußt lediglich am Rand ein paar tausend Tonnen abschlagen, das ganze Zeug plattwalzen und schon hast du das Ausgangsmaterial ...* Die Versuchung schlug unerbittlich auf die wackligen Seitenwände seiner Vernunft ein; als hätte sich Eva mit einem ganzen Apfelstrudel samt einer doppelten Portion Schlagsahne und Vanilleeis an Adam herangeschlichen.

»Ich weiß nicht recht«, widersprach er halbherzig. »Erst mal müßte ich die Zeichnungen sehen.«

»Ich kann sie dir gleich per Fax schicken.«

»Lieber nicht, das kriegen die bestimmt mit.«

»Dann sag denen, daß die Zeichnungen fürs Parkprojekt sind. Erzähl doch einfach, daß ihr dadurch eine Menge Geld einsparen könnt.«

»Dir ist hoffentlich klar, daß bei dem gewaltigen Innendruck alles mit der Wanddicke steht und fällt. Das wird äußerst riskant und ...«

»Daß ich nicht lache, Ron. Hör zu ...«

Und damit war der Fall erledigt. Kaum waren die Angaben zu den technischen Details telefonisch hin- und hergeflossen, war die Sache so gut wie ausgemacht.

»Danke, Ron«, sagte Lucky George. »Ach, eine Sache noch ... wir haben nur achtundvierzig Stunden Zeit. Das ist zwar ein bißchen knapp, aber du schaffst das schon.«

»George ...«

»Bei jedem anderen würde ich mir Sorgen machen, Ron, doch bei dir hab ich völliges Vertrauen. Ich werde dir noch diese Minute die Pläne faxen.«

»George ...!«
»Tschüs.«

Nachdem er den Hörer aufgelegt und die Pläne an Bosch gefaxt hatte, setzte sich George auf den Balkon und beobachtete die vorbeiziehenden Gondeln.

»Nun, was ist?« fragte Helena, die sich mit dem Kaffee zu ihm gesellte. »Hast du Erfolg gehabt?«

George nickte. »Kein Problem. Ronnie ist ein feiner Kerl und vor allem sehr leicht beeinflußbar. Vergiß nicht«, fügte er hinzu, wobei er die Oberlippe in die aufgeschäumte Milch des Kaffees tauchte, »daß seine Aufgabe bei weitem die leichteste von allen ist.«

Helena runzelte nachdenklich die Stirn. »Mit leicht meinst du aber immer noch äußerst schwierig, nicht wahr?«

»Schwierig?« George schüttelte den Kopf. »Für einen Mann mit Ronnies Fähigkeiten ist das ein Klacks.« Er seufzte. »Du meine Güte, wenn man mir die ganzen Geräte und Maschinen in die Hände gäbe, die man ihm da unten zum Herumspielen zur Verfügung gestellt hat, dann könnte ich ...«

Helena lächelte nachsichtig und entfernte die Zuckerdose, aus der George während der letzten fünfzehn Sekunden gedankenverloren einen Löffel nach dem anderen in den Kaffee geschaufelt hatte. »Sobald wir geheiratet haben und endlich seßhaft geworden sind, werde ich dir hinten im Garten einen kleinen Schuppen genehmigen müssen. Darin kannst du dann dein ganzes Werkzeug und den anderen technischen Firlefanz aufbewahren, damit nichts davon im Haus herumliegt.«

Unter dem Balkon streifte das graubraune Wasser des Canal Grande katzenartig an den Pfeilern entlang, auf denen das Haus ruhte. Wie bei den meisten Gebäuden in Venedig war die reine Macht der Gewohnheit mehr oder weniger der einzige Grund, der das Haus davor bewahrte, in die Lagune zu rutschen, gepaart mit einem Hauch künstlerischer Freiheit. George hatte es vor vierhundertsechzehn Jahren als eine Art zweite Einnahmequelle gekauft, und eine der vielen Erledigungen, auf die er sich gleich nach Beendigung dieser verflixten Lundqvist-Geschichte besonders freute, war die Eintreibung der zu beträchtlicher Höhe angelaufenen Mietrückstände bei den Nachkommen von zwölf Mietergenerationen.

»Dieses Haus, von dem du andauernd redest, wird furchtbar unpraktisch sein. Das ist dir hoffentlich klar, oder?« gab er schließlich zu bedenken.

»Weshalb?«

»Weil du jedesmal über meine Leiche gehen mußt, wenn du das Haus verläßt.«

»Unsinn«, widersprach Helena lächelnd. »Ich werde einfach eine kleine Brücke über dich bauen lassen.«

»Also gut«, lenkte George ein, wobei er ein Gähnen unterdrückte. »Aber wenn du so scharf darauf bist, ein Haus zu haben, was hast du dann an diesem hier auszusetzen?«

»Wie? Diese Bruchbude?«

»Ja, warum nicht? Alles funktioniert, und es erfüllt seinen Zweck. Es hat vier Wände, und ich bin mir ziemlich sicher, daß ich beim letzten Kontrollgang irgendwo ein Dach herumliegen sah.«

»Sei nicht albern.«

»Wie du meinst.« George zuckte die Achseln. »Solange Lundqvist frei herumläuft und auch sonst noch nichts geklärt ist, halte ich eine solche Diskussion sowieso für verfrüht. Und ganz unter uns gesagt, geht mir der Kerl allmählich auf die Nerven.«

»Was du nicht sagst ...«

George nickte. »Na gut, zur Zeit stellt er keine direkte Bedrohung dar, und selbst wenn es so wäre, würde mich das nicht sonderlich kratzen. Solange er Farbe bekennt und sich artig in der Öffentlichkeit zeigt, komme ich ohne Probleme mit ihm klar.« Er runzelte die Stirn und rieb sich mit den Fingerknöcheln über die Lippen. »Aber daß er jetzt meine Freunde schikaniert, geht wirklich zu weit. Dagegen muß man einfach etwas unternehmen.«

»Das stimmt allerdings.« Helena blickte über den Kanal hinweg und beobachtete zwei überdurchschnittlich große Möwen, die über einer mit deutschen Touristen vollgestopften Gondel schwebten. Hin und wieder schossen sie wie Stukas in die Tiefe, dann pflegte eine der beiden an der ungedeckten Seite der Gondel wieder hochzukommen und direkt hinter dem Kopf eines Mitglieds der Reisegruppe gezielt ein paar ungebührliche Bemerkungen in deutscher Sprache vom Stapel zu lassen. Während des nachfolgenden Tumults nahm die andere einen kräftigen Bissen aus der Eistüte eines kleinen Mädchens. »Obwohl das leichter gesagt ist als getan, findest du nicht?« fuhr Helena schließlich fort. »Ich meine, wenn es eine einfache Möglichkeit gäbe, diesen Kotzbrocken davon abzuhalten, uns auf die Nerven zu gehen, wäre uns wahrscheinlich längst etwas eingefallen. Also ist dieses Problem nicht gerade neu, nicht wahr?«

»Eine einfache Möglichkeit, ihn loszuwerden, gibt es wahrscheinlich wirklich nicht. Andererseits muß das Einfachste nicht immer das Beste sein. Ich wäre sofort mit der kompliziertesten Lösung einverstanden, wenn mir überhaupt eine einfiele.« George nahm die nach seinem Dafürhalten fast leere Kaffeetasse in die Hand, blickte schmunzelnd hinein, nahm einen Schluck und verbrannte sich letztendlich die Zunge, wodurch er auf überzeugende Weise demonstrierte, daß er mit den Gedanken ganz woanders war. »Jedenfalls müssen wir uns in der Zwischenzeit um diese Kolumbus-Geschichte kümmern.«

»Um den schwierigen Teil also«, warf Helena ein.

George grinste. »Vergleichsweise schwierig. Um

diese ganze Angelegenheit unter Dach und Fach zu bringen, müssen wir nämlich lediglich eine ebenso schöne wie schmutzige Präsidentenwahl abhalten lassen.«

»Kommen wir zu Punkt fünf der Tagesordnung«, sagte der Finanzdirektor. »Fängst du bitte an, Steve? Sind schon irgendwelche neuen Marketingideen geplant?«

Der Verkaufsdirektor nahm einen Kugelschreiber vom Tisch auf und drehte ihn langsam zwischen den Klauen. »Ein oder zwei Knaller sind noch in der Schwebe«, antwortete er. »Woran wir aber gerade mit Volldampf arbeiten, ist die Werbung für ›Verdamme einen Freund‹.« Er drehte sich zur Projektionsleinwand um und nahm die Fernbedienung in die Klaue. »Dahinter steckt die Idee, daß man einen immer wiederkehrenden Traumurlaub für zwei Personen in einem Schuldkomplex der freien Wahl gewinnt, wenn man als Spieler die Verdammnis eines Mitmenschen zwischen dem ersten Februar und Ende Mai bewirken kann. Das funktioniert schon deshalb besonders gut, da wir zur Zeit immense Schuldvorräte besitzen, und anscheinend verbrauchen wir das Zeug längst nicht mehr so schnell wie früher.«

»Meiner Meinung nach sind die Psychiater daran schuld«, unterbrach ihn der Personalchef, der kurz zuvor aus einem Halbschlaf aufgewacht war. »Diese verfluchten Armleuchter, mischen sich doch überall ein. Andauernd verkorksen die einem rundum perfekte Persönlichkeitsstörungen und hindern Menschen daran, ihre Väter umzubringen. Wenn ihr mich fragt, ist selbst der Himmel noch zu gut für diese Seelenklempner.«

»Danke, Dennis. Gibt's sonst noch was, Steve? Hast du schon irgendwas für die Wintersaison geplant?«

»Ameisen.«

Der Finanzdirektor blickte seinen Kollegen über den Brillenrand hinweg an. »Ameisen, Steve?«

Der Verkaufsdirektor nickte eifrig. »Richtig. Das ist so eine Art logische Fortsetzung – oder nein, Nebenprodukt ist wahrscheinlich treffender.«

Für einen kurzen Augenblick herrschte verdutztes Schweigen. das schließlich von dem Firmensekretär beendet wurde.

»Ach, jetzt verstehe ich. Du meinst so was wie in dem Film ›Herr der Fliegen‹, richtig? Tolle Idee.«

Der Verkaufsdirektor nickte zustimmend. »Genau. Allerdings sind Fliegen in den neunziger Jahren etwas aus der Mode gekommen. Ich habe daran gedacht, daß man jedesmal, wenn man gegen eins der Zehn Gebote verstößt, nach einem Punktsystem eine Art Gutschein bekommt. Wie viele Punkte man erhält, hängt jeweils von dem Gebot und der Schwere des Verstoßes ab. Wenn man genügend Gutscheine gesammelt hat, kann man sie gegen Ameisen eintauschen. Und sobald man soundso viele Ameisen zusammenhat, fordert man sein Ehrenabzeichen an und wird zum Hilfsherrn der Ameisen ernannt. Ich halte das für einen recht ausgeklügelten Plan.«

»Entschuldige, wenn ich dich unterbreche, aber warum ausgerechnet Ameisen?« wollte der Finanzdirektor wissen.

»Weil wir eine ganze Menge davon haben«, antwortete der Finanzdirektor. »Wenn man jedenfalls genug Gutscheine gesammelt hat, nimmt man außerdem automatisch an der großen Lotterie teil. Alles ganz einfach.«

»Das ist doch Effekthascherei.«

»Vielen Dank, Harry.« Der Verkaufsdirektor blickte den Produktionsleiter wütend an. »Als Effekthascherei würde ich das jedenfalls nicht bezeichnen. Das ist ein ganz normaler Trick, um den Umsatz zu fördern. Erst einmal ist das Projekt für die Dauer eines Jahres geplant, und dann sehen wir weiter. Das beste daran ist, daß uns der Rohstoff keinen Pfennig kostet. Ich werde euch jetzt einige Vorabkalkulationen und Berechnungen auf der Leinwand zeigen, damit ihr euch ein besseres Bild machen könnt.«

Als der Diavortrag schließlich ein Ende fand, dankte der Finanzdirektor seinem Kollegen und lenkte die Aufmerksamkeit der Anwesenden auf den letzten Punkt der Tagesordnung.

»Gibt es irgendwelche Vorschläge dazu?«

Es herrschte Schweigen, tief und betreten wie ein schlecht gereinigter Teppich. Schließlich hob der Personalchef die Hand.

»Nun, ich habe mir da so meine Gedanken gemacht«, sagte er. »Warum entlassen wir ihn nicht einfach auf Bewährung?«

Der Finanzdirektor blickte ihn verdutzt an. »Erzähl weiter«, forderte er ihn auf.

»Na ja, ich halte das für die nächstliegende Lösung«, fuhr der Personalchef fort. »Im Grunde sehe ich keine Möglichkeit, wie wir ihn uns schnappen sollen. Der Sicherheitsdienst ist keinen Schritt vorangekommen, Lundqvist hat sich als Totalausfall entpuppt, und jedesmal, wenn wir etwas versuchen, läßt uns dieser Mistkerl Lucky George allesamt wie Vollidioten aussehen. Dieser Gag, die gesamte Weltbevölkerung in die Ferien zu ...«

»Jaja, aber diese Geschichte wollen wir jetzt einfach mal auf sich beruhen lassen, einverstanden?«

»Ich will damit nur sagen«, fuhr der Personalchef unbeirrt fort, »warum finden wir uns nicht einfach mit der Situation ab und schaffen klare Verhältnisse, indem wir ihn vorzeitig entlassen? Ganz offiziell, meine ich.«

»Moment mal«, wandte der Finanzdirektor ein. »Du willst damit doch nicht allen Ernstes vorschlagen, wir sollen behaupten, er sei wegen guter Führung vorzeitig aus der Haft entlassen worden, oder? Das wäre ...«

»Ganz im Gegenteil«, unterbrach ihn der Personalchef. »Denn seit wann wird gute Führung in dieser Gegend als Pluspunkt gewertet?«

Der Finanzdirektor schüttelte den Kopf. »Gute Idee an sich, Dennis, aber leider nicht zu verwirklichen. Auf vorzeitige Entlassungen haben wir keinen Einfluß. Natürlich können wir Empfehlungen aussprechen, aber unter diesen Umständen ...«

»Ach, ich weiß nicht«, warf der Verkaufsdirektor ein. »Seht es doch mal so: Wenn der Bursche tatsächlich so rechtschaffen, anständig und gesund ist, um auf freien Fuß gesetzt zu werden, dann steht es doch logischerweise außer Frage, daß er hier so schnell wie möglich raus wollte. Ich meine, hier wimmelte es doch nur so von Spitzbuben, und man könnte in schlechte Gesellschaft geraten. Jedenfalls bin ich sehr dafür.«

»Nein, und dabei bleibt's«, widersprach der Finanzdirektor. »So, ich glaube damit hätten wir alles durch... Nein, einen Punkt gibt's noch. Eurobosch.«

Im Sitzungssaal machte sich allgemeine Erleichterung breit. Eurobosch war das einzige Projekt, das von allen gutgeheißen wurde; sehr bedeutend, sehr prestigeträchtig, sehr imagefördernd und vor allem sehr authentisch, was gut für das Wir-Gefühl war. Der Finanzdirektor räusperte sich.

»Nachricht von H. B.«, sagte er. »Offenbar bittet er um die Erlaubnis, ein« – der Finanzdirektor blinzelte auf den vor ihm liegenden Zettel – »Loch in einen Meeresgrund irgendwo vor Amerika zu bohren, eine Dampfturbine auf Hochofen Nummer sechs zu installieren, und – die Handschrift von dem Kerl ist einfach entsetzlich – er schreibt hier, daß in einem der Zolldepots noch eine alte Eisenstange herumliegen soll, die er gern hätte. Er führt zwar nicht genauer aus, wozu er das ganze Zeug braucht, aber ich für meinen Teil verstünde sowieso nichts davon. Irgendwelche Einwände?«

Und da nicht nur der Weg zur Hölle mit guten Vorsätzen gepflastert ist, schüttelten die Direktoren den Kopf, bis der Sitzungssaal noch am ehesten einer Zurschaustellung von Gruselgestalten im Heckfenster eines Autos glich, die der Maler H. R. Giger für den Film *Alien – Das unheimliche Wesen aus einer anderen Welt* entwarf. Wenn Ronnie das Zeug unbedingt haben wollte, dann sollte er es auch kriegen.

»Schön, das wär's dann«, stellte der Finanzdirektor fest und setzte unter den rosafarbenen Protokollzettel seine Initialen. »Nächste Woche, selbe Zeit?«

17. KAPITEL

Wer? Ich?«

Lucky George beugte sich ein Stück vor. Als ein normalerweise schon sehr überzeugend wirkender Mensch legte er sich noch mehr ins Zeug als gewohnt. Ein Araber, der auf George in dieser Verfassung gestoßen wäre, hätte sich im Nu als ebenso stolzer wie leicht verdutzter Besitzer etlicher Kubiktonnen teuersten Wüstensands wiedergefunden.

»Ja, Leo, duhu«, säuselte er. »Du hast genau das, was man benötigt, um in der Politik Erfolg zu haben, findest du nicht auch, Helen? Ich meine, du würdest ihn doch bestimmt wählen, nicht wahr?«

»Sofort«, stimmte Helena zu, ohne von ihrem Buch aufzublicken, in dem Gymnastikübungen beschrieben wurden. Sie war gerade bis zu der Stelle gekommen, wo die Hauptperson das linke Bein um den Hals geschlungen hatte, wobei die Ferse im rechten Ohr steckte. Jetzt wollte sie unbedingt herausfinden, wie es der Autor bewerkstelligen wollte, die Übung mit einem Happy-End abzuschließen.

»Na also. Wie du siehst, wirkst du geradezu fesselnd auf Frauen, und die Stimmen der holden Weiblichkeit sind dir schon mal sicher. Komm schon, Leo, oder willst du allen Ernstes dein Leben lang immer nur auf der Verliererseite stehen? Willst du nicht wenigstens ein einziges Mal in deinem …?«

»Ach, ich weiß nicht.« Leonardo da Vinci strich sich nachdenklich den Bart, was schon fast eine Lebensaufgabe an sich war. »Um dir gegenüber ganz ehrlich zu sein, George, ich glaube einfach nicht, einer solchen Aufgabe gewachsen zu sein oder auch nur ansatzweise die Grundvoraussetzungen zu erfüllen.«

Lucky George machte eine abwehrende Geste. »Schwachsinn! Wie kommst du überhaupt darauf, Leo?«

»Na ja«, begann Leonardo und zählte an den Fingern ab, »erstens bin ich Italiener. Ich habe immer gedacht, man muß Amerikaner sein, um Präsident der Vereinigten Staaten zu werden…«

George lachte. »Kein Problem. Logischerweise besorgen wir dir als erstes eine amerikanische Staatsbürgerschaft. Und bevor du dich versehen kannst, hast du die Stimmen der Italo-Amerikaner damit schon mal im Sack.«

»Und nun dasselbe rückwärts«, murmelte Helena vor sich hin, aber die beiden anderen nahmen keinerlei Notiz von ihr.

»Außerdem bin ich tot«, erhob Leonardo einen zusätzlichen Einwand.

»Na und?«

Leonardo gestikulierte wild mit den Händen. »Du meine Güte, George! Auf die Wähler wirkt sich das wohl kaum sonderlich vertrauenerweckend aus. Ich meine, mit dem Slogan *Wählt da Vinci, er gäbe einen guten Präsidenten ab, wäre er doch nur am Leben* kann man bestimmt keinen Wahlkampf gewinnen, und wir würden…«

»Ganz im Gegenteil«, unterbrach ihn George. »Denk doch nur mal an die Kennedys. Im Endeffekt war das doch genau das ganze Geheimnis ihres Erfolges.«

Leonardo zuckte die Achseln. »Komisch, daß du ausgerechnet die Kennedys als Beispiel anführst. Hast du nicht gewußt, daß in Wirklichkeit die Milchvermarktungsbehörde hinter den ganzen Morden steckte und …?«

»Der tote Leonardo da Vinci«, fuhr George fort, ohne auf ihn einzugehen, »auf dem Weg ins Weiße Haus! Die Stimmen der Kriegsveteranen hast du damit auch schon in der Tasche, und das von Anfang an. Außerdem gehörst du als Toter sozusagen einer Minderheit an.«

»Tote und eine *Minderheit?* Du spinnst doch. Von uns gibt's Abermillionen da draußen«, widersprach Leonardo heftig.

»Ja, aber nur wenige davon sind hier auf der Erde, und darum geht's doch. Du sagst einfach, daß du als Toter einen Einblick in die Probleme von Leuten hast, die zu Opfern der Bigotterie geworden sind. Wenn man tot ist, fügst du hinzu, hat sich alles gegen einen verschworen. Nach der Trennung von seinen Liebsten endet man als billiger Bioabfall – du hast das doch selbst alles hinter dir, Leo, und weißt, wovon du sprichst. Mich wundert nur, warum du nicht schon früher darauf gekommen bist, als Präsident zu kandidieren.«

»Wahrscheinlich deshalb, weil er mit seiner Zeit etwas Besseres anzufangen weiß«, warf Helena ein.

»Ach, halt du dich lieber da raus, Helen. Deine Bemerkungen sind jetzt wirklich alles andere als hilfreich. Komm, stell dich nicht so an, Leo. Was hast du schon zu verlieren?«

»Also gut«, gab sich Leonardo schließlich geschlagen und setzte sich ein wenig entspannter hin. »Aber ist das Ganze nicht sowieso ein wenig unrealistisch? Ich meine, die Wahlen finden schon morgen statt, und viel Zeit bleibt da wirklich nicht …«

George lächelte. »Ist das wirklich alles, was dir Sorgen bereitet? Paß auf. Ich hatte mir nämlich schon gedacht, daß du dir eine solche Chance niemals entgehen läßt, und habe dich deshalb vorsichtshalber als Kandidaten eintragen lassen …«

»Was hast du getan?«

»Rückwirkend natürlich. Wenn man weiß, wie so was geht, ist das ganz einfach. Und bevor du jetzt behauptest, nicht mehr genügend Zeit für den Wahlkampf zu haben, kann ich dir mitteilen, daß ich dich in der Ed Sullivan-Show untergebracht habe – was übrigens kein Problem war, da er ein alter Freund von mir ist. Also stehen dir wenigstens fünfzehn Minuten der besten Sendezeit zur Verfügung, und das sollte doch reichen. Die meisten Wahlkämpfe leiden sowieso darunter, daß sie viel zu lang sind.«

»Aber ich ...«

»Wobei mir einfällt, daß du in etwa zwanzig Minuten auf Sendung gehst, also würde ich mich an deiner Stelle etwas beeilen.«

Im nachhinein, so behaupten die Experten, habe bereits beim Eintreffen der Ergebnisse aus Utah ganz eindeutig festgestanden, daß es einen Erdrutschsieg für da Vinci geben werde.

Gegen drei Uhr zwanzig waren bereits die Endergebnisse aus vierzehn Bundesstaaten eingetroffen. Alle hatten für da Vinci gestimmt.

Gegen fünf Uhr morgens war alles vorbei.

Als am späten Abend dieses schicksalshaften Tages der Chef des Gallup-Instituts während eines Interviews in der Tonight-Show Stellung zu der Frage beziehen sollte, weshalb sich sämtliche Meinungsforscher wieder einmal gründlich geirrt hätten, führte er zu seiner Verteidigung an, daß bei dieser Wahl gewisse Umstände eine Rolle gespielt hätten, die zur Zeit der Umfragen nicht vorherzusehen gewesen seien. Umstände (um nur einige wenige zu nennen) wie:

(a) eine persönliche Stellungnahme der Mona Lisa zur programmatischen Wahlerklärung da Vincis in einem Live-Interview, das nur fünf Minuten vor Eröffnung der Wahl von NBC ausgestrahlt wurde;

(b) die Invasion von New York durch Hunderttausende von merkwürdigen und unheimlich schnatternden Dämonen, die die Stadt niederzubrennen drohten, falls da Vinci nicht gewählt werde;

(c) der gleichzeitige Rückzug aller anderen Kandidaten, begleitet von dem leidenschaftlichem Appell eines jeden einzelnen, da Vinci und somit ein besseres Amerika zu wählen.

Falls dies noch nicht reiche, fuhr er fort, wobei er sich mit einem großen roten Seidentaschentuch den Schweiß von der Stirn wischte, müsse man da Vincis Wahlprogramm als einen der wesentlichsten Gründe mit einbeziehen. Zugegebenermaßen sei es zwar erst Stunden vor der Wahl veröffentlicht worden, aber seine schier umwerfende Klarheit habe sich eher positiv als negativ ausgewirkt.

Weiterhin führte der Meinungsforscher aus: »Wenn sich ein Mann erhebt und sagt: ›Hör zu, Amerika, um die Inflation zu stoppen, die Vollbeschäftigung wiederherzustellen, den Dollar zu stärken, den USA ihren rechtmäßigen Platz als Führer der freien Welt zurückzugeben und diesen Dreckskerlen von Arabern eine Tracht Prügel zu verabreichen, die sie niemals vergessen werden, müssen wir nichts weiter tun, als zur Stabilisierung des Landes jedes Gebäude von den Rocky Mountains bis zum Rio Grande mit einem Netzwerk aus Eisenträgern zu verbinden und nicht zu vergessen, gleichzeitig auf sämtlichen Dächern, Giebelwänden und Vorbauten wenigstens zehn Hochleistungsverbindungsstücke installieren zu lassen‹, dann kann man eine solche Wahl praktisch nicht mehr verlieren. Mit einer solchen Botschaft hätte selbst Jimmy Carter eine Chance gehabt ...«

An dieser Stelle schienen die Augen des Meinungsforscher glasig zu werden, und für eine Weile saß er mit extrem verwirrtem Gesichtsausdruck völlig reglos im Sessel, bis diese peinliche Situation durch die Ausstrahlung von Werbespots beendet wurde.

Die einzige andere abweichende Meinung, die an diesem Tag zu hören war, kam von einem Anrufer während eines Programms mit telefonischer Zuhörerbeteiligung, das von einem lokalen Radiosender irgendwo im hintersten Iowa ausgestrahlt wurde. Nachdem sich der Anrufer als Danny Bennett, wohnhaft in der Brennenden Feuergrube 1, zu erkennen gegeben hatte, behauptete er, daß der Sieg da Vincis allein auf einen ungeheuren Wahlbetrug zurückzuführen sei, namentlich nur durch die Anwendung von Magie, Geisterbeschwörung und anderen Formen verfassungswidriger Einflußnahme seitens eines gewissen Lucky George Faustus, eines Höllenflüchtlings, auf dessen Kopf eine unglaublich hohe Belohnung ausgesetzt worden sei. Als sich der Anrufer mitten in einer Schimpfkanonade über international operierende Killer befand, die auch ihm nach dem Leben getrachtet hätten (wobei er sich höchst merkwürdigerweise in der Vergangenheit ausdrückte), durchtrennten Arbeiter, die gerade zwischen dem Gebäude des Radiosenders und dem benachbarten Delikatessenladen Eisenträger verlegten, versehentlich das Telefonkabel, so daß die Verbindung unterbrochen wurde. Da neunzig Prozent aller Programme mit telefonischer Zuhörerbeteiligung bei kleinen Radiosendern auf ähnliche Weise enden, scherte das keinen der sieben Zuhörer auch nur im geringsten.

»Prima«, freute sich Lucky George. »Jetzt brauchen wir nur noch die Ballons.«

Möglicherweise gehört die Wiederinbesitznahme eines Landes nicht gerade zu den einfachsten Vorhaben. Das sollte jedenfalls so sein, ist es aber nicht.

In der Theorie begibt sich der Gerichtsvollzieher mit den notwendigen Unterlagen zu dem jeweiligen Staatschef und stellt ihm die Räumungsklage zu, womit die

Sache eigentlich erledigt wäre. Danach sollte die betreffende Bevölkerung an dem vom Gericht festgesetzten Termin bis um zwölf Uhr mittags das Land verlassen haben, wobei sie sämtliche beweglichen Gegenstände mit sich nehmen kann (wozu allerdings weder unbewegliches Inventar wie Berge, Kanalisationen, Mineralvorkommen, Pflanzen oder Bäume gehören). Die Wertsteigerungsmaßnahmen seitens der Pächter werden dann dem allgemeinen Verschleiß gegenübergestellt und sämtliche finanziellen Forderungen von der einen an die andere Seite zur Beilegung des Konflikts bei Gericht eingereicht, bis durch die Schlichtungskommission eine endgültige Entscheidung getroffen wird.

In der Praxis gibt es jedoch stets Streit und ständige Schikanen; was sogar manchmal in handgreiflichen Auseinandersetzungen ausartet. Deshalb werden heutzutage die meisten Wiederinbesitznahmen nicht mehr von gewöhnlichen Gerichtsvollziehern durchgeführt, sondern von darauf spezialisierten Firmen, von denen eine die Kurt-Lundqvist-Räumungsgesellschaft ist.

Wenn Lundqvist erst einmal bei der Arbeit ist, geht alles sehr schnell vonstatten. Sein Rekord für die Räumung eines Landes liegt bei neununddreißig Sekunden, wobei man allerdings fairerweise anführen muß, daß es sich um kein sehr großes Land gehandelt hatte; jedenfalls nicht mehr zu dem Zeitpunkt, als Lundqvist seine Arbeit erledigt hatte.

Lundqvist selbst führt seinen Erfolg in dieser Branche auf zielstrebige Planung, rationelle Arbeitsweise, ruhiges und angemessenes Verhalten bei der Lösung unerwartet auftretender Probleme und auf eine absolut *supergeile* satellitengesteuerte Laserkanone zurück, die in der Lage ist, eine halbe Million Quadratkilometer Landmasse in einer Stunde auf Grundgesteinshöhe verdunsten zu lassen.

Er selbst nennt sie hin und wieder liebevoll den Denver-Bunsenbrenner.

Wie er einräumt, zerstöre die Laserkanone womöglich Gebäude, die Infrastruktur und natürlich den Bewuchs der Bergketten, doch müsse man positiv bewerten, daß sie illegale Müllkippen beseitige, unhygienische Gegenden desinfiziere und eine angenehm glatte Oberfläche hinterlasse, hervorragend präpariert, für jedes x-beliebige, vom neuen Inhaber gewünschte Bauvorhaben. Wenn man ein Haus kaufe, so argumentiert er, reiße man ja auch als erstes die Tapete von den Wänden und werfe die alte Auslegware raus.

Direkt auf dem Grund des Marianengrabens, dem tiefsten Punkt aller Meere überhaupt, gibt es absolut kein Licht. Die seltsamen und unheimlichen Kreaturen, die dort unten bei über zwei Tonnen Druck pro Quadratzentimeter ein alptraumhaftes Dasein führen, leben und sterben, ohne den rudimentärsten Ansatz von Sehorganen zu entwickeln; wenngleich die Lehrmeinungen, warum dies so ist, auseinandergehen. Die eine sagt: Kein Licht, warum sich dann den Kopf darüber zerbrechen? Die andere hält dem entgegen: Wenn einem erst einmal eins dieser verrückten Viecher, die es dort unten gibt, zu Augen gekommen ist, wünscht man sich sowieso nichts sehnlicher, als nie mehr sehen zu können.

Falls man nun auf dem Grund des Marianengrabens arbeitet, ist es deshalb lebensnotwendig, auf keinen Fall die Mitnahme einer Taschenlampe zu vergessen.

»Wie? Ich, Fef? Ich hab fie nicht dabei. Tut mir leid, ich dachte, du würdeft fie mitnehmen.«

»Ich hab sie auch nicht. Keith, hast du die Taschenlampe dabei?«

»Ich doch nicht, Chef. Ich dachte, Vernon sollte sie mitnehmen.«

»Na prima. Wie ich sehe, ist mal wieder alles klar.«

»Findeft du das wirklich, Fef? Ich kann nämlich überhaupt nichtf fehen.«

»Ich meinte das im übertragenen Sinne, Vern.«

Die drei Geistertechniker (die erst kürzlich auf eigenen Wunsch vom Sicherheits- in den Wartungsdienst versetzt worden waren) traten eine Weile auf dem schlammigen Untergrund herum und klärten die Lage.

»Verdammt dunkel hier unten, Chef.«

»Na und? Dann ist es eben etwas trübe hier. Wir müssen halt unser Bestes geben.«

»Das scheinen wir sehr häufig tun zu müssen, wenn ich das mal so sagen darf, Chef.«

»Daf können wir aber auch am beften, ich meine unfer Beftef geben«, warf sein Kollege Nummer drei ein. »Augen fu und durch.«

»Richtig, Vern. Hört mal, vielleicht haben wir diesmal nicht unbedingt einen Bilderbuchstart erwischt, aber solange wir den Kopf hochhalten und nicht gleich die Nerven verlieren, ist das Ganze hier ein Kinderspiel, klar? Oder wollt ihr lieber wieder mit Lundqvist Räuber und Gendarm spielen?«

Es herrschte tiefes Schweigen.

»Was man auch tut, man macht es falsch, sage ich immer, Chef.«

»Du spinnst, Keith. Du sagst doch immer nur: ›Um Himmels willen, wir werden alle sterben!‹«

»Und das mit gutem Grund, Chef. Sei doch ehrlich.«

»Entfuldigt mal.«

»Was ist denn?«

»Wäre daf hier vielleicht hilfreich?«

Die beiden anderen drehten sich zu Geistertechniker Nummer drei um und nahmen einen Lichtschein wahr. Kein richtiges Licht, mit dem man auch im Dunkeln sehen kann, mehr ein scheußlich grünes Glimmen. Es rührte vom Schwanz eines plattfischähnlichen Gebildes her; eines Plattfischs, wie ihn sich allenfalls Ronnie Bosch an einem seiner trübsinnigeren Tage ausgedacht haben könnte, um ihn gleich darauf wieder überzumalen, weil selbst er bei dessen Anblick Zustände bekommen hätte.

»Igittigitt! Ich glaub, ich werd nicht wieder!« keuchte der Hauptmann. »Was zum Teufel hast du da, Vern? Das ist ja ekelhaft.«

»Daf ift ein Fif, Fef. Mit einem Licht im Fwanf. Ich dachte mir, daf Ding ift alf Tafenlampenerfatf ganf praktif, und wir ...«

»Schon gut, schon gut. Du hältst dieses ... ähm ... Ding, während wir das Loch machen.«

Um am tiefsten Punkt im Pazifischen Ozean ein Loch zu bohren, braucht man eine große Akkubohrmaschine, einen gewaltig langen Spiralbohrer und einen Druckluftschlauch, um damit den unberührten Schlamm wegzublasen, der sich dort in Millionen von Jahren angesammelt hat. Natürlich benötigt man auch noch den Bohrfutterschlüssel zur Spannung des Bohrkopfs.

»Alles klar, Keith«, keuchte der Hauptmann. »Dann gib mir mal den Bohrfutterschlüssel, damit ich ...«

»Nee, Moment mal, Chef! Du weißt ganz genau, daß du den Schlüssel selbst einstecken wolltest.«

»Au *Scheiße!*«

»Entfuldige noch mal, Fef, aber vielleicht tut die ef ja hier.«

Die beiden anderen Geistertechniker blickten Nummer drei befremdet an.

Im Grunde hielt er nur eine völlig entartet aussehende Krabbe in der Hand, die einen entsprechend merkwürdig geformten Schwanz hatte.

»Ach, das ist doch lächerlich«, murmelte der Hauptmann.

»Die ift aber aufgefprochen handlich.«

»Trotzdem gibt es keine Garantie, daß die auch paßt«, grummelte der Hauptmann. »Ich meine, selbst wenn der Schwanz nach Maß gearbeitet sein sollte, dann bricht er bestimmt ab.«

Hier irrte der Hauptmann. Aber nicht nur das, denn im Gegensatz zu einem gewöhnlichen leblosen Bohrfutterschlüssel rutschte er einem nicht aus der Hand, wenn man nur noch eine letzte halbe Drehung machen muß, und verschwand auch nicht auf Nimmerwiedersehen irgendwo unter der Werkbank. Schließlich drückte der Hauptmann kurz auf den Feststellknopf und vergewisserte sich gleichzeitig, daß die Bohrmaschine einwandfrei funktionierte.

»Jungs«, sagte er in fast feierlichem Ton, kurz bevor er den Bohrer ansetzte, »habt ihr nicht auch allmählich das Gefühl, daß bei diesem Job alles ein wenig zu glatt läuft?«

Dann kreischte der Bohrmeißel auf, als er mit dem Felsgestein in Kontakt kam. Während der Hauptmann den Bohrer hielt, machte er die unangenehme Erfahrung, wie sein ganzer Körper von den heftigen Vibrationen durchgeschüttelt wurde, die sich wellenförmig durchs Wasser ausbreiteten.

»Fef!«

»Was ist denn?« brüllte der Hauptmann. »Du mußt schon schreien. Bei diesem Lärm kann ich dich nämlich kaum verstehen.«

»Ich hab gesagt: ›Fef!‹!«

»Ja, den ersten Teil habe ich auch noch gerade verstanden, und was dann?«

»Mehr hab ich auch bif dahin noch gar nicht gefagt.«

»Dann erzähl endlich weiter!« brüllte der Hauptmann über das Kreischen des Bohrers hinweg, der sich wie ein kleiner Tyrannosaurus mit Verdauungsstörungen in das Felsgestein fraß. »Versuch einfach die erzählerische Klarheit beizubehalten, wie du sie bis jetzt an den Tag gelegt hast.«

»Waf ift lof?«

»Schon gut, Vern, ich wollte nur …«

»Ich kann dich kaum verftehen, Fef, weil der Bohrer fo einen furchtbaren Lärm macht. Könnteft du etwaf lauter fprechen?«

»Ja! Du sollst einfach weitersprechen!«

Der Geistertechniker zuckte die Achseln. »Ich wollte nur fragen, warum wir daf hier machen, Fef.«

Der Hauptmann zitterte furchtbar. Der Bohrmeißel war gerade auf etwas gestoßen, wo er nicht ohne weiteres hindurchkam, und die Nebenwirkungen breiteten sich über den gesamten Meeresboden aus, wodurch sämtliche auf der Welt stationierten Seismographen nach oben ausschlugen.

»Gute Frage«, antwortete der Hauptmann, als seine Zähne endlich aufgehört hatten, im Mund herumzufliegen. »Wie man mir gesagt hat, soll das irgendwas mit diesem Euroboschdingsbums zu tun haben. Wahrscheinlich will er von hier aus eine Leitung legen, um damit die Wasserfontänen im Haupthof zu versorgen.«

»Ich glaube eher, das soll ein Abfluß oder so was in der Richtung werden«, meinte Nummer zwei.

Die beiden anderen sahen ihn skeptisch an.

»Ein Abfluß?«

»Klar. Das Loch, das wir hier bohren, soll entweder ein Abfluß werden oder zur Verlegung von Telefonkabeln dienen. Eins von beiden jedenfalls, das steht fest«, bekräftigte Geistertechniker Nummer zwei mit Nachdruck.

»Das nimmst du aber nur an, oder?«

»Denk doch mal nach, Chef. Aus welchem Grund buddeln Leute denn sonst noch Löcher?«

Der Hauptmann hielt mit dem Bohrer in der Hand inne. Das Licht des Plattfischs warf auf den Meeresgrund seltsame Schatten. *Aus welchem Grund buddeln Leute denn sonst noch Löcher?* fragte er sich.

Um Gräber auszuheben.

Um Fallen zu bauen.

Um Minen zu legen.

Vor allem aber, weil es ihnen befohlen wird.

Und natürlich auch, um Abflußrohre zu verlegen. Er streckte den Rücken und blickte sich ausgiebig nach allen Seiten um. Mit Ausnahme der undurchdringlichen Dunkelheit war nichts zu sehen.

»Du meinst, so einfach soll das sein?« fragte er schließlich Nummer zwei.

»Klaro.«

»Keine heimlichen oder tieferen Beweggründe?«

»Warum sollte es die geben?«

Der Hauptmann zuckte die Achseln, steckte den Bohrmeißel wieder in das Loch und antwortete: »Keine Ahnung. Ich fände es nur ... na ja, ganz normal. Und auch sinnvoll.«

Der Bohrmeißel stieß erneut auf etwas Hartes, und für eine ganze Weile waren das Kreischen von Metall, markerschütternde Vibrationen und (obwohl der Hauptmann den Bohrer auf volle Leistung stellte) das Pfeifen von Keith zu hören. Dann gab irgend etwas unter dem Bohrer nach, und bevor der Hauptmann sagen konnte ›Ich glaube, wir sind durch, Jungs‹, begann das Wasser um sie herum zu zischen und zu kochen. Wirbelnde Strudel blubberten und glucksten, als würde das Wasser aus Gottes Badewanne abgelassen. Der Bohrer, die drei Geistertechniker und vierzigtausend Tonnen eklig klebriger schwarzer Masse wurden zusammengefegt und komplett verschlungen.

Die letzten beiden Gedanken, die dem Hauptmann durch den Kopf gingen, bevor er vom Strudel ergriffen und in den immer wiederkehrenden Trott von zeitlich begrenztem Tod und Wiedergeburt zurückkatapultiert wurde, lauteten:

Vielleicht haben wir etwas zu tief gebohrt.

Komisch, aber ich kann mich nicht daran erinnern, Lundqvist irgendwo gesehen zu haben.

Wasser. Der elastische Preßlufthammer der Natur.

Milliarden von Litern dieses nassen Zeugs – genug, um damit sämtliche Swimmingpools in Beverly Hills zu füllen – donnerten mit tosendem Brausen durch ein

Abflußrohr aus *Molybdänstahl* auf den Mittelpunkt der Erde zu.

Ronnie Bosch war stolz auf diese Rohrleitung. Weniger weil es ein Wunder der Technik war (trotz der nur gut zwei Millimeter dicken Wand hielt sie einem Druck von vier Tonnen pro Quadratzentimeter stand und war hundertprozentig aus einer der Säulen gebaut worden, die vor Tausenden von Jahren zum Abstützen des Himmels benutzt worden war, bis man entdeckt hatte, daß er dort oben auch ganz von allein hängen blieb), sondern vielmehr weil er es geschafft hatte, das Rohr innerhalb von zwölf Stunden herzustellen und zu installieren, und niemand auf die Idee gekommen war, ihm auch nur die geringste Frage nach Sinn und Zweck des Ganzen zu stellen. Wenn man sich daran gewöhnt hat, jedesmal vier rosafarbene Zettel und ein grünes Antragsformular ausfüllen zu müssen, nur weil man möchte, daß einem der Bleistift gespitzt wird, dann empfindet man so etwas schon fast wie einen Schock.

Man kommt sogar ins Grübeln, wirklich.

Das Wasser lief jedenfalls ab, bis es in Form eines weißen Hochgeschwindigkeitssprühregens in einem riesigen Dampfkessel landete, der direkt auf dem Hochofen Nummer sechs stand, einer Errungenschaft der Höllen-Holdinggesellschaft, die dem allerneuesten Stand der Technik entsprach.

Niemand soll behaupten können, der Wechsel des Managements habe zu keinen grundlegenden Veränderungen in der Hölle geführt. Hochofen Nummer sechs ist wohl das Paradebeispiel schlechthin für die beeindruckende Leistungsfähigkeit der neuen Firmenleitung. Durch den einfachen Kunstgriff, ihn von Nichtkirchengängerverbrennung auf Ölverbrennung umzustellen, wurden ein doppelter Heizwert und eine Halbierung der Betriebskosten ermöglicht, so daß aufgrund der Einsparungen ein völlig neuer Flügel für die

Nichtkirchengänger finanziert werden konnte, der mit neuester Mikrowellentechnologie ausgestattet wurde. Um diesem Höchstmaß an Erfindungsreichtum noch das I-Tüpfelchen aufzusetzen, wird der für die Mikrowellen benötigte Strom von einer Dampfturbine geliefert, die direkt in Hochofen Nummer sechs installiert wurde. Dies führte zu weiteren Kostenersparnissen, wodurch die Voraussetzungen geschaffen wurden, eine der finstersten Ecken des Höllenkomplexes, die ausschließlich ehemaligen Gäste von Gameshows vorbehalten ist, rund um die Uhr mit vom Tonband eingespieltem Gelächter und Applaus zu beschallen.

Wegen der besagten Dampfturbine hatte Ronnie Bosch das Wasser auf den Hochofen Nummer sechs hinuntergeleitet. Nur wenige heimlich vorgenommene Veränderungen hier und da hatten gereicht, den Kesseldampf von der Turbine in ein zweites Molybdänstahlrohr umzuleiten, das noch größer und besser als das erste war und unglaublichen sechs Tonnen Druck pro Quadratzentimeter standhielt. Dieses Rohr führte direkt durch den inneren Kern der Erde hindurch und kam erst in einer Expansionskammer etliche tausend Meter unterhalb Nordamerikas wieder heraus.

Der Rest war aus planerischer Sicht im Grunde sehr einfach.

Der aufsteigende Dampf trieb einen Kolben an.

Der Kolben ging nach oben.

Und so geschah es in der kühlen Stille des frühen Vorabends jenes schicksalshaften Tages, an dem die Gerichtsvollzieher kommen sollten, daß alle Menschen, die in ganz Nordamerika im Freien spazierten, plötzlich über riesige Eisenträger stolperten, die dort vor etwa einer Stunde noch nicht gewesen waren, und ein jeder fragte sich, was um alles in der Welt dort vor sich ging.

Dann fiel es ihnen wieder ein. Sie erinnerten sich daran, daß sie aus damals sehr stichhaltig erscheinenden Gründen einen seit einigen Jahrhunderten toten italienischen Erfinder ins Weiße Haus gewählt hatten, dessen einziges Wahlversprechen gewesen war, jedes einzelne Gebäude in den USA mit dem jeweiligen Nachbarhaus durch verdammt große Eisenträger fest miteinander zu verbinden.

Die Amerikaner lieben einfallsreiche Menschen. In einem Land, wo bereits die Erfinder besserer Mausefallen mit ihren Riesenschlitten zwanzig Zentimeter tiefe Furchen im Asphalt ihrer Zufahrtswege hinterlassen, muß ein Mann, der den praktischen Nachweis erbringen kann, etwas zu tun, das zuvor als undenkbar galt, fast unweigerlich zum Volkshelden werden, selbst wenn es sich bei dem zu verwirklichenden Vorhaben um etwas handelt, worauf niemand auch nur im Traum gekommen wäre. Wie sonst lassen sich Mount Rushmore oder das Raumfahrtprogramm oder gar die Atombombe erklären?

Selbst die größten Skeptiker mußten einräumen, daß er sein Vorhaben mit großer Bravour erledigte. Um nur ein Beispiel zu nennen: zwischen Las Vegas und der kleinen, aber keineswegs unentbehrlichen Gemeinde Pahrump liegen achtzig Kilometer autoreifenschmelzend heißes Wüstengebiet. Was diese Gegend im Sinne der Bewohnbarkeit nur wenig freundlicher gestaltet, ist die Tatsache, daß sich direkt auf halber Strecke eine vier Kilometer lange Kette rasiermesserscharfer Felsen befindet, die den lächerlich anmutenden Namen Spring Mountains trägt. Hierbei handelt es sich um eine jener geographischen Eigenheiten, die nur dann mit der christlichen Weltanschauung in Einklang zu bringen sind, wenn man sich damit abfindet, daß Gott am dritten Tag der Schöpfung irgendwann gegen Mittag eine Verschnaufpause eingelegt und einfach ein paar Brocken übriggelassen hat, um sein Werk im Rahmen der Arbeitsbeschaffungsmaßnahmen für straffällig gewordene Jugendliche vollenden zu lassen.

Dennoch wurde Pahrump innerhalb von fünfzehn Stunden nach Inkrafttreten der Da-Vinci-Maßnahmen mit einem einzigen durchlaufenden und stark belastbaren Eisenträger an Las Vegas angeschweißt, von dem in mehr oder weniger regelmäßigen Abständen kleine Ausleger abgingen, um die wenigen inmitten der Wüste gelegenen Häuser anzuschließen. Von oben betrachtet, sah die gesamte Sierra Nevada in der Tat so aus, als wäre sie von silbrigen Krampfadern durchzogen, die in der blendenden Wüstensonne glitzerten und funkelten und den Fernsehsatellitenempfang von Bakersfield bis Redding empfindlich störten.

Oder nehmen wir die gewaltige eingespannte Bogenbrücke, die Immokalee in Florida mit Clewiston, Sunnilands und Fort Myers verband und sich pfeilgerade über die sumpfigsten Ausläufer des Big Cypress Swamp erstreckte; den massiven Stahlträger, der in Oregon die Stadt Riley zwischen Burns und Wagontire abstützte; die absurd langen Eisenträger, die benötigt wurden, um Wolf Point in Montana sicher an den Nachbarorten zu befestigen; oder, auf einer völlig anderen Ebene, die funkelnden Spinnweben aus Kohlenstoffstahl, von denen Brooklyn, San Francisco, Chicago und ähnliche Dörfer umhüllt wurden.

Eine im Morsealphabet geklopfte Nachricht auf einen der Stahlträger in einer der Vorstädte von Seattle konnte praktisch von jemandem in San Diego, Miami oder Boston mit einem Stethoskop aufgefangen werden; wenngleich es wahrscheinlich einfacher gewesen wäre, gleich zum Telefonhörer zu greifen.

Und Amerika sagte zu sich selbst:

Hey, das alles haben *wir* gemacht!

Hey, *warum* haben wir das eigentlich gemacht?

»Sehr schön«, stellte Lucky George beim Auflegen des Telefonhörers zufrieden fest.

»Was denn?«

»Hört sich ganz so an, als habe Leo alles im Griff. Jetzt geht es eigentlich nur noch darum, daß Ronnie klarkommt...« Er blickte auf die Uhr und nickte. »Wenn alles nach Plan läuft, müßte Ronnie bereits losgelegt haben. Hast du schon was von Larry und Mike gehört?«

Helena nickte. »Die beiden haben erst vor etwa drei Minuten hier vorbeigeschaut. Wie sie sagen, sei alles soweit bereit.«

»Gut.« Lucky George holte den Zettel hervor, auf dem der ursprünglich geplante Ablauf des Projekts festgehalten worden war, und hakte mit dem Zeigefinger eine Liste ab. »Und ist mit Chris alles geklärt, um den ganzen juristischen Kram zu erledigen?«

»Er wartet bereits vor dem Grundbuchamt.«

»Haben Martin und Julius ihre Leute postiert?«

»Alle stehen auf Abruf bereit.«

»Dann ist ja alles in Ordnung.« Lucky George faltete den Zettel zusammen, setzte sich aufs Sofa und legte die Füße hoch. »Ich könnte mich jetzt umbringen für einen Kaffee, falls du einen machst.«

Helena verschränkte die Arme und blickte ihn skeptisch an: »Moment mal, mein Lieber. Was genau tust *du* eigentlich, während alle anderen am Schuften sind?«

George lächelte. »Nichts und natürlich auch alles, aber erst nachdem ich eine Tasse Kaffee getrunken hab. Mit zwei Löffeln Zucker und ein paar leckeren Plätzchen bitte.«

Unnütz zu erwähnen, daß dies der größte Moment in Links Jotapians siebzehnjährigem Leben war.

»Scanner einschalten!« befahl er.

Es ist üblich, daß Leute, die vor Bildschirmen sitzen und Befehle geben, komisch reden müssen; ihre Sprache reduziert sich auf Aussagen wie ›Steuerraketenantrieb aktivieren‹, ›Vorderen Verbindungsmechanismus ausfahren‹ oder ›Kopplungsmanöver einleiten‹. Jeder mit etwas weniger Selbstbewußtsein hätte spätestens nach fünf Minuten das Gefühl, sich wie ein Volldepp anzuhören.

»Scanner eingeschaltet«, antwortete einer der Männer in den weißen Kitteln. »Funktionen für Zündungsphase zwei alle normal.«

Hoch oben am Himmel grummelte der Denver Bunsenbrenner verträumt vor sich hin. Wie Edelsteine, mit denen nach unbestätigten Berichten der Bauch eines feuerspeienden Drachen überzogen ist, flackerten hier und da auf der aus Titan gefertigten Ummantelung der Laserkanone Blitze auf. Als es piepte, zuckte sie auf ihrer Umlaufbahn kurz zusammen und träumte von merkwürdigen Dingen und sendete wie eine sich sträubende Katze ununterbrochen Funkwellen ins All hinaus.

Um Himmels willen! Hier versucht jemand zu schlafen! funkte sie in die unendliche Weite des Alls.

Links blickte auf die Uhr. Es war ein Jammer, daß sich sein Spezialchronometer für Kampfeinsätze ausgerechnet den heutigen Tag ausgesucht hatte, um in die Badewanne zu fallen und sich völlig mit Wasser vollzusaugen, denn das hier war genau einer dieser Sondereinsätze, für die er es sich gekauft hatte ($14,95 plus Porto). Deshalb hatte er sich aus Dads Nachttisch dessen Reservearmbanduhr holen müssen, die es an der Tankstelle beim Kauf von fünf Litern Öl gratis dazu gab. Sicher, was die korrekte Zeitangabe anging, funktionierte sie einwandfrei, aber sie war nicht aus Edelstahl, das mit einer schwarzen Phosphatschutzschicht überzogen worden war, und sie hatte auch kein Armband im Tarnfarbendesign mit eingebautem Kompaß. *Manchmal kann das Leben furchtbar ungerecht sein,* dachte Links verbittert.

»Hallo, Mister Lundqvist, können Sie mich empfangen? Hier spricht Links, Mister Lundqvist. Bitte melden Sie sich, Mister Lundqvist. Mister Lundqvist?«

Er wollte gerade einen erneuten Versuch starten, nur noch lauter als den ersten, als er im Kopfhörer eine Antwort vernahm. Sie wurde in Form einer dringenden Aufforderung um absolute Funkstille vorgetragen, verknüpft mit der Warnung, Zuwiderhandlungen notfalls mit körperlicher Züchtigung zu bestrafen.

»Tut mir leid, Mister Lundqvist, ich wollte nicht so laut sprechen«, entschuldigte sich Links. »Ist das jetzt besser so? Ojemine, hoffentlich hab ich nichts vermasselt. Ich würde mir ewig Vorwürfe machen, wenn ich…«

»Links?«

»Ja, Mister Lundqvist, ich höre.«

»Halt's Maul.«

»Ja, Mister Lundqvist. Klar. Roger. Over and out.«

Offenbar gab es für Links nichts anderes zu tun als zu warten.

Als er sich im Kontrollraum umsah, schweifte sein Blick über die schier endlosen Reihen von Computern und die in weißen Kitteln gekleideten Wissenschaftler. Zwar war er während des Fernlehrgangs noch nicht bis zu dem Abschnitt vorgedrungen, der sich mit der geschickten Überbrückung von Wartezeit beschäftigte, doch war er zuversichtlich, dank seiner neuerworbenen Fähigkeiten genausogut allein dahinterzukommen.

Warten. Nun, zunächst einmal saß man bestimmt nicht einfach wie ein nasser Sack Kartoffeln dumm herum. So was konnte doch jeder blöde Zivilist. Vermutlich mußte man angespannt wie eine Sprungfeder warten, um die potentielle Energie des Verstands zu konzentrieren und den Adrenalinfluß zu steuern. Zu diesem Zweck gab es höchstwahrscheinlich irgendeine dieser fernöstlichen esoterischen Übungen, aber solche Dinge wurden seines Wissens erst in Lektion sechsunddreißig behandelt. Links konzentrierte sich und versuchte, sich das Geräusch von zwei klatschenden

Händen vorzustellen. Im Buch war zwar nur einmal die Rede davon gewesen, man solle bei Problemen nicht gleich die Hände über dem Kopf zusammenschlagen, sondern lieber jemandem eine klatschen, aber dabei mußte es sich um einen Druckfehler gehandelt haben.

Gerade als er den richtigen Dreh herausbekommen hatte (*Klatsch! Klatsch! Klatsch!*) flackerte ein Licht auf dem Kontrollpult auf. *Aha! Eine Nachricht von Agent eins!*

»Agent eins, hier Zentrale Guadalajara«, meldete sich Links aufgeregt und hocherfreut zugleich. »Zentrale Guadalajara auf Empfang. Bitte melden, Agent eins. Over.«

»Jaja«, murmelte eine Stimme. »Hier Morrie Goldman, könnte ich bitte Mister Lundqvist sprechen?«

Links runzelte die Stirn. »Negativ, Agent eins.« Er legte eine Pause ein, während er das zu übersetzen versuchte, was er im Funkjargon sagen wollte. Nach einer Weile gab er es auf – zu schwierig. »Mister Lundqvist ist zur Zeit nicht hier, kann ich ihm vielleicht etwas ausrichten?«

»Na klar. Also, hier Goldman. Ich will gleich reingehen und die Zustellungsurkunde einreichen. Stehen eure Jungs bereit? Ich hab nämlich Schiß, daß die hiesigen Bewohner nicht allzu begeistert darauf reagieren werden.«

»Verstanden, Agent eins. Alle Systeme funktionieren einwandfrei. Erwarten Befehle für weiteres Vorgehen. Over.«

»Na schön.« Die Stimme hielt kurz inne. »Richten Sie ihm einfach aus, daß ich angerufen habe, okay?«

»Verstanden, Agent eins. Nachricht empfangen und protokolliert. Over and out.«

Morrie Goldman hängte den Hörer ein und nahm das Lokal genauer in Augenschein.

Rein gefühlsmäßig sah dieser Laden wie jeder andere aus, und er begab sich zuversichtlich an den Tresen.

Schließlich hat mir dieser Typ lediglich gesagt, ich solle diese Unterlagen in Washington DC zustellen. Wem genau ich sie überreichen soll, davon war nie die Rede, machte er sich Mut. Und jetzt war er hier in Washington. Außerdem würde dieses ganze Mistland nur wenige Sekunden nach Erledigung seiner Aufgabe zu einem Haufen Ameisenscheiße pulverisiert werden, also würde wahrscheinlich sowieso niemals jemand etwas davon erfahren, falls er etwas vermasseln sollte.

»Hei, mein Name ist Cindi, was darf's sein?«

Goldman erstarrte. Die Unterlagen hielt er noch in der Hand. Er hatte nichts anderes zu tun, als sie irgendwem zu überreichen, zu sagen, worum es ging, und aus dieser Zeit zu verschwinden, so einfach war das. Er blickte die hübsche Bedienung an, und sein Adamsapfel trat nervös hervor.

»Hei ... ähm ... ich nehme den Cheeseburger, den Vanilleshake und ... ähm ... eine große Portion Pommes frites.«

»Kommt sofort.«

Er öffnete den Mund, um den nächsten Teil zu sagen ...

(Das hier ist ein versiegelter Räumungsbescheid, ausgestellt vom Höchsten Gericht, gemäß dem Sie aufgefordert werden, den Besitz an Ländereien und Gebäuden, bezeichnet als Nordamerika, umgehend zu räumen. Falls Sie irgendwelche Zweifel an der Rechtmäßigkeit dieser Aufforderung hegen oder damit einhergehende nachteilige Folgen für sich befürchten, sollten Sie umgehend den Rat Ihres Rechtsanwalts einholen.)

... aber die Kellnerin hatte ihm bereits den Rücken zugekehrt und brüllte gerade die Bestellung in Richtung der weiter hinten gelegenen Küche. Offenbar gab es doch mehr Probleme mit der Zustellung der Urkunde, als er zunächst angenommen hatte.

»Hei, ich bin Ayesha, werden Sie schon bedient?«

Goldman sah in die braunen Augen, die ihn freundlich anblickten, schloß die eigenen, warf die versiegelte Zustellungsurkunde auf den Tresen und sagte die Zauberworte auf, die ihm allerdings eher wie weiches Popcorn nur bröckchenweise über die Lippen kamen.

Das vernünftigste wäre gewesen, sich umzudrehen und abzuhauen. Statt dessen beging Goldman einen folgenschweren Fehler. Er setzte zu einer Erklärung an.

»Hören Sie, ich bin hier in meiner Funktion als Zustellungsbeamter, und ich ...«

Die braunen Augen gingen fast über. »Raus hier! Und eins kann ich Ihnen gleich sagen: Mir hat dieses Auto nie gehört! Ich habe noch nie auch nur irgend etwas unterschrieben. Also, wieso belästigen Sie mich hier eigentlich, hä?«

»Nein, es geht doch gar nicht um irgendein Auto«, versuchte Goldman die aufgebrachten braunen Augen zu besänftigen. »Das Ganze hat auch nichts mit Ihnen persönlich zu tun. Es geht um ...«

»Warten Sie hier, ich hole mal eben die Geschäftsführerin«, schnitten ihm die braunen Augen das Wort ab.

Goldman zuckte zusammen. »Jetzt warten Sie doch mal, dazu gibt es überhaupt keinen Grund. Hören Sie, es geht völlig in Ordnung, wenn Sie die Urkunde entgegennehmen. Aus Sicht des Gesetzgebers gilt sie sowieso schon jetzt als zugestellt und ist somit zugestellt... ähm... wirksam. Deshalb ...«

»Mit solch einem Scheiß brauchen Sie mir erst gar nicht zu kommen, Freundchen! Ich hab nichts unterschrieben. Oder glauben Sie, ich bin verrückt?«

Unterdessen war von irgendwo aus den hinteren Räumlichkeiten ein großer Mann mit einer Kochmütze aufgetaucht, der wissen wollte, ob es irgendwelche Schwierigkeiten gebe.

»Und ob es Schwierigkeiten gibt«, bekräftigten die braunen Augen aufgebracht. »Dieser Typ hier behauptet, er sei ein Zustellungsbeamter. Ich hab ihm schon gesagt, daß ich damit nichts am Hut haben will und sowieso noch nie im Leben etwas unterschrieben hab. Er meint, daß …«

»Ist schon in Ordnung, Ayesha«, redete der große Mann auf die braunen Augen beruhigend ein. »Ich hol mal eben Carla, die wird das schon klären. Und du bedien einfach weiter, damit hier endlich wieder Bewegung in den Laden kommt.«

Eine Aussage, die sich als zutreffender herausstellen sollte, als er hätte ahnen können.

Der Laden begann sich nämlich wirklich zu bewegen.

Das geschah auf folgende Weise:

Das Wasser aus dem Marianengraben, das in den Kessel auf Hochofen Nummer sechs stürzt, verwandelt sich zu Dampf …

… der durch eine Reihe von Durchlaßöffnungen in eine Expansionskammer im Zentrum der Erde geleitet wird, die Kammer füllt und sich nach oben bewegt …

… wo er auf einen Kolben Druck ausübt, der mit atemberaubender Gewalt gegen die Erdoberfläche getrieben wird, bis …

… er sich dort nahtlos in die genau passende Aussparung in dem dreizehntausend Tonnen schweren Stahlbetonsockel einfügt, der sich wiederum direkt unter dem größten Wolkenkratzer in Kansas City befindet (was natürlich ziemlich exakt mit dem geographischen Mittelpunkt der Vereinigten Staaten übereinstimmt), woraufhin …

… der Wolkenkratzer aus seinem Fundament heraus nach oben in die Luft gedrückt wird; aber …

… dank des Da Vinci-Projekts ist er durch Stahlträger mit allen benachbarten Bauwerken verbunden und letztere wiederum mit sämtlichen Gebäuden im ganzen Land, was dazu führt …

(was man nicht vergessen darf: Die auf den Kolben ausgeübte Kraft ist phänomenal; fast ein Viertel des Pazifischen Ozeans ist mittlerweile zu Dampf verwandelt worden, und immer noch läuft Wasser nach; wenn sich Dampf ausdehnt, muß er irgendwohin; diese Stahlträger, mit dem sämtliche Häuser verbunden wurden, sind beileibe kein Klacks und lassen die Golden Gate Bridge wie eine billige taiwanesische Büroklammer erscheinen)

... was also letztendlich dazu führt, daß ...

... die Vereinigten Staaten in die Luft gehoben werden.

Oder zumindest die Gebäude. Der Boden bleibt, wo er ist. Schließlich gehört er nun unanfechtbar der Lundqvist-Treuhandgesellschaft und muß am Tag der Kündigung übergeben werden. Auf der anderen Seite sind die Gebäude von den Pächtern errichtet worden und können vor Übergabe der Ländereien jederzeit entfernt oder umgesetzt werden. Da brauchen Sie nur einen Anwalt zu fragen.

Den Bruchteil einer Sekunde nach dem Augenblick des Anhebens zischt der Dampf im Druckzylinder natürlich aus den Dichtungen; der Kolben schießt in einer dampfenden Rauchwolke auf den Mittelpunkt der Erde zurück; das Stahlträgernetz zerbröselt unter der Last wie Spinnfäden und bricht auseinander ...

... nicht aber die Gebäude, weil während der vergangenen sechsunddreißig Stunden sämtliche Vögel in Nordamerika unter der Leitung zweier äußerst redegewandter Möwen mit fieberhaftem Eifer an sämtliche Hochleistungsverbindungsstücke, die ja im ganzen Land auf alle Dächer geschraubt worden sind, mit Helium gefüllte Ballons geknotet haben; und eine Tausendstelsekunde, bevor die ganze Konstruktion ein Opfer der Schwerkraft wird und aufschlägt, übernehmen die Ballons die Last und ...

... Amerika schwebt in der Luft.

Etwa sieben Meter über dem Erdboden. Glücklicherweise herrscht an diesem Tag völlige Windstille, und die Vögel haben auch die Gebäude zusammengebunden, damit diese nicht zu weit auseinandertreiben. Zu diesem Zeitpunkt rasen sie mit Hängebrücken von Gebäude zu Gebäude, um damit nach und nach die Bürgersteige zu ersetzen (eine harte Arbeit, aber gebratene Tauben fliegen einem nun mal nicht ins Maul).

Selbstredend, daß die Ballons zufälligerweise in den Farben Rot, Weiß und Blau sind und, von oben betrachtet, ein passendes Muster ergeben. Lucky George hat den riesigen Posten Ballons aufgrund der erst kürzlich abgehaltenen Parteiversammlungen sehr günstig erstehen können.

Und als Krönung des Ganzen heben zwanzigtausend eigens zu diesem Zweck trainierte weiße Tauben vom Dach der Vereinten Nationen ab und segeln im perfekten Formationsflug über New York bis nach Long Island hinaus. Während sie fliegen, bilden sie die Worte:

OKAY, KURT, DAS ALLES GEHÖRT JETZT DIR

Als sie Port Jefferson überfliegen und nach Norden in Richtung New Haven abdrehen, wechseln sie die Formation, und statt dessen steht am Himmel zu lesen:

VIEL VERGNÜGEN DAMIT

Irgendwo in der City von London platzte ein junger Börsenmakler in das Hauptbüro seiner Firma hinein, riß sich den Mantel vom Leib und stopfte in aller Eile seine langen Beine unter den Computertisch. Da er zusehr mit seinen eigenen Sorgen beschäftigt war, fiel ihm die Totenstille im Raum erst gar nicht auf.

»'tschuldigung, daß ich zu spät gekommen bin«,

sagte er an alle gewandt, »aber kann mich mal jemand auf den letzten Stand bringen? Was ist mit der Wall Street? Ist sie gestiegen, seit wir eröffnet haben?«

Einer seiner Kollegen drehte sich zu ihm um und blickte ihn lange und merkwürdig an.

»Gewissermaßen ja«, antwortete er schließlich.

Unmöglich!

Und zwar aus folgenden Gründen:

(a) Keine noch so gut ausgerüsteten und hochmotivierten Mitarbeiter, ob nun Geister oder keine, könnten solche Schächte graben, derartige Bauteile maschinell herstellen, so viele Stahlträger installieren oder in solch kurzer Zeit die Ballons aufblasen. Derart schnell ist noch nie etwas gebaut worden. Okay, die Welt wurde in sieben Tagen zusammengeschustert; aber dabei handelte es sich um Nettoarbeitszeit. Was das Buch der Bücher nämlich verschweigt, sind die drei Wochen Pause zwischen dem zweiten und dritten Schöpfungstag, während der Gott däumchendrehend herumsaß und auf die Lieferung von vierzig Milliarden verstärkten Stahlträgern aus der Gießerei wartete.

(b) Es gibt nicht genug Wasser in den Ozeanen, erst recht nicht im Marianengraben, um damit genug Dampf für das Anheben von ganz Nordamerika produzieren zu können, oder aber …

(c) … alternativ dazu liefert die zuvor eingehend beschriebene Konstruktion derart viel Dampf, daß nicht nur Nordamerika in die Luft gehoben, sondern Manhattan Island aus der Erdatmosphäre hinaus in den Orbit geschossen werden würde.

(d) Zudem bleibt die Diskussion sowieso rein theoretisch, weil bei einem derart hohen Druck jeder Zylinder, der vom Umfang her gerade noch in den inneren Erdkern paßt, in weniger als drei Sekunden platzen würde.

(e) Unabhängig davon könnte man auf keinen Fall

sämtliche Gebäude in den USA auf diese Weise miteinander verbinden; und selbst wenn dies möglich wäre, stände es völlig außer Frage, daß ein von Menschen gefertigtes Stahlgerüst niemals der Hebelwirkung standhalten könnte, die für die Da Vinci-Konstruktion erforderlich wäre.

(f) Gar nicht zu reden von der Tatsache, daß man, selbst wenn man alle Häuser, Fabriken und Bürokomplexe anheben könnte, mehr als nur ein paar lächerlich kleine Luftballons bräuchte, um sie in der Luft zu halten.

Richtig. Unmöglich.

Amerika wogte in der leichten Brise hin und her.

Allmählich fand sich seine Bevölkerung damit ab.

Sicher, man hing an im Himmel schwebenden Ballons, aber als die Hängebrücken erst einmal angebracht waren, trauten sich die Menschen wieder, vorsichtig vor die Tür zu gehen, natürlich ohne nach unten zu schauen, auch wenn es ihnen schwerfiel, über die letzten Ereignisse nicht ins Grübeln zu geraten. Nach nicht einmal zwei Stunden gab bereits ein Hängebrückentheater sieben Meter über dem Central Park eine erste Vorstellung.

Sicher, es gab keine Felder zu pflügen und auch kein Holz zu stapeln; vor allem aber keine Straßen zum Fahren. Nimmt man Amerika das Auto, nimmt man ihm die Seele. Doch nach nicht einmal anderthalb Stunden schaukelte bereits das erste Luftschiff wie ein leicht angetrunkener Cowboy durch den Luftraum von Arizona, aus der Fahrgastgondel drang Country-music, der notwendige Antrieb wurde von einem Propeller und fünftausend Gummibändern geliefert.

Sicher, ohne Hauptstraßen konnte man nirgendwo spazierengehen; und während der ersten Dreiviertelstunde hatten plötzlich alle Polizisten auf sämtlichen

Revierwachen der ganzen Vereinigten Staaten keine Entschuldigung mehr parat, den liegengebliebenen Papierkram nicht erledigen zu können. Doch gibt es in der Geschichte der Kinematographie zu viele Szenen über Verfolgungsjagden auf Dächern, als daß sich das Fehlen von Straßen allzulange als ein Problem darstellte.

Sicher, niemand hatte die leiseste Ahnung, was dort vor sich ging oder wer oder was dahintersteckte oder wessen Fehler es war oder wie lange dieser Zustand andauern sollte. Mit anderen Worten: alles war wie immer. Es herrschte der Status quo.

Lucky George knirschte mit den Zähnen und fragte sich, ob er es diesmal nicht doch ein wenig zu weit getrieben hatte.

Amerika durch reine Zauberkraft in die Luft zu heben – überhaupt kein Problem. Es dort zu belassen – ein Kinderspiel. Die Zweifel und Fragen der gesamten Menschheit ebenso wie alles andere in der Schwebe zu lassen – ein Klacks. Jeder Frau, jedem Mann und jedem Kind ins Gehirn gleichzeitig einzuimpfen, zu einer bestimmten Uhrzeit auf keinen Fall das Haus zu verlassen – einfacher als Strichmännchen malen.

Wo er sich vielleicht selbst ein wenig übernommen hatte, war, das alles überhaupt getan zu haben und es so aussehen zu lassen, als wäre es tatsächlich möglich. Deshalb auch die ganze Geschichte mit den Tunneln, Leitungen, Hochöfen, Kolben und Stahlträgern.

Nichtsdestotrotz unverzichtbar. Wo es Gesetze gibt, gibt es auch Anwälte; und die Anwälte, die für die Einhaltung der Gesetze der Physik sorgen, sind wohl die fragwürdigsten Vertreter dieses ohnehin zwielichtigen Berufsstands. Sie halten sich mit Relativitätstheorien auf oder versuchen, Wirkung ohne eine entsprechende Gegenwirkung zu erzielen, und als nächstes erinnert man sich allenfalls noch daran, daß einen der Gerichtsdiener auffordert, lauter zu reden, weil einen der Richter nicht verstehen könne.

Während Lucky George darüber nachdachte, wie viele Male er die im ›Benutzerhandbuch des Universums‹ ausführlich und in einfacher Form beschriebenen Anweisungen mißachtet hatte, kam er zu dem Schluß, daß er vielleicht ein Quentchen zuviel Glück gehabt hatte – zumal er mit Ausnahme der Regel, daß man den für den Schwerkraftdirektor reservierten Parkplatz ohne den Nachweis wenigstens geringster mechanischer Aktivitäten nicht benutzen darf, praktisch kein einziges Gesetz eingehalten hatte.

Deshalb auch die ganze Geschichte mit den Eisenwaren. Zur Zeit wimmelte es überall nur so von Wahrscheinlichkeitsexperten und Realitätsgutachtern, die sich allesamt den Kopf über die Tatsache zerbrachen, daß etwas funktionierte, das nach herkömmlichem Recht unmöglich funktionieren konnte, auch wenn es dafür nun eine Unmenge schlagender Gegenbeweise gab, die es eventuell erforderlich machten, die geltenden Gesetze diskret durchzuführenden Novellierungsmaßnahmen zu unterziehen. Ehe diese Spezialisten ihre Resümees ziehen und beweisen würden, daß alles physikalisch unmöglich war, stand zu mehr als fünfzig Prozent fest, daß bis dahin Ordnung in das Chaos gebracht werden könnte, um dann in den allerersten Morgenstunden, wenn noch alle schliefen oder sich den zweiten Spätfilm ansahen, Nordamerika betont unauffällig wieder auf den Boden der Tatsachen zurückzubringen.

So weit, so gut. Doch als wollte man mit einer bleibeschwerten Feder ein hartgekochtes Ei durchstoßen, machte das die ganze Geschichte auch nicht gerade leichter. Anstatt zum Beispiel die Häuser einfach in der Luft schweben zu lassen, mußte er dies mit den unzähligen Millionen von Luftballons bewerkstelligen – würde er es nämlich auf die herkömmliche Art versuchen und sich dabei verheben, könnte er sich ganz schön den Verstand verrenken.

Folglich war George sehr in Gedanken versunken.

Dies führte dazu, daß er zunächst weder die leise aufs Wasser schlagenden Ruderblätter unterhalb des Balkons noch später die schemenhafte Gestalt bemerkte, die sich erst am Geländer hinaufhangelte und sich schließlich über die Brüstung hievte.

Das erste, was er überhaupt bewußt wahrnahm, war zum einen das unnachahmliche Gefühl, die Mündung einer 40er Glock im rechten Ohr stecken zu haben, und zum anderen Lundqvists Stimme, die sagte: »Keine Bewegung!«

18. KAPITEL

Wenn im Himmel über einen reuigen Sünder mehr Freude als gewöhnlich herrscht, dann ist das im Vergleich zu dem ekstatischen Jubel, den ein entflohener Sünder, dem es an den Kragen geht, in der Hölle auslöst, allenfalls wie ein verregneter Sonntagnachmittag in Mittelwales.

Kein Wunder, daß die Bewohner des Infernos wissen, wie man eine Party schmeißt. Knapp zwanzig Minuten nach Eintreffen der Nachricht hatte das Management den Rest des Tages zum Feiertag erklärt, und gepeinigte Seelen aus fünf Jahrtausenden hatten sich wie eine unter Aufputschmitteln stehende Klapperschlange zu einer einzigen schwanzschlagenden Riesenconga vereinigt, von deren aufpeitschenden Trommelwirbel sämtliche Höllenringe durchdrungen wurden. Objektiv ausgedrückt, ging es bei all dem Lärm, dem beißenden Rauch und dem Gedränge der Körper im Epizentrum der Party weit schlimmer zu, als es die nur vorübergehend von ihren Qualen erlösten Feiernden normalerweise erdulden mußten; doch offenbar kennt die Leidensfähigkeit des menschlichen Geistes absolut keine Grenzen, wenn er der felsenfesten Überzeugung ist, sich amüsieren zu müssen.

Unterdessen diskutierte im großen Sitzungssaal der Aufsichtsrat darüber, wie man den zurückkehrenden Gast möglichst angemessen empfangen könnte.

»Irgendwie muß Jauche mit im Spiel sein«, bestand der Produktionsleiter. »Ich mag zwar ein wenig altmodisch klingen und in meinen Gewohnheiten etwas festgefahren sein, aber …«

Der Personalchef schüttelte energisch den Kopf. »Bei allem Respekt, Vorsitzender, ich will niemanden beleidigen, aber sobald mein Kollege hier den Mund aufmacht, kommt doch nichts als gequirlte Scheiße heraus. Ich bin der Meinung, daß wir …«

Der Finanzdirektor runzelte mißbilligend die Stirn und hob leicht den Zeigekrallenfinger, um auf diese Weise um Ruhe zu bitten. »Moment mal, Dennis«, ergriff er das Wort, wobei er die recht bizarre Anatomie des Produktionsleiters mit objektivem Kennerblick musterte. »Ich habe schon begriffen, was du damit sagen willst, und entschuldige bitte, wenn ich mich jetzt etwas pedantisch anhöre, aber Harry spricht immer gequirlte Scheiße, wenn er den Mund aufmacht. Das liegt ganz einfach daran, wie er gebaut ist. Da sein Kopf im Bauch steckt und bei ihm sowieso einiges verkehrt herum ist, muß er nun mal durchs Arschloch sprechen, und da ist es kein Wunder, daß nichts als …«

»Dann redet mein Kollege eben Unsinn, wenn dir das lieber ist«, unterbrach ihn der Personalchef mit frostiger Stimme. »Verdammt noch mal! Das ist jetzt wirklich nicht der geeignete Zeitpunkt, um Süßholz zu raspeln, was wir brauchen, ist Schwefel, weil …«

»Entschuldigung«, fuhr der Produktionsleiter mit noch eisigerer Stimme als sein Vorredner dazwischen, »aber eventuell hätte mein Freund aus der Personalabteilung ja die große Güte, mich wissen zu lassen, woher ich den ganzen Schwefel nehmen soll, wenn er so verdammt scharf auf das Zeug ist.« Voll Schadenfreude fügte er hinzu: »Vielleicht würde er uns ja mal in knappen Worten erklären, was genau Schwefel ist, zumal ich erst seit dreitausend Jahren in dieser Branche tätig bin, sowohl als Kobold wie auch als Dämon, und das, was ich hier in all den Jahren an Schwefel entdeckt habe, könnte man in einen kleinen Eierbecher füllen…«

»Schon gut, Harry, danke…«

»… und dann wäre immer noch Platz für das Ei.«

»Ruhe!« der Finanzdirektor hob die Hand. »Ich danke euch für eure Stellungnahmen und habe sie zur Kenntnis genommen. Aber ich glaube, ich kann euch einen alternativen Vorschlag machen, der allen gerecht wird.«

Die Aufsichtsratsmitglieder blickten ihn alle erwartungsvoll an.

Er lehnte sich genüßlich lächelnd ein Stück zurück und fuhr fort: »Fassen wir mal kurz zusammen: bislang haben wir von Jerry das Bett mit den glühendheißen Kohlen, Colins fünfzehn Meter langen Regenwurm, Steves sehr innovativen Vorschlag, ihm ununterbrochen Stammtischwitze zu erzählen – übrigens liegt es mir fern, jemanden kritisieren zu wollen, Steve, aber meiner Meinung nach geht das selbst für uns ein bißchen zu weit – und natürlich Terrys Idee, ein Endlostonband von ›Dame Kiri Te Kanawa singt Country‹ vorzuspielen. Ein Vorschlag, den wir meines Erachtens irgendwann einmal auf jeden Fall in die Tat umsetzen sollten, aber nicht unbedingt zu diesem Anlaß. Und dann haben wir natürlich noch Harrys Scheißgrube und Dennis' Schwefel.« Er hielt inne und warf einen kurzen Blick auf sein elektronisches Notizbuch. »Wo wir gerade beim Thema sind, Harry, soweit ich mich erinnern kann, stellt die Dämonen-Fürsorge künstlichen Schwefel in Fünfzig-Kilo-Fässern her, falls dir damit geholfen ist.«

Er nahm einen Schluck Wasser und fuhr fort:

»Das alles sind wirklich tolle Ideen, Jungs, aber habt ihr eigentlich mal darüber nachgedacht, woher das ganze Geld kommen soll? Wenn nicht, dann tut es jetzt. Wenn wir nämlich erst einmal Lundqvists Rechnung bezahlt und die Schadenersatzforderungen für die ganzen Streiche beglichen haben, die uns Lucky George gespielt hat, als er rein formal noch bei uns in Haft saß und somit wir verantwortlich für seine Taten sind, wird wahrscheinlich vom Etat für außerordentliche Vergnügungen gerade noch etwas für eine Tasse Tee mit Keksen übrigbleiben, mehr aber auch nicht. Hat sich einer von euch darüber schon mal Gedanken gemacht?«

Bis auf das sprudelnde Aufschäumen des Lacks an der Stelle, wo der Verkaufsdirektor gerade auf den Tisch ausgeatmet hatte, herrschte Totenstille.

Der Finanzdirektor nickte. »Okay, hier ist mein Vorschlag. Ich habe mir erlaubt« – er stand auf und ging in den hinteren Teil des Raums – »zur besseren Veranschaulichung meiner Idee ein paar Dias mitzubringen. Kann mal jemand bitte das Licht ausmachen?«

Das Licht ging aus, und kurz darauf wurde auf die hintere Wand des Raums etwas projiziert, das allen Anwesenden sofort wiedererkannten. Der Finanzdirektor deutete mit dem rechten Zeigekrallenfinger auf das Bild.

»Mittlerweile solltet ihr ja wohl alle wissen, was das ist«, sagte er. »Es zeigt den rechten Abschnitt des Gemäldes *Der Garten der Lüste,* das uns freundlicherweise von dem von uns allen sehr geschätzten und hier unten bei uns weilenden Künstler Ronnie Bosch zur Verfügung gestellt wurde. Wie ihr alle erfahren habt, verwendet Ron dieses Motiv als zentrale Szene für den Einkaufs- und Vergnügungsbereich des Parks. Könnte ich bitte das nächste Dia haben?«

Im Hintergrund surrte leise ein Gerät, und auf der Leinwand erschien ein Ausschnitt des zurecht gerühmten Mittelteils des Holzgemäldes; der vogelköpfige Dämon, über dessen Hinterkopf ein Hexenkessel gestülpt ist. Er selbst hockt auf einer Art Eieruhrhochsitz, steckt mit den Füßen in zwei Weinkrügen und nagt gedankenverloren an dem Bein einer des Ehebruchs bezichtigten Frau. Wenn die Hölle ein Maskottchen hatte, dann war es dieser Dämon. Er war der Tiger von Esso, das Reifenmännchen von Michelin, der Onkel von Dittmayer, die Alma von Hoppe, aber er hieß nicht Käpten Iglo, sondern Käpten Krummschnabel.

Der Finanzdirektor grinste. »Seid ihr jetzt im Bilde?«

Es entstand allgemeine Heiterkeit.

»Offen gesagt, nicht so ganz«, meldete sich schließlich der Produktionsleiter zu Wort. »Wahrscheinlich schnall ich das nicht ganz, aber was hat Käpten Schnabel damit zu tun, daß wir es Lucky George heimzahlen wollen?«

»Eine ganze Menge sogar, allerdings nur dann, wenn ihr meinem Vorschlag zustimmt«, antwortete der Finanzdirektor und gab das Zeichen für das nächste Dia. »Hier seht ihr die verschiedenen Konstruktionsentwürfe für das Fiberglasmodell von Käpten Krummschnabel, das wir für den Park bestellen wollen.« Mit dem Zeigestock tippte er auf die linke untere Ecke der Leinwand. »Achtet besonders auf den Preis. Glaubt bitte nicht, daß ich das nur erwähne, um eine Verkürzung des Verfahrens zu erreichen, aber hier geht's wirklich um eine ganze Menge Schotter.«

»Da hast du allerdings recht«, kommentierte der Produktionsleiter mit grimmiger Stimme. »Ich hab ja gleich gesagt, daß uns diese miesen Typen vom Modellbau gnadenlos ausschröpfen und wir am Ende die Verarschten sind.«

Der Finanzdirektor lächelte. »Das mag durchaus sein, aber in diesem Fall halte ich den Preis nicht für überhöht, denn das Wesentliche am Krummschnabel-Modell ist, daß es wirklich funktioniert. Alle Teile sind beweglich, sprechen, singen oder tanzen. Man muß lediglich hier an dieser Stelle eine Münze einwerfen« – er zeigte auf eine gepeinigte Seele direkt unterhalb des Hochsitzes –, »und schon verschlingt Käpten Krummschnabel den Sünder, wobei das Ganze mit realistischen Eßgeräuschen, Geruchseffekten und schrillen Kreischlauten untermalt wird. Boschi geht davon aus, daß sich Käpten Krummschnabel, sobald er erst einmal aufgestellt ist und einwandfrei funktioniert, zur reinsten Goldgrube entwickeln wird. Doch bis es soweit ist, müssen wir zunächst einmal das Geld für die Anschaffungskosten aufbringen, und da sieht es schlecht um uns bestellt aus, meine Herren, sehr schlecht sogar. Nach der gegenwärtigen Kalkulation wird das ganz schön eng für uns werden.«

Rings um den Sitzungstisch wurde getuschelt und gemurmelt, was dem Finanzdirektor nicht entging. Er nickte zustimmend und fuhr fort:

»Wie ich sehe, seid ihr mir schon ein ganzes Stück voraus, Jungs. Ich denke, daß wir das Problem mit einem einzigen kleinen Kunstgriff aus dem Weg schaffen können. Doch um sicherzustellen, daß wir uns alle auf einer Wellenlänge bewegen, will ich euch meinen Plan kurz erläutern, und dann werden wir weitersehen. Also, wenn wir den Einwegsünder aus Fiberglas – von denen nach derzeitigem Stand jedes einzelne Exemplar umgerechnet siebenhundertfünfzig Dollar kostet, und wir gehen davon aus, daß Käpten Krummschnabel pro Tag zehn bis zwölf davon verbraucht –, durch einen wiederverwendbaren Sünder aus Fleisch und Blut ersetzen könnten, dann würde das nicht nur zu einer erheblichen Reduzierung der laufenden Kosten führen, sondern auch zu einem sehr viel authentischeren und gefälligeren Ablauf der Show beitragen, was zweifellos im Interesse der Zuschauer wäre. Was meint ihr dazu, Jungs?«

Nach einer kurzen Pause gab es die ersten Kommentare. Teuflischer Humor wird größtenteils von seiner Umwelt geprägt; deshalb der Kommentar des Produktionsleiters, er habe noch eine Weile an diesem Problem zu nagen; die Bemerkung des Personalchefs, daß es sich um einen jener Vorschläge handle, an denen man sich die Zähne ausbeißen könne; die Feststellung des Firmensekretärs, Harry habe ihm das Wort direkt aus dem Mund genommen; und die Mahnung des Marketingleiters an alle Anwesenden, daß nichts so heiß gegessen wie gekocht werde und man überhaupt erst einmal die ganze Geschichte verdauen müsse.

Als diese und ähnliche Bemerkungen die Grenzen der Leidensfähigkeit des Finanzdirektors zu überschreiten drohten, bat dieser um Ruhe.

»Also, seid ihr damit einverstanden«, stellte er hocherfreut fest. »Ich werde Lundqvist ausrichten lassen, daß er gleich morgen früh vor Ort liefern soll.«

»Du hast das alles so geplant, richtig?«

Lundqvist nickte. »Und du bist drauf reingefallen, stimmt's?«

»Das kann man so sagen,« Lucky George versuchte zu nicken, aber der mächtige Eisenring, in dem sein Hals steckte, schloß jede Bewegung von mehr als einem Hundertstelzentimeter aus. »Falls es dir Genugtuung verschafft, dann hast du mich in der Tat reingelegt. Bist du jetzt zufrieden, Grinser?«

»Nenn mich nicht Grinser«, fauchte ihn Lundqvist wütend an.

»Warum nicht, Grinser?« George zog die Augenbrauen hoch, eins der wenigen Körperteile, die er oberhalb der Gürtellinie noch bewegen konnte. »Das ist doch dein Kosename, oder? Ich meine, gut, als wir noch zusammen zur Schule gegangen sind, bist du irgendwann einmal über den Pausenhof geschlichen und hast überall herumerzählt, daß du von nun an als ›Käpten Tod der Terminator‹ bezeichnet werden willst, aber soweit ich mich erinnern kann, haben Nick Machiavelli und ich dich gegen Ende der dritten Klasse mit ein paar schlagenden Argumenten von diesem Trip runterbringen können.«

»Das reicht, George.«
»Tut mir leid, Grinser.«
Lundqvist riß brutal an der mit dem Eisenring verbundenen Kette und gab keine Antwort. Er selbst schrieb seine komplette Palette an unheilbaren Persönlichkeitsstörungen der Art und Weise zu, in der er von George und dessen Freunden während ihrer gemeinsamen Schulzeit verbal in die Tasche gesteckt und obendrein verprügelt worden war, nur weil er klein und zerbrechlich gewesen war und Spaß daran gehabt hatte, schlafende Menschen in Brand zu stecken. Lange hatte er darauf warten müssen, ihm all das heimzuzahlen, und gerade deshalb gab es keinen Grund, jetzt überstürzt oder übernervös zu reagieren.
»Hey, Kurt!« rief George nach einer Weile. »Bist du dir sicher, daß du weißt, wo wir hingehen?«
»Ja. Warum?«
»Ach, nur so, Kurt. Wenn du dir sicher bist, ist ja alles in Ordnung. Es ist nur so, daß es in Europa keine Wüsten gibt, und hier, wo wir gerade sind, ist eine Wüste. Ich dachte mir, vielleicht interessiert dich das.«
Rechts und links von ihnen erstreckten sich bis zum Horizont langgezogene Sanddünen.
Lundqvist gluckste vor Lachen und drehte sich im Sattel um. »Na ja, ich habe mir eben gedacht, wir sollten lieber die landschaftlich reizvollere Route nehmen, George, damit du dir noch ein letztes Mal die Beine vertreten kannst.«
»Das war sehr rücksichtsvoll von dir, Grinser.«
»Ich meine, bevor die Beine selbst nach dir treten.«
»Natürlich.« George lächelte. »Dir gelingt es aber auch immer wieder, mir ein Bein zu stellen, Grinser. Schöner Tag heute, nicht wahr?«
»Findest du?«
»Ja.«
»Das ist ja wohl auch nur recht und billig, nicht?«

»Du kennst mich doch, Kurt, ich beschwere mich nie.« George gähnte. »Wie ich schon gesagt hab, war das ganz schön clever von dir, über meine Freude an mich heranzukommen. Wahrscheinlich hast du dir gedacht, das ist seine Achillesferse, oder besser, sein schwacher Punkt, weil du Achillesferse und Achillessehne bestimmt durcheinanderbringst. Natürlich war das ganz schön gemein und hinterhältig, allen so viel Ärger aufzuhalsen, aber das ändert nun auch nichts mehr. Im Krieg, oder besser, im Gesetzesvollzug und in der Liebe ist alles erlaubt.«

»Man hat mich gezwungen, es zurückzugeben«, grummelte Lundqvist.

George blickte ihn verdutzt an. »Was denn?«

»Na, Amerika«, antwortete Lundqvist, dessen furchtbar verbittert klingende Stimme so voll von Wehmut war wie der trockenste Martini trocken von Wermut. »Man hat mich gezwungen, es zurückzugeben«, wiederholte er und fügte hinzu: »Nicht, daß ich unbedingt scharf darauf war. Meinetwegen können die damit machen, was sie wollen.«

»Dann ist ja alles in Ordnung«, sagte George. »Spaß ist Spaß, und niemand kann sich an einem tollen Kunststück mehr erfreuen als ich. Trotzdem hätte es mir den Spaß verdorben, wenn wegen mir die gesamten Vereinigten Staaten verkohlt worden wären. Ein bißchen Sorgen habe ich mir deswegen schon gemacht, obwohl ich nicht einmal genau weiß, warum. Schließlich habe nicht unbedingt ich mit dem ganzen Mist angefangen.«

Lundqvist zog erneut brutal an der Kette, so daß George arg ins Straucheln geriet und beinahe auf den heißen Wüstensand gefallen wäre. Doch fing er sich wieder und pfiff gleich darauf gemütlich vor sich hin.

»Hast du die alte Heimat vermißt?« wollte Lundqvist wissen.

George blickte unschlüssig zu ihm auf. »Ehrlich gesagt, nein. Trotzdem gibt es noch schlimmere Gegenden.«

Lundqvist zog heftig an den Zügeln und brachte so das Pferd zum Stehen. »Im Ernst?«

»Sicher.« George stand nur auf einem Bein und massierte sich mit der rechten Ferse den linken Fußknöchel. »Unendlich viele Gegenden sogar. Überall. Ehrlich gesagt, haben du und deine Sippschaft vom Foltern verlorener Seelen soviel Ahnung wie die Katze meiner Tante. Nein, noch weniger sogar«, fügte er spontan und nicht ganz zu unrecht hinzu. »Mir ging es schon lange im Kopf herum, das mal gegenüber jemandem zu erwähnen, aber dann hab ich mir gedacht, nee, was soll's, das dankt einem später ja sowieso keiner. Und deshalb ...«

Lundqvists Haut prickelte am ganzen Körper, da er eine verbale Falle befürchtete, doch seine Neugier gewann schließlich die Oberhand. »Los, erzähl weiter«, forderte er seinen Erzfeind auf.

George lächelte. »Irgendwann einmal solltest du dir selbst den Gefallen tun und eine Arbeit irgendwo in einem Büro annehmen. In irgendeinem Büro, egal wo. Der Ausdruck ›geistestötend‹ klingt vielleicht etwas abgedroschen, trifft aber verdammt genau darauf zu. Zwei Jahre in der Buchhaltung wirken sich auf die Durchschnittsseele genauso aus wie zwei Teelöffel Salz auf eine Gartenschnecke. Urks!«

Lundqvist runzelte die Stirn. »Du verarschst mich doch nur.«

»Nein, überhaupt nicht«, widersprach George. »Du kannst das ja auch gar nicht wissen, weil du's noch nie probiert hast. Du führst doch ein herrlich freies Leben, reist, bringst interessante Leute um, weißt nicht mal, daß du geboren worden bist. Und was diese sogenannten Höllenqualen angeht, die es da unten im Keller gibt, dann sprechen wir von erholsamen Sommerferien, wenn man das damit vergleicht, den ganzen Tag am Telefon hängen zu müssen und angeschrien zu werden, weil die grünen Formulare von der Zentralbank farblich nicht mit zu rosafarbenen Einzahlungsscheinen passen.«

Lundqvist schüttelte den Kopf. »Nee, nee, wart erst mal ab, was wir für dich auf Lager haben, und dann können wir gern weiterreden.«

George gelang es, zumindest rein äußerlich höfliches Interesse vorzuschützen. »Ist es denn wenigstens etwas Lustiges?« erkundigte er sich.

Lundqvist erzählte es ihm.

Eurobosch: Ein Leitfaden für Touristen.

Nehmen Sie den Eingang ›Städte in Flammen‹ am nördlichen Ende des Parks, und kaufen Sie sich Ihre Eintrittskarte bei dem vierbeinigen Ei mit Eulenkopf (bei dem man auch eine große Auswahl an Souvenirs, Postkarten, Ablaßbriefen und die schönsten Predigten für Totenmessen erwerben kann). Jedem Besucher und jeder Reisegruppe wird anschließend ein persönlicher Dämon zur Verfügung gestellt, der Sie auf Ihrer Tour begleitet und berät. Wir raten den Besuchern dringend an, ihre Wünsche und Vorlieben für einen ganz bestimmten Dämontyp rechtzeitig anzumelden; insbesondere Mönche mit Löffelkopf sind sehr gefragt und werden nach dem Prinzip ›Wer zuerst kommt, flucht zuerst‹ vergeben.

Nachdem Sie die von sich bekriegenden Armeen errichtete Pontonbrücke überquert haben, stoßen Sie bereits auf eins der größten Freizeitvergnügen unserer Zeit, die sogenannten ›Riesenohren‹. Sie müssen lediglich das Gerüst zu den Galgengestellen am linken Ohr hinaufklettern und dort Platz nehmen. Anschließend werden Sie im Ohr immer wieder im Kreis herumgewirbelt, von der riesigen herabhängenden Messerklinge nur knapp verfehlt, bis Sie durch den vorderen

Schlitz hindurch, völlig benommen und zu Tode erschrocken, hinauskatapultiert werden.

Als nächstes steht die kostenlose Teilnahme an dem höchst amüsanten und allseits beliebten ›Dudelsack-Satanskaraoke‹ auf dem Programm, das auf der kreisrunden Plattform des abgetrennten Kopfs stattfindet. Wenn Sie sich das Foto in unserer Broschüre (Abbildung 4) einmal genauer ansehen, dann können Sie einen begeisterten Besucher erkennen, der gerade von einem vogelköpfigen Dämon mit einer brennenden Fackel zum Mikrofon geführt wird.

Direkt unterhalb der Karaokeplattform liegt ganz in der Nähe der Bereich, wo wir kleinere Speisen und größere Getränke für Sie bereithalten. Im Erfrischungsbereich, der sich passend in einer aufgeschlagenen Eierschale befindet, wird Ihnen eine reichhaltige Auswahl an heißen und kalten Gerichten, leichten Snacks und vogelköpfigen Kobolden angeboten. Gäste werden gebeten, im Erfrischungsbereich möglichst nicht zu rauchen, wenngleich es bei Einheimischen natürlich vorkommen kann, daß sie unaufdringlich glimmen oder qualmen.

Gegenüber vom Erfrischungsbereich, auf der anderen Seite des vor Schreck zu Eis erstarrten Ruderbootsees, findet der insbesondere von Familien bevorzugte Zeitvertreib ›Folter von verlorenen Seelen auf Musikinstrumenten‹ statt. Gegen ein geringes Entgelt kann man in eine Violine gedrückt, in eine Trommel gerollt, an eine Harfe gespannt oder an eine Laute gekreuzigt werden – die anwesenden hunde-, kaninchen- und amphibienköpfigen Dämonen werden sich freuen, Ihnen dabei jederzeit behilflich sein dürfen.

Anschließend verspüren Sie womöglich den Wunsch, über den See zurückzuschliddern, um sich nicht die Orgie ›Kalte Hunde fressen warme Ritter‹ entgehen zu lassen, ein echter Mordsspaß und ein einzigartiges Erlebnis dazu. Falls Sie lieber einen viertelstündigen Spaziergang über das weitläufige Terrain vorziehen, dann staunen Sie einfach über die mannigfache Vielfalt der Kobolde, die man dort überall in freier Wildbahn antrifft, bevor Sie sich auf die rasende Rutschpartie durch den Pferdeschädel begeben, gefolgt von zwanzig Minuten faszinierendem Zeitvertreib bei unserem einzigartigen Teufelsrochen-Farbball-Actionspiel.

An welcher unserer vielen magen- und darmverrenkenden Freizeitvergnügungen Sie auf Ihrem Rundgang durch den Eurobosch-Park auch teilnehmen, auf keinen Fall sollten Sie den absoluten Höhepunkt eines jeden Besuches verpassen: die phantastische Nonstop-Actionshow unseres berühmten Käpten Krummschnabel, nach der Sie unter Garantie für den Rest Ihres Leben von ungeheuer heftigen Alpträumen heimgesucht werden.

Zu guter Letzt noch ein paar Hinweise, um Ihren Aufenthalt bei uns so angenehm wie möglich zu gestalten:

1. Bitte füttern Sie *auf keinen Fall* die Kobolde, es sei denn, mit den zu diesem Zweck extra aufbereiteten menschlichen Seelen, erhältlich im Geschenkshop in der Riesenlaterne. Die Ernährung der Kobolde wurde zu deren Schutz und Wohlbefinden genau abgestimmt, und Süßigkeiten, Sandwiches oder menschliche Fleischbrocken könnten ihnen schaden.

2. Bitte verzichten Sie auf den Wunsch, von einem der vogelköpfigen Riesenschmetterlinge zerhackt zu werden. Deren Flügel sind äußerst zerbrechlich, und Sie riskieren dabei, sich und anderen einen vergnüglichen Aufenthalt zu verderben.

3. Bitte nehmen Sie Ihre Sünden mit nach Hause oder werfen Sie diese in die überall aufgestellten Sondermüllbehälter.

4. Im Erfrischungsbereich dürfen nur im Park gekaufte Kinder verzehrt werden.

»… und danach wirst du sofort wieder in deine Haut gesteckt und schon geht's von vorn los«, beendete Lundqvist seine Ausführungen. »Immer wieder und wieder von vorn, den ganzen Rest deines …«

»Für mich klingt das ganz okay«, unterbrach ihn Lucky George gelangweilt.

Lundqvist riß nun endgültig der Geduldsfaden. »Nein, *nichts* daran ist okay, das ist ganz *schrecklich!* Du wirst schreien und jammern und um Gnade flehen, aber niemand wird dich hören, und es wird immer dasselbe sein, Tag für Tag, jahraus, jahrein, immer …«

»Außer donnerstags.«

Lundqvist Kopf schnellte herum. »Wie meinst du das mit ›außer donnerstags‹, häh?«

»Donnerstags ist der Park für Reinigungs- und Wartungsarbeiten geschlossen, und ich kann mir nicht vorstellen, daß deine Bosse den Strom bezahlen wollen, wenn niemand da ist. Du etwa? Ich gehe jedenfalls davon aus, daß der ganze Laden zum Stillstand kommt, bis er am Freitag wieder geöffnet wird.«

»Hör mal, ich …«

»Aus dem gleichen Grund bezweifle ich doch sehr«, fuhr George unnachgiebig fort, »ob die Maschinen jeden Abend weiterlaufen werden, wenn alle Besucher gegangen sind. Dann kommen nämlich diese kleinen Männchen mit den Ölkannen, um die ganzen Lager und Gelenke zu schmieren. Und ich kann dir sagen«, fügte er genüßlich hinzu, »wenn es dort so zugeht, wie ich es von jeder anderen Kirmes her kenne, dann stehen die Karussells und alles andere wenigstens während eines Drittels der Öffnungszeiten wegen Maschinenschadens, Überhitzung oder aus welchem Grund auch immer sowieso still. Wodurch die tatsächliche Nettokauzeit natürlich erheblich reduziert wird, und zwar um … mal nachrechnen, um etwa …«

»Schon gut!« polterte Lundqvist los. »Dann wird das

eben nicht ununterbrochen sein, aber wenn alles funktioniert, wird es dir höllische Schmerzen bereiten.«

»Unter normalen Umständen wäre das wohl so«, antwortete George mit betont ruhiger Stimme. »Ich habe nämlich als junger Mann auf der Uni einen Fortgeschrittenenkurs in tantrischem Yoga absolviert. Tolle Sache, kann ich dir sagen, damit kann man stundenlang auf Nagelbetten liegen und über glühendheiße Kohlen gehen, ohne auch nur das Geringste zu verspüren. Du solltest so was auch mal versuchen.«

Mittlerweile hatte Lundqvist dem Pferd büschelweise Haare aus der Mähne gerissen. »Okay, dann ist es eben nicht ununterbrochen und tut vielleicht auch nicht ganz so weh, wie es eigentlich sollte, aber auf alle Fälle wird es furchtbar langweilig sein. Oder hast du darüber noch nicht nachgedacht?«

George lächelte glückstrahlend. »Weißt du, ich komme aus einer großen Familie«, antwortete er, »und andauernd wurden wir von irgendwelchen Tanten oder Onkeln besucht und mußten uns irgendwelche Fotos ansehen. Und du willst mir allen Ernstes erzählen, was Langweile ist?«

»Hör mal, ich ...«

»Außerdem ist tantrisches Yoga für solche Zwecke auch sehr hilfreich. Es fällt einem nämlich ausgesprochen schwer, gelangweilt zu sein, wenn man über die Unermeßlichkeit des Seins nachdenkt, indem man sich auf Erfahrungsprozesse konzentriert, während man gleichzeitig neben seiner eigenen Persönlichkeit steht.« George grinste wie eine Fußfalle. »Das ist ein wenig so wie Däumchen drehen, körperlich allerdings nicht ganz so anstrengend.«

Lundqvist blickte an seinem kahlen Pferd entlang und rückte sich nun selbst zu Leibe. »Du wirst schon sehen, wer von uns als letzter lacht«, fauchte er wutschnaubend.

»Ich nehme an, das wirst wohl du sein, Grinser«, meinte George.

Obwohl es noch eine ganze Woche bis zur geplanten großen Eröffnungsfeier war, hielt es das Management für angebracht, im Interesse einer besseren Öffentlichkeitswirkung die ein oder andere Vorbesichtigung des Parks abhalten zu lassen. Deshalb drängten sich zukünftige Werbepartner, Repräsentanten der wichtigsten Reiseveranstalter und potentielle Großkunden im Park, als sich Lundqvist dem Haupttor näherte. Als er unter dem fischköpfigen Monster, das auf dem oberen Querbalken hockte, hindurchritt, fiel ihm gerade noch rechtzeitig ein, sich zu ducken, und verhinderte so, daß ihm der Kopf abgerissen wurde. Zwar saß das Monster dort eigentlich als Garderobendämon, doch alte Gewohnheiten lassen sich nun einmal schwerer ablegen als alte Hüte.

Ein kurzer Wink mit der 40er Glock reichte, um das vierbeinige Ei davon zu überzeugen, daß er keine Einladung oder Eintrittskarte benötigte und erst recht nichts von dem teuflischen Souvenirkitsch. Nachdem er den Gaul auf dem eigens dazu eingerichteten Pferdeparkplatz abgestellt hatte, gingen sie in Richtung der Erlebniswelt ›Städte in Flammen‹. Das ein oder andere Mal rutschte Lundqvist fast das Herz dabei in die Hose, wenn sie um eine Ecke bogen und auf einen flötenköpfigen Dachs oder auf eine drei Meter hohe und in einer Mönchskutte steckende Eidechse stießen.

George lächelte nur jedesmal und grüßte gelegentlich mit einem freundlichen Nicken. »Hast du Schiß, Grinser?«

»Halt's Maul!« Lundqvist zerrte kräftig an der Kette, und George knallte mit voller Wucht gegen einen vierbeinigen, schäferhundgroßen Weinkrug, der daraufhin in Schwanken geriet, schließlich überschwappte und in der von ihm selbst verursachten Weinlache ausrutschte. Dann stürzte der Krug zu Boden und zerfiel in unzählige rasiermesserscharfe Scherben. Hoch oben auf einem Gerüstturm erhob sich ein wütendes Geheul, gefolgt von einer mit Nachdruck hervorgebrachten Mahnung, die beiden sollten gefälligst besser hinschauen, wo sie entlanggingen.

»Grinser?«

»Was denn noch?«

»Wenn ich du wäre, würde ich mich spätestens jetzt laufenlassen.«

Es ist schon verblüffend, auf welche Weise einem das Leben immer wieder neue Überraschungen bereiten kann, selbst wenn man glaubt, längst alles gesehen und kennengelernt zu haben.

»Hast du endgültig den Verstand verloren?« polterte Lundqvist los. »Nicht für alles Napalm im Irak würde ich dich jetzt laufenlassen.«

»Bist du dir sicher?«

Lundqvist grinste dreckig. »Absolut sogar.«

George zuckte die Achseln. »Na gut, wenn du der Wahrheit nicht ins Auge blicken willst und lieber den Kopf in den Sand steckst, ist das dein Problem.«

Was nur wenige Sekunden später exakt eintraf.

Es war ein zu Lastwagengröße herangereifter Steinbutt aus reinem Eisenkies, der einen Kardinalshut trug und auf einer Harfe spielte, von dem Lundqvist zunächst am Hinterkopf getroffen wurde, bevor das Ungetüm vollends auf ihm landete, so daß er darunter begraben wurde. Alles, was man danach noch von ihm sehen konnte, waren die beiden Hände und eine große Zehe.

»Ich hab's dir ja gleich gesagt«, seufzte George.

Mit einem Gesichtsausdruck wie das leibhaftige Donnergrollen kletterte Hieronymus Bosch vom Kran herunter und blickte sich verstohlen nach allen Seiten um.

»Also gut, mein Lieber, das war das letzte Mal, daß ich dir aus der Patsche geholfen hab, klar?« raunzte er George an.

»Grüß dich, Ron.«

»Wir sind jetzt ein für allemal quitt«, fuhr Bosch fort und holte aus der Westentasche eine diamantgeschliffene Metallsäge hervor. »Ist das klar?«

George nickte. »Das war sehr nett von dir, mir aus der Patsche zu helfen. Im entscheidenden Moment kann man sich eben immer wieder auf dich verlassen, Ron.«

»In Zukunft kannst du dich darauf verlassen«, fauchte Bosch ihn an, während die durchtrennten Hälften der ersten Handschelle auf den Boden fielen, »daß ich nirgendwo sein werde, kapiert?«

»Du bist immer einer meiner besten Kumpel gewesen, Ron«, reagierte George in ruhigem Ton. »Ich will dich wirklich nicht drängen, aber wie weit bist du denn mit den Ketten und dem ganzen Zeug?«

»Aua!« Bosch zuckte heftig zusammen, als er mit der Fingerspitze über das heiße Sägeblatt fuhr. »Für die verfluchten Ketten haben die tatsächlich Kohlenstoffstahl verwendet. Haben die eigentlich keine Ahnung, was so was kostet?«

»Mach dir nichts draus.« George streckte die Arme aus und versuchte, den steifen Nacken zu bewegen. »Man kann von diesem Pack nicht erwarten, so was zu wissen. Tschüß, Ron, wir sehen uns.«

Nachdem er erst einmal von den Ketten und dem Eisenring befreit worden war, steuerte er auf die Riesenlaterne zu. Er brauchte dringend etwas zu essen und zu trinken – höchstwahrscheinlich auch ein Paar neue Füße.

Na bitte, sagte er sich, als er sich im Raum umsah, *falls ich wirklich neue Füße benötige, dann bekomme ich sie hier.* Es gab sie hier zu Hunderten, und an einigen war nicht einmal etwas dran.

Sobald er etwas gegessen und getrunken hätte, würde sich ihm natürlich das Problem stellen, wie es am leichtesten zu bewerkstelligen wäre, den Park zu verlassen. Zur Zeit stand das auf der Prioritätenliste allerdings nicht an erster Stelle. Er stieg auf die stumpfe Oberseite eines übergroßen Tranchiermessers, das als Treppenabsatz diente, und stieß die Tür auf.

Dann fiel ihm ein, daß er gar kein Geld dabeihatte. *Mist!*

Instinktiv versuchte er, etwas herbeizuzaubern, doch im selben Augenblick erinnerte er sich daran, daß wegen der elektromagnetischen Störungen der gewaltigen Lautsprecheranlage Magie hier nicht funktionierte.

»Guten Tag, gibt es hier zufällig irgendwelchen Abwasch zu erledigen?« erkundigte er sich.

Sieben Augenpaare und vier Augentrios starrten ihn entgeistert an.

»Was willst du?« krächzte eine Stimme hinter der Bar hervor.

»Ich habe gefragt, ob es hier zufällig irgendwelchen Abwasch zu erledigen gibt«, wiederholte George und nahm auf einem Barhocker Platz. »Als Gegenleistung für eine Tasse Kaffee oder eine Kleinigkeit zu essen.«

Die Bardämonin gackerte durch ihren verbogenen Schnabel. »Hör zu, mein Junge. Wir sind hier in der Hölle, klar? Wir erledigen hier generell alles in einem Abwasch.«

»Nichts für ungut.« George nickte verständig. »Wie wär's dann mit einem Scheck?«

Die Bardämonin blickte finster drein und deutete mit einer Flügelspitze auf ein über der Feuerstelle hängendes Schild, auf dem stand:

VERZEHRZWANG
KEIN KREDIT
KEINE SCHECKS
KEIN ABWASCH

»Ich fürchte fast, ich muß hier früher mal Stammgast gewesen sein«, meinte George. »Kann man nichts machen. Tut mir leid, wenn ich jemanden belästigt haben sollte. Auf Wiedersehen.«

Die Flügeltür, durch die er erst kurz zuvor hereingekommen war, schloß sich. Schlimmer noch, sie verschränkte die Flügel. George setzte sich wieder und zog heimlich eine Schale mit Erdnüssen zu sich heran. Bevor seine Finger etwas vom Inhalt zu fassen kriegten, hüpften die Erdnüsse aus der Schale und huschten in panischer Eile zum Aschenbecher hinüber.

»Woher kommst du eigentlich?« wollte die Bardämonin wissen. »Ich hab dich hier nämlich noch nie gesehen.«

»Ich nehme an einem dieser Besichtigungsrundgänge teil«, antwortete George. »Ehrlich gesagt, habe ich mich etwas verlaufen.«

»Soso.«

Mit einer flinken Handbewegung erwischte George eine unterdurchschnittlich langsame Erdnuß und verschluckte sie schnell. »Könntest du mir vielleicht den Weg zum Haupteingang verraten? In zehn Minuten fährt nämlich unser Bus los, und ich …«

Die Bardämonin verzog den Schnabel. »Jetzt weiß ich, wer du bist«, krächzte sie. »Du bist dieser Lucky-George-Typ. Hör zu, mein Süßer, dieses Mal wirst du nicht mehr solch ein unverschämtes Glück haben, weil …«

Aus den Augenwinkeln heraus bot sich George ein höchst angenehmer Anblick. Was man als angenehm oder auch als schön empfindet, hängt zweifellos von der Sichtweise des Betrachters ab, denn George erkannte lediglich zwei weitere vogelköpfige Monster. Doch diese beiden unterschieden sich von den anderen, sie hatten Möwenköpfe.

»Hey, ihr beiden dahinten!« rief die Bardämonin. »Seid ihr vom Sicherheitsdienst?«

Einer der beiden Möwenköpfe nickte.

»Ihr habt euch ganz schön Zeit gelassen, was? Hier habt ihr ihn. Und jetzt schafft mir endlich diesen zudringlichen Kerl vom Hals.«

George wartete, bis er und die beiden Möwendämonen an der Attraktion ›Kalte Hunde fressen warme Ritter‹ vorbeigegangen waren und sich einigermaßen in Sicherheit wähnten, bevor er das Schweigen brach.

»Wie diese Tresenschlampe eben schon richtig festgestellt hat, habt ich euch ganz schön Zeit gelassen. Oder findet ihr nicht?« fragte er die Möwen.

Larry zuckte die Achseln. »Das war gar nicht so einfach. Erst mal mußten wir passende Kostüme finden und ...«

»... und außerdem steckten da noch Leute drin«, fiel ihm Mike ins Wort. »Also mußten wir die erst mal loswerden, bevor wir uns auf die Suche nach dir machen konnten. Dann sind wir andauernd von irgendwelchen Leuten angehalten worden, die uns nach den Toiletten gefragt haben. Glaub mir, wir haben unser Bestes gegeben.«

George nickte. »Wenn ihr wißt, wie man hier rauskommt, ist das Problem sowieso erledigt. Ehrlich gesagt, gefällt's mir hier nämlich überhaupt nicht. Aber verratet Ron bloß nicht, daß ich das gesagt hab.«

»Der Ausgang ist dahinten«, meinte Larry und zeigte in die entsprechende Richtung. »Wir müssen an diesem komischen Riesenkopf mit der großen Platte obendrauf vorbei. Bei den ›Städten in Flammen‹ gibt es allerdings auch einen Notausgang, hinter dem es über eine Feuerleiter nach draußen geht. Ich halte es für besser, wenn wir den nehmen.«

»Einverstanden«, willigte George ein. »Wo ist eigentlich Helen?«

»Die wartet draußen mit dem Wagen«, antwortete Mike. »Sie hat darauf bestanden mitzukommen.«

»Das geht schon in Ordnung. Jedenfalls war Lundqvist platt wie ein Fisch, als ich ihn verlassen hab, aber wahrscheinlich läuft er mittlerweile wieder frei herum, und deshalb laßt uns lieber beeilen.«

Während sie sich vom Ufer des erstarrten Sees entfernten, schlurfte ein kaninchenköpfiger Dämon auf sie zu und erkundigte sich danach, ob sie Lust hätten, einen Blick auf die menschenfressende Laute zu werfen. Die drei schüttelten den Kopf und gingen weiter.

»Stehenbleiben!«

George schnalzte mit der Zunge und wich gerade noch rechtzeitig einer Kugel aus der 40er Glock aus. »So ein Mist. Los, wir sollten lieber zu dem Ding dort drüben laufen.«

»Moment mal, Boß! Das wird dir bestimmt nicht gefallen, das ist…«

»Komm schon, Larry, und laber nicht rum.«

»Ojemine! Jetzt verstehe ich, was du gemeint hast«, stöhnte George.

Larry reagierte auf die Bemerkung mit einem leichten Nicken, der Rest von ihm war vor Schrecken erstarrt.

»Larry, jetzt beruhig dich mal. Das Schlimmste, was dir passieren kann, ist, daß man dich auffordert zu singen. Was ist daran so schrecklich, wenn man mal…?«

Als Georg den Gesichtsausdruck der Möwe sah, hielt er es für angebrachter, das Thema lieber auf sich beruhen zu lassen. Er verschränkte die Arme, blickte entschlossen geradeaus und verzog den Mund zu einem leisen Lächeln.

Lundqvist wachte auf.

William Shakespeare war ein großer Schilderer des Schlafs und beschrieb ihn *(inter alia)* als ›Balsam für die kranke Seele‹ oder als ›Pfleger der Natur… der die Sinne in Vergessen taucht‹. Kurt Lundqvist, der stets die Ansicht vertreten hatte, daß die Feder zwar mächtiger als das Schwert sei, es aber auf keinen Fall mit einer 20er Remington Wingmaster mit einem Achtzehn-Zoll-Lauf und Vollmantelgeschoß aufnehmen könne, hielt Schlaf eher für richtige Scheiße, insbesondere dann, wenn er durch einen übergroßen Eisenkiesfisch herbeigeführt wurde.

Daran änderte auch nicht viel die Tatsache, daß er nach dem Öffnen der Augen als erstes Links Jotapian sah, der sagte: »Sind Sie wohl auf, Mister Lundqvist?«

»Ja. Nimm dieses Mistding endlich von mir runter und schlag Alarm.«

»Mach ich, Mister Lundqvist.«

»Links?«

»Ja, Mister Lundqvist?«

»Versuch bitte, in die andere Richtung zu ziehen, ja?«

»Oh, das tut mir leid, Mister Lundqvist, ich bin mal wieder mit den Gedanken ganz woanders gewesen. Tat's denn weh?«

»Nicht ansatzweise so schlimm wie das, was ich mit dir anstellen werde, wenn du dich nicht endlich mehr beeilst.«

»Ich gebe mein Bestes, Mister Lundqvist.«

»Ja, wahrscheinlich tust du das wirklich«, grummelte Lundqvist verbittert.

Wenige Minuten später verbogen sich sämtliche Alarmglocken förmlich vor Anstrengung, als sie einen derartigen Lärm veranstalteten, daß sie trotz der Geräuscheffekte der verschiedenen Karussells und Darbietungen an einigen Stellen des Parks sogar zu hören waren. Gegen den Radau auf der Karaokeplattform anzukommen, hatten sie allerdings höchstens eine Chance wie ein Einwegfeuerzeug gegen Lundqvists Remington.

»Every time I say goodbye«, sang Larry gerade, »I die a little.« Er klang dabei keineswegs überzeugend, denn nach dem Äußeren zu urteilen, war er bereits tot;

darüber hinaus hatte man ihn eine Woche lang in Formaldehyd getaucht und unfachmännisch ausgestopft.

»Er macht seine Sache wirklich gut, findest du nicht?« zischte die andere Möwe George ins Ohr. »Glaub mir, das hat er von seiner Mutter.«

Larry sang weiter, bis ihm schließlich ein rattenköpfiger Dämon, der für einen reibungslosen Ablauf der Veranstaltung zu sorgen hatte, das Mikrofon abnahm und es einer kugelrunden Nonne reichte, aus deren Ohren grelles Licht hervortrat und die sofort ›I did it my way‹ zu singen begann.

Das hier war zwar die Hölle, dennoch gibt es Grenzen.

»Kommt schon, laßt uns bloß raus hier!« rief George über den Lärm hinweg. »Außerdem habe ich einen Bärenhunger.«

Bevor ihm jedoch der erfolgreiche Rückzug gelang, entriß der Rattenkopf der Nonne das Mikrofon und drückte es George in die Hand. George lächelte, als wäre ihm von einem Empfangskomitee ein Strauß Blumen überreicht worden, atmete tief durch und sang.

Der Rattenkopf benötigte keine fünf Sekunden, um festzustellen, daß er einen fatalen Fehler begangen hatte; doch bis dahin war der meiste Schaden bereits angerichtet worden. Als er versuchte, Lucky George das Mikrofon abzunehmen, erhielt er als Dank dafür lediglich einen perfekt ausgeführten Schlag mit dem Ellbogen in die Magengrube. Daraufhin konzentrierte er seine ganze Energie darauf, das Mikrofonkabel mit den Zähnen zu durchbeißen und die Hauptsicherung auszuschalten, doch waren auch diese Bemühungen vergebens.

Nachdem George allen, die es hören wollten oder auch nicht, versichert hatte, daß er es wie Frank Sinatra auf seine Art getan habe, gab er das Mikrofon zurück und seufzte zufrieden.

»Könnte ich's bitte noch mal versuchen?«

Der Rattenkopf warf ihm einen Blick zu, der sich aus drei Teilen puren Entsetzens und zwei Teilen schieren Hasses zusammensetzte. Schließlich schüttelte er nur den Kopf.

»Schade drum«, meinte George. »Mir hat's nämlich gerade richtig Spaß gemacht.«

Er verließ die kleine Bühne und schlängelte sich durch ein knappes Dutzend Dämonen hindurch, die sich allesamt die Ohren zuhielten und sich in krampfartigen Zuckungen auf dem Boden wanden.

»Kunstbanausen«, schimpfte Georg. »Okay, Larry, Mike, wer als letztes an der Theke ist, zahlt die Runde.«

Etwa drei Minuten nachdem George mit seinen Begleitern gegangen war, kroch ein Hilfsdämon mit den Zehen und Klauen einer Eidechse die Melodiepfeife eines riesigen Dudelsacks hinunter und brach direkt vor den Füßen des Rattenkopfs zusammen. Als er sich während Georges künstlerischem Beitrag die Klauen in die Ohren gesteckt hatte, hätte er sich zwar fast die Trommelfelle durchstochen, doch wäre es ihm das die Sache wert gewesen.

»Leck mich Arsch, das war ja wohl der absolute Horror«, stöhnte er. »Oder findest du nicht, Chef?«

»Was hast du gesagt?«

»Ich hab gesagt, das war ja wohl der absolute Horror, Chef, oder findest du nicht?«

»Bitte?«

»ICH HAB GESAGT, DAS WAR JA WOHL DER ABSOLUTE HORROR, CHEF, ODER FINDEST DU NICHT?«

Rattenkopf schüttelte sich und zitterte am ganzen Körper. »Du mußt schon lauter reden!« brüllte er zurück.

Links Jotapian hatte einen Hubschrauber aufgetrieben.

Jedenfalls im weitesten Sinne des Wortes. Was er tatsächlich aufgetrieben hatte, war ein wandelnder

Baum mit scheußlichen Ästen wie blanke Knochen, und aus seiner linken Achselhöhle wuchs ein Ziegenschädel. Links' jugendlicher Begeisterung war es nicht entgangen, daß der Baum, wenn man an ihm hinaufkletterte und mit einem Taschenmesser heftig auf ihn einstach, dazu gezwungen werden konnte, die Äste so schnell zu drehen, daß er die Wirkung eines Rotorantriebs erzielte. Flugzeugkonstrukteure wie Igor Sikorsky hätten zwar widersprochen, aber wen schert das schon?

»Nichts zu sehen, Mister Lundqvist«, berichtete er ins Handfunkgerät. »Resultat bislang hundertprozentig negativ. Over.«

»Such weiter, Links. Irgendwo da unten muß er ja sein.«

»Roger and out.« Links spähte durch einen Bildschirm kleiner Zweige hindurch auf den Boden und stach nur noch behutsam auf den Baum ein, um tiefer zu fliegen.

Mann, das macht Spaß! freute sich Links. *Viel mehr Spaß als zur Schule zu gehen. Ich meine, hiermit verglichen, ist Schule doch wirklich der allerletzte Scheiß. Ich meine, das hier ist, na ja, das hier ist doch das wahre Leben.* Er wischte sich Asche aus den Augen und zog die Beine an, um der Schere eines gelangweilt wirkenden anthropomorphen Hummers auszuweichen, der seinen Platz direkt neben dem auf dem Pferdeschädel befindlichen Swimmingpool hatte.

»Kreisch!«

Es ist ja nicht nur so, daß es hier etwas gruselig ist, sagte ihm eine innere Stimme. *Zum Beispiel ist es auch ganz schön hoch hier oben, und der Baum kann jeden Augenblick einen Krampf in den Knochen kriegen. Und ein tiefer Fall allein ist schon schlimm genug, ohne auch noch einige dieser wirklich unheimlichen Viecher berücksichtigen zu müssen, auf denen man hier landen kann.*

»Kreisch, kreisch!«

»Geh endlich tiefer, du Mistding!« brüllte Links in das Astloch, von dem er hoffte, daß es das Ohr des Baums war. »Und wenn du dich müde fühlst, dann raschel mit einem Blatt oder so was!«

Der Baum wackelte. Links blickte nach oben und sah, daß zwei Möwen auf den rotierenden Ästen hockten. Sie blickten etwas benommen drein, was sie auch durchaus sein mochten.

»Husch, husch! Weg da!« brüllte Links und versuchte, die beiden Vögel mit den Händen zu verscheuchen. »Haut gefälligst ab! Legt ein Ei oder macht sonst was!«

»Kreisch.«

»Ihr blöden Vögel bringt dieses Scheißding noch zum Abstürzen!«

»Kreisch.«

»Nein …!«

Seine letzten Gedanken, bevor er auf dem zugefrorenen See aufschlug und in einer dichten Wolke aus Eisträmmern, Spritzwasser und abgebrannten Streichhölzern verschwand, waren: *Macht nichts, immer noch besser, als zur Schule gehen zu müssen.* Seine ersten Gedanken, nachdem ihn die Dämonen aus dem See gefischt und ihm einige Liter schales Styxwasser aus der Lunge gepumpt hatten, lautete: *Andererseits gibt es eine Menge über unterirdische Geographie zu berichten.*

»Und das ist noch längst nicht alles«, sagte Machiavelli.

Mit ungeheurer Anstrengung ließ der Bardämon im Hellza-Pop-Inn den Kopf herumknirschen, bis er sich seinem besten Stammkunden gegenübersah. Sicher, das hier waren die Qualen der Hölle, und dieser Fleck hier war verheirateten Männer vorbehalten, die ihre Frauen im Stich lassen, um jeden Abend saufen zu gehen, doch als ein glücklich verheirateter Dämon mit einer Hypothek und drei niedlichen kleinen Beelzebuben vertrat er die Auffassung, daß sich diese besoffenen Rumtreiber ihren hiesigen Aufenthalt nur allzu redlich verdient hatten; doch leider war er nun einmal Mitarbeiter und kein Kunde und mußte deshalb alles über sich ergehen lassen.

»Dieser saure Regen und all diese Vulkane und das ganze andere Zeug versauen doch das Wetter total«, fuhr Machiavelli fort. »Oder willst du mir allen Ernstes erzählen, daß das Zufall ist, häh?«

»Ganz wie du meinst, Nick«, antwortete der Bardämon mit einem Gähnen.

»Es ist nämlich eine unumstrittene Tatsache, daß die Wettervorhersage am Tag der Ermordung von John F. Kennedy für ganz Texas ›leichte Bewölkung bei morgendlichem Aufklaren, ansonsten heiter und trocken‹ gelautet hat. Aber natürlich wollte man uns das nur *glauben* machen, weil ...«

Die Tür ging auf, und ein Mann kam herein. Er setzte sich auf einen Barhocker und sagte zu Machiavelli: »Hei, Nick. Was trinkst du?«

»Und wenn man dann noch die seismische Aktivität am Tag von Kennedys Ermordung mit der in der Nacht vom Watergate-Einbruch vergleicht«, redete Machiavelli unaufhaltsam weiter, »dann findet man schnell heraus, daß zu den beiden betreffenden Zeitpunkten in Chicopee Falls, Iowa, genau dieselben Werte registriert wurden. Und das sollte einem ja wohl zu denken geben.« Er hielt inne, als wollte er sich an etwas erinnern, daß ihm erst kurz zuvor zu Ohren gekommen war, und sagte dann: »Oder findest du etwa nicht?«

»Sicher, Nick«, antwortete der Bardämon, während er ein Glas abtrocknete. *Das ist einfach nicht fair,* sagte er sich. *Alle rücksichtslosen Ehemänner sind im Hinterraum, spielen Billard und saufen sich die Hacke voll, und ich muß diese Solovorstellung über mich ergehen lassen. Dagegen muß endlich mal was unternommen werden.*

»Hei, Nick«, wiederholte der Fremde. »Dasselbe wie immer?«

Machiavelli drehte sich langsam zu dem neuen Gast um und starrte ihn verblüfft an.

»Bist du das etwa, George?«

»Klar. Wir haben uns lange nicht mehr gesehen, Nick«, antwortete George. »Übrigens hab ich dir eben die ganze Zeit sehr interessiert zugehört. Ich nehme an, ihr habt über das neue Buch von diesem einen Journalisten diskutiert, der sich vor kurzem selbst umgebracht hat. Bunnet oder so hieß der, stimmt's?«

»Was zur Hölle treibst du hier, George? Ich hab gedacht, du wärst längst über alle ...?«

»Bin ich auch, bin ich auch, Nick. Für mich bitte, wenn möglich, ein Bier und ein getoastetes Käsesandwich«, gab er beim Bardämon seine Bestellung auf, bevor er sich wieder an Machiavelli wandte: »Und wie geht's dir so?«

»Ach, ganz gut«, antwortete Machiavelli, wobei er leicht errötete. »Man hat mir sogar eine Art Vertrauensposten gegeben.«

»Im Ernst? Was du nicht sagst! Wunder geschehen doch immer wieder«, staunte George nicht schlecht.

»Ja.« Machiavelli blickte verlegen zu Boden. »Ich hab den Job hier in dieser Kneipe als Langweiler vom Dienst bekommen.«

»Und wie ist das, Nick?«

»Langweilig.«

»Ach so? Jedenfalls hab ich dich eben unterbrochen, du hast gerade was erzählt.«

»Hab ich das?«

»Ja, über dieses Buch von dem Bunnet oder wie der heißt.«

Machiavelli beugte sich etwas vor und blickte auf den Boden. Dann fuhr er mit ausdrucksloser Stimme fort: »Ach, das Ding. Nun, seine Theorie lautet, daß hinter sämtlichen wichtigeren politischen Vertuschungs- und Verschwörungsversuchen der Nachkriegsgeschichte die Marsmenschen stecken, was sie stets durch geschickte Eingriffe ins Klima bewerkstelligt haben, und das wiederum«, schloß er mit kläglicher Miene, »erkläre auch die Abholzung des Regenwalds, den sauren Regen, den Treibhauseffekt ...«

»Ich verstehe.« George kratzte sich am Ohr. »Dir macht deine neue Arbeit Spaß, wie?«

»Nein, eigentlich nicht so sehr.«

Georges Bier und Sandwich trafen ein – letzteres leicht verkohlt und auf den Zacken einer Forke serviert –, und für einen Augenblick konzentrierte er seine ganze Aufmerksamkeit aufs Essen.

Schließlich blickte er wieder auf und sagte mit vollem Mund: »Weißt du, es ist schon komisch, wie sich die Dinge so entwickeln, findest du nicht?«

»Mhm.«

»Ich meine, denk doch nur mal daran, wie wir uns damals in der Schule aufgeführt haben. Ich, der ruhige, artige Streber und du eher so ein Typ, der den Kopf voller Ideen stecken hat, was er später einmal machen will – eine große Karriere in der Politik machen, an Expertenrunden teilnehmen ...«

Machiavelli gab ein Geräusch von sich; teils zustimmend, teils beschämt und teils zu Tode betrübt. Dann biß er in einem unbeobachteten Moment ein Stück von Georges Sandwich ab.

»Und dennoch sitzt du jetzt hier vor mir und machst diesen Job, bei dem es keinerlei Aufstiegsmöglichkeiten gibt und ...«

»Und auch keine Rente, auf die man sich freuen kann«, ergänzte Machiavelli.

»Keine zusätzlichen Sozialleistungen.«

»Keine Reisen, keine Möglichkeit der Einflußnahme auf das Schicksal der Nationen.«

»Ich möchte sogar wetten, du hast nicht mal einen für dich reservierten Parkplatz.«

»Allein die Arbeitszeit ist ein einziger Horror, George.«

»Das glaube ich dir sofort, Nick.«

Machiavelli schluchzte leise. »Es ist nicht nur die Arbeitszeit als solches«, schnaufte er, »diese endlos langen Stunden sind es, die mich wirklich schaffen.«

»Das kann ich mir gut vorstellen«, stimmte George ihm zu. »Glaub mir, ich könnte das nicht durchstehen.«

»Tja, das muß ich aber«, antwortete Machiavelli unglücklich. »Die Stühle sind nämlich alle für Kunden reserviert. Den Boden unter mir habe ich mittlerweile völlig durchgestanden, und diese verdammte Messingstange hier am Tresen ist schon so abgenutzt, daß sie an der Stelle, wo ich mich andauernd festhalte, dünn wie Papier ist. Ich könnte sie jederzeit mit dem kleinen Finger durchstoßen, George.«

»Ja ja, aber was ich meinte, war, daß ich das nicht aushalten könnte.«

»Wirklich nicht?«

»Jedenfalls nicht an deiner Stelle, Nick. Nicht, wenn ich der Nick Machiavelli wäre, den ich früher mal gekannt habe. Ach, wo wir gerade dabei sind: Hast du in letzter Zeit Kurt Lundqvist gesehen?«

Machiavelli schüttelte den Kopf. »Das letzte, was ich von ihm gehört hab, ist, daß er mit der Vernichtung überflüssiger Götter zu tun hat. Kein schlechter Job, wenn du mich fragst.«

George nickte. »Krisenfest und ausbaufähig.«

»Muß interessant sein.«

»Faszinierend geradezu.«

»Dieser kleine Stinkstiefel hat aber auch unglaubliches Glück gehabt«, beklagte sich Machiavelli verbittert. »Wenn ich nur daran denke, wie er jedesmal zu flennen anfing, wenn wir ihm das Stilett abgenommen haben …«

George seufzte. »Und trotzdem, schau ihn erst dir an, und dann schau dich an. Ehrlich, Nick, an deiner Stelle hätte ich längst etwas dagegen unternommen.«

Machiavelli blickte ihn hilflos an, und die ersten reifen Knospen taufrischer Tränen sprießten ihm aus den verschwommenen Augen. »Ach, und was?«

George aß das Sandwich auf und trank das Glas aus. »Na ja, als erstes würde ich dafür sorgen, daß ich wieder etwas Feuer unterm Hintern hätte.«

»Mister Lundqvist?«

»Ja, Links.«

»Hier drinnen ist er auch nicht, Mister Lundqvist.«

Lundqvist spähte mit zusammengekniffenen Augen in die tiefe Kuhle hinein. »Bist du dir sicher, Links?«

»Ziemlich sicher, Mister Lundqvist.«

»Dann solltest du lieber wieder da unten rauskommen.«

Pause.

»Ich hab damit aber ein kleines Problem, Mister Lundqvist.«

Lundqvist seufzte. Nach seinem Dafürhalten paßte der Ausdruck ›Idiot‹ für Links Jotapian sprichwörtlich angegossen wie ein Handschuh. »Ich hatte mir schon gedacht, daß du so was sagen würdest, Links«, antwortete er in erstaunlich ruhigem Ton. »Deshalb hab ich auch dieses Seil hier mitgebracht.«

»Toll, Mister Lundqvist!«

Lundqvist löste das Seil und warf es in die Kuhle hinein. Das Seil war sehr lang, und als er es fast vollständig hinabgelassen hatte und nur noch das Ende in den Händen hielt, kniete er sich erneut auf den Boden. »Hast du's?«

»Noch nicht ganz, Boß!«

»Meine Güte! Wie tief ist diese Kuhle denn bloß?«

»Ich fürchte fast, sie hat gar keinen Boden«, antwortete Links mit schwächer werdender Stimme. »Zumal ich immer noch falle.«

»Im Ernst?«

»Ich denke, schon, Mister Lundqvist. Und noch was, Mister Lundqvist, hier unten wimmelt es von allem möglichen unheimlichen Zeugs, als ob hier die ...«

»Schon gut!« Lundqvist stand eine Weile nachdenklich da, dann rief er in die Kuhle: »Links, ich möchte, daß du jetzt über die Grundlagen der Physik und Mathematik nachdenkst, klar?«

»Genau das tu ich schon die ganze Zeit, Mister Lundqvist.«

»Okay. Das Universum ist doch gekrümmt, richtig?«

»Wenn Sie es sagen, Chef.«

Lundqvist streckte sich den Rücken und klopfte sich den Staub von den Knien. »Wenn du nun also fällst, wirst du früher oder später genau dort ankommen, wo du gestartet bist. Der Trick an der ganzen Geschichte ist, daß du irgendwas zu fassen kriegen mußt, wovon du dich abstoßen kannst. Hast du das kapiert, Links?« Leise brummelnd fügte er hinzu: »Erspar mir bloß, mit Seilen und Ausrüstung da runterklettern zu müssen.«

»Ganz wie Sie wollen, Chef.«

»Es kann allerdings eine ganze Weile dauern, Links.«

»Ich bin zu jeder Schandtat bereit, Mister Lundqvist.«

»Tausende von Jahren vielleicht.«

»Kein Problem, Mister Lundqvist. Während ich hier unten bin, kann ich meine unerledigten Hausaufgaben für den Kurs machen.«

»Braver Junge. Falls du innerhalb der nächsten Stunde da unten rauskommst, triffst du mich irgendwo hier oben auf dem Gelände an.«

»Okay, Mister Lundqvist. Nachricht erhalten. Over and out.«

Over and out – was Links' anging, traf dies natürlich wirklich zu. Aus und vorbei, ein ebenso freier wie klarer Fall. Lundqvist erhob sich, massierte sich die schmerzenden Glieder und machte sich in Richtung des Erfrischungsbereichs davon.

»Bist du bereit, Nick?«

Machiavelli nickte grinsend. Da er sich entschlossen hatte, an dieser Geschichte teilzunehmen, hatte er sich etliche große Brandy und einen doppelten Likör von der Hausmarke ›Teufelsschiß‹ gegönnt. Die Folge war, daß er vor lauter Frechheit und Tollkühnheit nur so strotzte und kaum noch in der Lage war, ohne fremde Hilfe aufrecht zu stehen. Für Georges Absichten war es allerdings auch gar nicht erforderlich, aufrecht stehen zu können.

»Hast du alles dabei?«

»Glaub schon, Schorsch. Aber …«

»Ja, was denn?«

»Schieht gansch scho ausch, alsch wenn isch allesch doppelt dabeihab. Erinnert misch verdammt an… urgs!«

»Prima, Nick. Dann hast du ja alles einmal in Reserve«, unterbrach ihn George. »Und seid ihr beiden auch bereit?«

Zwei in der Luft kreisende Möwen taten ihre positive Antwort kund, indem sie kurz die Flügelspitzen nach unten knickten.

»Okay!« Lundqvist machte den Rücken gerade, pustete einige Male ins Mikrofon, um sicherzugehen, daß die Lautsprecher funktionierten, und holte schließlich tief Atem. Die Flammen der Feuer des Eurobosch-Parks flackerten in den Gläsern seiner Spiegelglasbrille, wurden aber seltsamerweise nicht reflektiert.

Rings um ihn duckten sich die zu sechs konzentrischen Kreisen angetretenen Dämonen ängstlich nach unten und wünschten sich, woanders zu sein.

»OKAY, GEORGE!« schallte es durch den Park. »ICH

WEISS, DASS DU HIER IRGENDWO BIST. SELBSTVERSTÄNDLICH IST DAS GANZE GELÄNDE UMSTELLT.«

Pause. Kein Geräusch, außer dem Schreien und Stöhnen und dem Zischen von glühendem Eisen auf ständig wiederaufbereitetes Fleisch. Man hätte eine zehn Meter lange Stecknadel aus Molybdänstahl fallen hören können.

»GEORGE!« brüllte Lundqvist. »GIB ENDLICH AUF. KOMM MIT ERHOBENEN HÄNDEN RAUS ODER ...«

Vor dem flammenden Hintergrund zeichnete sich eine Gestalt ab, die im Eingang des Erfrischungsbereichs aufgetaucht war. Sie hielt die Hände über den Kopf. Lundqvist entkrampfte merklich, bis er allenfalls noch so angespannt wie ein kurz vor der Zerreißgrenze befindliches Stahlseil war.

»Hei«, sagte die Gestalt.

Die Dämonen wichen ängstlich etwas zurück. Sicher, sie waren Dämonen, und Dämonen kennen keine Angst. Trotzdem gibt es keinen Grund saublöd zu sein, und das ist auch schon alles.

Lundqvist ging vor Wut in die Luft. »Kommt schon, Jungs, worauf wartet ihr noch? Schnappt euch das Arschloch!«

Ein Dämon blickte ihn mit seinem Vogelkopf fragend an und piepste: »Was? Wir?«

»Ja.«

»Für wen hältst du uns eigentlich? Für Esel?«

Lundqvist blickte auf die verschiedenen Schulterverzierungen der Dämonen, die rings um ihn standen. »Ja, einige von euch ganz bestimmt. Jetzt macht schon.«

Mit einem lauten Wimmern warfen sich die Dämonen ins Gefecht und stürzten auf die Silhouette vor dem Eingang zu. Als sie nur noch etwa zehn Schritte entfernt waren ...

... machte die Gestalt plötzlich *wusch!* und ging in Flammen auf.

Schreiend vor Wut und Enttäuschung, zwängte sich

Lundqvist durch die Heerschar schnatternder und sich fürchtender Dämonen hindurch und griff nun selbst die menschliche Fackel an; die ihm gleich darauf mit voller Wucht in die Magengrube schlug, ihm den Atem raubte und ihn blöde angrinste.

»Hei, Kurt, lange nicht mehr geschehen, wasch?«

Lundqvist rieb sich die Asche aus den Augen, schluckte mehrere Male und schrie dann: »Machiavelli! Dafür wirst du in der Hölle schmoren!«

Machiavelli zuckte mit den weißglühenden Schultern. »Glaubscht du dasch wirklisch?« fragte er. »Na, wir werden ja schehen.«

Lucky George, der die letzten zehn Minuten damit verbracht hatte, sämtliche Einwegfeuerzeuge, die sich in dem Verkaufskarton auf dem hinteren Kneipentresen befunden hatten, aufzubrechen und den Inhalt über Machiavellis Kopf auszuschütten, grinste und machte sich still und leise über die Feuerleiter des Erfrischungsbereichs davon. Wegen der strengen Baubestimmungen muß übrigens jedes feste Gebäude und jede dauerhaft installierte Konstruktion auf dem Gelände eine Feuerleiter haben. Wohingegen auf der Erde anscheinend jeder Bauherr selbst bestimmen kann, ob und wo irgendwann einmal Feuer ausbricht.

Nach einem rasanten Lauf über den zugefrorenen See landete George direkt zu Füßen der Hau-den-Lukas-Maschine. Eigentlich eine prima Idee; man haut auf einen wie eine Querflöte geformten Hebel, wodurch der Markierungsstift auf der Skala des Geräts die kalibrierte Maßeinteilung nach oben schnellt. Wenn man stark genug ist, schlägt der Stift gegen eine Glocke, und aus einer Klappe an der Seite der Apparatur hüpfen auserlesen alptraumhafte Dämonen heraus und befördern einen zur ewigen Verdammnis. Geschieht einem eigentlich ganz recht bei so viel Kraftmeierei.

Eine Möwe schoß oben von dem Gerät herab, ging

in den Gleitflug über, zog in der leichten Brise eine Schleife und setzte sich schließlich auf Georges Schulter.

»Danke«, sagte George.

»Daf war doch nichtf«, antwortete Mike durch seinen furchtbar versengten Schnabel hindurch. »Kleinigkeit, alf ich erftmal die Ftreichhölfer angefündet hatte.«

»Und wo ist er jetzt?«

Die Möwe blickte sich nach hinten um. »Dort hinten bei diefem Pferdekopfdingf. Der hat noch weniger Jagdinftinkt alf die Katfe meiner Grofmutter.«

»Sehr schön. Habt ihr schon den Notausgang entdeckt?« wollte George wissen.

»Larry fucht noch danach. Fobald er ihn gefunden hat, fagen wir dir Befeid.«

»Na prima. Ich gehe solange dort drüben hin und werde mich für eine Weile lieber unsichtbar machen. Ciao.«

»He, Fef…« Aber George eilte bereits über das versengte Gras still und leise davon.

Die Möwe zuckte die Achseln. »Grof genug und verflagen genug, um fich um fich felbft fu kümmern, ift er ja«, murmelte sie zuversichtlich.

›Dort drüben‹ entpuppte sich als jenes Freizeitvergnügen, das in der Werbebroschüre als das faszinierende Teufelsrochen-Farbball-Actionspiel bezeichnet wurde.

»Das haben Sie aber gut abgepaßt«, begrüßte ihn ein kugelrunder Dämon mit einem Eulenkopf, als George hineinging. »Sie kommen gerade noch rechtzeitig zur nächsten Runde. Sie erhalten Ihre Ausrüstung da vorne im Schuppen, und dort wird man Ihnen auch sagen, was Sie tun müssen.«

»Danke«, antwortete George.

Man darf eins nicht vergessen: ein Schuppen ist immer ein Schuppen, eine Hütte immer eine Hütte. Wichtig ist nur, als was man etwas mit der Zeit betrachtet oder nutzt. So war dieser Schuppen hier zwar aus einem mit Perlmutt besetzten riesigen Kürbis gebaut worden, in den als Eingang seitlich lediglich ein Loch hineingeschlagen worden war, aber drinnen sah es wie in einem richtigen Baucontainer aus.

»Welche Größe?« wollte der in dem Container diensthabende Dämon wissen.

»Keine Ahnung«, antwortete George. »Du bist hier derjenige mit dem Expertenblick. Also sag du mir die Größe.«

»67 D«, meinte der Dämon. »Da vorne können Sie sich umziehen.«

Er händigte George eine Plastiktüte aus, und George zog sich in eine Art Nebenschuppen oder Kabine zurück, wo er den Inhalt der Tüte genauer in Augenschein nahm.

»Ey, das ist wirklich mal was anderes!« freute er sich mit aufrichtiger Bewunderung.

In der Tüte befand sich eine komplette Ersatzhaut mit passendem Überzug für den Kopf und alle anderen hervortretenden Körperteile. Seine inständige Hoffnung, daß diese Haut dazu dienen sollte, um sie über der eigenen zu tragen, wurde glücklicherweise bestätigt.

Auf dem Rücken der künstlichen Haut steckte in Höhe des Kreuzes ein Dolch, der glücklicherweise keine Klinge hatte. George schlüpfte in die zweite Haut, stülpte sich so bequem wie möglich das Gesicht über und verließ die Kabine.

»Okay, was als nächstes passiert, erfahren Sie draußen«, sagte der Dämon.

»Bin schon unterwegs.«

»He, Moment mal!«

»Ja, was ist denn?«

»Haben Sie nicht was vergessen?«

»So? Was denn?«

Der Dämon zeigte auf ein Regal. »Dort müssen Sie

sich die Geräte rausnehmen. Höchstens drei pro Teilnehmer.«

George suchte sich aus dem Regal ein zwanzig Zentimeter langes Stilett, einen venezianischen Dolch aus dem sechzehnten Jahrhundert und ein kurzes flämisches Krummschwert aus. Dann betrat er das Spielfeld.

Dort hielten sich zur Zeit etwa dreißig Teilnehmer auf, die allesamt eine zweite Haut trugen (um auf diese Weise das Gesicht nicht zu verlieren), in der meistens irgendwelche Stichwaffen steckten. Einige von ihnen rauchten noch eine letzte Zigarette, andere rückten die Augenbrauen zurecht, rieben sich die Ellbogen oder standen nur herum und klopften ungeduldig mit den Füßen. Ein adlerköpfiger Dämon mit Krallen als Händen winkte mit einem Schirm in der Luft, um ihre Aufmerksamkeit zu erwecken.

»Also gut, Jungs und Mädchen. Hier ein paar Grundregeln, bevor wir mit der neuen Runde anfangen. Also, wir alle wollen hier Spaß haben, deshalb müssen wir vor allem immer daran denken, nicht zu übertreiben oder gar aus der Haut zu fahren, klar?«

Einige der Teilnehmer nickten.

»Das Ziel ist«, fuhr der Dämon fort, »so viele Mitkämpfer wie möglich in der vorgegebenen Zeit wiederholt in Körper und Hals zu stechen, ohne dabei selbst getroffen zu werden. Zu Ihrer eigenen Sicherheit müssen wir noch mal betonen: keine Kopfverletzungen! Die Häute sind bei normalem Gebrauch vollkommen sicher, allerdings hatten wir in der Vergangenheit hin und wieder ein paar Probleme mit direkten Treffern an Schläfen und Augen. Trotzdem bleibt immer noch verdammt viel Körperfläche übrig, um sich damit vergnügen zu können, und ich bin mir sicher, Sie sind mit mir einer Meinung, daß Sicherheit vor Vergnügen geht.«

Im Hintergrund erhob sich zaghafter Widerspruch, der sich jedoch rasch legte.

»Der einzige weitere Punkt, auf dessen Einhaltung wir aus verständlichen Gründen bestehen, ist, keine Bäuche aufzuschlitzen und Eingeweide zu entnehmen. Wie uns durchaus bewußt ist, pflegen einige der hier Anwesenden althergebrachte, kulturell oder religiös bedingte Traditionen bezüglich der Entnahme von Eingeweiden, die wir natürlich respektieren. Deshalb haben wir Sie alle mit unseren sehr realistisch wirkenden Plastikinnereien ausgerüstet, die genau hier vorne in der verborgenen Tasche Ihres Hautanzugs eingepaßt sind.« Der Dämon demonstrierte seine Worte anschaulich, indem er sich einen Polyäthylen-Dickdarm aus dem Bauch zog und ihn ordentlich zusammengelegt wieder zurücksteckte. »Sie brauchen dazu lediglich am Klettband ziehen, das sich zwischen den Brustwarzen des Anzugs befindet. So, das wäre eigentlich schon alles. Und jetzt wünsche ich Ihnen viel Vergnügen, und vergessen Sie bei aller Ausgelassenheit nicht, stets ruhig Blut zu bewahren.«

Der Dämon blies in eine Trillerpfeife, sprang beiseite und rollte sich, die Arme über dem Kopf verschränkt, zu einer Kugel zusammen. George hatte dort keine Zehntelsekunde verweilt, als der Mann, der die ganze Zeit links neben ihm gestanden hatte, die Zigarette wegwarf, ein Jagdmesser mit Hirschhorngriff zog und sich auf ihn stürzte.

George sprang zur Seite, versetzte seinem Widersacher einen heftigen Tritt in den Hintern, als dieser nach dem geglückten Ausweichmanöver an ihm vorbei ins Leere schoß, und rief ihm ein ›Ätsch!‹ hinterher. Dann verdrückte er sich.

Aus der sicheren Deckung eines umgekippten Tischs heraus (in dem bereits ein florentinisches Breitschwert und zwei reich verzierte Säbel steckten), verfolgte er das Spiel mit wachsender Begeisterung. Nach der ersten wilden Keilerei, bei der die Stümper und die Mehrheit der rein zur Unterhaltung dienenden Statisten auf der

Strecke geblieben waren, verlangsamte sich das Tempo zusehends, und Geschicklichkeit war nun gefragt.

Da es keinerlei natürliche Deckung gab, beschränkten sich die Möglichkeiten, sich zu verstecken und sich anzuschleichen, darauf, so zu tun, als wäre man eine schrecklich zugerichtete Leiche, bis einem das zukünftige Opfer den Rücken zuwandte. Wie George schnell begriff, erklärte das auch den im Rücken des Anzugs bereits steckenden Messergriff. Offensichtlich bestand der Trick einfach darin, die Anzahl von Griffen, die aus jeder vermeintlichen Leiche hervorragten, zu zählen. Zwei oder mehr bedeuteten, daß es sich wahrscheinlich um eine echte Leiche handelte. Wenn man das erst einmal begriffen hatte, mußte man immer noch Vorsicht walten lassen, denn einige der Teilnehmer (die offenbar Erfahrung darin hatten) hatten sich als Vorsichtsmaßnahme mit einer der drei erlaubten Stichwaffen bereits selbst aufgespießt, bevor sie zu Boden gingen. Zumindest nach Georges Auffassung war das nicht unbedingt ehrenwert, doch entsprach es vermutlich den Vorschriften, wenn auch nicht unbedingt dem Sinn der Spielregeln.

George wollte gerade sein Versteck verlassen und einen Versuch wagen, als sich ein Körper über die Tischkante wälzte und mit voller Wucht auf seinem Schoß landete. Während des Sturzes war ihm die Kopfhaut abgezogen worden, und George erkannte die Gesichtszüge seines Anwalts Herrn van Appin.

»Hallo, Peter, was treibst du denn hier?« begrüßte ihn George.

Herr van Appin verzog das Gesicht zu einem säuerlichen Lächeln und antwortete: »Ich bin gestorben.«

George runzelte die Stirn. »Ich dachte, du hättest mit denen eine Sondervereinbarung getroffen.«

»Hab ich auch. Ich hatte einen wasserdichten Vertrag. Das Dumme daran ist, ich hab ihn selbst entworfen.«

George unterdrückte ein Kichern. »Böser Fehler.«

»Das kannst du wohl laut sagen«, antwortete der Anwalt. »Trotzdem, Geschäft ist Geschäft, und wenn dein bester Klient zu dir kommt und etwas von dir will, dann wendest du dich doch nicht einfach ab und sagst: ›Tut mir leid, hier handelt es sich um einen Interessenkonflikt, versuchen Sie's lieber mal woanders.‹ Aus solchem Holz sind bestimmt keine erfolgreichen Anwälte geschnitzt, George.«

»Wahrscheinlich hast du recht.«

Herr van Appin zuckte die Achseln. »Ganz so schlimm ist es nun auch wieder nicht, daß ich tot bin. Schließlich habe ich noch immer meine Niederlassungen in den anderen Jahrhunderten, so daß ich meiner vorhandenen Klientel nach wie vor meine Dienste zur Verfügung stellen kann, mehr oder weniger jedenfalls. Gleichzeitig bin ich aber nunmehr in der Lage, meinen Aktionsradius auf dieses faszinierende Einzugsgebiet hier unten zu erweitern. Ich meine, wenn es einem hier nicht gelingt, ins Geschäft zu kommen, dann weiß ich's auch nicht mehr ...«

George schüttelte betrübt den Kopf. »Ich fürchte, du wirst einen kleinen Schock erleben, wenn du glaubst, daß du in dieser Gegend der einzige Anwalt bist, weil du sehr schnell feststellen wirst, daß hier viele Angehörige deiner Zunft landen. Früher oder später sogar alle.«

»Na und?« winkte er ab. »Etwas Konkurrenz hat noch nie jemandem geschadet. Bis dann, George.«

»Tschüß, Peter.«

Herr van Appin zitterte kurz am ganzen Körper und lag dann reglos da. George lehnte sich mit dem Rücken gegen ein Tischbein und verfolgte eine Weile das weitere Treiben. Zwei Wettkämpfer hatten sich gegenseitig mit zwei spanischen Rapieren in genau demselben Augenblick niedergestochen und stritten gerade heftig darüber, wer bei wem was getroffen habe.

»Entschuldigung.« George spürte, wie ihm jemand

sanft auf die Schulter klopfte. Er schnellte herum, erkannte eine unbekleidete Gestalt, die sich ihm mit einer Art Streitaxt bedrohlich näherte, und stach mit dem Krummschwert zu. Die Klinge ging glatt durch den Körper und trat hinten wieder heraus.

»Eigentlich müßtest du jetzt umfallen oder irgendwas anderes in der Richtung machen«, meinte George.

»Ich bin eigentlich der Linienrichter«, antwortete der Mann.

George lächelte peinlich berührt. »Oh, das tut mir aber leid.«

»Macht nichts.« Der Linienrichter, der erst kurz zuvor nach einer langen und erfolgreichen Dienstzeit als Hauptmann der Geisterkrieger auf eigenen Wunsch vom Wartungsdienst hierher versetzt worden war, zuckte die Achseln und starb. »So was passiert mir andauernd«, merkte er posthum an.

»Wolltest du nicht was von mir?«

»Ja, ich habe mich nämlich die ganze Zeit gefragt, ob du nicht zufällig dieser Lucky George Faust bist.«

George nickte. »Und wer will das wissen?«

»Niemand. Es ist nur so, daß Kurt Lundqvist mit einer ganzen Heerschar stark verkohlter Dämonen hierher unterwegs ist«, klärte ihn der Linienrichter auf. »Aus ganz persönlichen Gründen, mit denen ich dich nicht langweilen will, ziehe ich es vor, lieber nicht anwesend zu sein, wenn er hier hereinkommt. In Wirklichkeit war es sogar verdammt gut, daß du mich umgebracht hast. Ich meine, es ist doch logisch, daß mich selbst dieses rachsüchtige Oberarschloch nicht mehr töten kann, wenn ich schon tot bin.«

»Nichts für ungut.«

Der Linienrichter lächelte, zauberte zwei Kreditkarten hervor und legte sie sich auf die Augenlider. »Das ist billiger, wenn man regelmäßiger Kunde in der Wiederaufbereitungsanlage ist«, begründete er seine merkwürdige Handlung. »Viel Glück und tschüß.«

»Danke.« Als George nach oben blickte, sah er über sich eine Möwe schweben. Ihm fiel ein, daß Larry ihn in diesem Hautanzug nicht erkennen konnte. Deshalb streifte er die zweite Haut ab und ließ sie zu Boden sinken.

»Ey, das ist Betrug!« beschwerte sich ein Wettkämpfer, der bereits seit sieben Minuten mit einem fast einen halben Meter langen Tranchiermesser auf ihn eingestochen hatte.

»Ach, halt's Maul!« fauchte George ihn an und zog ihm einen Stuhl über den Kopf. Der Wettkämpfer stürzte zu Boden, wo er, leise vor sich hin jammernd, liegenblieb.

Die Möwe ließ sich auf der Tischkante nieder und ordnete mit dem Schnabel die zerzausten Flügelfedern. »Zum Fliegen ist das hier die letzte Scheiße«, beschwerte sich Larry. »Wegen der ganzen Feuer gibt es überall an den falschen Stellen Aufwinde.«

»Habt ihr ihn entdeckt?«

»Wen? Den Notausgang?« Die Möwe nickte mit dem Schnabel. »Folg mir.«

19. KAPITEL

Im Kreis der Auftragsmörder werden viele esoterische Diskussionen über den wertvollsten Besitz geführt, den ein Killer haben kann. Manche behaupten, dies sei das neue Heckenschützengewehr von Steyr mit Infrarotpunkt-Visiereinrichtung und integriertem Schalldämpfer. Andere treten für ein tadellos erhaltenes Kampfmesser von Sykes-Fairburn aus erster Auflage ein, während eine kleine, aber nicht unbedeutende Minderheit für den Desert Eagle, Kaliber 50, mit Hydrashock-+P-Munition und Zielfernrohr von Kassnar plädiert.

Kurt Lundqvist erlaubte sich, anderer Meinung zu sein. Soweit es ihn betraf, hatte derjenige Meuchelmörder die größte Aussicht, sein Ziel zu erreichen, der über mehr Köpfchen verfügte, als bequem in eine Streichholzschachtel paßte, aus der zuvor allerdings sämtliche Streichhölzer herausgenommen worden waren. Das schloß seiner Meinung nach siebenundneunzig Prozent seiner Berufskollegen aus, aber wen interessierte das schon? Der letzte Mensch, der ihn einen elitären Reaktionär genannt hatte, ist jetzt ein wesentlicher Bestandteil der Fundamente des berühmten Flatiron-Gebäudes in New York.

Nachdem ihm klar geworden war, daß sich Lucky George im Hellza-Pop-Inn an ihm vorbeigeschlichen hatte, sah Lundqvists Gedankenkette wie folgt aus:

Lucky George ist entkommen.

Wenn es darum geht, ungeschoren davonzukommen, ist Lucky George so ziemlich der Beste, den es gibt.

Demzufolge ist es sinnlos zu versuchen, Lucky George davon abzuhalten, zum Notausgang zu gelangen. Weit besser ist es, direkt zum Notausgang zu gehen und dort auf ihn zu warten.

Langsam und unter unendlicher Anstrengung trieb Links Jotapian das letzte Steigeisen in die Wand der Grube und legte eine kurze Pause ein, um seine eingefallene Lunge mit Luft zu füllen, bevor er sich über den Rand der Grube auf festen Boden zog.

Du meine Güte, ist das eine Flucht gewesen! Zuerst hatte er seinen Fall abgefangen, indem er Arme und Beine zu voller Länge ausgestreckt hatte, bis er von der Reibung der Hände und Füße an den gehärteten Glaswänden des Schachts erst abgebremst und schließlich gestoppt worden war.

Das war ja alles gut und schön, doch konnte er nicht für immer und ewig auf diese Weise verkeilt im Schacht hängenbleiben; und sowie er eine Hand oder einen Fuß gerührt hätte, wäre er weiter nach unten fallen.

Glücklicherweise hatte er jedoch seine in begrenzter Anzahl hergestellte Kurt-Lundqvist-Abenteuer-Ausrüstung dabei. Um die nüchterne Wahrheit zu sagen, war dieses Produkt des Merchandisings ohne Billigung des Namengebers hergestellt worden, was möglicherweise den Umstand erklärt, daß die dafür verantwortliche Person jetzt auf dem Grund des Hudsons lebt und Turnschuhe aus Beton trägt. Trotzdem gehören zum Inhalt der Packung (die sich bis zur Größe eines Kugelschreibers zusammenlegen läßt und natürlich in Korea hergestellt wurde) solch nützliche Dinge wie Saugnäpfe für Hände und Füße, Steigeisen, ein zusammenklappbarer Eispickel, zweihundert Meter hauchdünne Polymerschnur (Zugfestigkeit sechs Tonnen) und ein kleiner, rechteckiger, schlüsselähnlicher Gegenstand ohne irgendeinen erkennbaren Verwendungszweck.

Mit einer Hand hatte Links die Packung geöffnet, die Saugnäpfe herausgenommen, sie sich über Hände und Füße gestülpt und an die Wand geheftet. Danach war es sich nur noch darum gegangen, Steigeisen einzuschlagen und die lange und mühselige Schinderei des Aufstiegs hinter sich zu bringen. Immer noch besser als zur Schule zu gehen.

»Mister Lundqvist.« Das Walkie-Talkie funktionierte nicht mehr, da es durch einen Zusammenprall mit der Schachtwand zu einem Wirrwarr aus Federn und Drähten zerquetscht worden war. Links warf es weg – wenn man einen Monat lang in der Imbißstube eines U-Bahnhofs gekellnert hat, lernt man, auch unter schwierigsten Kampfbedingungen gleichmütig zu bleiben – und strengte den Kopf an. *Denk wie Lundqvist, und du weißt, wo er ist.*

Links ließ den Blick über die Parkanlagen schweifen und konzentrierte sich. *Lucky George ist ein Profi, stimmt's? Wo würde sich ein Profi verstecken? Denk an Lektion sechs. Antwort: Ein Profi wird immer versuchen, eine Menschenmenge zu finden, unter die er sich mischen kann, denn die beste Tarnung sind Menschen.* Genaugenommen war das der einzige Grund, den sich Links für die Existenz von Menschen überhaupt vorstellen konnte.

In der Umgebung gab es mehrere Ansammlungen. *Die Schlange vor den Riesenohren? Nein, zu statisch. In einem Kampfgebiet bemüht sich ein Profi, nicht länger als fünf Sekunden auf einem Fleck zu verweilen. Deshalb kann ich auch die wogende Menge ausschließen, die darauf wartet, sich der Tortur durch überdimensionale Musikinstrumente zu unterziehen, und auch die Leute vor dem Stand*

›*Kalte Hunde fressen warme Ritter*‹. Am oberen Ende des Campus, gegenüber von den Riesenohren, hatte sich eine ziemlich große Menschentraube versammelt, aber dort war es ebenfalls zu auffällig; der ›Krötenritt‹ (rittlings auf einer riesigen rotgetupften Kröte, die von einem Dämon mit Bärenkopf geführt wurde, hinauf auf die Spitze der Sanddünen und wieder zurück – fünfzig Cents, Kinder und Meineidige die Hälfte) wurde scharf von Dämonen bewacht, und dort, wo es zu viele Aufseher gibt, die in Gesichter blicken, geht ein Profi nicht hin. Dann gab es noch ein paar Passanten, die auf Käpten Krummschnabels nächste Fütterung warteten, doch unter den gegebenen Umständen dürfte sich George wahrscheinlich nicht allzu wohl dabei fühlen, sich ausgerechnet dort herumzutreiben. Damit blieb nur noch das Farbball-Actionspiel übrig.

Wo sich Dämonen nicht hinzugehen trauen, stürmen Idioten in hellen Scharen hinein. Langsam und bedächtig überprüfte Links seine Ausrüstung. Gummiknüppel; 375er Smith & Wesson, Modell 686, geladen mit ummantelten, zehn Gramm schweren Hohlgeschossen; Handgranaten; Ninja-Wurfsterne. Und noch irgendwas, aber daran konnte er sich nicht mehr erinnern. Ach ja, das war's – er hatte tatsächlich daran gedacht, sich heute morgen frische Unterwäsche anzuziehen. Er schob sich die Kapuzenmütze ins Gesicht und setzte sich trabend in Bewegung.

Links hatte wirklich und wahrhaftig nur vorgehabt, Lundqvist zu suchen, um ihm beiseite stehen zu können. Der Gedanke, die Angelegenheit mit Lucky George selbst – allein und ohne jede Hilfe – über die Bühne zu bringen, den eigenen Mentor auszustechen und Anspruch auf die atemberaubend hohe Belohnung zu erheben, war ihm nicht ein einziges Mal gekommen. Doch …

… dort stand er, in voller Lebensgröße, aß Zuckerwatte, hatte eine Möwe auf der Schulter sitzen und schlenderte, die Hände in den Taschen, auf den Notausgang zu. Lucky George, der meistgesuchte Mann der Geschichte. *Alter Schwede!*

Mit kaltblütiger Gewandtheit, die er sich in unzähligen Übungsstunden vor dem Badezimmerspiegel angeeignet hatte, duckte sich Links, zog die Waffe und nahm eine perfekte Schußstellung ein, wie man sie allenfalls in ›Rauchende Colts‹ zu sehen bekam. Während er mit ungebrochener Professionalität nach dem unteren Ende des Abzugs tastete, zielte er sorgfältig auf die Seite von Georges Kopf, drückte den Abzug bis zum Druckpunkt durch und brüllte: »Keine Bewegung!«

George blieb stehen, sah sich um und fragte: »Wer, ich?«

»Ja, du!« Links schloß halb das linke Auge und konzentrierte sich vom Scheitel bis zur Sohle auf die schmalen Lichtstreifen zu beiden Seiten des Visierkorns. »Eine Bewegung und du bist Geschichte, Mann!«

George hob eine Augenbraue. »Wie meinst du das, Junge?« wollte er wissen.

Das Gyroskop in Links' Gehirn geriet leicht ins Schlingern. »Was?« schrie er.

»Was meinst du mit Geschichte? Werde ich plötzlich berühmt oder so was?«

»Das bedeutet, daß du gleich absolute Vergangenheit bist, Mann! Und daß man dich nur noch in Epochen eingeteilt kennt, klar? Wie zum Beispiel der späte Lucky George oder so. Geschnallt?«

»Wie, der späte Lucky George? Komme ich zu spät oder was?«

»Ja, und zwar zu deiner eigenen Beerdigung, du Trottel.« Das Korn der Smith zitterte; sosehr man sich auch bemüht, man kann nicht gleichzeitig über Schlagfertigkeit und Treffsicherheit verfügen. Fragen Sie Oscar Wilde oder sonst jemanden.

»Ach, ich glaube, die würden auf mich warten, meinst du nicht?« entgegnete George lachend. »Ich meine, es bringt doch nichts, solch ein Trauerspiel zu veranstalten, wenn der Hauptdarsteller nicht einmal anwesend ist. Allerdings, wenn zum Beispiel meine Beerdigung um halb elf und die nächste schon um Viertel nach elf angesetzt wäre, ja, dann kann ich mir vorstellen, daß es Probleme geben könnte. Leichenwagen, die in der zweiten Reihe parken müssen, so was in der Art. Gut, ich werd's mir merken.«

»Hör mal ...«

»Andererseits«, fuhr George den Mund voller feingesponnener Zuckerwatte fort, »würde das gleiche für Hochzeiten gelten, nicht wahr, und denk mal daran, wie oft die Braut zu spät auftaucht. Obwohl das auch noch nie zum wirklichen Problem geworden ist, oder? Vermutlich haben die derartige Vorfälle längst im Zeitplan berücksichtigt.«

»Hör mal ...«

George deutete mit einer Kopfbewegung nach oben. »Hast du schon gemerkt, daß über deinem Kopf eine Möwe mit einem zehn Pfund schweren Bleigewicht in den Krallen fliegt?«

Links grinste höhnisch. »Du glaubst wohl, ich bin von gestern, was?« fauchte er in verächtlichem Ton.

George überlegte. »Na ja, wenn das zutrifft, bist du jedenfalls ganz schön frühreif, mehr fällt mir dazu auch nicht ein. Anscheinend hast du mit der Möwe keine Probleme, wie?«

»Hör mal ...«

Das Bleigewicht fiel herab und traf Links am Hinterkopf.

»Danke, Larry!« rief George. »Gut, können wir jetzt bitte weiter? Allmählich geht mir das ganze Theater hier auf die Nerven.«

Der Notausgang befand sich direkt hinter dem behelmten Zwerg, der sich listig in dem gähnenden Maul eines vier Meter langen Polystyroldrachen versteckte. Um die Sache überdeutlich zu machen, war über dem Kopf des Drachens ein großes Schild mit der Aufschrift ›Kein Zutritt‹ angebracht, eingeschränkt durch die Worte ›Anlieger frei‹. Nachdem er sich ein letztes Mal umgesehen hatte, griff George nach der Türklinke …

… doch die Tür schwang von alleine auf und brachte Lundqvist zum Vorschein, der hinter seiner zuverlässigen 40er Glock stand. Bevor George Zeit hatte, sich überhaupt zu bewegen, war Lundqvist durch die Tür hindurch und rieb die eklige Mündung der Pistole an Georges Ohr.

»Okay, George«, zischte Lundqvist. »Schick die Möwen weg!«

George zuckte mit den Achseln. »Ihr habt ihn gehört, Jungs. Fahrt mit der Achterbahn oder macht sonst was. Ich bin gleich fertig.«

Mike schlug mit den Flügeln und öffnete den Schnabel, um zu protestieren; doch sein Vogelauge, viele hundert Male scharfsichtiger als das menschliche Gegenstück, sah, wie sich Lundqvists Finger am Abzug vielleicht um einen tausendstel Millimeter bewegte, und er beherrschte sich. »Also, bis dann«, stieß er hervor und schwang sich in die Lüfte. Larry blieb, wo er war.

»Du auch, Schnabelgesicht«, knurrte Lundqvist.

»Dafür wirst du bezahlen«, fauchte die Möwe zurück. »Eines Tages.«

Lundqvist grinste. »Meinst du?«

Larry nickte. »Vielleicht nicht morgen, vielleicht nicht dieses Jahr. Aber irgendwann, irgendwo wirst du im Freien den Wagen waschen oder polieren und dann *flatsch!* Denk einfach dran, Lundqvist, das ist alles.«

Mit langen, starken Flügelschlägen erhob auch er sich in die Lüfte und war bald nicht mehr als ein weißer Punkt. Lundqvist atmete erleichtert aus.

»Nur du und ich, George«, zischte er.

»Nur du und ich, Kurt. Wie wär's mit einer schönen Partie Backgammon?«

Lundqvist schüttelte den Kopf. »Diesmal nicht, George«, antwortete er. »Diesmal heißt es auf Wiedersehen, und zwar für immer. Vergiß nicht, tot oder lebendig haben die gesagt.«

»Wenn ich dich richtig verstehe, hast du dich für die bequemere Lösung entschieden, stimmt's?«

Lundqvist nickte. »Mein Rücken ist schuld. Wenn ich zu viele schwere Lasten hebe, kriege ich stechende Schmerzen in der linken Seite.«

George zog spöttisch die Augenbrauen hoch. »Ich glaube nicht, daß der Tod hier besonders viel Bedeutung hat, Kurt, falls ich das mal so ausdrücken darf. Der gehört sozusagen zu dieser Gegend hier, wenn du verstehst, was ich...«

»Nein.« Lundqvists Grinsen wurde breiter. »Dieses Ding hier ist mit Hohlgeschossen geladen, die mit Weihwasser gefüllt sind.«

»Ach, wirklich?« staunte George. »Also eine Art Wasserpistole, wie?«

»Weihwasser«, wiederholte Lundqvist. »Tot und gebannt mit einem Schuß. Das bezeichnen wir als das absolute Ende. Du gehst *nirgendwo* mehr hin.«

»Wie furchtbar schlau.« Auf Georges Gesicht lag der geduldige Laß-dem-Kind-seinen-Willen-Ausdruck, derselbe, der Lundqvist in den Alpträumen seiner Kindheit verfolgt hatte. Er bedeutete, ›Kurt, ich lasse dich vor der gesamten Schule wie einen absoluten Volltrottel aussehen‹, und hatte George bisher noch immer gerettet. Rasch unterzog Lundqvist die Lage einer gedanklichen Überprüfung und gelangte zu der Überzeugung, daß George lediglich bluffte, und zwar zum ersten und letzten Mal.

»Du glaubst also, du könntest einfach kaltblütig den Abzug durchdrücken und mir das Gehirn rauspusten, richtig?« fragte George.

»Ja.«

Georges Gesichtsausdruck blühte zu einem zart verächtlichen Lächeln auf. »Das kannst du aber erst, nachdem du deine Waffe entsichert hast«, stellte er fest.

In dem Sekundenbruchteil, den Lundqvist brauchte, um nachzusehen und festzustellen, daß die Waffe sehr wohl entsichert war, und um einen Schuß abzugeben, hatte George bereits den Rest der Zuckerwatte genommen, ihn in den Lauf der Waffe gestopft und Lundqvist brutal in die Eier getreten. Mit einem Heulen, das zu fünf Prozent von Schmerzen und zu fünfundneunzig Prozent von verzweifelter Wut herrührte, krümmte sich Lundqvist langsam zusammen und sackte zu Boden.

»Mach dir nichts draus, Kurt«, tröstete ihn George in einem nicht einmal allzu unfreundlichem Ton, während er über seinen gestürzten Gegner stieg. »Eines schönen Tages wirst du bestimmt mal etwas richtig machen, wart's nur ab.«

Dann ging er durch die Tür und machte sie hinter sich zu.

Dank seines enthaltsamen Lebenswandels und hervorragenden Gesundheitszustands brauchte Lundqvist insgesamt drei Minuten, bis er sich weit genug erholt hatte, um sich aufzurappeln, stark ins Wanken zu geraten und flach aufs Gesicht zu fallen, wobei er schmerzhaft mit der Stirn auf einen scharfen Stein schlug. Das zeigt nur, daß er, wenn er sich die Gesundheit mit Alkohol, fetthaltigem Essen und anderen Ausschweifungen ruiniert hätte, nie fit genug gewesen wäre, um überhaupt zusammengeschlagen zu werden.

Nachdem es ihm gelungen war, die Beine wieder zum Laufen zu bringen, zog er den Stiel mit der Zuckerwatte aus der Mündung seiner Waffe heraus, stieß die Notausgangstür auf und stürzte hindurch.

Umstände verändern die Sache. Nicht, daß sich Lundqvist jetzt in dieser übervorsichtigen, katzenartig verstohlenen Weise bewegt hätte, die man mit einem Profi in Sachen Geheimeinsatz in Verbindung bringt – der sich flach gegen die Wände drückt, ständig von Schatten zu Schatten hechtet und in mustergültiger geduckter FBI-Haltung um die Ecken springt. Sowie Lundqvist die Tür hinter sich gelassen hatte, rannte er einfach so schnell er konnte den Tunnel entlang, feuerte wild in die Dunkelheit hinein und schrie aus vollem Hals: »Du Scheißkerl, ich reiß dir die verdammte Lunge raus!«

Das ist auch der Grund, weshalb er die Säule nicht bemerkte; zumindest nicht, bis sie mit seinem Kinn in Berührung kam.

Dreißig Sekunden später trat Lucky George hinter der Säule hervor, stieß mit dem Fuß Lundqvists Kopf an, um sicherzugehen, daß er wirklich in tiefem Schlaf lag, bückte sich, hob die Pistole auf und steckte sie in die Tasche. Ein pedantischerer Mensch hätte zwar eine Quittung ausgestellt, aber George war in Eile.

Ein Stück Paketband und einige Pfadfinderknoten später stand er auf, blickte in beide Richtungen den Tunnel entlang, knipste Lundqvists Taschenlampe an (die der Dummkopf in der Aufregung vollkommen vergessen hatte) und schlenderte pfeifend durch den Tunnel.

Etwa vierhundert Meter weiter stieß er auf eine T-förmige Gabelung. Auf die Wand waren folgende hilfreiche Wegweiser gemalt:

HÖLLE →
← VERDAMMNIS
← VERWALTUNG

Das sind zwar alles nur Synonyme, dachte George, *aber egal.* Er wandte sich nach links.

Nach dreihundert Metern kam er an einen Fahrstuhl. *Warum zu Fuß gehen, wenn man fahren kann?* fragte er sich.

Der Trick ist, nicht nach unten zu fahren.

Die Tür glitt auf, und dahinter kam die übliche Knopfleiste mit folgender Beschriftung zum Vorschein:

PENTHOUSE
HAUPTVERWALTUNG
BUCHHALTUNG
CAFETERIA
KESSELRAUM
ZWISCHENGESCHOSS
ERDBODEN
HÖLLENFEUER
VERDAMMNIS
AKTENARCHIV

Die rote Lampe neben ERDBODEN brannte. Was den Rest anging: CAFETERIA klang nett, über ZWISCHENGESCHOSS konnte man nur Vermutungen anstellen, und AKTENARCHIV jagte George einen entsetzlichen Schauer durchs zentrale Nervensystem. Er wollte gerade auf CAFETERIA drücken, als irgend etwas in seinem Innern diskret hüstelte und flüsterte: *Versuch's mit dem Kesselraum.*

George dachte ganz rational nach. *Tja, warum nicht?* Die Bezeichnung beschwor das Bild von einem riesigen, lärmenden, dunklen Dschungel aus Rohren und Maschinen herauf, von der Sorte Schlupfwinkel, in der man sich Ewigkeiten verstecken könnte, ohne daß jemand die Chance hätte, einen zu finden; ein guter Ort, um eine Pause einzulegen, sich zu sammeln und sich die nächsten Schritte zu überlegen.

Überzeugt war George nicht. *Wozu zum Teufel will ich in den Kesselraum gehen? Klingt absolut furchtbar.* Er streckte die Hand aus, um auf CAFETERIA zu drükken, doch einige hundertstel Millimeter vom Knopf entfernt stockte sein Finger.

Versuch's mit dem Kesselraum.

Nach der Überlieferung beherbergte der Philosoph Sokrates eine innere Stimme, die ihm in Augenblicken der Unschlüssigkeit zu sagen pflegte, was zu tun sei. Die Geschichte berichtet uns, daß Sokrates einer falschen Anklage für schuldig befunden und durch Gift hingerichtet wurde, aber vielleicht kennen wir nicht alle Fakten. Womöglich hat Sokrates eine Nanosekunde vor dem Leeren des Schierlingsbechers seine innere Stimme gefragt: *In was hast du mich da bloß reingeritten, du blödes Erbsenhirn?* Und die innere Stimme hat ihm das Ganze mit einsilbigen Wörtern erklärt und es dem großen Philosophen auf diese Weise ermöglicht, mit einem frechen Grinsen, das sich über das ganze Gesicht ausgebreitet hatte, zu sterben.

Vielleicht steht im Kesselraum eine Kaffeemaschine.

George streckte den rechten Zeigefinger aus und drückte damit auf den entsprechenden Knopf. Die Fahrstuhltür glitt zu.

Selig sind, die reinen Herzens sind; denn sie werden Gott schauen.

Selig sind, die ein Schweineglück haben; denn sie werden Gott schauen, ohne einen Termin vereinbart zu haben.

Wie es George vorhergesehen hatte, herrschte im Kesselraum vollkommene Dunkelheit. Außerdem war es sehr still und sehr kalt. Auf allen Oberflächen lag eine dicke Staubschicht. Alles in allem, stellte er fest, hatte er sich schon in gastlicheren Gräbern befunden; was übrigens der Wahrheit entsprach.

Genau wie in seiner geistigen Vorstellung gab es im Kesselraum Rohre und Maschinen. Enorm große Maschinen, mattschwarz emailliert, mit schweren, massiven Messingbeschlägen, sehr altmodisch und von qualitativ hochwertigem Aussehen. Nirgends Kunststoff; nur Stahl, Messing und die gelegentliche Glasabdekkung über einer weiß emaillierten Skalenscheibe und einem Bedienungsfeld aus Messing mit Gravur. Keine der Maschinen schien eingeschaltet zu sein. Der Raum sah wie eine Großrallye für alte Zugmaschinen fünf Minuten nach der Öffnung des Bierzelts aus.

George war vielleicht etwa zehn Minuten lang herumgegangen (nicht daß Zeit an einem Ort wie diesem eine besonders nützliche Vorstellung gewesen wäre, genauso wenig wie ein Regenschirm auf dem Meeresgrund), als er glaubte, in der Ferne ein schwaches Kreischen zu hören, wie von einer kleinen, schnellen Drehbank. Er ging auf das Geräusch zu.

Es war ein weiter Weg. Wie George bemerkte, war dieser Raum ungeheuer groß und voll von diesen gewaltigen, stummen Metallteilen; jedes war offenbar anders, stellte er neugierig fest. Allerdings hatte er nicht die leiseste Ahnung, was auch nur eins davon darstellte. Ach, wenn er hier doch nur mit einem kleinen Kran und einer Kolonne großer Lastwagen reinfahren könnte, allein an Schrottwert lagerte hier ein wahres Vermögen. Da das Licht und das Geräusch näherkamen, verbannte George den Gedanken aus dem Kopf. Trotzdem war es noch ein höllisch langer Weg, und allmählich taten ihm die Füße weh.

Krei-iii-iii-iiisch. Pause. *Krei-iii-ja-iiisch.* Unverkennbar das Geräusch von Metall, das geschnitten wird. Irgend jemand machte da was.

Krei-iii-iiisch.

Kreiiiii-iii-jaaa-iiisch.

Kreiii-iiisch.

»Scheiße!«

Eine winzige Stimme, unendlich weit entfernt. George blieb wie angewurzelt stehen und lauschte, doch alles, was er hören konnte, war das Geräusch der Drehbank, das wie der schrille Schrei einer hysterischen Elfe klang.

Selig sind die Stinkfaulen; denn sie werden dastehen und anderen Leuten bei der Arbeit zusehen.

George ging auf das Geräusch zu.

Wäre Links Jotapian zugegen gewesen, anstatt auf dem Rücken zu liegen und den Schlaf des leicht Gehirnerschütterten zu schlafen, wäre er Zeuge einer nahezu perfekten Vorführung der Kunst geworden, sich seiner Fesseln zu entledigen, ohne sich dabei die Handgelenke an der Schnur aufzuschneiden.

Nachdem Lundqvist zu sich gekommen war, die Lage abgeschätzt und eine Menge geflucht hatte, setzte er die Füße ein, um sich mit dem Rücken gegen die Wand zu stemmen. Nichts kam ihm zu Hilfe; die Tunnelwände waren glatt wie Glas, wiesen also keine steinigen Vorsprünge auf, um an ihnen den Strick durchzuscheuern.

Zudem waren die Fesseln fachmännisch festgezogen, so daß es nichts brachte, die Hände schmal zu machen und zu hoffen, sie auf diese Weise herausziehen zu können.

Egal. Der erfahrene Kämpfer ahnt dergleichen voraus. Hinten auf Lundqvists Hosenträgern befand sich so etwas wie ein großer Plastikknopf. Genaugenommen handelte es sich dabei um eine per Schnappverschluß befestigte Abdeckung, die leicht mit den Fingernägeln weggeschnippt werden konnte und unter der ein kleines Stückchen einer Skalpellklinge steckte, die mit der Schneide nach oben in Längsrichtung auf einer Niete im Hosenträger befestigt war. Nichts leichter, als den Strick ein paarmal über diese Klinge zu ziehen und ihn dann behutsam zu lockern.

Betrug? In dieser Branche nannte man das ›Überlegenheit des Materials‹.

Wenig später stand Lundqvist auf, ordnete die Beine

und zwang sie wenigstens zu einem Hauch von Disziplin und trottete den Gang entlang. Ohne es gesagt bekommen zu haben, wußte er, daß er sich auf dem absteigenden Ast befand. Er hatte sich verirrt, verfügte über keinerlei Waffen mehr und war benommen und gründlich demoralisiert. Höchste Zeit, daß er sich zur Ruhe setzte und Platz für die aufstrebende Jugend machte, die die ganze Hoffnung des Berufsstands für die kommenden Jahre war.

Genau. Sobald er diesen verdammten Lucky George gefunden und ihm mit bloßen Händen die Eingeweide herausgerissen hatte, wollte er den ganzen Kram hinschmeißen, sich irgendwo einen kleinen Bungalow kaufen und Lupinen anbauen. Bis dahin war die Vorstellung aufzugeben undenkbar. Das wäre, wie auf eine Kreuzfahrt rund um die Welt zu gehen und zu wissen, daß man den Backofen angelassen hat.

Im Laufe der Zeit gelangte er zum Fahrstuhl.

PENTHOUSE
HAUPTVERWALTUNG
BUCHHALTUNG
CAFETERIA
KESSELRAUM
ZWISCHENGESCHOSS
ERDBODEN
HÖLLENFEUER
VERDAMMNIS
AKTENARCHIV

Kaum zu glauben. Man erhält bestimmt nicht drei Jahre hintereinander den begehrten Goldenen Genickschußpreis der Akademie der Elitetruppen verliehen (»Zu allererst möchte ich mich ganz herzlich bei meinen Opfern bedanken, ohne deren Hilfe ich …«), wenn man nicht auf den ersten Blick ein durch übernatürliche Kräfte erzeugtes Hologramm erkennen kann. Wäre das Wort FALLE in ein Meter großen Neonbuchstaben über der Tür des jämmerlichen Fahrstuhls angebracht worden, hätte das Ganze nicht offensichtlicher sein können.

Andererseits, was zur Hölle sollte es? Lundqvist ging hinein, drückte wahllos auf einen Knopf und verschränkte die Arme.

Krei-iii-iiiiii-iiisch-klapper.

»Jemand zu Hause?«

George wartete einen Moment und lauschte dem Echo seiner Stimme, die von den Galerien aus stummen Eisenwaren ringsum zurückgeworfen wurde, bis die durch Staub gedämmte Weite sie verschluckte. Falls jemand da war, lag er entweder auf der Lauer oder war von seiner Tätigkeit zu sehr in Anspruch genommen, um etwas zu vernehmen, oder er hörte sich irgendwas über Kopfhörer an.

Gut, falls wirklich jemand auf der Lauer lag, hatte er inzwischen schon zig Gelegenheiten gehabt, ihn aus dem Hinterhalt zu überrumpeln. George ging weiter.

Krei-iii-iiisch-knirschknirschknirsch.

»Oh, verdammter Mist!«

Plötzlich verschwand das Licht, verdeckt durch das massige Gehäuse einer riesigen Maschine. Langsam schob sich George um die Maschine herum, wobei er spürte, wie sich seine Eingeweide in linksgewundene Schifferknoten legten, und auf einmal erblickte er …

… eine Werkbank, die von einer niedrigen und sehr hellen Lampe beleuchtet wurde, von der dieses weiße, gleißend helle Licht ausging, das man braucht, wenn man es bei der Arbeit mit Bruchteilen von Millimetern zu tun hat. Rund um die Werkbank befanden sich Fächerregale mit Werkzeugen – daß es sich um Werkzeuge handelte, nahm George jedenfalls an; die meisten davon hatte er zwar noch nie zuvor im Leben gesehen, nicht einmal in jenen Träumen, die Freud in sage und schreibe drei Sekunden unter die kalte Dusche getrieben hätten –, aber er wußte, daß es sich um Werkzeuge handelte. Sie hatten dieses abgenutzte, blanke, zuverlässige Aussehen, das einem sagte: *Ich weiß genau, was ich tue, auch wenn du es nicht weißt.* In der Mitte der Werkbank war diese wirklich seltsame Drehbank montiert; sie war zwar nicht groß, schien aber Macht auszustrahlen, als ob man buchstäblich alles mit ihr anfertigen könnte, wenn man erst einmal herausgefunden hatte, wie sie funktionierte. Genaugenommen ging das Licht von ihr aus und nicht von der lächerlichen 100-Watt-Birne in der Pendellampe. Das Licht strahlte aus ihr in alle Richtungen hinaus, wie durch ein Fenster oder den Spalt unter einer Tür hindurch. Wo sich die eigentliche Lichtquelle befand, war nicht wirklich wichtig.

Hinter der Bank stand ein Mann; er war klein und rund, trug einen braunen Overall und eine Mütze, unter deren Rand sich einige unordentliche graue Haarsträhnen wie Weinreben hervorkräuselten; von seinem Gesicht waren lediglich die Nasenspitze und der Mund zu sehen, die sich in den Schutz einer gewaltigen Brille mit dicken Gläsern drängten. In der einen Hand hielt er eine Schublehre mit Noniusskala, während er sich mit der anderen am Nacken direkt hinter dem Ohr kratzte.

»Hallo, George«, begrüßte ihn der Mann. »Also hast du doch noch hierhergefunden, wie?«

George nickte. *Ich habe den Typen noch nie im Leben gesehen,* dachte er. *Irgendwas ist hier merkwürdig.*

Er warf einen Blick auf die Drehbank. In den Klemmbacken der Spannvorrichtung erkannte er ein kleines … ähm … *Ding,* ein Bauteil, ein Teilstück von irgendwas; es war winzig und hart und glänzte mit dem prachtvollen kalten Schimmer von frisch gedrehtem Stahl, mit dieser wundervollen Klarheit des Tons, gegen den poliertes Silber wie beschlagen aussieht.

Was immer dieses Ding auch darstellen sollte, es war mit der Maschine bis zur Vollkommenheit gebracht worden und schien in der Drehbank regelrecht zu singen.

»Verdammtes Ding!« schimpfte der Mann.

»Probleme?«

Der Mann nickte. »Ich habe zu viel abgeschliffen, oder? Sinnlos. Muß wohl von vorne anfangen.« Er öffnete die Spannvorrichtung, nahm das Werkstück heraus und warf es verächtlich in den Abfalleimer unter der Bank. »Meine eigene Schuld«, fügte er grinsend hinzu. »Bin mal wieder in zu großer Eile gewesen – wie gewöhnlich.«

»Machen Sie das schon lange?«

»Dreiundzwanzig Jahre«, antwortete der Mann. »Kein wichtiger Job, wirklich nicht.« Inzwischen hatte er bereits einen neuen Rohling zwischen die Klemmbacken gesteckt und drehte an der Spannvorrichtung. »Ich glaube nicht, daß ich viel länger brauchen werde, um ein zweites anzufertigen.«

»Ich...«, begann George und verstummte dann. »Was haben Sie denn da überhaupt gemacht?« erkundigte er sich.

Der Mann blickte von seiner Arbeit auf. »Einen gezahnten Sperring für das Hauptinnenlager«, antwortete er. »Paßt auf die Hauptantriebswelle und hindert die Schaltautomatik daran, aus dem Gleichlauf zu geraten.«

»Aha.«

»Wenn die nämlich nicht mehr in der richtigen Reihenfolge abläuft«, fuhr der Mann mit einem Lächeln fort, »ist der gesamte Ortungsantrieb im Eimer, und dann hat man statt dienstags mittwochs und den Sonntag mitten in der Woche.«

»Ach, wirklich?«

»Ja.« Der Mann nickte. »Alles ist gut, solange man nicht nachläßt«, fügte er hinzu und maß etwas aus.

»Entschuldigung, störe ich Sie womöglich? Denn ich…«

Der Mann schüttelte den Kopf. »Ich freue mich über deine Gesellschaft«, entgegnete er. »Hier oben wird es manchmal ein bißchen einsam, wenn man den ganzen Tag herumbastelt. Dir geht's gut?«

»Ich denke, schon. Kann ich irgendwas halten oder Ihnen Werkzeuge reichen?«

»Wenn du willst.« Mit einer bis zur Unsichtbarkeit dünnen Reißnadel zog der Mann eine Linie. »Davon müssen vierhundert Meter runter«, sagte er. »Müßte gehen, solange wir schön langsam machen.« Er beugte sich vor und wühlte in einer Kiste herum.

»Vierhundert Meter?«

Der Mann nickte. »Ich weiß«, sagte er. »Verdammt enge Toleranzen, beschissener Fehlerspielraum.«

In Georges Kopf klickte etwas. Es war nicht die Zeit, die hier merkwürdig war, sondern die Größenordnung. Alles war hier viel, viel größer, als es aussah, doch die Unermeßlichkeit des Raums schuf ihre eigenen einzigartigen Perspektiven. Wahrscheinlich stand er schon fünf Jahre hier.

»Sieh dir mal an, in welch verdammtem Zustand sich das hier befindet«, forderte ihn der Mann mit einer vagen Handbewegung auf. »Was ich für Zeit damit vergeude, nach irgendwas zu suchen. Sobald ich diese Arbeit beendet habe, muß ich hier mal verdammt gründlich aufräumen.«

George befeuchtete sich die Lippen, die auf einmal ganz trocken waren. »Entschuldigen Sie die Frage, aber wer genau sind Sie eigentlich?«

Der Mann sah auf. »Ich?« fragte er. George nickte. Mit einem leichten Schlag des Fingers schaltete der Mann die Drehbank ein. Tausende von Metern weiter unten war das schwache, kaum wahrnehmbare Geräusch, das sie verursachte, als hochsommerliches Gewitter zu hören, das wußte George ganz einfach.

»Na ja«, sagte der Mann, »die Berufsbezeichnung lautet ›Generalbevollmächtigter Ordnungsschaffender (tagaus, tagein)‹.«

»Ich verstehe.«

»Ganz schön lange und umständliche Bezeichnung, finde ich«, meinte der Mann.

George nickte. »Wird normalerweise wohl abgekürzt.«

»Genau.«

»Alles klar.« George holte tief Luft. »Sie wollte ich immer schon mal kennenlernen.«

›Generalbevollmächtigter Ordnungsschaffender (tagaus, tagein)‹, besser bekannt unter dem gängigeren Initialwort.

Lundqvist blieb wie angewurzelt stehen. Er konnte die nadelscharfe Spitze am Hals auf der Haut spüren; am besonders verwundbaren Punkt zwischen den Schlüsselbeinen.

»Guten Tag«, begrüßte ihn der Engel.

Lundqvist spielte mit dem Gedanken, sich vorsichtig nach hinten zu bewegen, wußte jedoch, daß ihm die Spitze folgen würde. Ob nun Engel oder nicht, dieser Bursche verstand etwas von seinem Job.

Zumindest weiß ich jetzt, wo ich bin, stellte Lundqvist fest.

»Ich dachte immer, ihr Jungs müßt eigentlich mit Flammenschwertern ausgerüstet sein«, sagte er, während er den Blick über die Bahn aus schönem, blau angelaufenem Stahl gleiten ließ, die von seinem Hals zur Hand des Engels verlief.

Der Engel blickte ihn verdutzt an. »Jetzt brat mir einer einen Storch! Wofür hältst du das denn hier, Sportsfreund? Für einen flammenden Brieföffner?«

»Hei, Gott«, sagte Lucky George.

»Könntest du mir mal die Feile da geben?« bat ihn

Gott. »Nicht die da, das kleine Schweizer Ding mit dem roten Griff.«

George blickte am Regal hinunter, erspähte etwas, das wie ein besonders dünnes Haar mit dem Griff in der entsprechenden Farbe aussah, und reichte es weiter. Gott schob sich wieder die Brille auf die Nase, kniff ein Auge zu und zog die Feile mit federleichtem Druck über die Metalloberfläche.

»Scheiße!« fluchte er. »Zu stark aufgedrückt. Sieh mal, überall riesige Kratzspuren auf dem Ding. Jetzt muß ich das komplett abschleifen und kann ganz von vorne anfangen.« Er seufzte und griff nach einem atomdünnen Schleifstein. »Das ist heute wirklich nicht mein Tag«, murmelte er.

George legte die Feile ins Regal zurück. »Was bedeutet das eigentlich: ›Generalbevollmächtigter Ordnungsschaffender (tagaus, tagein)‹?« fragte er.

»Das bedeutet das, was es heißt, nämlich die Sachen tagaus, tagein in Ordnung zu bringen«, antwortete er. »Das ist heutzutage meine Hauptbeschäftigung. Du hast es gemacht, haben die zu mir gesagt, also bringst du es auch verdammt noch mal in Ordnung, wenn es verrückt spielt. Ist vermutlich nur recht und billig. Das bedeutet, ich kann hier und da ein paar Veränderungen anbringen, wenn ich etwas entdecke, das ich verbessern kann.« Er deutete auf das Bauteil in der Spannvorrichtung. »Wie das hier zum Beispiel.«

George lächelte schwach. »Sie haben mir zwar erzählt, worum es sich dabei handelt, aber ich habe es leider schon wieder vergessen.«

»Das ist ganz einfach, wirklich«, entgegnete Gott. »Es geht um die Zeit, okay? Eure elementare Sieben-Tage-Woche dreht sich auf einer in der Mitte angebrachten Welle. Jeder Tag wird durch einen Hubzapfen, der ein Sperrwerk antreibt, in die richtige Stellung gebracht und dort anschließend von einem Sperrhaken mit Sprungfeder, der in eine Kerbe greift, arretiert, klar? Eine völlig einfache Konstruktion.«

George nickte hilflos. Irgendwie hatte er das dunkel verstanden.

Der Mann schüttelte mißmutig den Kopf. »Eine ganz furchtbare Sache ist das«, sagte er. »Ich schäme mich jedesmal, wenn ich dran denke. Es braucht sich nur das Wellenlager ein bißchen abzunutzen, auf dem sich die Trommel dreht, und schon kommt das ganze Ding quietschend zum Stehen.«

»Und ist das schon mal passiert?«

»Nein, wird es aber irgendwann zwangsläufig. Dies ist das dritte Stück, das ich bisher anfertigen mußte, und dabei ist das ganze verdammte Ding noch nicht mal richtig in Schwung gekommen.«

George riß die Augen auf. »Sie meinen die Erde?« fragte er.

»Das Universum«, korrigierte ihn Gott. »Eigentlich dürfte es keine Bauteile haben, die wie das hier schon jetzt den Geist aufgeben. Mit ein bißchen Schmieröl und einer gründlichen Reinigung dann und wann müßte es wenigstens noch weitere vierzig Milliarden Jahre halten, bevor ich mich daran machen muß, die Wellenlager zu ersetzen. Ich muß irgendwo was falsch gemacht haben, glaubst du nicht?«

George schwieg. Eine Antwort darauf stand ihm nicht zu, fand er.

»Deshalb fertige ich das Scheißding diesmal aus stabilem Chromkarbid an, und ich werde es noch einmal härten, bevor ich es wieder einspanne, um sicherzustellen, daß es dort, wo ich zu tief gefeilt habe, keine weichen Stellen hat«, fuhr Gott fort, wobei er sich mit dem Handrücken die Nase rieb. »Wenn das auch nicht reicht, dann vergiß es.«

Er erhöhte ein wenig die Geschwindigkeit der Drehbank, und der Fräser *kreiiischte* über die Oberfläche und versprühte dabei winzige Funken, die wie spanähnliche, pulverisierte Sterne aussahen.

»Schaltjahr«, sagte George.

»Du hast es erfaßt«, bestätigte der Mann. »Allerdings tritt das nur ein, wenn es richtig schlimm wird, wenn das ganze erbärmliche Jahr aus der richtigen Reihenfolge gerät. Ein kleines Stück wie das hier kann nämlich das ganze beschissene Ding in Null Komma nichts versauen.«

»Das glaube ich auch.«

»Das hat nichts mit Glauben zu tun.« *Kreiiisch!* machte die Drehbank. Kleine Späne, die so winzig waren, daß sie in der Luft schwebten, sanken langsam herab, trieben durch die Klimaanlage hinaus und weiter durch die Galaxie. Sie hatten alle einen Feuerschweif und jagten abergläubischen Fürsten Angst und Schrecken ein. »Eure Zeit ist nämlich eure hauptsächliche Antriebskraft. Wenn mit der Zeit etwas schiefgeht, läuft alles schief. Segmente rutschen heraus, Komponenten werden vollkommen zermahlen und zermalmt, ganze Teile fallen auseinander, der Mittelpunkt trägt nicht mehr ...«

»Entropie«, warf George ein.

»Witzige Bezeichnung dafür, aber nicht ganz unzutreffend.« Gott schwieg einen Augenblick und grübelte. »Das müßte eigentlich hinhauen. Jetzt brauchen wir das Ding nur noch ausprobieren und abwarten, einverstanden?«

Er erhöhte die Geschwindigkeit der Drehbank, bis das Bauteil nur noch ein weißer, verschwommener Fleck war, und ließ es eine Zeitlang *kreiiischen*. Von Zeit zu Zeit hielt er die Drehbank an, nahm Maß, schnalzte unzufrieden mit der Zunge, kratzte sich am Ohr und setzte die Bank wieder in Bewegung. Die Oberfläche des Bauteils war so glatt, daß sie dem Blick wie nasse Seife in der Badewanne zu entgleiten schien.

»Also, George, alter Kumpel«, sagte Gott, wobei er

das Bauteil zum zehnten oder elften Mal begutachtete. »Ich denke, wir sollten dich gleich wieder an deinen angestammten Platz zurückbringen.« Er kniff ein Auge zu und linste durch das rechte Brillenglas auf die Mikrometerskala. »Es muß immer noch ein klitzekleines bißchen weg«, seufzte er. »Dieses letzte Stück dauert immer länger, als man denkt.«

Zu keiner Bewegung fähig blieb George, wo er war. Zum erstenmal im Leben wußte er nicht recht, was er tun sollte. Kein angenehmes Gefühl, aber irgendwie tat es auch nicht weh. Das lag daran, weil er wußte, daß der Mann das Richtige tun würde.

»Ich kann nicht zulassen, daß dort überall die Leute ausbrechen«, fuhr Gott fort. »Furchtbar ist das. Ich muß was dagegen unternehmen. Gib mir mal die kleine Ölkanne, die links von dir. Nein, die andere. Danke.«

»Sie haben also ein Problem mit der Zeit, oder?« erkundigte sich George (und im Jenseits erklangen sämtliche Trompeten für ihn).

Der Mann lachte. »Das kannst du wohl laut sagen. Zeit ist der letzte Mist. Die größte Plage an der ganzen Sache überhaupt. Hier, was liest du da ab? Meine Augen werden so schlecht, das ist manchmal richtig schrecklich.«

George sah genau hin. Zwar konnte er gerade so eben die Skala erkennen, aber keinerlei Kalibrierungen.

»Ich lese da null Komma drei sechs vier ab«, sagte Gott.

»Ja.«

»Tss… Ich meine, dieses blöde Ding hier ist noch das einfachste daran«, fuhr Gott fort. »Das kaputte Bauteil herausnehmen, ein neues anfertigen und reinklatschen, Arbeit erledigt. Was man mit dem ganzen Abfallkram anfangen soll, das ist das Problem.«

George nickte. Das hatte er bereits selbst herausgefunden, obwohl er keine Ahnung hatte, über welchen logischen Weg das geschehen war. »Zeitverschwendung«, sagte er. »Widerlich.«

»Teuflisch geradezu«, seufzte Gott. »Jeden Tag vierundzwanzig Stunden mehr davon, der Abfall häuft sich an wie blöd und verpestet den ganzen Raum. Man kann ihn nicht verbrennen, man kann ihn nicht vergraben, und er läßt sich auch nicht in irgend etwas auflösen. Man wird ihn einfach nicht los.«

»Und es ist ja auch nicht so, als ob es von der Zeit unerschöpfliche Vorräte gäbe«, warf George ein.

Gott stöhnte auf. »Erinnre mich bloß nicht daran«, sagte er. »Das Dämlichste, was ich jemals gemacht habe, ist nämlich, das Ding für den Betrieb mit fossilen Brennstoffen herzustellen. Ich hätte es besser wissen müssen.«

»Solch einen Fehler begeht man aber leicht.«

»Quatsch! Ein ganz dämlicher Fehler war das«, widersprach Gott. Er schaltete die Drehbank ab und nahm das fertiggestellte Teil heraus. »Es ist zwar nicht gerade hervorragend geworden, muß aber erst mal reichen«, sagte er. »Gib mir mal das Staubtuch, ja?«

»Mit anderen Worten«, fuhr George fort, »einerseits haben Sie zu viel Zeitabfall und andererseits zu wenig Rohstoff, richtig?« Im vollen Bewußtsein seiner Position, die ihm Ehrfurcht gebot, schwieg er kurz. »Läßt Sie das nicht an etwas denken?« tastete er sich behutsam fragend vor.

Gott blickte ihn erstaunt an.

»Zum Beispiel an Recycling?« zwang sich George fortzufahren.

Gott lachte. »Klar, Mann. Wenn ich's könnte, sofort. Aber ich kann es nicht, oder?«

Jetzt kommt's drauf an, George, alter Junge. Also los! »Doch, Sie können recyceln«, hörte er sich selbst sagen. »Kein Problem.«

Wieder blickte Gott ihn skeptisch an – und die Hölle

war viel, viel besser. In der Hölle schlagen sie einen nur zusammen. Widergespiegelt in Gotts Brillengläsern konnte sich George selbst sehen; das wirkliche, das wahre Ich. Es hätte zwar schlimmer sein können, stellte er fest, doch es war trotzdem für niemanden eine angenehme Sache, die Gesamtheit des eigenen Wesens wie eine auf die Windschutzscheibe geklatschte Fliege zu sehen.

»Kein Problem«, wiederholte er, »und zwar funktioniert das folgendermaßen …«

20. KAPITEL

Keine Bewegung!«

Mit triefenden Augen und zutiefst verärgert stieß Lundqvist die Tür auf und ging latschend hindurch.

»Nun hör schon auf, Links«, seufzte er matt, »ich bin's doch nur.«

»Oh.« Links Jotapian blickte nach unten auf den Revolver, den er in der Hand hielt, und danach auf seinen Mentor. »Dann haben Sie ihn also?«

»Nein.«

Einen Augenblick lang herrschte Stille. Das schwache Klirren, das nur von einem ungewöhnlich scharfen Gehör wahrgenommen werden konnte, war das Geräusch niederschmetternder Träume. »Sie meinen, Sie haben ihn *nicht* erwischt?«

»Mhm. Gibt es hier in der Nähe eine Kneipe, Links? Ich könnte mir jetzt gut einen zur Brust nehmen.«

»Aber ...« Links machte große Augen. »Sie müssen ihn erwischt haben, Mister Lundqvist. Kurt Lundqvist kriegt seinen Feind immer.«

»Diesmal nicht, mein Junge. Und jetzt sei so lieb und verschwinde.«

Jotapians Unterlippe bebte bedrohlich. »Sie haben ihn entkommen lassen?« Ein Gedanke schoß ihm durch den Kopf. »Ach, jetzt begreife ich! Sie haben ihn laufen lassen, damit er uns dahin führt, wo er das Geld versteckt hat. Entschuldigung, Mister Lundqvist, das hätte ich mir gleich denken können.«

Lundqvist warf ihm einen eisigen Blick zu. »Was für Geld, Links? Es gibt kein Geld. Der kleine Mistkerl ist einfach entkommen, das ist alles.«

»Und Sie lassen ihn laufen, und das war's?«

»Genau.«

Mit Mühe riß sich Links zusammen und streckte die Brust raus oder zumindest das, was er davon besaß. »Nein, Mister Lundqvist. Ihnen mag er ja entkommen sein, aber mir entwischt er nicht.« Er drückte die Hand nach unten auf den Griff des Revolvers, riß das Kinn weit nach oben und schritt entschlossen durch die Türöffnung. Es krachte dumpf.

»Die Tür geht zur anderen Seite auf, Links«, sagte Lundqvist. »Um sie zu öffnen, mußt du ziehen.«

»Gut, Mister Lundqvist.« Pause. »Mister Lundqvist?«

»Ja?«

»Kommen Sie *bestimmt* nicht mit?«

»Bestimmt nicht, Links.« Lundqvist setzte sich auf einen Stein, zog sich den linken Stiefel aus und massierte sich den Fuß. Der Fahrstuhl war außer Betrieb gewesen, und der Weg die Treppen hinunter hatte sich sehr, sehr lang gestaltet.

»In Ordnung, Boß«, sagte Links. Er bemühte sich, darauf zu achten, daß sich nicht zu viel Ironie in das Wort ›Boß‹ einschlich. »Also, bis dann.«

Er zog an der Tür, stieß sich die Nase und war verschwunden. Für einen Moment saß Lundqvist reglos da und überlegte.

Der Junge war sein Lehrling. Unterstand seiner Aufsicht. Seiner Verantwortung. Es war schwer, dort hineinzugehen.

Andererseits … Lundqvists schweifender Blick stieß auf das Schild am Hellza-Pop-Inn; es strahlte in derart gleißendem Licht, daß es schon mehr als grell war, gab jedoch auch deutlich zu verstehen, daß scharfe Spirituosen ausgeschenkt wurden.

Der Junge würde nie auf eigenen Füßen stehen, wenn man die ganze Zeit die schützende Hand über ihn hielt.

Andererseits ...

Lundqvist stand auf, zog sich den Stiefel wieder an und öffnete die Tür.

»Links!« brüllte er den Gang hinunter.

»Ja, Mister Lundqvist?«

Kurt Lundqvist überlegte kurz. »Wenn er dich schlägt, dann versuch, mit dem Schlag abzurollen. Manchmal hilft das.«

Er schloß die Tür und ging in die Kneipe.

»Ich weiß nicht«, sagte Gott und griff nach einem alten Briefumschlag und einem Bleistiftstummel. »Könnte funktionieren, denke ich.«

George hielt die Luft an. Vielleicht war Lucky George doch der zutreffende Name für ihn, und er war die ganzen Jahre hindurch wirklich ein ausgesprochener Glückspilz gewesen. Doch das Glück hat ziemliche Ähnlichkeit mit dem Backen von Apfelkuchen; es ist immer besser, wenn man es selbst in die Hand nimmt.

»Knifflig«, sagte Gott. »Ich meine, man müßte recht ruhig zu Werke gehen. Einmal abrutschen und ... tja ...«

»Daß es einfach ist, habe ich nicht behauptet«, unterbrach ihn George. »Ich habe gesagt, es ist möglich. Das ist ein Unterschied.«

Gott grinste. »Erklär es mir noch mal, um sicherzugehen, daß ich es hundertprozentig verstanden habe«, bat er.

»Gut.« George holte tief Luft. »Das Problem mit der Wiederaufbereitung der Zeit ist, daß sie von oben bis unten mit Geschichte überzogen ist«, erläuterte er.

»Man kann die Zeit nicht einschmelzen, ohne auch gleichzeitig die Geschichte zu verlieren. Geht die aber verloren, hat niemand mehr die leiseste Ahnung, wer er ist oder was hier überhaupt gespielt wird. Soweit alles klar?«

Gott nickte.

»Also gut«, fuhr George fort. »Meine Idee ist nun, daß Sie die gesamte Geschichte in dünnen Schichten abhobeln, indem Sie so etwas wie eine Bandsäge mit ganz feinem Blatt benutzen. Haben Sie irgendwas, das dafür geeignet wäre?«

»Irgendwo hab ich bestimmt was«, antwortete Gott. »Da liegt aller möglicher Krimskrams rum. Wie gesagt, demnächst muß ich hier mal richtig gründlich aufräumen.«

»Das ist gut«, sagte George. »Also, Sie tragen von der Oberfläche sieben oder acht hundertstel Millimeter ab und erhalten dadurch eine Art dünne Folie, auf der sich die gesamte Geschichte befindet. Diese Folie können Sie dann aufrollen und auf einem Bruchteil des Raums unterbringen, den Sie im Moment benötigen. Den Rest schmelzen Sie ein und verwenden ihn erneut. Das ist alles, was zu tun ist.«

Gott nahm die Brille ab und polierte nachdenklich die Gläser am Ärmel. »Eines Tages wird sie trotzdem erschöpft sein, oder? Ich meine, du schiebst auf diese Weise das Problem lediglich ein Stück hinaus, das ist alles.«

»Nichts da«, widersprach George. »An dieser Stelle kommen nämlich die intelligenten Teile ins Spiel, die neue Technologie und all das. Sie bereiten alles soweit vor, daß in Zukunft die Geschichte abgetragen werden kann, sobald sie verarbeitet worden ist, in Ordnung? Das restliche Material geht direkt in die Schmelze. Daraufhin wird die Geschichtsfolie auf CD-ROM kopiert – es ist ganz erstaunlich, wie viele Daten man heutzutage auf eine einzige CD bekommt –, und dann kann die Folie ebenfalls eingeschmolzen werden. Sobald Sie mal einen Augenblick Zeit haben, können Sie auch das Archiv auf CD-ROM übertragen. Problem gelöst.«

»Hmm.«

George wartete.

»Na ja«, sagte Gott schließlich, wobei er langsam ein Pfefferminzbonbon auswickelte, »Probleme gibt es dann immer noch. Zum Beispiel, mal angenommen, mir rutscht beim Abziehen der Folie die Hand weg oder so was und ein großes Stück Geschichte wird dabei zerrissen oder versaut.«

»Also ...«

»Oder was ist, wenn die Geschichte tatsächlich auf CDs gespeichert ist? Da könnten einzelne Bits gelöscht werden. So was kommt vor.«

»Also ...«

»Nehmen wir ein einschlägiges Beispiel«, fuhr Gott fort. »Das gesamte Bit, in dem du deine Seele an diese Scheißkerle verkauft hast, könnte irgendwie verlorengehen. Überleg doch mal. Dann müßten wir dich laufen lassen, nicht wahr? Wir könnten dich ja nicht in der Hölle schmoren lassen, wenn das, was du getan hast, nie passiert ist. Und wenn es nicht Geschichte ist, ist es auch nie passiert, oder?«

George riß beide Augen weit auf. »Wissen Sie, der Gedanke ist mir, ehrlich gesagt, noch nie gekommen.«

Gott lachte. »Ich werde dir glauben«, sagte er kichernd. »Viele andere täten das nicht.«

Schwer zu schätzen, wie viele Jahre – oder zig Jahre – in der Welt der Sterblichen vergingen, während Gott knirschend das Pfefferminzbonbon zerkaute und mit geübter Hand feine Schnörkel auf die Rückseite des Briefumschlags malte. George konnte spüren, wie die Zeit verging, so, wie man auf einer Hauptstraße spüren kann, wie in weiter Entfernung Lkws vorbeifahren. Nichts, um das man sich in diesem Zusammenhang Sorgen machen mußte.

»Trotzdem ist das ein bißchen primitiv«, meinte Gott schließlich. »Das ist nicht die Art und Weise, auf die ich das erledigen wollte, wirklich nicht. Glaub mir, am Anfang hatte ich etwas ganz anderes vor.«

George zuckte die Achseln. »Am Anfang war das Wort, wissen Sie noch?« sagte er beiläufig. »Man muß eben immer das Beste daraus machen.«

Gott nickte langsam mit dem Kopf. »Und ein verdammt albernes Wort war es obendrein«, sagte er. »Ich habe eine Menge Zeit gebraucht, um es etwas frecher klingen zu lassen, um ihm eine gute Spitze zu geben. Ganz unter uns gesagt«, fügte er in vertraulichem Tonfall hinzu, »habe ich schon immer vermutet, daß diese blöden Kerle das Wort falsch geschrieben haben müssen.«

»Ach, hören Sie auf!«

»Doch, klar.« Gott zog noch ein paar Schnörkel, zuckte mit den Achseln und legte den Bleistift weg. »Also schön«, sagte er, »ich probiere es mal. Warum nicht?«

»So ist's recht!«

»Ja. Und was diese einzelnen Bits der Geschichte betrifft, über die wir gerade gesprochen haben.«

»Ja?«

»Na ja.« Gott blickte zur Seite in die Dunkelheit des Kesselraums. »Das Dumme daran ist, daß meine Augen nicht mehr das sind, was sie mal waren. Da könnte ich leicht das ein oder andere Bit vernichten, bevor ich wüßte, was ich getan habe. Und wo würden wir da hinkommen? Denk nur an deine eigene Geschichte, nicht wahr?«

»Genau.«

»Wirklich. Ich habe diese furchtbare Ahnung, das könnte einfach passieren.«

»Nur eine Ahnung?«

»Im Grunde bin ich mir da völlig sicher.« Gott zwinkerte schelmisch mit den Augen. »Mach dich auf die

Socken, George. Hat mich gefreut, mal solch ein nettes Schwätzchen mit dir halten zu dürfen.«

»Mich auch.«

»Du weißt schon, Bit für Bit kommt man sich näher.« Gott wandte sich ab, nahm einen anderen Umschlag und spitzte den Bleistift an. »Paß auf, wo du hinläufst.«

Links erstarrte in der Dunkelheit. Seine Hand schloß sich fester um den Revolvergriff.

Dort vorne war irgend etwas. Er konnte die Gefahr förmlich riechen. Ganz langsam zog er den Revolver und spannte mit dem Daumen den Hahn.

Ein schwaches Geräusch wie ein Tritt auf eine Million Jahre Staub. Links riß die Augen weit auf, um zu versuchen, aus jedem einzelnen Photon das Äußerste herauszuholen.

»Jerome?«

Sein Herz verwandelte sich in der Brust in Wasser. Plötzlich wurde der Revolver schwer, viel zu schwer zum Halten. Starr wie zu lange gekochte Tagliatelli sanken ihm die Arme nach unten.

»Bist du da, Jerome?«

»Ja, Mom«, wimmerte Links.

»Jerome Jotapian, ich habe dich schon überall gesucht. Was denkst du dir dabei, dich einfach so davonzuschleichen und uns alle vor Sorgen fast umzubringen?«

»Tut mir leid, Mom.«

In der Dunkelheit tauchte eine Gestalt auf. Instinktiv schreckte Links zurück.

»Wart mal ab, bis dein Papa nach Hause kommt«, sagte Mrs. Jotapian.

21. KAPITEL

Keine Bewegung!«

»Ach, schwirr ab!«

»Oh.«

Helena von Troja machte ein böses Gesicht. Sie hatte schon große Mühe gehabt, die kleine Automatik mit dem Perlmuttgriff überhaupt zu bekommen, noch größere Schwierigkeiten bewältigen müssen, um hierherzukommen, und praktisch unendliche Anstrengungen auf sich genommen, um sich in der Kneipe an Lundqvist heranzuschleichen und ihm die Mündung der Pistole ins Ohr zu drücken. Junge Frauen erhalten gerne Anerkennung.

»Ihnen ist doch hoffentlich klar, daß dies hier eine *Pistole* ist ...?« fragte sie beleidigt.

»Ja, klar«, seufzte Lundqvist. »Um genau zu sein, handelt es sich um eine verchromte fünfundzwanziger Bauer mit Perlmuttgriff und Maschinengravur auf der Rückseite des Spannschiebers, schätzungsweise aus den frühen siebziger Jahren. Ich nehme an, Sie haben sich diese Waffe ausgesucht, weil sie zu Ihren Ohrringen paßt.«

Helena war beeindruckt. »Das alles haben Sie nur aufgrund des Gefühls in Ihrem Ohr feststellen können?«

»Junge Frau«, antwortete Lundqvist würdevoll. »Ich habe mehr Dinge ins Ohr geschoben bekommen, als

Sie Männer gehabt haben. Der Unterschied zwischen uns ist, daß ich die im Dunkeln auseinanderhalten kann.«

»Schwein.«

Helena setzte sich auf einen Barhocker. »Trotzdem ist das hier eine Pistole«, sagte sie, »und wenn Sie auch nur eine einzige falsche Bewegung machen, drücke ich ab. Kapiert?«

»Klar, und zwar schon lange, bevor Sie es gesagt haben.«

»Schön.« Mit der linken Hand nahm sich Helena eine Handvoll Erdnüsse aus der Schale auf der Theke und schlang sie hinunter. Sieben Stunden war es her, seit sie zuletzt etwas gegessen hatte, die Kekse im Flugzeug nicht eingerechnet. »Also, was haben Sie mit ihm angestellt?«

Lundqvist stieß ein bitteres Lachen hervor. »Was *ich* mit *ihm* angestellt habe? Verschwinden Sie hier, ja? Ich hab einen furchtbar langen Tag hinter mir.«

Helena hielt den Atem an. »Sie meinen, er ist entkommen?«

Lundqvist nickte. Es erfordert eine Menge Übung, gefahrlos mit einer geladenen Waffe im Ohr zu nicken, doch Lundqvist verfügte über die dazu notwendige Erfahrung. »Ja«, antwortete er. »Falls Sie was bestellen wollen, nehme ich einen ganz großen Jack Daniels, ohne Eis. Wenn nicht, dann hauen Sie ab.«

»Sind Sie sich sicher, daß er entkommen ist?«

Lundqvist gestattete sich ein gequältes Lächeln. »Na ja«, antwortete er, »zumindest ist er *mir* entkommen. Was danach aus ihm geworden ist, ist ganz und gar sein eigenes Problem.«

»Sie meinen, er schwebt in Gefahr?« verlangte Helena zu wissen. »Und Sie sitzen einfach nur da und besaufen sich?«

»Ich versuche, mich zu besaufen. Leider kommen immer irgendwelche Idioten und schieben mir Schießeisen in die Ohren, aber vermutlich werde ich lernen müssen, mit solchen Dingen spielend fertigzuwerden.«

»Männer!«

Helena aß die letzten Erdnüsse auf und stieß Lundqvist dann mit der Pistole ein bißchen fester an. »Wenn Sie ihn nicht auf der Stelle suchen, erschieße ich Sie.«

Ein Ausdruck tiefster Verachtung huschte über Lundqvists Gesicht und trat sich im Vorbeigehen an den Augenbrauen die Füße ab. »Was Sie nicht sagen«, seufzte er gelangweilt. »Zuerst wollten Sie mich erschießen, wenn ich nicht aufhöre, und jetzt werden Sie mich erschießen, wenn ich ihn nicht finde. Konsequenz ist nicht so sehr Ihre Stärke, stimmt's?«

»Halten Sie einfach die Klappe, und beeilen Sie sich gefälligst!«

»Alles, was Sie sagen, Schwester. Nur noch einen Drink, und schon bin ich ...«

»Nein, sofort.« Um ihrer Aufforderung Nachdruck zu verleihen, drückte Helena auf das, was sie für den Sicherungsflügel hielt. Die letztliche Folge davon war, daß das Magazin aus dem Pistolengriff in den Rest von Lundqvists Jack Daniels katapultiert wurde. Lundqvist fischte das Magazin aus dem Glas, gab einen ordinären Laut von sich und reichte es Helena.

»Bedeutet das etwa, Sie wollen mir nicht helfen?« fragte sie.

»Genau.«

»Ach bitte, bitte!«

Lundqvist führte das Glas zum Mund und bemerkte noch rechtzeitig die dünne Schicht Waffenöl, die auf dem Bourbon trieb. Er seufzte und winkte dem Bardämon zu.

»Ich finde, Sie sind *gemein!*« schluchzte Helena und begann zu weinen. Sämtliche Kneipengäste drehten sich zu ihr um und starrten sie an.

»Also *gut!*« fauchte Lundqvist. »Wie Sie wollen.

Aber hören Sie um Himmels willen bloß mit diesem verdammten …«

»Schnief.«

»… Schniefen auf.«

»Und Sie werden ihn nicht festnehmen, wenn wir ihn tatsächlich finden?«

Lundqvist prustete abfällig. »Ich? Jemanden festnehmen? Das möchte ich gerne erleben!«

Vor dem Notausgang blieben sie stehen. »Dort ist er reingegangen?« wollte Helena wissen. Lundqvist nickte, setzte sich ins Gras und machte sich daran, eine Kette aus Gänseblumen zu knüpfen.

»Na los!« forderte Helena ihn voller Ungeduld auf. »Worauf warten Sie denn noch?«

Lundqvist blickte von seiner Knüpfarbeit nicht einmal auf, als er antwortete: »Junge Frau, wenn Sie mich erschießen wollen, ziehen Sie zuerst mit der linken Hand den Spannschieber zurück, und halten Sie die Pistole dabei fest in der rechten. Befindet sich der Spannschieber ganz hinten am Anschlag, lassen Sie ihn vorsichtig los, damit die Zuführung nicht verklemmt, und lösen den Sicherungsflügel, das ist der kleine Hebel links oben über der Rückseite des Griffs. Jetzt ist Ihre Waffe schußbereit. Ziehen Sie nicht am Abzug, sondern drücken Sie ihn vielmehr fest, aber weich in gleichmäßiger Bewegung durch. Ich bin schon einmal dort drin gewesen, und abgeknallt zu werden käme mir gerade recht.«

»Feigling.«

Lundqvist nickte, riß einen Löwenzahn aus der Erde und steckte ihn sich hinters Ohr.

»Ich warne Sie, ich fange gleich wieder an zu heulen.«

»Nur zu!«

In diesem Moment hastete Hieronymus Bosch, der ein Handy umklammert hielt, vorbei, riß die Tür auf und stürzte hindurch. Dicht hinter ihm lief Niccolò Machiavelli, der wegen des schweren Werkzeugkastens, den er trug, eine recht schiefe Körperhaltung hatte und rundum eine ziemlich verkohlte Erscheinung machte. Ihm folgten in etwas größerem Abstand Christoph Kolumbus, Hamlet – Prinz von Dänemark, Leonardo da Vinci, William Caxton, zwei Möwen, Don Juan, Albrecht Dürer, Cornelius Vanderdecker, Martin Luther, Don Quixote de la Mancha in eigenartigen Strümpfen, Sir Thomas Malory und andere, die zu zahlreich waren, um sie einzeln aufzuzählen. Der Maler Botticelli, der die Nachhut bildete, rief im Vorbeistürmen: »Was ist, Nellie, sitzt du mir irgendwann noch mal Modell?«. Alle hatten große Matchbeutel dabei.

Die Tür schlug zu.

»Ich glaube, jetzt brauchen Sie mich nicht mehr«, seufzte Lundqvist. Er hatte die Kette aus Gänseblumen beendet und zog sie sich vorsichtig über den Kopf. An den Ohren blieb sie hängen.

»Nein«, antwortete Helena. »Trotzdem vielen Dank.«

»Hat mich gefreut, Ihnen behilflich sein zu dürfen«, entgegnete Lundqvist und kehrte in die Kneipe zurück.

Der Verkaufsdirektor der Höllen-Holdinggesellschaft trat zurück, bewunderte sein Werk und saugte sich dort am Daumen, wo er ihn mit dem Hammer getroffen hatte. Die Ankündigungstafel hing zwar nicht ganz gerade, aber Sperrholzbretter an Styroporbäume zu nageln war auch nicht unbedingt seine Sache. Trotzdem, für einen Anfänger gar nicht schlecht.

GROSSER GALAABEND!!!

Für einen Galaabend gibt es keine allgemein anerkannte Definition, außer daß der Eintritt höher als sonst ist. Der Verkaufsdirektor ließ die Augen über die Aufzählung der angepriesenen Attraktionen gleiten und nickte zufrieden mit dem Kopf.

VOGELKÖPFIGE DÄMONEN!!
PEINIGUNG DER VERDAMMTEN!!!
UNVORSTELLBARE GREUEL!!!!
OCHSENBRATEN UND MAMMUT-
VERANSTALTUNG!!!!!

Kurz zögerte er. Vorhin war ihm die Ankündigungstafel sehr gelungen vorgekommen, doch jetzt, wo er sie tatsächlich an Ort und Stelle sah, fehlte ihr vielleicht doch noch ein gewisser krönender Abschluß. Nachdem er einen Filzstift mit dicker Spitze aus der Tasche geholt hatte, schrieb er ganz unten noch

GROSSES CONGA-TROMMELN!!!!!!

hin, lächelte und wandte sich zum Gehen. Genau in diesem Augenblick fing der Baum Feuer. Wie nicht anders zu erwarten, brannte er, ohne von den Flammen verzehrt zu werden. Nicht so die Ankündigungstafel, die in einem Kringel aus Asche verschwand.

Warum konnte der alte Idiot nicht das Telefon benutzen wie alle anderen auch?

Stellen Sie sich Zeit vor.

Es gibt keine Art und Weise, auf die Sie das irgendwie könnten; aber versuchen Sie, sich vor dem geistigen Auge das Bild einer gewaltigen Maschine mit einem Fülltrichter an dem einen und einem Förderband an dem anderen Ende auszumalen.

In den Trichter passen unglaubliche Mengen des Rohstoffs. Der ist natürlich unsichtbar und nicht greifbar, weshalb man unschädliche Farbstoffe einsetzt, damit er leichter wahrzunehmen und zu handhaben ist. Bei der Verarbeitung werden die Farbstoffe wieder abgebrannt.

Diese Farbstoffe sind wir.

Wenn Ihnen also irgendein oberschlauer Philosoph kommt und weiszumachen versucht, der Mensch sei das Maß aller Dinge und wir arbeiteten auf einen Endzweck hin, dann beachten Sie ihn einfach gar nicht. Die wahre Rolle, die die Menschheit in dem großen Gesamtkonzept spielt, liegt irgendwo zwischen zugelassenen Lebensmittelfarben und Strichkodes.

›Zeit‹ ist ein praktischer, wenn auch irreführender Begriff, der dazu gebraucht wird, die potentielle Energie der nahen Zukunft zu beschreiben. Die Zeit brennt, und die bei der Verbrennung entstehenden Gase komprimieren einen Kolben im Zylinder der Physik und erzeugen auf diese Weise die Kraft, die nötig ist, um das Jahr auf seiner Achse zu drehen und die Drehorgel der Sphären zu betreiben. Wie bei den meisten inneren Verbrennungskraftmaschinen ist auch hier die Verbrennung bedrückend ineffektiv; die Energieausbeute bei der Verbrennung der Zeit beträgt etwa ein Prozent, weil die Zukunft derart mit Alternativereignisketten verunreinigt ist, daß von jeder Füllung mit Rohstoff lediglich ein Bruchteil bei der Verbrennung tatsächlich oxydiert. Der Rest hätte vielleicht gebrannt, wenn die Dinge anders gelaufen wären.

Die Abfallstoffe kommen am hinteren Ende wieder heraus, werden auf Kipplaster geladen und abtransportiert, damit sich die in der Nähe der Müllkippe lebenden Anwohner darüber beschweren können. Und Junge, wie die sich beschweren!

22. KAPITEL

Im Laufe der Jahre sind viele Versuche unternommen worden, die Hölle zu beschreiben, von denen einige besser geglückt sind als andere. Jean-Paul Sartre zum Beispiel möchte Sie glauben machen, die Hölle seien die anderen Menschen.

Na ja; nichts gegen den verstorbenen Herrn Sartre, der als Autor wenigstens genausogut wie jeder andere ist, der schon einmal an einem Nebensatz herumgefeilt hat, und – nach allem, was man hört – einen sehr tüchtigen Amateurpianisten abgegeben haben soll. Und dennoch, auch wenn es sich pedantisch anhören mag, die Hölle sind mitnichten die anderen Menschen. Andere Menschen sind nie schlimmer als verdammt ärgerlich. Die Hölle ist die *Hölle*.

Sie ist ein sehr heißer, lauter, unangenehmer Ort voller unmenschlicher Qualen und vogelköpfiger Dämonen; und die Nachtwanderungen, die Souvenir-Sweatshirts und die Tagungswochenenden, die von der neuen Verwaltung eingeführt worden sind, haben – wenn überhaupt – die Leistungsfähigkeit einer Einrichtung noch gesteigert, die einem schon vorher ungemein wirkungsvoll die Ewigkeit verdorben hat. Jeder Beschreibungsversuch, der diese grundlegenden Umstände außer acht läßt, ist falsch.

Und der Eurobosch-Park verhält sich zur Hölle wie der Piccadilly Circus zu England; Eurobosch ist vielleicht ein bißchen pittoresker, wenn einem so etwas gefällt, aber eindeutig Bestandteil der Hölle. Es gelten dieselben Gesetze; und eins der Gesetze besagt, daß in der Hölle alle Geschichten ein unglückliches Ende haben müssen.

Der Notausgang öffnete sich.

Helena blickte auf und hielt die Luft an. Einen Augenblick lang konnte sie nichts sehen. Dann …

… dann warf sie – unfreiwillig – einen Blick zurück, auf einen Moment, der einige Jahre zurücklag (obwohl es erst gestern gewesen zu sein schien).

»Hei«, hatte er gesagt. »Ich heiße George. Du mußt Helena sein.«

Diese eigenartige Stimme, die aus unglaublich weiter Ferne zu ihr gedrungen war. *Eine schöne Stimme,* erinnerte sie sich gedacht zu haben, als die Teilchen aus Materie und Seele, aus denen sie sich einst zusammengesetzt hatte, plötzlich zu einer vollkommen unerwarteten Wiedervereinigung aus den vier Enden der Welt zusammengerafft wurden. *Eine ruhige, ironische Stimme, ein wenig zynisch, aber nicht verbittert. Jene Art von Stimme …*

Nur einen klitzekleinen Moment mal, erinnerte sie sich gedacht zu haben, *ich bin doch tot. Das Leben und ich haben schon vor langem weit über allem gestanden und sind getrennte Wege gegangen, keine gegenseitigen Beschuldigungen, tot sein bedeutet, nie sagen zu müssen, daß es einem leid tut.*

»Ich freue mich, dich zu treffen«, hatte die Stimme gesagt. »Ich habe *so* viel über dich gehört und …«

Verdammt, sie hatte ihre Beine wieder. Und obendrein auch noch *ihre* Beine; die langen, perfekt proportionierten, honigfarbenen Beine, die sie als Mädchen gehabt hatte, nicht die von Krampfadern überzogenen

Karikaturen, mit denen man sie im Alter abgespeist hatte. Und zusätzlich ihre Arme und ihre Ohren und ihre Lippen und einfach *alles;* genaugenommen die komplette Garnitur, alles in völlig betriebsfähigem Zustand. Kein Geruch nach Mottenkugeln, keine von in der Erde lebenden wirbellosen Viechern angenagten Ecken. Ihre Haare waren sogar gekämmt und die Nägel lackiert. Zwar in Kirschrot, was nun wirklich nicht ihre Farbe war, aber…

»Juhu!« rief sie.

»Au! Nicht so laut!« beschwerte sich die Stimme namens George in scharfem Ton. »Mein Kopf ist heute morgen ein ganz kleines bißchen empfindlich. Würdest du bitte kurz hier unterschreiben?«

Helena schlug die Augen auf und erblickte ein, na ja, ein großes Blatt Papier eben, das von schwarzen Schnörkeln übersät war. Zu ihrer Zeit, so etwa um 1450 vor Christus, hatte man zwar auch Papier gehabt, aber keine solchen schwarzen Schnörkel.

»Das hier ist bloß eine Quittung für Mephisto«, erklärte ihr die Stimme namens George. »Nur als Bestätigung, daß du deinen Körper zurückbekommen hast und er einwandfrei funktioniert. Für einen bösen Teufel ist Mephisto zwar eigentlich ein ganz netter Kerl, aber er liebt eben seinen Verwaltungskram. Na los, mach einfach einen Schnörkel oder so was darunter.«

Sie fand eine Feder in ihrer Hand, an deren Spitze sich etwas Schwarzes und Nasses befand; vermutlich eine Art Farbe. »Du möchtest, daß ich mit dieser Feder irgendwas aufs Papier male?«

»Ja, bitte.«

»Na gut.« Sie machte einen Klecks, und die Feder und das Papier verschwanden. Und da war sie nun. Sie befand sich an diesem Ort, saß auf etwas, von dem sie nur vermuten konnte, daß es sich um einen Stuhl handelte, und blickte auf etwas, das beinahe ein Tisch hätte sein können. Auf dem Tisch stand eine mit Stroh umwundene Weinflasche, in deren Hals eine Kerze steckte.

»Ich glaube, ich nehme die Seezunge in Butter«, sagte die Stimme namens George, »und danach das Stroganoff. Was ist mit dir?« Die Stimme kam aus dem Mund des Mannes, der ihr gegenübersaß, stellte sie fest. Er sah gut aus.

»Was möchtest du essen?« hakte er nach.

Ja, dachte sie, *ausgesprochen gut sogar*. Offenbar verfügte er über etliche Vorzüge.

Beim Essen erklärte er ihr alles. Wie er sie, Helena von Troja, schon immer habe treffen wollen; wie die Tatsache, daß sie schon seit weit über dreitausend Jahren tot gewesen sei, nicht die unüberwindliche Schwierigkeit dargestellt habe, die sie hätte sein können, weil er, George, dem Teufel seine Seele für eine wirksame Blankovollmacht verkauft habe; und wie sie beide hier und jetzt mit einer Fahrkarte säßen, mit der sie ohne Rücksicht auf die Kosten durch Raum und Zeit reisen könnten, wenn sie Lust habe mitzukommen.

»Das hier«, sagte er, wobei er in der Gegend herumfuchtelte und fast einem vorbeikommenden Kellner eine Suppenschüssel aus den Händen geschlagen hätte, »ist das zwanzigste Jahrhundert anno Domini. Bis aufs Essen meiner Meinung nach nicht das beste Zeitalter. Eigentlich komme ich hier meistens nur zum Mittagessen her.«

»An diesen Ort?«

»In dieses Jahrhundert. Allein die Pasta sind schon die Mühe wert.«

»Aha.«

»Aber nicht der Wein.« Er runzelte die Stirn. »Liegt an der Reblaus. Hat Anfang des Jahrhunderts die besten Rebsorten vernichtet.«

Im Grunde mochte sie ihn wirklich nicht so besonders, zumindest zuerst nicht; er wirkte ein bißchen arrogant, hatte schon alles gesehen und gemacht, hatte jeden getroffen und war überall gewesen. Der Umstand, daß er *tatsächlich* schon alles gesehen und gemacht und jeden getroffen hatte und überall gewesen war, machte alles nur noch schlimmer. Hinzu kam, daß er sie aus dem Grab zurück ins Leben gerufen hatte, und Dankbarkeit ist für jede Beziehung ein wahrhaft tödlicher Anfang.

Andererseits ist die Wahl, entweder mit einem zuvorkommenden, kultivierten, amüsanten, gutaussehenden Herrn über Raum und Zeit herumzuziehen, der praktisch unbegrenzte Zauberkräfte besitzt, oder tot zu sein, nicht gerade das, über das man sich in den frühen Morgenstunden den Kopf zermartern sollte. Und schon nach relativ kurzer Zeit stellte Helena fest, daß wütend zu sein nur ein Wesenszug des vielschichtigen Charakters des Manns darstellte. Sicherlich einen wesentlichen Zug; aber eben nur einen einzigen. Außerdem, wenn George Faustus wütend war, hatte das eine Menge für sich, besonders wenn er auf jemand anderen wütend war. Beispielsweise auf den Papst oder auf Napoleon oder auf den Oberkellner im Maxim's.

Genaugenommen hatte sie ihn recht liebgewonnen.

Deshalb war es ihr auch wirklich ziemlich nahegegangen, als George zum erstenmal festgenommen und von vogelköpfigen Dämonen in die Hölle geschleift worden war. Sie verspürte kein großes Verlangen, so etwas ein zweites Mal miterleben zu müssen.

Folglich wandte sie den Kopf und blickte weg.

Darum sah sie auch nicht den heulenden und taumelnden Alptraum von Dämonen mit den Köpfen von Bestien, Vögeln und Fischen und den ekelhaften, zusammengewürfelten Gliedmaßen aus dem Ersatzteilkasten der Evolution, die Röstgabeln schwangen und in die Luft stießen und vor einem Hintergrund aus lodernden roten Flammen, um sich tretend und wild zukkend, in einem phantasmagorischen Congatanz dahinzogen; und auf ihren Schultern saß die kleine, reglose Gestalt von Lucky George.

Stellen Sie sich vor, es gibt einfach nicht genügend Käse auf der Welt – weder Gouda noch Appenzeller oder Brie –, um jenen kleinen Happen vor dem Zubettgehen zuzubereiten, der Ihnen die Art böser Träume bereiten kann, die sie benötigen, um sich das Folgende vor Ihrem blutunterlaufenen geistigen Auge auszumalen: ein wogendes Meer aus Tentakeln, Zangen und Klauen. Ein Malstrom aus Heugabeln, Fleischerhaken, Tranchiermessern und Korkenziehern. Zähne jenseits der wildesten Opiumvisionen der Zahnheilkunde, Krallen, die selbst Satans Pediküre verblassen lassen. Genügend Schuppenhaut, um daraus in alle Ewigkeit für sämtliche Hexen Handtaschen herzustellen. Genügend rote Plastiknasen ...

Rote Plastiknasen? Moment mal ...

Kurt Lundqvist, der voll und ganz auf Bourbon mit Wasser stand, konnte sein Wasser noch halten, sah auf und grinste. Dank einer Alkoholmenge, die ausgereicht hätte, um ganz Chicago zu vergiften, erkannte er jetzt deutlich, daß er tatsächlich erfolgreich gewesen war und das unausweichliche Happy-End genau aufs Stichwort eintraf. Schließlich besagte es gar nichts, daß letztlich ein Haufen unterbezahlter, stümperhafter Dämonen George die Kette um den Hals gelegt hatte. Hätte er, Kurt Lundqvist, George nicht in die eine Ecke des Campus getrieben, die nicht die geringste Fluchtmöglichkeit bot, hätte es überhaupt keine Kette gegeben.

»Lokalrunde«, knurrte er. »Los, mach schon!«

Der Dämon hinter der Theke bedachte ihn mit einem Blick, aus dem der pure Haß sprach.

»Es ist Viertel vor drei. Ungünstige Zeit«, erklärte er. »Außer dir und mir ist niemand mehr ...«

»Okay«, unterbrach ihn Lundqvist. »Dann nehme ich noch einen.«

Wie wir vor kurzem erwähnt haben, tanzten die Dämonen. Und beim Tanzen sangen sie:

For he's a jolly good fellow
For he's a jolly good fellow
For he's a jolly good fellow –
And so say all of us.

In der Hölle nehmen alle Geschichten ein unglückliches Ende. Für wen das Ende unglücklich ist, liegt im Ermessen des Managements.

»Ein dreifaches Hoch auf Lucky George!« schrie der Anführer der Dämonen, wobei er sich die Gummimaske abzog. *»Hipp, hipp …«*

»… hurra!« brüllten Cornelius Vanderdecker, Sir Thomas More, Hieronymus Bosch und Leonardo da Vinci durch ihre Latexmundstücke.

»Hipp, hipp …«

»… hurra!« antworteten Niccolò Machiavelli, Christoph Kolumbus, Pieter Breughel der Ältere, William Caxton, zwei Möwen, Lorenzo de' Medici, Sir Thomas Malory, Paul von Limburg und Andrea del Sarto.

»Hipp, hipp …«

»… hurra!« schrien die restlichen Freunde von Lucky George, wobei sie ihren Helden, der vor Verlegenheit feuerrot wurde und dümmlich grinste, auf die Schultern hoben.

Der Dämon hinter dem Tresen wandte sich um und machte ein bedeutungsvolles böses Gesicht.

»Hurra«, murmelte Kurt Lundqvist in sein Glas. »Zufrieden?«

In der Hölle nehmen alle Geschichten ein unglückliches Ende. Deshalb besteht der Trick darin weiterzumachen, damit es gar kein Ende geben kann.

Die Prozession hielt an, warf die Gummimasken weg und stand da. Dreimal durfte man raten, womit als nächstes zu rechnen war. Trotzdem rief Leo da Vinci, der Meister der überflüssigen Bemerkung: »Eine Rede!«

Lucky George sah zu Boden, lächelte und kratzte sich am Ohr.

»Danke«, sagte er. »Ihr habt alle einen bei mir gut.«

»Jederzeit!« riefen Lucky Georges Freunde im Chor; und zum erstenmal erriet Helena genau, weshalb man ihn Lucky nannte.

Die Prozession blieb weiterhin stehen und rührte sich nicht von der Stelle. Momente wie dieser sind es, in dem unvermeidbarerweise jemand sagen muß: »Zu allererst möchte ich mich ganz herzlich bei meinem Agenten bedanken.«

Es gereicht George zu ewiger Ehre, daß er dies nicht tat. Statt dessen machte er mit der Linken eine unbestimmte Handbewegung und lächelte …

… woraufhin sich unter den Füßen aller Anwesenden die breiteste, strahlendste gelbe Ziegelsteinstraße materialisierte, die man seit dem Zauberer von Oz jemals gesehen hatte. Pfeilgerade verlief sie, direkt durch die Mitte des Eurobosch-Parks nach Norden. In diesem Augenblick beugte sich der Produktionsleiter, der die Vorgänge schmatzend von der Pontonbrücke aus verfolgt hatte, über das Geländer und übergab sich.

»Du sagst es«, bemerkte der Verkaufsdirektor dazu, der neben ihm stand. »Auf der anderen Seite …«

Der Produktionsleiter blickte auf und wischte sich hastig das Gesicht mit dem Ärmel ab. »Du kannst einfach nicht ernst sein«, keuchte er.

Der Verkaufsdirektor zuckte die Achseln. »Gut, Integrität zählt zwar auch etwas in diesem Spiel, aber letzten Endes haben wir an die Aktionäre zu denken, und die wollen, daß wir den Laden vollkriegen. Also müssen wir wohl oder übel umdenken.«

»Nur, weil die Aktionäre den Rachen nicht vollkriegen?« protestierte der Produktionsleiter nachdrücklich.

»Wie auch immer.« Einen Augenblick lang stand der Verkaufsdirektor mit leicht zur Seite geneigtem Kopf da und dachte nach. »Na gut, vielleicht entspricht das nicht deiner und meiner Vorstellung von der Hölle. Aber was soll's? Wir haben gegenüber der Öffentlichkeit eine Verpflichtung«, fügte er offenherzig hinzu. »Elitedenken gehört der Vergangenheit an. Man muß sich nach der allgemeinen Stimmung richten, stimmt's?«

»Nein.«

»Das ist also dein letztes Wort, ja?«

»Ja.«

»Dann zur Hölle mit dir!« sagte der Verkaufsdirektor leutselig und stieß seinen Kollegen von der Brücke in die darunter lodernden Flammen. Daraufhin zog er sich die Krawatte gerade und marschierte entschlossen davon, um Walt Disney zu suchen.

»George?« sagte Helena.

»Hmm?«

»Wo genau gehen wir hin?«

George sah nach unten. Unter seinen Füßen befanden sich immer noch gelbe Pflastersteine, auch wenn die Prozession jetzt auf zwei Personen plus ein Paar Möwen, das weit über ihnen in der Luft kreiste, zusammengeschrumpft war.

»Spielt das eine Rolle?«

Helena schmiegte sich noch fester an ihn. »Ich glaube, eigentlich nicht«, antwortete sie. »Solange es dort bei unserer Ankunft Auslegeware gibt.«

»Vielleicht, Liebling.«

»Und passende Vorhänge. Sag, daß wir passende Vorhänge vorfinden werden, ja? George, mach schon, bitte!«

»Also gut«, gehorchte George. »Wir werden passende Vorhänge vorfinden. Irgendwo.«

»Wo?«

George dachte kurz nach. »Was meinst du, wäre ›am Ende des Regenbogens‹ genau genug?«

»Nein.«

»Oh.« Er saugte an der Unterlippe. »Müssen die Vorhänge wirklich passen?«

»Ja.«

»Könnten sie sich auch nicht ein kleines bißchen mit dem Rest beißen?«

Helena schüttelte den Kopf. »George!« sagte sie vorwurfsvoll. »Ich habe über dreitausend Jahre lang auf dich gewartet, ich habe für dich gelogen, ich habe für dich gestohlen, bin wegen dir entführt worden und dir in die Hölle hinein und wieder hinaus gefolgt, findest du nicht, daß ich mir passende Vorhänge *verdient* habe?«

»Na ja ...« George überlegte. »Solange sie nicht rosa sind«, antwortete er.

»Woran ich gedacht hatte, ist mehr eine Art rötlicher Pfirsichton, der zu den Bezügen paßt«, schwärmte Helena, »die ich mir in etwa aprikosenfarben vorgestellt habe, vielleicht mit einem Hauch von ...«

»... und mit einem Hauch von einem Schuppen«, fügte er hinzu. »Ich muß wirklich auf einen Schuppen bestehen. Auf irgendeinen Platz, an dem ich an der Magie und solchen Dingen herumbasteln kann.«

Helena stieß ein melodiöses Lachen aus. »Wenn dir dafür noch Zeit bleibt«, sagte sie. »Du wirst für mich eine Menge Regale aufstellen müssen.«

Genau diesen Augenblick wählte die Sonne, um Helenas Haar so golden wie reifen Mais funkeln zu lassen; oder – wie George unwillkürlich denken mußte – mehr in einer Art hellem Honigton mit einer kleinen Spur golden angehauchtem Beige.

»Na gut«, gab sich George geschlagen. »Alles, was du sagst.«

Irgendwo in der Höhe blickte Gott von seiner Drehbank auf und lachte.